CABEÇA FORA D'ÁGUA
BUCHI EMECHETA

Tradução
Davi Boaventura

Porto Alegre • São Paulo
2024

Em memória de
CHIEDU

Ainda estou tentando entender por que você morreu tão de repente. Quando uma criança morre, parte da mãe morre junto. Você não era mais uma criança, já era uma jovem mulher, e nós fizemos planos, demos muitas risadas e atravessamos alguns períodos difíceis juntas, até que você se foi, bem quando eu estava na posição de dizer *obrigada, minha filha* por me ajudar a criar seus irmãos e irmãs mais novos. Falamos de você todos os dias. Às vezes não era muito fácil te entender, mas você foi minha amiga de infância, uma amiga que tive quando eu mesma ainda era uma criança.

Desde aquela tarde, em maio de 1984, quando me avisaram da sua morte, estou apenas começando a entender que você não está mais aqui. É um fato que vou levar muito tempo para aceitar.

Aqui está *Cabeça fora d'água*, o título sobre o qual nós duas concordamos quatro anos atrás.

Filha, ainda agradeço todos os dias a Deus por ter nos emprestado você por vinte e três anos.

AGRADECIMENTOS

Vários capítulos deste livro apareceram antes em jornais e revistas, como a Kunapippi, a Granta e a West Africa, em versões que, desde então, foram revisadas e expandidas em diversos níveis. Agradeço aos editores e aos responsáveis por essas publicações.

Outros capítulos foram lidos em voz alta em palestras em várias universidades de vários países; agradeço aos ouvintes, mais uma vez, pela paciência.

Sou grata à minha filha Christy Onwordi por ter sido a primeira a editar esta obra.

SUMÁRIO

1. Introdução — 11
2. O milagre — 15
3. O que elas me contaram — 19
4. Lorlu e Birmânia — 29
5. A Escola Metodista para Meninas — 35
6. O mais santo dos santos — 49
7. Choque cultural — 55
8. Residencial Pussy Cat — 67
9. As caixas de fósforo — 77
10. A formação em sociologia — 83
11. O subsídio — 93
12. Aquele primeiro romance — 105
13. Sociologia, ano um — 129
14. O zoológico — 139
15. Falsa reconciliação — 147
16. Formatura — 167
17. *Cidadã de segunda classe* — 181

18. À procura de emprego 191
19. A entrevista 203
20. A espera 213
21. Uma olhadinha no Seventies 223
22. Aceitando o trabalho 233
23. O Seventies 245
24. *Preço de noiva* 265
25. Dashiki 277
26. A professora negra 293
27. O ano das mulheres 303
28. Férias com comida caseira 315
29. Um gostinho do sucesso 325
30. Programas de tevê 341
31. A mudança 355
32. O lançamento de *Preço de noiva* 363
33. *As alegrias da maternidade* 381
Epílogo 393

Capítulo 1

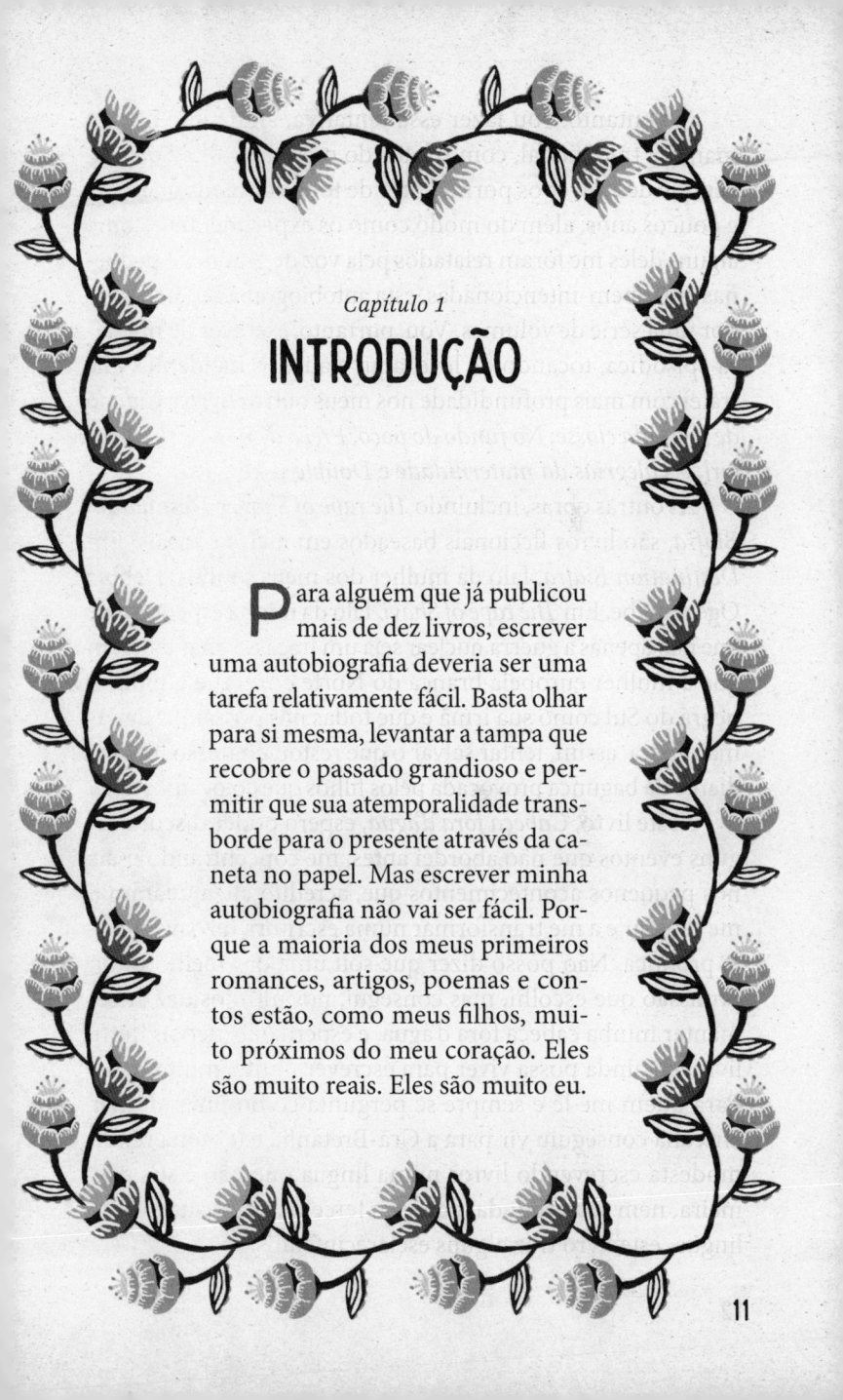

INTRODUÇÃO

Para alguém que já publicou mais de dez livros, escrever uma autobiografia deveria ser uma tarefa relativamente fácil. Basta olhar para si mesma, levantar a tampa que recobre o passado grandioso e permitir que sua atemporalidade transborde para o presente através da caneta no papel. Mas escrever minha autobiografia não vai ser fácil. Porque a maioria dos meus primeiros romances, artigos, poemas e contos estão, como meus filhos, muito próximos do meu coração. Eles são muito reais. Eles são muito eu.

No entanto, vou fazer essa tentativa, ainda que não da maneira tradicional, com relatos do meu dia a dia. Se eu tiver que descrever os pormenores de todos os meus quarenta e poucos anos, além do modo como os experimentei e como alguns deles me foram relatados pela voz de grandes e pequenas mães bem-intencionadas, esta autobiografia se estenderia por uma série de volumes. Vou, portanto, escrever de maneira episódica, tocando de leve, aqui e ali, nos incidentes que tratei com mais profundidade nos meus outros livros: *Cidadã de segunda classe*, *No fundo do poço*, *Preço de noiva*, *The slave girl*, *As alegrias da maternidade* e *Double yoke*.

As outras obras, incluindo *The rape of Shavi* e *Destination Biafra*, são livros ficcionais baseados em ideias e ideais. Em *Destination Biafra*, falo da mulher dos meus sonhos, Debbie Ogedemgbe. Em *The rape of Shavi*, falo da minha esperança de que não apenas a guerra nuclear seja um fracasso, mas também que a mulher europeia branca do Norte enxergue a mulher negra do Sul como sua irmã e que todas nós possamos dar as mãos para, assim, tentar salvar o que restou do nosso mundo diante da bagunça provocada pelos filhos que colocamos nele.

Neste livro, *Cabeça fora d'água*, espero poder discutir alguns eventos que não abordei antes, me concentrando mais nos pequenos acontecimentos que, acredito eu, ajudaram a me moldar e a me transformar numa escritora razoavelmente prolífica. Não posso dizer que sou uma das melhores na profissão que escolhi, mas consegui, nos últimos dez anos, manter minha cabeça fora d'água, e espero que, depois deste livro, eu ainda possa viver para escrever muito, muito mais. Para quem me lê e sempre se pergunta como uma mulher africana conseguiu vir para a Grã-Bretanha e ter uma renda modesta escrevendo livros numa língua que não é sua primeira, nem sua segunda, nem sua terceira, e sim sua quarta língua, este livro traz alguns esclarecimentos.

Bom, também preciso parar de olhar para o passado distante. Pensar no que poderia ter acontecido é ótimo, mas, depois de quarenta anos, não quero ser mais uma Mulher de Ló. Eu de fato mergulhei de volta nos meus romances iniciais, discorrendo principalmente sobre meus primeiros vinte anos de vida, mas *Cabeça fora d'água* sou eu no quase agora: os últimos vintes anos, nos quais fiz do norte de Londres a minha casa.

Se, por acaso, alguns dos episódios descritos na primeira parte do livro soarem repetitivos para você que folheia essas páginas, por favor não se ofenda, porque alguns deles precisam ser retomados para que o presente se torne mais nítido.

Capítulo 2
O MILAGRE

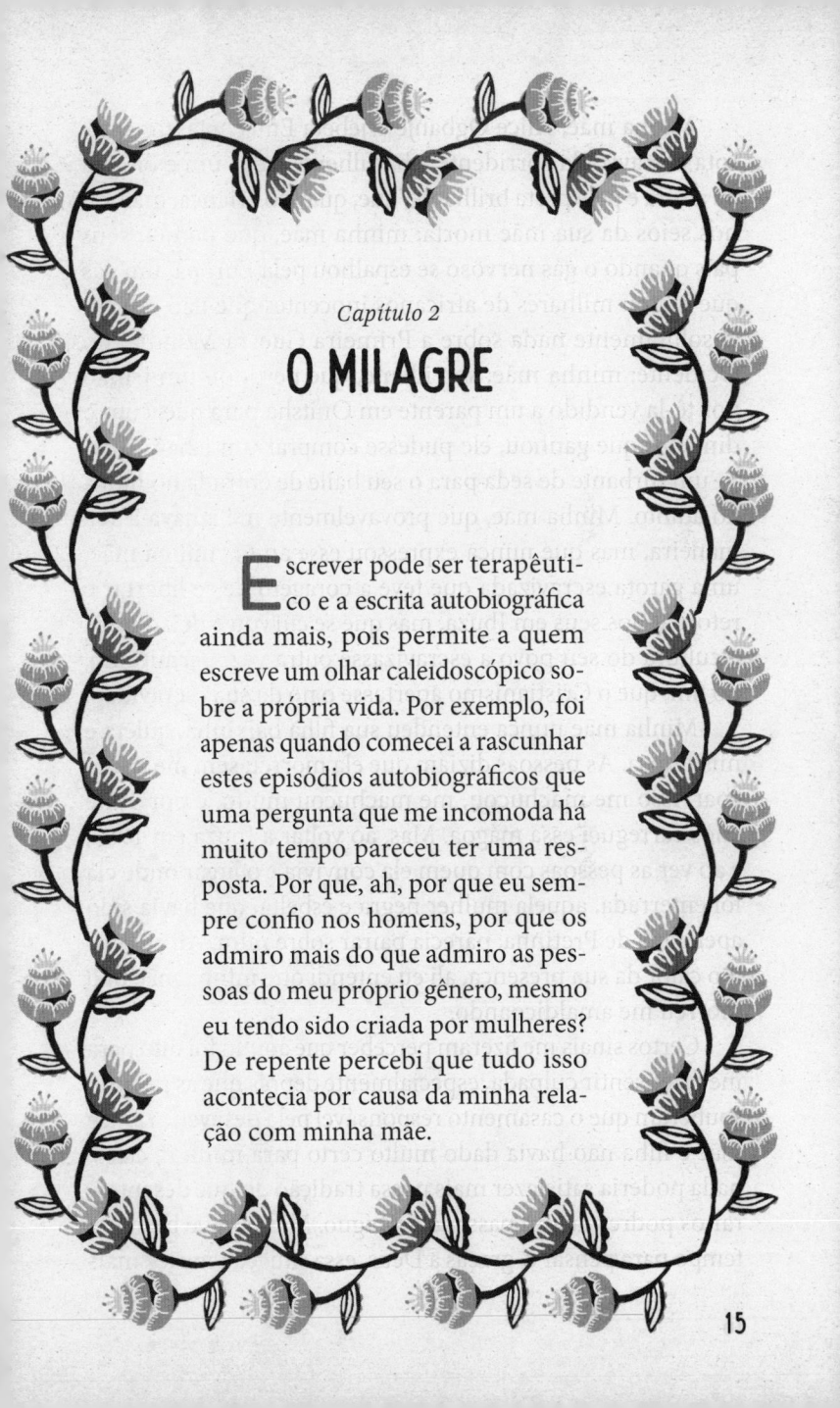

Escrever pode ser terapêutico e a escrita autobiográfica ainda mais, pois permite a quem escreve um olhar caleidoscópico sobre a própria vida. Por exemplo, foi apenas quando comecei a rascunhar estes episódios autobiográficos que uma pergunta que me incomoda há muito tempo pareceu ter uma resposta. Por que, ah, por que eu sempre confio nos homens, por que os admiro mais do que admiro as pessoas do meu próprio gênero, mesmo eu tendo sido criada por mulheres? De repente percebi que tudo isso acontecia por causa da minha relação com minha mãe.

Minha mãe, Alice Ogbanje Ojebeta Emecheta, uma garota escravizada sorridente e barulhenta, com um e oitenta de altura e pele preta brilhante, que, quando criança, mamou nos seios da sua mãe morta; minha mãe, que perdeu seus pais quando o gás nervoso se espalhou pela Europa, um gás que matou milhares de africanos inocentes que não sabiam absolutamente nada sobre a Primeira Guerra Mundial do Ocidente; minha mãe, sorridente, que perdoou um irmão por tê-la vendido a um parente em Onitsha para que, com o dinheiro que ganhou, ele pudesse comprar um ichafo siliki — um turbante de seda para o seu baile de entrada no mundo adulto. Minha mãe, que provavelmente me amava à sua maneira, mas que nunca expressou esse amor; minha mãe, uma garota escravizada que teve a coragem de se libertar e retornar aos seus em Ibuza, mas que se curvou e deixou que a cultura do seu povo a escravizasse outra vez, permitindo, no fim, que o Cristianismo apertasse o nó da sua escravidão.

Minha mãe nunca entendeu sua filha baixinha, quieta e misteriosa. As pessoas diziam que ela morreu sem me abençoar. Isso me machucou, me machucou muito, e por vinte anos carreguei essa mágoa. Mas, ao voltar a Ibuza em 1980, e ao ver as pessoas com quem ela convivia e o lugar onde ela foi enterrada, aquela mulher negra e esbelta, que havia sido apelidada de Pretinha, parecia pairar sobre mim. Ali eu senti o calor da sua presença, ali eu entendi que minha mãe não morreu me amaldiçoando.

Certos sinais me fizeram perceber que aquilo foi dito para me fazer sentir culpada, especialmente depois que as pessoas souberam que o casamento responsável pela desavença entre mãe e filha não havia dado muito certo para mim. E, claro, nada poderia satisfazer mais nossa tradição do que desenterrar os podres de um passado ambíguo. Mas eu tive bastante tempo para pensar e, graças a Deus, essa situação me fez mais forte, tanto do ponto de vista emocional quanto do espiritual, do que aquela menina em *Preço de noiva*, cuja imaturidade a fez ser destruída por uma culpa tão intensa.

Essa percepção impregnou em mim como um bálsamo noturno quando me vi ao lado da cova da minha mãe. Os parentes que me assistiam queriam e esperavam que eu colapsasse e caísse no choro, o que desvalorizaria minha tristeza. Talvez, se eu não tivesse passado dezoito anos na frieza da Inglaterra — um país onde as pessoas choram com o coração, e não com os olhos —, isso teria acontecido. Dezoito anos é bastante tempo e, assim como as pessoas com que eu convivo, chorei apenas com o coração.

Enquanto eu me afastava, desejando que minha mãe tivesse sido enterrada num local mais privado, e não no nosso chão, onde eu não podia conversar reservadamente com ela, parecia que eu podia escutar sua risada alta e sua voz me dizendo o que ela me disse tantas vezes quando eu era só uma menina:

— Você pensa demais para uma mulher. Essa... Tisha... Não é nada, já está tudo no passado.

Olhei para trás uma única vez e soube que estava certa. Minha mãe, embora estivesse muito doente antes de morrer, não podia ter me amaldiçoado. Ao contrário de mim, sua misteriosa filha, ela não tinha tal complexidade interior. Afinal ela não morreu sozinha, dormindo na cama do seu quarto?

Como se tudo isso não fosse o bastante, minha sogra, Christy Onwordi, ainda me disse, naquela noite, quando estávamos conversando a respeito da minha mãe:

— Sua mãe foi para casa. Na semana que ela morreu, eu vi Nkili Angelina Obiorah — amiga da minha mãe, de mesma idade e aparência —, eu a vi vestida de branco, cantando, e ela estava profundamente feliz. Ela se juntou a um grupo de pessoas felizes, vestidas de branco. Ali eu entendi que sua mãe não ia sobreviver à doença.

Olhando para trás e me lembrando da noite em que ela morreu, que descrevi em *Cidadã de segunda classe*, perdoei a mim e a minha mãe. Eu sou agora uma mulher no auge da vida, que já sofreu e viu coisas demais. Se eu não compreender as agonias indizíveis daquela mulher sorridente que me deu a vida e foi duas vezes culturalmente escravizada, quem mais neste planeta vai se dar ao trabalho de compreender?

Sinto muita falta da minha mãe sorridente e que gostava de cantar, e minha aldeia, Umuezeokolo Odanta, não me pareceu mais a mesma sem ela e minhas outras mães me abraçando quando cheguei ao Otinkpu.

Quanto à minha sobrevivência durante os últimos vinte anos na Inglaterra, desde os meus vinte e poucos anos, arrastando comigo quatro bebês resfriados e com o nariz escorrendo, grávida de um quinto, é o que pode se chamar de milagre. E se, por algum motivo, você não acreditar em milagres, comece a acreditar, porque manter minha cabeça fora d'água nesta sociedade indiferente — que provavelmente também está conseguindo me deixar indiferente e retraída — é um milagre.

Capítulo 3

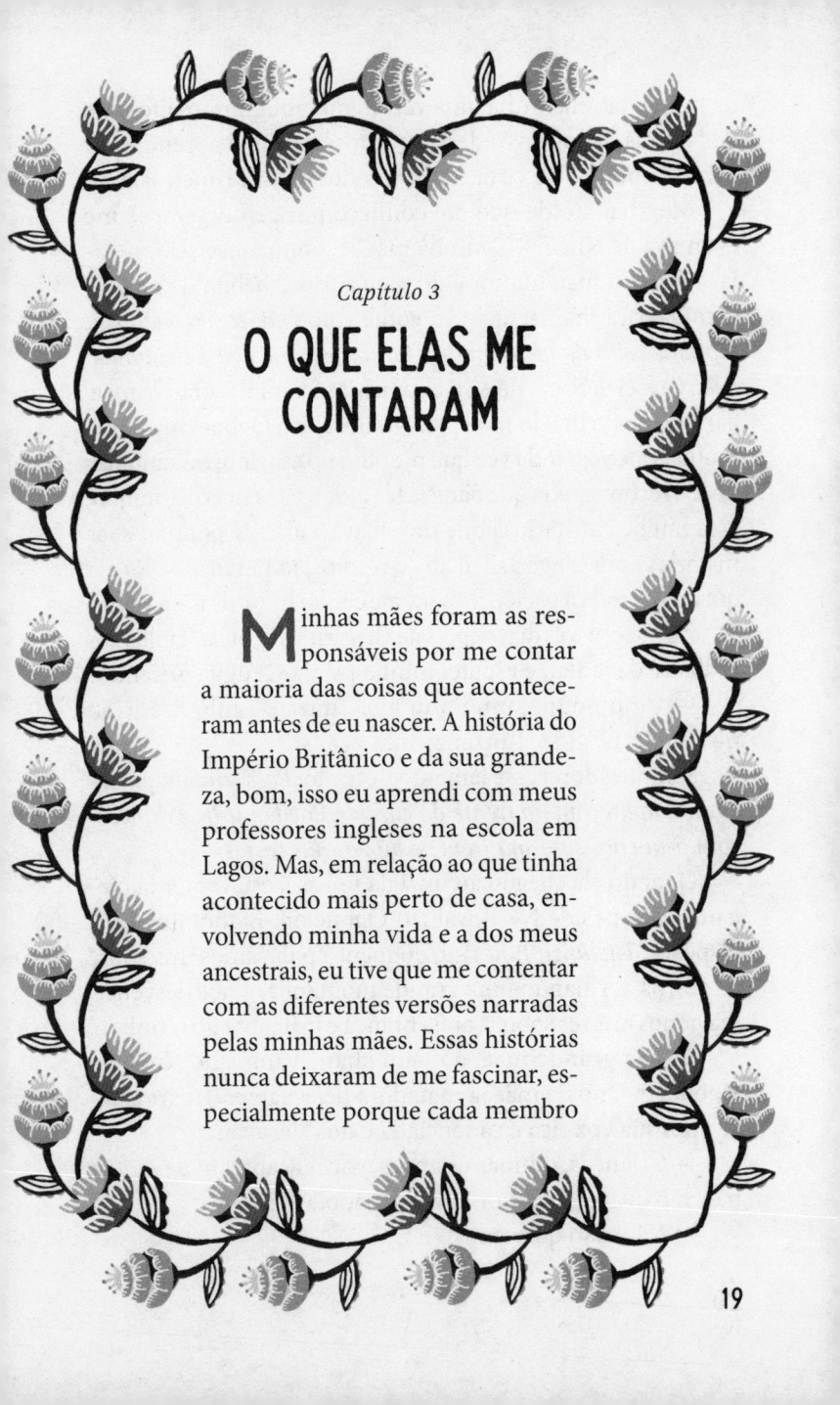

O QUE ELAS ME CONTARAM

Minhas mães foram as responsáveis por me contar a maioria das coisas que aconteceram antes de eu nascer. A história do Império Britânico e da sua grandeza, bom, isso eu aprendi com meus professores ingleses na escola em Lagos. Mas, em relação ao que tinha acontecido mais perto de casa, envolvendo minha vida e a dos meus ancestrais, eu tive que me contentar com as diferentes versões narradas pelas minhas mães. Essas histórias nunca deixaram de me fascinar, especialmente porque cada membro da minha família tinha uma versão um pouquinho diferente das outras. Foi através desses relatos orais que aprendi, por diversos pontos de vista, a história dos meus primeiros dias.

Meu pai, desde que me conheço por gente, sempre me chamava de Nnem — "minha mãe". E minha mãe sempre falava do meu mau humor e do meu curioso hábito de recusar comida para chamar atenção, como vindo *não do meu lado da família, e sim daquela mulher misteriosa que deu à luz ao pai dela*. Cresci debaixo dessa sombra. Mas foi minha grande mãe, a irmã mais velha do meu pai, Nwakwaluzo Ogbueyin — essa mulher que vejo toda vez que me olho no espelho; essa mulher doce e rechonchuda que parecia ter toda a paciência do mundo; essa mulher misteriosa que dominava a arte de pontuar suas histórias com longos silêncios e respiração pesada —, foi ela quem teve toda a paciência para me contar tudo, de uma vez só.

Aconteceu três dias depois de chegarmos a Ibuza. Tínhamos acabado de jantar, e escutei minha prima Ogugua gritando:

— Umu nnunu, umu nnu nta, Tunzanza tulu nza, Unu no neho erne gide, Tunzanza tulu nza...

Sempre adorei esse lamento noturno: *Passarinhos, passarinhos, apareçam na frente da casa de Ededemushe e dancem com pequenos sinos na frente e búzios nas costas...*

Quando ela chegou ao final da música, estávamos já ofegantes aos pés de Nwakwaluzo Ogbueyin. Baforamos uma resposta, *Tinzanza tulu nza*, enquanto pulávamos uns sobre os outros, formando uma grande montanha, e nos desvencilhávamos alegres sobre a areia branca e brilhante do Otinkpu.

Minha grande mãe, a quem chamávamos de Nneayin Ogbueyin ("nossa mãe, a matadora de elefantes"), gargalhava com sua voz rica e cadenciada e nos alertava:

— Crianças, minhas crianças, vocês acabaram de jantar, não vão querer ficar por aí vomitando, vão?

— Não, não queremos!

— Então se sentem e cantem sua canção inu mais uma vez.

Obedientes, cantamos *Umu nnunu, umu nnu nta* mais uma vez e a canção inu de Agadi Nwayin ("a velha que perdeu seus filhos") e, quando chegamos ao último refrão de *Zomilizo*, os ecos das nossas jovens vozes já percorriam todas as trilhas de areia e todas as partes de Ibuza. Naquele momento, parecia que todas as casas tinham mandado seus jovens se reunirem na areia, debaixo da luz do luar, para celebrar a alegria da vida e a maravilha da nova lua.

À medida que nossas vozes se apagavam, uma paz indescritível se espalhou entre nós. Olhamos para essa mulher magnífica, com um cabelo prateado que se ajustava à sua cabeça como se fosse um chapéu, olhamos para seu rosto cheio, preto e radiante, e tentamos mergulhar naqueles seus olhos castanhos — olhos que, sabíamos, estavam ficando cada vez mais fracos quanto mais ela se aproximava da morte. Observamos sua bengala, que descansava entre suas pernas como uma vara da vida enquanto ela sentava no seu banquinho, e olhamos para ela com expectativa, para que ela nos dissesse o que mais poderíamos fazer.

— Vocês querem cantar outra vez?

Escutamos, vindo da sua barriga, o precioso ronco da diversão.

— Não, mãe, queremos histórias!

— Não estou escutando nada.

— Queremos histórias, queremos histórias, queremos histórias! Conte pra gente a história de Agadi Nwayin, por favor, nos conte, nossa Ogbueyin!

Ela tinha conseguido atiçar nossa curiosidade e nossa expectativa, e sabia disso. Ela fechou os olhos e aos poucos entrou num dos seus transes, o que acontecia toda vez que ela ia contar uma história. E, quando abriu a boca para falar, a voz que surgiu era distante e hipnotizante.

— De quem é o pai que atravessou sete terras a pé e nadou por sete mares para lutar e matar um homem mau chamado Hitilah?

— Sou eu — eu sussurrei, com a voz rouca, com medo de perturbar o controle silencioso que sua voz exercia sobre nós.

— Quem é nossa mãe, Agbogo, retornada?

— Sou eu.

Desta vez não consegui me controlar. Fiquei em pé, orgulhosa, e meu movimento assustou e trouxe de volta para a realidade meus primos e primas que sentavam na areia de Otinkpu.

— É ela, é ela — suas vozes formavam um coro.

— Sou eu, sou eu — eu gritava, intermitente.

— Quem tem uma mãe que pode ler e escrever como as pessoas brancas?

A esta altura, eu já dançava e cantava *O nmu, O nmu* (sou eu, sou eu).

Nosso entusiasmo atingiu níveis ensurdecedores, o que divertiu Nwakwaluzo Ogbueyin, e não foi pouco. Claramente, a história inu daquela noite seria sobre mim. E, anos mais tarde, consegui entender o motivo para eu ter recebido aquele presente — o presente de ser a heroína da história inu da nossa grande mãe.

Seu nome, Nwakwaluzo, significa "essa criança abriu o caminho". Esperava-se que ela, pelo que entendi, abrisse o caminho para que filhos homens pudessem nascer. Ela era uma menina, então esperavam que um menino viesse na sequência. Era quase como uma ordem: ela precisa ter um irmão. Eu costumava me perguntar o que teria acontecido se, tendo dado esse nome a ela, sua mãe tivesse tido outra menina ao invés do meu pai. De todo modo, meu pai nasceu mesmo depois dela, embora muito, muito tempo mais tarde, e recebeu o nome de Nwabudike — "essa criança é uma guerreira". Apesar da minha grande mãe ser uma mulher, por causa da sua força e das suas vitórias, ela conquistou o título de Ogbueyin — "a matadora de elefantes". Pelo que se conta, ela liderou algumas caçadas a elefantes, porque costumava trabalhar na venda do marfim. Mas na época que chegamos ao mundo ela estava ficando velha e parecia mais uma vovó do que uma grande tia e, por causa das ações ignorantes de muitas pessoas como ela, os elefantes há muito tempo tinham desaparecido daquela parte da África Ocidental. De todo modo, ela guardou relíquias dos seus dias de glória — tinha tornozeleiras e braceletes enormes confeccionados a partir das presas de elefantes adultos. A maioria das pessoas só usa esses enfeites grandes e pesados em ocasiões especiais. Mas não minha grande mãe! Ela mandou esculpir os dela de uma maneira tão peculiar que tomava banho com eles, dormia com eles e passeava com eles, um feito que exigia não apenas uma habilidade única como também uma bela dose de energia.

Quando meu irmão Adolphus e eu vimos aquela mulher soberba pela primeira vez, fugimos na mesma hora. Ficamos aterrorizados, porque nunca tínhamos visto alguém como ela em Lagos, onde nós dois nascemos. E quando nossa grande mãe tentou nos abraçar, gritamos tanto que as pessoas passaram muito tempo falando sobre esses gritos.

Enquanto eu mantinha distância, tremendo de medo, vi minha grande mãe chorar, e meu coração derreteu e eu senti pena dela. Assisti sua caminhada, de cabeça baixa, até sua cabana. Então a curiosidade tomou conta de mim e, com cuidado, fui atrás dela e me esgueirei perto da sua pequena porta e vi quando ela pegou o cabo do odo e quebrou os caros enfeites de marfim em vários pedaços. Em seguida ela saiu na nossa direção com os braços bem abertos, receptiva. Apesar do meu irmão ainda ter fugido dela depois disso, eu não me afastei tanto. Encorajada pela minha hesitação, ela mergulhou suas mãos, agora nuas, na sua nbunukwu — sua saia acinturada —, pegou um peixe eshi escuro e brilhante, que tinha quarado no sol até ficar escuro e saboroso, e me atraiu com essa oferta. Então eu corri até ela e a família caiu na risada. As pessoas que assistiam a cena ficaram horrorizadas com o triste fim dos enfeites caros, mas, com minha mão grudada à dela, minha grande mãe, radiante, ela questionou: *Desde quando é uma virtude ser rico em bens materiais e pobre em pessoas?* Os familiares concordaram. Eles entendiam muito bem: do que adianta ter o céu e a terra se você não tiver ninguém com quem os compartilhar?

Com uma mão segurando a mão dela e a outra agarrando o peixe eshi, olhei para o rosto da grande mãe. Eu nunca tinha visto ninguém tão feliz. E, como presente extra, ela resolveu que, naquela noite, contaria a história do meu parto. Ia ser minha história, a história pela qual ela atravessaria sete terras a pé e nadaria por sete mares para conquistar, e isso só para mim, porque eu era importante. Porque eu era uma pessoa significativa para nossa comunidade de Umuezeokolo Odanta, em Ibuza.

Na sua voz baixa e relaxante, ela começou:

— Era compreensível que todos dissessem *ah, é apenas uma menina* a Alice Ogbanje Ojebeta e ao seu marido Jeremy Nwabudike Emecheta quando os dois tiveram uma filha. Que problemas ela não causou ao fugir da barriga da sua mãe aos sete meses, enquanto as outras crianças permaneciam noves meses lá dentro? E não havia nada como uma ala para bebês prematuros na maternidade da Massey Street, em Lagos, onde ela nasceu. A maioria das mães normais não precisava ir a lugares como aquele. Mas, como essa menininha veio ao mundo antes da hora, sua pobre mãe precisou ser levada àquela maternidade de gente branca. Sua mãe não sabia muito bem o que fazer, e as pessoas que a ajudaram no parto também não.

Muitas delas apenas balançavam a cabeça para cima e para baixo, ressabiadas, porque achavam que a menina não iria sobreviver. Ela era um pouco maior do que o maior rato que vocês já viram, e era pura cabeça. Então aquelas pessoas do hospital mandaram Alice Ogbanje para casa com seu fragmento de humanidade. Ela não podia levar a menina para seu marido, estava envergonhada. Porque, vejam, Nwabudike casou com sua esposa aqui, de acordo com os nossos costumes, e depois, quando eles chegaram em Lagos, ele precisou casar de novo com ela, de acordo com as leis da gente branca. Ogbanje usou um vestido branco longo com um outro negócio branco que parecia uma teia de aranha em cima da sua cabeça. Esse negócio era comprido e ela teve que pedir às suas amigas que o segurassem para ela não acabar tropeçando. Os dois estavam engraçados, mas quem é que entende os costumes dessa gente branca estranha? Depois que eles entraram dentro da casa, aquela casa grande onde eles rezam para o deus deles, todo mundo veio e tirou fotos e comeu arroz e carne e bebeu bastante vinho de palma e aí as pessoas dançaram a noite inteira. Custou uma fortuna para meu irmão Nwabudike, eu garanto a vocês. Toda aquela besteirada. Então se um homem faz tudo isso por você, que tipo de criança você dá para ele?

— Um menino enérgico, urrando com vida numa folha de bananeira — nós respondemos, hipnotizados.

— Bom, Ogbanje não fez isso. Ela deu a Nwabudike aquele seu fragmento de humanidade. Então, quando saiu da maternidade, ela não parava de chorar, e o céu chorava junto com ela, porque a menina tinha nascido em julho, nosso mês mais chuvoso. Ela levou a filha para a esposa do seu irmão. *E o que é isso aqui? Que o céu caia sobre minha cabeça*, disse sua cunhada, a esposa de Obi. *É uma criança, uma menina*, respondeu Ogbanje. *Bom, de qualquer jeito, ela não vai conseguir sobreviver*, disse a esposa de Obi. Ela devia saber o que estava falando, porque ela mesma tinha seis filhos, todos meninos, e nenhuma menina. E as duas cobriram aquele pedacinho de carne com vários panos velhos para mantê-la aquecida e despejaram água naquela boca que parecia a de um pássaro. E a menina não morreu. Pelo contrário, ela ficou endiabrada. Ah, que voz ela tinha. E seu coração batia tum, tum, tum. Foi aí que meu irmão Nwabudike viu, na determinação da criança em viver, o espírito de luta da nossa mãe, Agbogo. E ele também estava determinado a fazer sua filha viver. Mas a menina começou a ficar amarela. E Alice Ogbanje, por causa do treinamento dos brancos que ela tinha tido em Onitsha, pegou a filha e correu de volta para o hospital onde ela havia nascido. Ogbanje chorou e disse: *Olhem, meu bebê está ficando amarelo, mesmo que eu tenha dado as gotinhas de água que minha cunhada mais experiente me disse para dar. Eu sei que ela não tem muita chance de sobreviver, mas meu marido acha que ela é sua mãe renascida, e ele não vai me perdoar se eu deixar sua mãe renascida morrer.* E as enfermeiras de Lagos, bom, elas fizeram justiça com as próprias mãos. Elas cuspiram abelhas em cima de Alice Ogbanje e disseram para ela: *Como você ia se sentir se alguém te desse somente gotinhas de água por três dias, hein? Como você ia se sentir?* Uma enfermeira iorubá enorme até ameaçou espancar Alice Ogbanje, mas ficou com pena quando percebeu que ela continuava sangrando do parto e que não tinha experiência nenhuma. E essas enfermeiras enfiaram os mamilos virgens daquela mulher na boca da criança e a menina mamou e mamou, e adivinhem o que aconteceu!

— Ela sobreviveu! — todos nós gritamos.

Eu me empolguei e acrescentei meu final à história:

— E, depois de um ano, eu trouxe um menino para o mundo, e meu pai e minha mãe chamaram ele de Adolphus Chisingali Emecheta!

Batemos palma e dançamos naquela noite. E eu sabia que tinha sido perdoada por ter nascido prematura com uma cabeça grande e um corpo pequeno e por ser uma menina, porque eu devo ter recomendado muito meus pais às crianças que vivem debaixo da grande terra, e deve ter sido por isso que Olisa mandou meu irmão para minha mãe, um menino que nasceu sem confusão nenhuma, permaneceu os nove meses na barriga dela e abriu seu caminho no mundo aos gritos. Eles nem precisaram enrolá-lo em panos velhos.

Meu pai e seus amigos devem ter ficado muito orgulhosos desse menino forte e corpulento, e por esse motivo deram a ele o nome do homem que eles achavam ser o mais poderoso da Terra: Adolphus Hitler. Às vezes, na minha infância, eu me perguntava por que meu irmão recebeu o mesmo nome do homem que, mais tarde, nós aprendemos a temer. Mas quem é que sabe o que se passa dentro da cabeça de pais igbos orgulhosos e ambiciosos? Como a maioria dos meninos igbos nascidos naquela época eram chamados de Adolphus por causa do líder alemão, Adol ainda é um nome bastante comum entre os igbos da Nigéria.

Se, por um lado, meu irmão recebeu aqueles nomes militares, Adolphus Chisingali Emecheta, cujo significado é "Deus ordenou minha promoção", por outro, minha mãe decidiu me chamar de Florence em homenagem à história da senhora com a lamparina que os missionários contaram a ela em Onitsha. Meu pai escolheu Onyebuchi, que significava "é você o meu Deus?". O apelido Nnenna, que significa "mãe do pai", não foi registrado porque ele, e somente ele, podia me chamar dessa forma, assim como meu irmão era localmente conhecido como Hitilah.

Como despejamos títulos e ambições nos nossos filhos! Mesmo hoje, nos anos 1980, eu nunca vi pais mais orgulhosos do que os típicos pais igbos. Queremos que nossos filhos conquistem o mundo, pressionamos para que eles conquistem o mundo e, quando eles não conseguem fazer isso, temos dificuldade de perdoá-los. Conheço muitos homens igbos na Europa e nos Estados Unidos que nunca vão poder voltar para casa, porque eles não fizeram jus aos nomes dados a eles por seus pais e por Umunna.

Capítulo 4

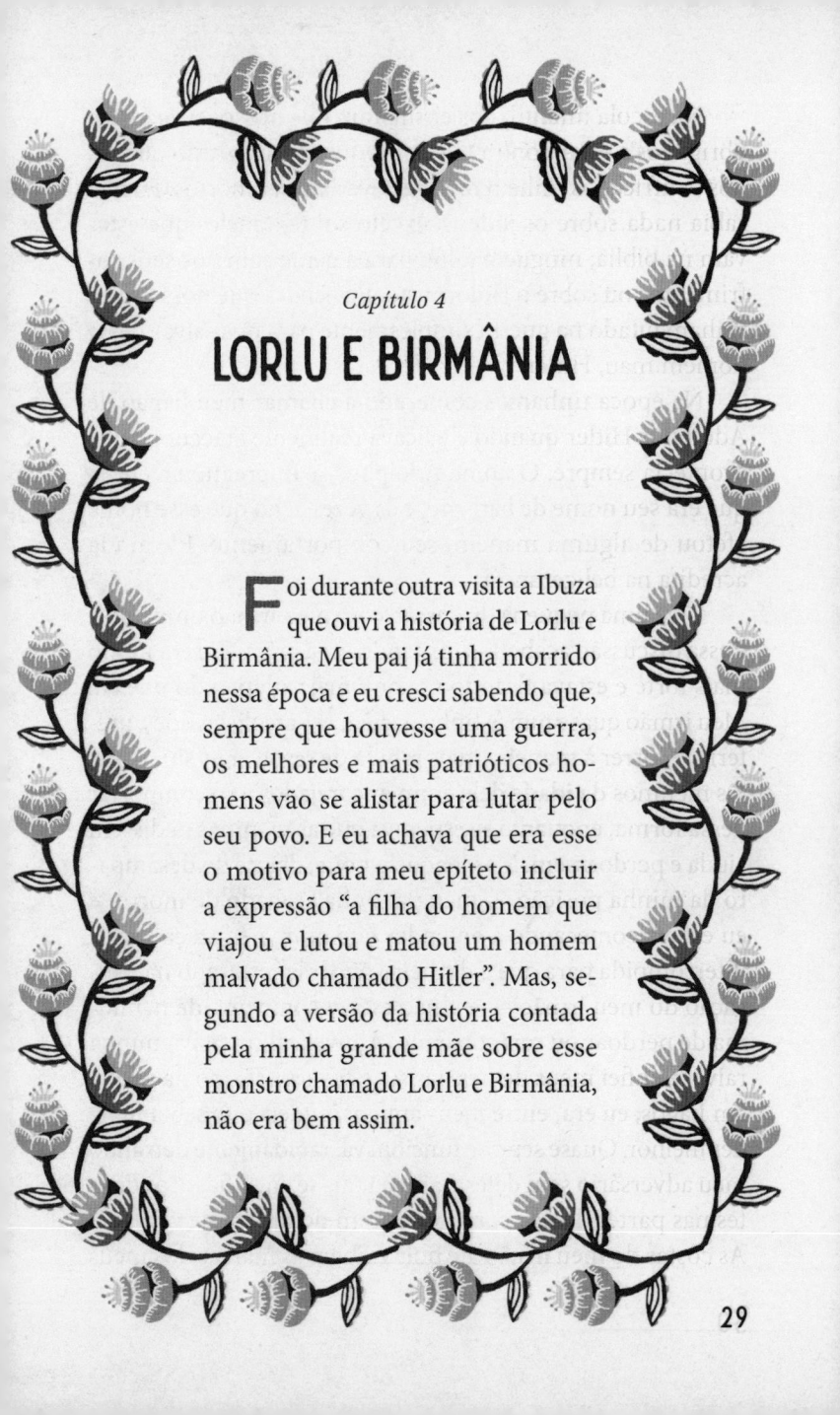

LORLU E BIRMÂNIA

Foi durante outra visita a Ibuza que ouvi a história de Lorlu e Birmânia. Meu pai já tinha morrido nessa época e eu cresci sabendo que, sempre que houvesse uma guerra, os melhores e mais patrióticos homens vão se alistar para lutar pelo seu povo. E eu achava que era esse o motivo para meu epíteto incluir a expressão "a filha do homem que viajou e lutou e matou um homem malvado chamado Hitler". Mas, segundo a versão da história contada pela minha grande mãe sobre esse monstro chamado Lorlu e Birmânia, não era bem assim.

Na escola infantil, nos ensinaram que nossos pais foram obrigados a lutar contra Hitler porque ele tinha dito que todos os africanos tinham rabos e deveriam ser mortos. Eu não sabia nada sobre os judeus, exceto sobre aqueles que estavam na bíblia; ninguém falou para a gente sobre os seus sofrimentos ou sobre o Holocausto. Eu achava que nossos pais tinham lutado na guerra simplesmente para nos salvar desse homem mau, Hitler.

Na época tínhamos começado a chamar meu irmão de Adolphus Hitler quando ele ficava realmente atacado, o que acontecia sempre. O nome Adolphus se impregnou a ele, já que era seu nome de batismo, e às vezes acho que esse nome afetou de alguma maneira seu comportamento. Ele ainda acredita na beligerância.

Tive uma pequena discussão com meu irmão uma noite, e essa discussão acabou se tornando uma briga. Ele era muito mais forte e estava ficando maior e mais atlético do que eu. Meu irmão quase nunca tinha paciência para discussões, preferia recorrer à maneira mais rápida de resolver as situações. Os meninos da idade dele eram encorajados a se comportar dessa forma, enquanto se esperava que as meninas pedissem ajuda e perdoassem. Mas, naquela noite, diante do desamparo da minha posição — meu pai tinha acabado de morrer e eu estava começando a entender que minha educação seria interrompida para que o dinheiro pudesse ser usado na educação do meu irmão —, eu não estava com vontade nenhuma de perdoar ou sair correndo. A inveja alimentava minha raiva, e enfiei meus dentes nas suas costas. Mesmo na escola em Lagos, eu era, entre meus amigos, aquela que sabia morder melhor. Quase sempre funcionava, rapidamente deixando meu adversário sem defesa, ainda mais se eu enfiasse os dentes nas partes do seu corpo que eram dolorosas de verdade. As costas do meu irmão até hoje exibem as marcas dos meus dentes. As pessoas nos separaram e, enquanto eu bufava de raiva, ele chorou e ameaçou que ia fazer tal e tal coisa comigo.

Então minha grande mãe veio, ficou lá nos observando e de repente gritou:

— Como é que crianças saídas da mesma mãe e do mesmo pai viraram essa Abissínia e Itália?

Devo confessar que escutei minha mãe usar essa expressão várias vezes, mas nunca perguntei o que ela queria dizer com "Abissínia e Itália". Precisei esperar mais de dez anos para perguntar ao meu marido. Ele gostava de ler sobre história moderna, e vocês não acreditariam na risada que ele deu diante da minha ignorância.

— Mesmo as mulheres velhas da aldeia sabem mais de história moderna do que você — ele zombou.

Os abissínios e os italianos eram inimigos durante a Primeira Guerra Mundial. Fiquei impressionada com o poder do boca a boca. Aquele era um fato conhecido por mulheres que nunca haviam lido um jornal, ou que nunca tinham tido contato com um rádio ou uma televisão, e mesmo assim elas sabiam que aqueles dois povos haviam entrado em guerra. E isso deixou ainda mais evidente que, se a África alguma vez foi um continente ignorante de verdade, deve ter sido lá na Idade das Trevas e entre pessoas que viviam em lugares isolados e inacessíveis.

Não perguntei o significado de "Abissínia e Itália" naquela noite, e o que nossa grande mãe fez foi reunir meu irmão e eu e todos nossos amigos e entrar num dos seus transes e nos contar a história de Lorlu e Birmânia. A lição da história era que, se meu irmão brigasse com sua esposa do jeito que ele brigava comigo, Lorlu iria levá-lo embora, e ele e seu amigo chamado Birmânia iriam devorá-lo inteiro.

Lorlu era ótimo em sequestrar maridos, especialmente os malvados, então meu irmão precisava tomar cuidado. Eu fiquei confusa. Os homens daquela época eram recrutados para o exército contra sua própria vontade e contra os desejos das suas famílias, mas até aquela noite eu ainda pensava que pessoas como meu pai tinham se voluntariado de muito bom grado. Minhas investigações não chegaram a conclusão nenhuma e não obtive resposta nem mesmo da grande mãe.

Agora eu sei que, nesse assunto, ela não entendia muito bem as coisas. Ela não entendia por que um homem deveria ir para o trabalho e sua esposa deveria cozinhar para ele, esperando esse homem chegar em casa para jantar, para descobrir três meses depois que ele tinha sido levado para lutar contra um homem que não conhecia chamado Hitler. E sua versão da história era o único jeito pelo qual ela conseguia explicar.

Havia esse monstro em forma de homem chamado Lorlu e seu amigo Birmânia. Eles gostavam de sequestrar maridos. Mas a grande mãe não gostava de insistir muito nesse ponto, já que, no fim das contas, meu pai, que era uma pessoa violenta, apesar de ser um bom cristão, era seu irmão. Então nós sabíamos, ou suspeitávamos, que meu pai tinha sido levado para lutar contra Hitler por um monstro chamado Lorlu e pelo seu igualmente horrível amigo, Birmânia, porque meu pai, sendo gago, não conseguia falar muito bem. Assim como meu irmão, ele não tinha paciência para as palavras. E essa foi a história com a qual eu cresci.

Anos depois, quando cheguei na Inglaterra, um amigo me emprestou um livro chamado *Edwina*, sobre a vida de Lady Mountbatten da Birmânia. Por um bom tempo, não fiz a conexão entre o falecido Lord Mountbatten e nosso monstro Lorlu. No entanto, em algum momento essa conexão aconteceu. Na África, ele era conhecido como Lord Louis — acho que Mountbatten era um nome grande demais para se pronunciar, quanto mais para lembrar. Então, para nossas mães, ele era Lorlu, e vocês podem imaginar o quão perplexa fiquei quando descobri que Birmânia era um lugar, e não um monstro maior ainda.

Fiquei bastante decepcionada, porém, quando estendi minhas pesquisas até chegar em Sandhurst e descobrir que, sim, existia uma companhia de fuzileiros e uma Infantaria Real da África Ocidental que viajou até a Birmânia. Acho que meu pai, na melhor das hipóteses, deve ter carregado as armas de um oficial inglês. Ele nunca viu Hitler, muito menos o matou com as próprias mãos. Vocês podem imaginar como eu me senti. Então mentalmente abandonei a descrição que dizia que eu era "a filha do homem que era tão forte a ponto de matar um homem malvado chamado Hitler com as próprias mãos".

E, da grande surpresa de que Lorlu, o monstro, não era ninguém menos do que o muito amado Lord Mountbatten, que morreu tragicamente há alguns anos, ainda estou me recuperando. Eu sei que, se minha grande mãe estivesse viva e eu contasse a ela como ele morreu, ela com certeza diria "E o que você esperava? Com todas as maldições que nós jogamos em cima dele e do seu amigo Birmânia, uma hora a coisa ia acontecer".

De todo modo, eles já se foram agora, minha grande mãe, meu pai, todos os pobres homens negros forçados a abandonar suas esposas e seus filhos no auge das suas vidas para nunca mais voltar e sem ninguém explicar nada para ninguém — todos eles já se foram. Talvez estejam juntos, dando risada das imperfeições da história. Mas tenho a impressão de que a risada da minha grande mãe, sua gargalhada estrondosa, seria a maior de todas.

E em relação a Hitler, meu pai nunca o matou. A Birmânia é bem distante da Alemanha, nós não sabemos como foi que ele morreu, e isso não tem nada a ver com minha família. Me pergunto como foi que o homem encontrou seu fim. É outra lenda envolta em mistério e tenho certeza de que boa parte das mães vai contar para seus filhos e filhas sua própria versão da história.

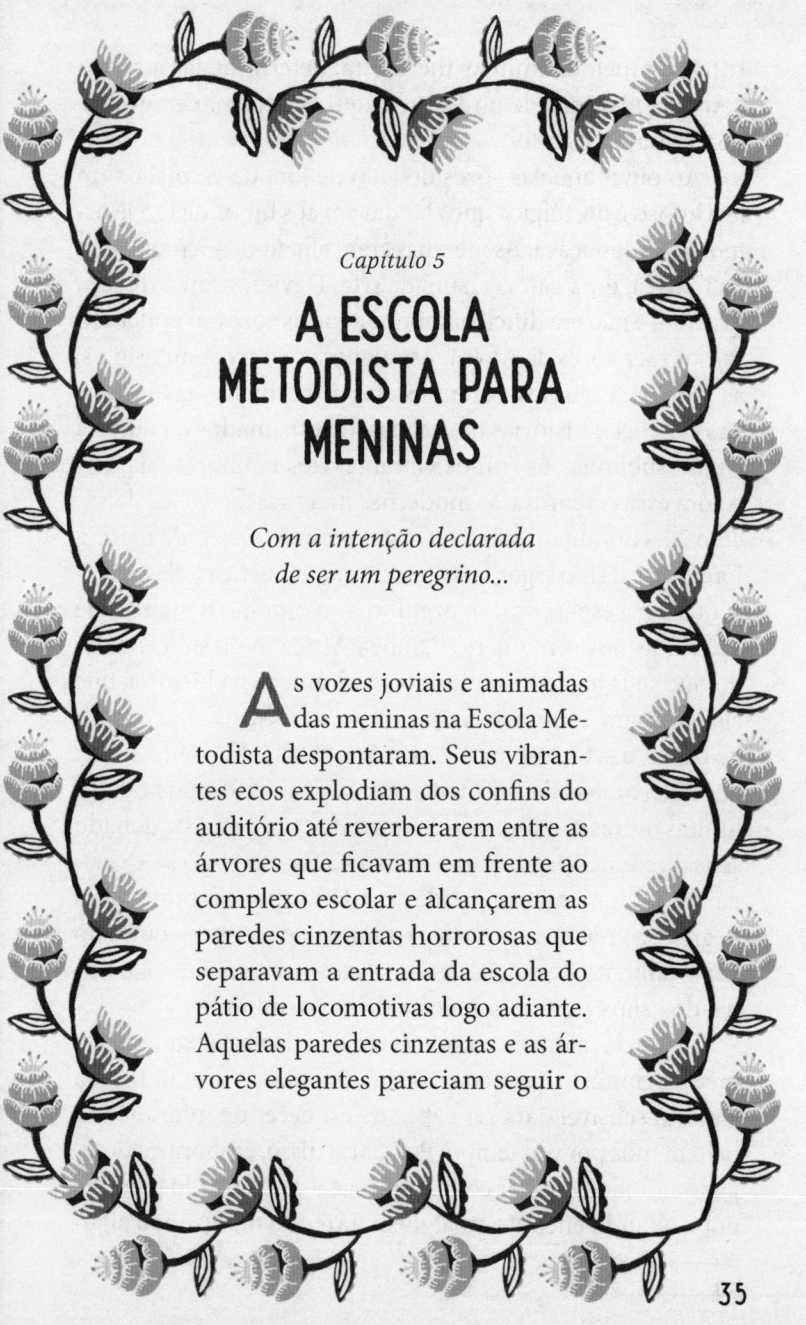

Capítulo 5

A ESCOLA METODISTA PARA MENINAS

*Com a intenção declarada
de ser um peregrino...*

As vozes joviais e animadas das meninas na Escola Metodista despontaram. Seus vibrantes ecos explodiam dos confins do auditório até reverberarem entre as árvores que ficavam em frente ao complexo escolar e alcançarem as paredes cinzentas horrorosas que separavam a entrada da escola do pátio de locomotivas logo adiante. Aquelas paredes cinzentas e as árvores elegantes pareciam seguir o ritmo da melodia militar metodista, determinadas a serem como as meninas de uniforme cáqui lá dentro: peregrinas, peregrinas de Cristo.

Ao ouvir aquelas vozes do lado de fora da escola, o tom lacrimoso e nostálgico que elas davam aos hinos da igreja ortodoxa se destacava. As meninas eram afinadas — a professora de música, uma galesa chamada srta. Davies, se encarregava disso —, e não era difícil notar que aquelas vozes só poderiam mesmo ser vozes da África. Até algumas gerações anteriores, as vozes dos seus avós eram usadas nos cânticos das aldeias, nas canções e histórias musicadas, nos chamados da floresta e para sublinhar os ritmos vibrantes dos tambores falantes. Agora essas meninas, as modernas meninas da África do século 20, continuam a desfrutar das mesmas vozes, da mesma força, do mesmo vigor, mas, a essas características, elas acrescentaram a esperança e o orgulho — o orgulho de saber que vão ser as novas mulheres da nova África. A elas foi ensinado que seus lugares no mundo eram únicos na história, que elas estariam à altura de mulheres como a srta. Davies do País de Gales, a srta. Osborne da Escócia, a srta. Verney e a srta. Humble, ambas da Inglaterra, a srta. Walker da Austrália, e muitas outras missionárias brancas que tinham abandonado seus diferentes países para virem a Lagos, na Nigéria, e ensinarem essas meninas a se valorizar. Havia poucas professoras negras na época, uma no departamento de costura, outra no departamento de cuidados com a casa, mas até então, no final dos anos 1950, a influência delas era mínima.

Naquela manhã, eu estava atrasada de novo para sair do meu dormitório. Eu não era nada popular — muito tímida e muito sensível para ser capaz de esquecer de mim mesma pelo menos por um tempo. Por causa disso, embora eu desejasse e implorasse por companhia, acabava fazendo papel de boba quando encontrava alguém, fazendo ou dizendo alguma coisa errada. E essa coisa errada me deixava preocupada e eu chorava e roía as unhas até quase comer os dedos também. Então, para me prevenir, eu sempre preferia ficar para trás quando todo mundo saía, assim eu podia ler uma linha de Wordsworth, ou um verso de Byron ou de Tennyson, antes de atravessar o caminho curto que ia da pensão até o colégio, cercada por árvores ainda molhadas pelo orvalho da noite, tendo apenas eu mesma como companhia, no meu tempo e andando "como se só quisesse chegar no ano que vem", como nossa professora, a sra. Okuyemi, costumava dizer.

Eu podia discutir, dissertar e recontar os trabalhos de Rupert Brooke, Keats e Shakespeare, mas ainda era a filha de pais de baixíssima escolaridade saídos de uma cultura oriunda da selva, inocente mas também sofisticada, que não sabiam nada do tal mundo civilizado. Mas em termos de cuidado comunitário, de partilha mútua, de linguagem gestual e de produção musical, eles eram insuperáveis na sua sofisticação. Mas os dois, meus pais, precisaram deixar tudo isso para trás em busca desta "coisa nova" que estava chegando de lugares distantes. Eles deixaram suas casas na aldeia, o habitat dos seus ancestrais há tantas gerações, e vieram para a cidade, e ali me tiveram, e diziam que eu era inteligente, e diziam que, como eu havia ganhado uma coisa chamada bolsa de estudos — que minha mãe chamava de "bolsa de escudos" —, eu seria criada sob novas regras. Esse era o motivo para eu não estar na aldeia, macerando o chão de barro dos meus ancestrais, e sim em frente a essa escola, me sentindo culpada por ter ilegalmente consumido Rupert Brooke e escutando as vozes das minhas amigas reunidas, que cantavam.

Às vezes eu pensava bastante na vida da aldeia, especialmente porque minha família se esforçava para eu nunca perder contato com ela. Eu passei por todos os rituais, mas sabia que, como meus pais, estava presa nessa "coisa nova". Claro, para mim e para todas as minhas amigas na Escola Metodista para Meninas, não era mais uma coisa nova. Estava já se transformando em um modo de vida. Eu me sentia como o prisioneiro de Chillon, de Byron, quando ele dizia:

> *Eu e minhas correntes nos tornamos amigos*
> *Pois uma longa comunhão tende*
> *A nos fazer quem nós somos — e mesmo eu*
> *Ganhei minha liberdade com um suspiro*

Por mais que admirasse a vida na aldeia, eu sabia que, por pura questão de sobrevivência, precisava fazer valer a educação que a escola estava me oferecendo — de graça, enquanto quase todas as outras meninas pagavam. Fiquei então cada vez mais reservada, porque não pagava pela minha educação, um fato que fazia eu me sentir péssima, embora eu não tivesse ganho a bolsa por caridade, e sim por mérito próprio. Meus pais não conseguiriam pagar aquelas mensalidades caríssimas. Meu pai naquela época já estava morto há bastante tempo, e minha mãe, apesar de ser uma mulher cristã, havia voltado para nossa aldeia, em Ibuza, para poder sobreviver. Ou seja, ainda que eu me sentisse culpada por ter uma bolsa, eu, de alguma maneira, me sentia grata por ela — e, sem o generoso ponto de partida que essa bolsa me deu, tenho dúvidas se eu seria capaz de escrever em inglês, como hoje escrevo.

De todo modo, naquela manhã, eu estava atrasada, e sabia que teria problemas por isso, então entrei correndo na escola e parei na porta, com os olhos baixos e meu robusto hinário metodista azul-marinho colado ao meu peito reto (demorei a me desenvolver, era magra demais). E num daqueles momentos infelizes que às vezes a Providência coloca no nosso caminho, dei de cara com nossa professora, a sra. Okuyemi. Ela era negra, jovem e bonita, apesar de nunca ter se permitido ser bonita. O único dia que a vi sorrir foi quando saí da escola e fui correndo até sua casa para contar que tinha ido bem no Exame de Certificado de Escola da África Ocidental. Naquele dia ela inclusive nos fez um pouco de sala — e deu para mim e para minha melhor amiga, Kehinde Lawal, uma tigela de salada de frutas. Ela nos tratou como pessoas, tanto que minha amiga, que eu considerava mais sensata do que eu, disse:

— Aquela mulher realmente tentou nos ajudar. Se pelo menos tivéssemos escutado mais ela...

Bom, era tarde demais: nós já tínhamos concluído a escola naquela altura e, antes mesmo de divulgarem as notas finais, eu já estava casada. Mas tudo isso ainda está no futuro.

Naquela manhã, a sra. Okuyemi estava sentada ao lado da minha turma, como deveria estar, uma vez que era nossa professora. Ela não abriu espaço para mim de imediato, pelo contrário, me deixou esperando tempo suficiente para todas as outras professoras me verem ali em pé. Eu sabia o que elas estavam pensando: "Essa menina igbo metendo os pés pelas mãos mais uma vez". Eu apenas encarava o chão de cimento; não olhava para o rosto de ninguém. Então as outras meninas fingiram estar ofendidas com meu atraso. Um desavisado podia até pensar que, se não fosse pela confusão que eu estava causando, elas teriam tranquilamente escalado a imaginária Escada de Jacó, tamanho o desejo delas de serem as peregrinas que Bunyan idealizou em *O peregrino*, livro no qual aquele hino em particular se baseava. Eu sabia que elas estavam todas sendo hipócritas; eu conseguia enxergar os dentes perfeitos de Kofo Olufowokan brilhando por trás do seu hinário. Então esbarrei em Bisi, e a cadeira dela caiu no chão. A srta. Davies interrompeu o piano; a diretora, a srta. Walker, baixou seus óculos; e a srta. Humble, uma mulher gigante, sempre de tênis, ficou na ponta dos pés. Além de professora de educação física, ela coordenava os estudos de literatura e inglês. Eu tropecei até o fim da fileira, até encontrar um lugar vazio. "Por que elas não me deixaram um lugar vazio perto da porta?", eu pensei na hora. Mas, se fosse assim, a atrasada iria achar a vida fácil demais. De todo modo era melhor estar atrasada para a assembleia do que não aparecer: nossa amada sra. Okuyemi iria ficar sabendo e então teria uma "palavrinha" com a pecadora. Eu preferia incomodar a escola inteira do que ter uma "palavrinha" com a sra. Okuyemi. Hamlet se gabava de que suas palavras eram punhais, mas as "palavrinhas" da sra. Okuyemi eram mais afiadas do que qualquer punhal.

O culto matinal continuou depois que a srta. Davies ajeitou seus óculos, endireitou os ombros já tensos e jogou a cabeça para trás. Logo em seguida nos ajoelhamos para rezar e encerramos a assembleia cantando o hino da escola:

Senhor, queremos ser como os cinco vigilantes
Esperar tua vinda e lutar
Cada uma com seu pavio a cortar

Eu sentia que aquele hino estava querendo me dizer algo. Eu era a virgem que não havia cortado seu pavio e estava atrasada e despreparada para o banquete de casamento. Algumas pessoas diziam que a história das dez virgens da bíblia era apenas simbólica, mas havia quem acreditasse que aquilo era real. Eu me lembro, por exemplo, que, durante um recesso escolar, tentei explicar o significado do hino da nossa escola para uma prima distante, em Ibuza. Ela também frequentava a escola, mas não uma "escola grande" como a minha. Na parte da virgem ela se engasgou.

— Você está me dizendo que Jesus Cristo recusou as mulheres, mesmo elas sendo virgens, simplesmente porque elas não tinham cortado a merda do pavio delas?

— Não é só o pavio, Josephine, elas não estavam preparadas para o casamento — eu disse.

— Pois eu queria ter vivido naquela época. Eu posso cortar o pavio e acender vinte milhões de lamparinas, se é isso que eu preciso fazer para me tornar uma mulher boa. Bem diferente desse lugar de merda. Aqui você precisa ser virgem e permanecer virgem o tempo inteiro.

Eu olhei para ela, assustada demais para dizer qualquer coisa. Estávamos chegando naquela idade em que não tínhamos mais permissão para dizer tudo que se passava pela nossa cabeça. Mas eu achava que minha prima Jo ia ter muitos problemas na sua noite de núpcias. Ela não disse nada; não precisava. E, como se quisesse me deixar com ainda mais pena dela, completou:

— Você sempre pode matar um passarinho e derramar o sangue dele no lençol branco que você usar na primeira noite com seu marido.

Fiz que não com a cabeça. Eu não sabia de nada, mas segui em frente.

— Minha mãe disse que qualquer outro sangue vai ficar desbotado antes do amanhecer, mas que o sangue de verdade vai continuar vermelho.

Depois de um silêncio desconfortável, Jo disse:

— Eu sei cortar o pavio. Acho que o Cristianismo é melhor. Pense em todos os espancamentos e as humilhações que as pessoas são obrigadas a passar. Cortar o pavio é muito mais fácil.

Jo e eu tínhamos mais ou menos a mesma idade, mas ela falava coisas desse tipo.

Outro dia, perguntei a alguém sobre ela, vinte anos depois dessa conversa, e me disseram que ela havia se tornado freira. Jo, com seu belo rosto delgado de donzela etíope, se enclausurou em um convento, provavelmente porque deve ter pensado que Deus não vê problema em aceitar as meninas que, por erro, curiosidade ou pura ignorância, tinham se aventurado. O fato de ser necessário duas pessoas para essa aventura e apenas a menina ser penalizada às vezes me intrigava. Assim como minha prima Jo, eu estava levando a música da escola ao pé da letra.

Uma coisa que ainda me surpreende a respeito da disciplina dos meus primeiros anos na escola era nossa maturidade diante das relações humanas. Nenhuma das meninas te repreendia por perturbar a assembleia, pelo menos não na sua frente. A lembrança do erro morria com você e as meninas percebiam, já naquela época, que isso era punição suficiente. Poderia acontecer com elas também. Ou talvez as poucas pessoas que se deram ao trabalho de me dizer que eu estava fazendo algo errado tenham entendido que eu não era confiante o suficiente a ponto de aceitar bem as críticas. Hoje em dia sou especialista na bela arte de rir de mim mesma primeiro, então quando as críticas surgem elas logo perdem o brilho e a força. Na escola eu ainda não tinha aprendido a arte de mascarar minhas emoções e por pena minhas colegas escolhiam não me falar nada. Em parte por causa disso, eu desconhecia várias das coisas que as outras garotas sabiam e com as quais faziam a festa.

Minha maior válvula de escape era a literatura. Ainda me lembro nitidamente da primeira história em inglês que consegui ler sozinha. Era a história de João e Maria, que caminharam de mãos dadas e morreram de mãos dadas na sua cama de flores na floresta. Li esse livro várias vezes no primário, então eu sabia algumas das palavras de cor e salteado. Eu costumava me imaginar perdida daquela maneira na floresta, de forma que meu sumiço fizesse os parentes com quem eu morava na época serem um pouco mais carinhosos e parassem de me bater por qualquer motivo, ou talvez fizesse minha mãe nos visitar e ficar comigo e com meu irmão, como ela fazia antes do nosso pai morrer, ou ainda fizesse minha mãe me amar a ponto de abandonar seu marido nativo, que só a herdou, sem ter que casar com ela do jeito certo, como meu pai fez. A segunda história foi a da Branca de Neve. Eu chorava sem parar por causa daqueles sete anões. E, durante os recessos escolares, nós íamos para Ibuza. Lá, eu praticamente me embriagava com as histórias da minha grande mãe.

Mais tarde, perto do final do meu período escolar, meu desempenho começou a piorar, porque as professoras sempre se intrometiam nos meus pensamentos. Eu sonhava e elaborava várias histórias onde eu era a heroína e sempre tinha o que comer e também uma cama confortável, e não os pedaços de madeira infestados de insetos onde a gente dormia na pensão da sra. Dedeke. Eram histórias tão bonitas. Graças a Deus, nunca falei nada a ninguém. Sabendo o que agora sei sobre psicologia, eu provavelmente seria considerada louca.

Um dos motivos para eu reservar minha imaginação para mim mesma se revelou no dia em que me atrasei para a assembleia matinal. Depois das orações, nossa próxima aula era de literatura inglesa. Eu achava que a srta. Humble não gostava muito de mim. Não havia o que gostar em mim, de fato: eu sempre parecia séria, usava óculos descomunais e não era particularmente organizada ou excepcionalmente inteligente. Minhas tarefas de classe pioravam em velocidade constante e isso deixava minha vida bem mais difícil. A situação era cíclica: eu estava com medo de sair da escola — não era uma vida muito bonita, mas pelo menos era segura e estável. Como resultado desse medo, comecei a sonhar com outro mundo, mas o mais engraçado desse outro mundo é que eu sempre era a mãe de várias crianças. E, quanto mais afundava nos meus sonhos, a ponto de trazê-los para a sala de aula, mais meus trabalhos sofriam e maior se tornava meu medo, porque, se a pessoa recebia uma bolsa de estudo e reprovava em alguma disciplina, ela perdia a bolsa. Tirei uma boa nota, no fim das contas, mas, para alcançar essa nota, sabendo que a alternativa era encarar a desgraça, cheguei quase ao meu limite.

A srta. Humble, muito alta e muito larga, nunca gostou de mim. Eu queria que ela gostasse de mim do jeito que ela gostava da minha amiga Kehinde Lawal. Eu realmente me esforçava nas aulas de literatura, e essa era minha melhor disciplina. Eu costumava sonhar mais na aula de matemática da sra. Osho, especialmente quando ela ia ao quadro com seu compasso horroroso. As meninas que se davam bem em matemática diziam que ela era muito boa, mas eu não era nada boa. Muito, muito tempo depois, desejei que ela estivesse comigo quando precisei estudar estatísticas sociais durante minha graduação em sociologia. Mas, enfim, a srta. Humble nunca gostou de mim e, se ela já não me favorecia em nada, agora, depois do meu comportamento vergonhoso na assembleia daquela manhã, ela tinha ainda mais motivos para isso. Ela começou a ler *Christabel*, de Coleridge, e declamou *Tu-ít! Tu-hú... E ouça, de novo! O galo cocoricando, quão sonolento ele cocoricou...*

Fiquei boquiaberta, admirada. Eu não estava mais olhando para minha jovem professora de literatura, com um mestrado em Oxford, mas estava de volta à vila dos meus ancestrais... Eu escutava a voz da minha grande mãe, com sua cabeça coberta por lanosos cachos brancos, com saliva escorrendo pelos cantos da boca, o rosto suado e brilhando por causa do suor, comigo sentada aos seus pés diante da árvore de fruta-pão, que espalhava uma sombra ilusória da lua resplandecente, e com as crianças, as mais jovens que não conseguiam ficar sentadas para ouvir as histórias, brincando de Ogbe. Eu estava lá, em Ibuza, em Umuezeokolo, Odanta, de onde veio todo meu povo. Eu estava lá, naquele lugar, e não escutei a jovem inglesa, nascida em Lake District e educada em Oxford, me chamando repetidamente. De repente alguém me cutucou. E a voz da srta. Humble irrompeu pela sala, cortante e irritada.

— Florence, Florence Emecheta, o que você vai ser quando sair daqui, hein?

— Uma escritora, srta. Humble.

Um longo silêncio.

— O orgulho precede a queda! — a srta. Humble disse, em voz baixa e rouca, e parecia que seus dentes protuberantes iam pular para fora da boca. Em seguida ela se esticou, ficando nas pontas dos pés, como se estivesse decidida a tocar o teto, e apontou para mim, severa, enquanto o lenço branco que tinha amarrado em volta do seu relógio com pulseira masculina tremulava.

— Oi? — Eu agora estava completamente desperta. — Eu disse que quero ser uma escritora — falei de novo, para o caso dela não ter me escutado da primeira vez.

— Saia da sala. Saia da sala e vá direto para a capela. Vá para lá e reze pelo perdão de Deus.

— Oi? — tentei de novo.

— Tome uma advertência! — ela disse, quase como se estivesse latindo.

Ali eu percebi que a coisa era séria. Cheguei rapidinho na porta, pronta para fugir correndo. As advertências se acumulavam e apareciam nos nossos boletins. Algumas meninas tinham dito que as professoras mencionavam as advertências até no relatório final da escola. No entanto, eu queria descobrir o que exatamente eu tinha feito para merecer aquela punição desgraçada. Hesitei por um segundo, meus olhos fixos no rosto da srta. Humble enquanto ela permanecia lá, em pé, ereta, sua mão esticada como se fosse um atiçador de fogo, e vi sua boca se abrindo para formar novamente "advertência".

Foi quando corri, passando diante da grande janela de vidro da nossa sala de aula, que ficava virada para a varanda, na parte da frente da escola. Não parei até ter certeza de que a srta. Humble não podia mais me ver. Então comecei a subir devagar os degraus até a capela, no primeiro andar do nosso grande prédio em formato de E.

De início, minha mente estava vazia, e somente a voz da srta. Humble ecoava nos meus ouvidos. A voz da autoridade. A voz que fomos ensinadas a associar com a retidão. A voz que ninguém questionava. A voz que você simplesmente obedecia. Então, no momento em que me aproximei da porta da capela, minha própria voz, a voz da minha Chi, pequena e, no princípio, insegura, começou a se infiltrar na minha cabeça. "O que você vai dizer a Deus, hein? O quê, Florence, você vai dizer a Ele quando entrar ali para pedir Seu perdão? Você vai dizer *por favor, Deus, não me transforme numa escritora*? E depois, ao mesmo tempo, *mas, querido Deus, eu queria tanto ser uma escritora, uma contadora de histórias, como nossa mãe Ogbueyin e suas amigas em Ibuza*? Ao contrário delas, eu não precisaria ficar sentada à luz do luar, porque nasci numa era com eletricidade, e não teria que contar minhas histórias com as costas apoiadas na árvore-do-pão, porque agora eu já aprendi a usar novas ferramentas para essa mesma arte. Agora eu conheço uma nova língua, a língua da srta. Humble e de todas as outras. Então, qual que é o pecado aí?".

A voz da minha Chi de repente ficou mais alta, tão alta que abafou a voz da srta. Humble. Abri a porta da capela e, com a cabeça erguida, passei por ela. Deus tinha coisas mais importantes para fazer do que começar a me punir por compartilhar meus sonhos em voz alta. Eu não apenas não entrei na capela para rezar como também não registrei minha "advertência". Pensei e me preocupei com isso por noites inteiras e cheguei à conclusão de que a srta. Humble provavelmente achava que sua língua era boa demais para pessoas como eu a usarem como meio de expressão. Mas aquela era a única língua na qual me ensinavam a escrever. Se eu falasse igbo ou qualquer outro idioma da Nigéria dentro da escola, levava uma advertência ou era multada. E, para começar, por que ela se deu o trabalho de deixar sua ilha natal e viajar e nos ensinar a sua língua? Eu não sabia como responder essa pergunta, e pensar nela me dava dor de cabeça.

Numa coisa, no entanto, ela me pegou, que foi a minha expulsão da sala. Esse tipo de gesto soava para nós como as penitências impostas aos leprosos, como se fôssemos excomungadas simplesmente por estarmos doentes.

Dei bastante risada quando me lembrei dessa cena já em Londres, em 1975, ensinando inglês para crianças inglesas, e precisei botar para fora da sala um rapazote de dezesseis anos bem complicado e destrutivo. Eu ainda estava no início da minha carreira como professora. Ao invés de se sentir envergonhado e arrependido, o menino ficou feliz e mais barulhento, e começou a fazer caretas para os outros alunos pela janela. Ele não parou aí e passou a bater com coisas na parede, o que chamou a atenção do diretor da escola. Vi o diretor conversar com o menino e, com o rosto roxo de raiva, ele me perguntou, na frente da turma, o que eu achava que estava fazendo, botando um menino para fora daquele jeito. Tentei explicar, mas o diretor se recusou a entender. Ele deixou perfeitamente claro que, em escolas como aquela, as crianças governavam e os professores precisavam obedecer. Se você mandasse uma criança para fora da sala, você dava a ela liberdade para sair e vandalizar a escola, as ruas, e também cometer todo tipo de crime. Como foi então que aquelas professoras da minha infância conseguiram incutir em nós esses valores? Logo comecei a entender. A Inglaterra é um Estado de bem-estar social; a pessoa não precisa de muita educação para sobreviver. A Nigéria, por sua vez, era, e ainda é, uma sociedade capitalista onde a pessoa precisa trabalhar duro para sobreviver. Na Nigéria, não existe assistência financeira, seguro-desemprego, e a educação é altamente valorizada. O abismo entre os ricos e os não tão ricos é de fato bem profundo.

Eu não registrei minha advertência na sexta-feira seguinte, como se esperava que eu fizesse, porque sentia que não havia feito nada de errado. No entanto, pelo resto da minha trajetória escolar, fiz questão de nunca mais deixar uma professora irritada a ponto dela me expulsar da sala. Quando me formei, minha diretora, a srta. Walker, disse na minha carta de despedida que eu era tranquila, agradável e plácida, e que ela tinha certeza de que eu me daria bem em qualquer coisa que meu coração desejasse fazer. Bom, ela errou esta última previsão: fiz meu coração desejar um casamento bem-sucedido, porque elas tinham nos ensinado na Escola Metodista para Meninas que as orações e a devoção podiam mover montanhas. Não funcionou para mim. E em relação aos outros traços de personalidade, ser tranquila e plácida, eu teria sido uma pessoa bem diferente, o oposto, na verdade, se pudesse prever melhor a reação das pessoas às minhas explosões.

Capítulo 6

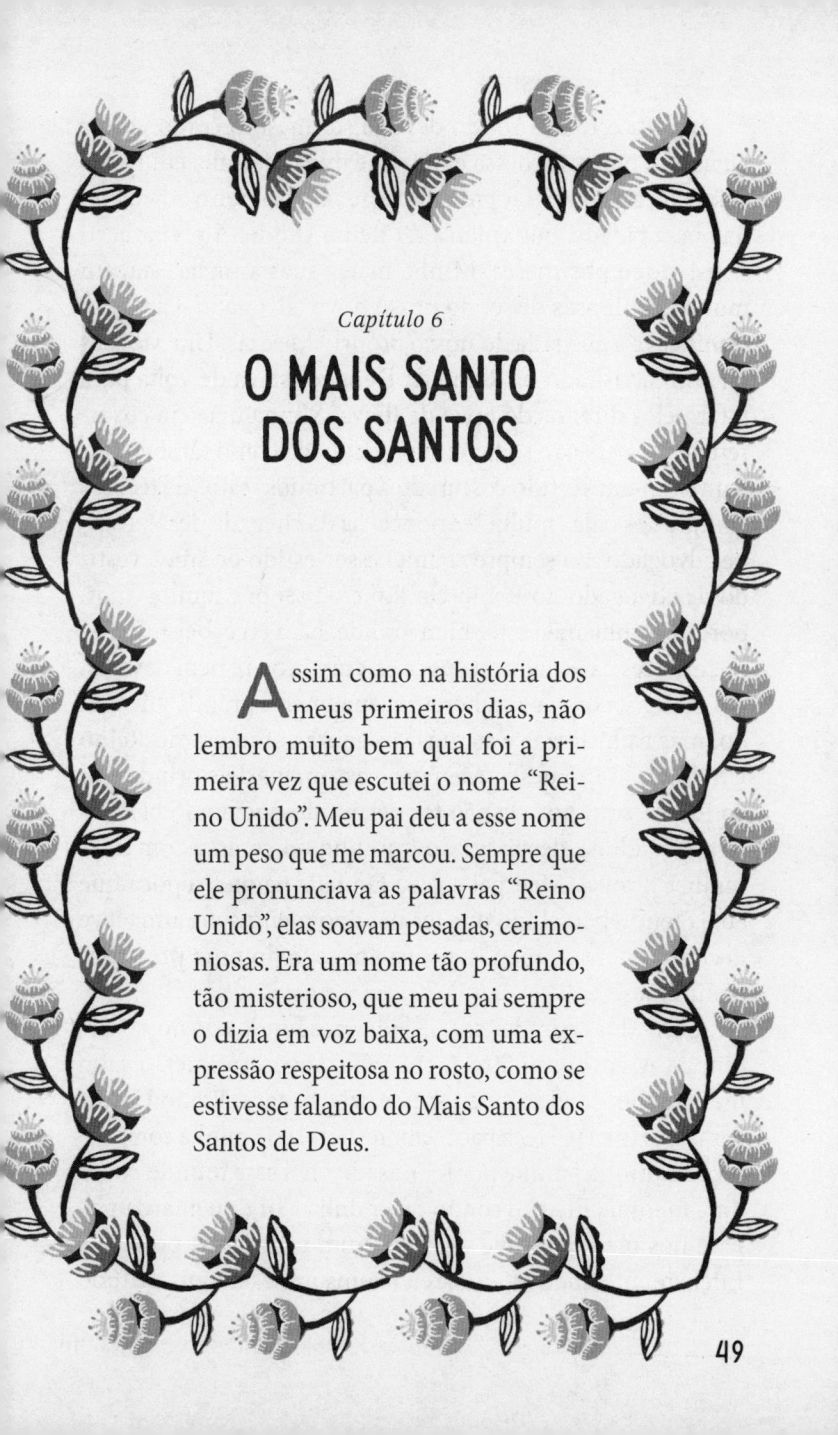

O MAIS SANTO DOS SANTOS

Assim como na história dos meus primeiros dias, não lembro muito bem qual foi a primeira vez que escutei o nome "Reino Unido". Meu pai deu a esse nome um peso que me marcou. Sempre que ele pronunciava as palavras "Reino Unido", elas soavam pesadas, cerimoniosas. Era um nome tão profundo, tão misterioso, que meu pai sempre o dizia em voz baixa, com uma expressão respeitosa no rosto, como se estivesse falando do Mais Santo dos Santos de Deus.

Ir para o Reino Unido deveria ser mesmo como visitar Deus. Foi por volta dessa época que minha família em Lagos começou a se preparar para a chegada do primeiro advogado da nossa cidade, que voltava do Reino Unido. A preparação se estendeu por meses. Minha mãe e suas amigas estavam muito orgulhosas disso, do nosso novo advogado. Para nós, significava a chegada do nosso próprio Messias. Um Messias que tinha visitado o "Reino de Deus" e estava de volta para lutar pelos direitos do povo de Ibuza. Minha mãe era costureira, então ela não só ficou superocupada como também fez para mim um vestido costurado a partir dos restos de tecidos comprados pelas mulheres por causa da chegada desse grande advogado. Eu sempre chamei esse vestido de "meu vestido de advogado do Reino Unido" e o usei por muitos anos, porque minha mãe o fez bem grande, para eu caber nele enquanto crescia, e naquela época eu crescia bem, bem devagar.

Não fui com as mulheres recepcionar o grande advogado, mas as histórias e as músicas sobre como era no Reino Unido duraram meses. Meu pai e os amigos dele brindavam ao Rio Oboshi por ele não ter permitido que nosso primeiro advogado se desviasse do caminho ou casasse com uma mulher branca. Meu pai estava tão feliz naquela época que eu, já tendo percebido que ter nascido menina era uma leve decepção para os meus pais, fiz em segredo uma promessa a mim mesma.

Entre duas paredes craqueladas nos fundos do nosso jardim na Akinwunmi Street, em Yaba, Lagos, prometi a mim mesma que, quando eu crescesse, iria visitar o Reino Unido, para fazer meu pai feliz para sempre. Essa seria minha compensação à minha família por ter ousado vir a esse mundo como uma menina. Era um sonho que minha Chi e eu guardamos para nós mesmas e que vivia em mim como uma presença. Infelizmente, meu pai morreu alguns meses depois de tudo isso. Eu era muito jovem e muito próxima a ele. Amava tanto meu pai que até hoje acho que sigo pela vida à procura dele.

Minha mãe então fez um grande gesto por mim: ela fez um acordo para eu permanecer na escola por mais um tempo, porque sabia o quanto eu queria isso, porque ela também tinha um pouco de estudo e porque ela sabia que ter pelo menos a educação básica iria me qualificar para ser esposa de um homem da nova elite nigeriana. Mas eu tinha outros planos. Sem meu pai para cuidar de mim, precisei cuidar de mim mesma. Em segredo, me inscrevi para fazer a prova da Escola Metodista para Meninas e ganhei a bolsa. Então fui para a escola missionária, porque, se tivesse ficado em casa, teria sido forçada a me casar com apenas doze anos. Minha mãe não me entendia e não via motivo para eu querer continuar estudando. Nós duas sofremos tanto naqueles dias. Pobreza e ignorância podem ser coisas terríveis, mesmo para uma mãe e uma filha que aparentemente se amavam tanto, mas não sabiam como se aproximar.

Por causa disso, eu raramente voltava para casa durante os feriados escolares. Eu ficava no meu dormitório com as cozinheiras e as camareiras e lia todos os livros que conseguia encontrar. Voltar para casa significava ter que explicar para minha mãe que eu um dia queria ir para o Reino Unido e voltar a Ibuza para contar histórias, como minha grande mãe Nwakwaluzo costumava fazer. Quanto mais eu ficava na Escola Metodista para Meninas, lendo e sonhando entre aquelas árvores imensas que faziam sombra no pátio da frente, mais Ibuza se tornava a imagem do paraíso.

Fiquei na escola até os dezesseis anos; depois, não consegui mais evitar a pressão familiar. Recusei todos os homens escolhidos para mim e casei com o homem que chamei de Francis nos meus outros livros, mas cujo nome verdadeiro é Sylvester Onwordi — um garoto local bonito e sonhador que, apesar de ser mais velho do que eu, também acreditava que ia se dar muito bem no Reino Unido. Mas eu logo descobri que, por baixo do seu físico forte e bonito, existia uma mente perigosamente fraca. Não demorei a perceber meu erro e entender que, nesse assunto, minha mãe estava certa. Mas, na escola missionária, aprendemos que as orações podiam mudar qualquer coisa, podiam transformar um homem fraco num homem trabalhador, e eu acreditava em milagres. Esse milagre, no entanto, nunca aconteceu. Sylvester não mudou, e ele não só não mudou como também tentou nos arrastar para o fundo do poço com ele. Eu era menor, mais jovem e uma mulher, e ainda agradeço ao Senhor e à minha Chi por não terem permitido que isso acontecesse.

Consegui um ótimo emprego na embaixada dos Estados Unidos em Lagos. Era um emprego elegante, e eu ganhava quase seis vezes o salário do meu marido. Ou seja, não foi difícil guardar dinheiro e nos trazer para a Inglaterra.

A imigração para a Inglaterra estava ficando complicada naquela época. Uma mulher não podia viajar sozinha com seus dois bebês, mesmo que ela tivesse dinheiro suficiente, mas ela podia ir para se juntar ao seu marido estudante, então vários "casamentos" aconteceram, naquele período, em Lagos — casamentos de mulheres que iam se juntar aos seus maridos.

Meus sogros insistiram para que eu ficasse na Nigéria, porque eu já estava ganhando mais do que aqueles que tinham ido para o Reino Unido e retornado. O que eles não sabiam era que eu havia prometido ao meu pai que iria para o Reino Unido. Adoraria descobrir que ele está agora na terra dos mortos dizendo *Estou orgulhoso de que você foi para lá como uma mulher, e uma mulher forte e amorosa que se esforçou bastante para ser uma boa mãe e uma boa esposa.*

Eu tinha quase dezoito anos, em 1962, e era mãe de duas crianças, Chiedu e Ik, os dois ainda usando fraldas, quando meu sonho enfim se realizou. Lembro de ver meu irmão na costa, vestindo uma túnica africana marrom que ele tinha mandado fazer especialmente para minha despedida (e que ainda estava muito grande nele), chorando e enxugando os olhos com o chapéu de veludo que combinava com a túnica. Foi aquela cena que me fez chorar. Nossa mãe tinha morrido alguns meses antes da minha viagem, então só tínhamos um ao outro — e, claro, meus bebês pequenos. Mas não havia nada que eu pudesse fazer, a não ser rezar muito para que Deus cuidasse dele, porque ele era o único homem Emecheta restante. Deus escutou minhas orações, porque vê-lo dezoito anos depois se transformar no pai orgulhoso de cinco meninos e duas meninas e proprietário de uma casa palaciana condizente com sua posição me deixou muito orgulhosa dele e da sua esposa, Ngozi, que tinha um rosto sorridente. Mas, nesse meio-tempo, eu precisava correr atrás dos meus sonhos.

Vim para a Inglaterra numa luxuosa suíte de primeira classe e com uma babá para as crianças. Reservei a melhor acomodação que podia pagar, porque achava que todo mundo vivia assim na Inglaterra. Eu acreditava que os ingleses viviam como nos romances de Jane Austen, e que o homem inglês típico era idêntico ao sr. Darcy e as mulheres pareciam a sra. Bennet e suas filhas. Então quando, treze dias depois, a babá entrou efervescente no meu quarto e perguntou entusiasmada *Você viu? Você viu Liverpool? Chegamos na Inglaterra*, posso ser perdoada por ter saído correndo para o convés vestindo apenas um roupão de algodão. Era uma manhã cinzenta e úmida de março.

A Inglaterra me deu umas boas-vindas geladas. Como eu disse em *Cidadã de segunda classe*, "Se Adah fosse Jesus, ela passaria pela Inglaterra e não daria bênção nenhuma". Era como caminhar para dentro de uma cova. Eu não conseguia enxergar nada, a não ser aglomerados de cinza, sujeira e mais cinza, mas mesmo assim alguma coisa me dizia que já era tarde demais. Então eu disse baixinho: *Pai, a Inglaterra não é o Reino de Deus como você achava que era*. Era tarde demais, eu tinha vendido todos meus pertences para chegar aqui, então eu disse de novo para minha Chi: *É dar certo ou perecer* — e eu não iria me deixar perecer, porque, se assim o fizesse, quem iria cuidar dos bebês que eu tinha arrastado para tão longe?

Decidida, voltei para minha suíte, porque o frio estava começando a atacar meus ossos africanos.

Vinte e três anos depois, ainda estou tremendo por causa daquele choque.

Capítulo 7
CHOQUE CULTURAL

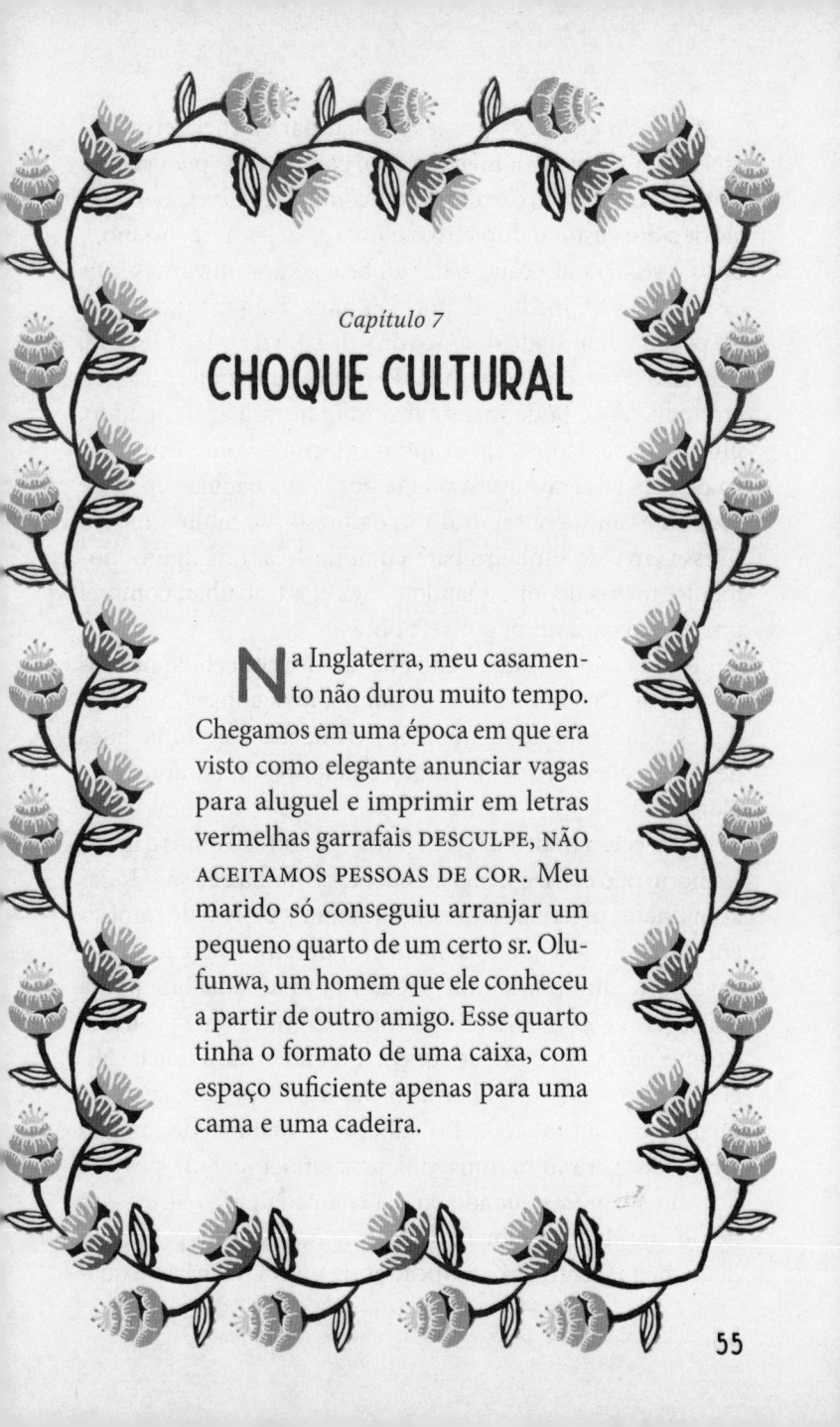

Na Inglaterra, meu casamento não durou muito tempo. Chegamos em uma época em que era visto como elegante anunciar vagas para aluguel e imprimir em letras vermelhas garrafais DESCULPE, NÃO ACEITAMOS PESSOAS DE COR. Meu marido só conseguiu arranjar um pequeno quarto de um certo sr. Olufunwa, um homem que ele conheceu a partir de outro amigo. Esse quarto tinha o formato de uma caixa, com espaço suficiente apenas para uma cama e uma cadeira.

Quando eu estava prestes a viajar para a Inglaterra, enviei trinta libras para meu marido, para que ele pudesse me comprar um casaco e se encontrar comigo em Liverpool. Mas ele decidiu gastar o dinheiro em um terno para ele mesmo, e usou o resto como caução de um belo sofá — que iria servir de cama para Chiedu e Ik por dois anos. Para me esquentar, ele pegou emprestado o casaco de pele falsa da sra. Akinyemi, e foi isso que usei na chegada. Por dias, pensei que o casaco era meu. Você pode imaginar minha humilhação quando, uma semana depois, ela exigiu o casaco de volta. Um casaco de pele falsa custava somente dez libras naquela época, e mesmo assim precisei usar um emprestado, muito embora tivesse enviado dinheiro para comprar três. Em algum momento, meses depois, quando comecei a trabalhar, comprei um casaco para mim, por sete libras.

A vida não era fácil. Acho que Jake foi concebido na noite em que cheguei na Grã-Bretanha, mas consegui esconder essa informação de um médico que me examinou antes de eu ser aceita como membro da equipe da biblioteca de North Finchley.

Comecei a trabalhar lá em junho. Nossos vizinhos e nosso senhorio não conseguiam entender essa minha decisão. Todas as mulheres nigerianas trabalhavam numa fábrica de camisas em Camden Town, e elas, inclusive, tinham reservado uma vaga para mim por lá, mas recusei porque sabia que podia conseguir coisa melhor. Eu já tinha escolhido uma profissão e começado a fazer cursos por correspondência, ainda na Nigéria, sobre a biblioteconomia britânica. Eu pretendia continuar meus estudos aqui. Trabalhar numa fábrica de camisas teria sido, para mim, uma violência emocional. As pessoas ficavam surpresas quando eu era chamada para entrevistas, mas o que elas não sabiam é que, mesmo naqueles primeiros dias, cheguei com dez certificados de nível Ordinário e quatro de nível Avançado — e todos eles foram revalidados aqui na Inglaterra. A maior parte das minhas vizinhas não tinha cursado mais do que o ensino básico. Talvez se tivéssemos tido tempo de conversarmos umas com as outras, as coisas não teriam sido tão complicadas. Mas estávamos todas ocupadas sendo fiéis aos nossos maridos.

Só que meus problemas não acabaram aí. O casal proprietário do nosso quarto era mais velho do que eu e meu marido. Eles já estavam casados há um tempo e, por algum motivo, continuavam sem filhos. A esposa frequentava um especialista, na expectativa de conseguir engravidar, mas na época não parecia estar dando certo. E ali estava eu, tendo a audácia de levar meus bebês para dentro da casa, me recusando a entregá-los para adoção e engravidando de novo. Eles reclamavam que Ik chorava muito, que Chiedu molhava tanto nosso sofá que o tecido chegava a feder e que Ik estava destruindo o papel de parede. Não posso deixar de dizer que nunca pegamos Ik, que naquela época tinha somente nove meses de idade, fazendo isso. Em resumo, eles queriam que nós fôssemos embora.

Só as pessoas que moraram em Londres naquele período sabem o poder que os proprietários tinham sobre seus locatários. Eles podiam expulsar qualquer locatário a qualquer hora e poucas pessoas sequer consideravam aceitar como inquilinos uma família de negros. Nosso senhorio sabia muito bem disso, mas mesmo assim nos botou para fora. O destino continuou a fazer com que nossas duas famílias fossem obrigadas a conviver, apesar de termos tentado seguir por caminhos diferentes. Minhas crianças foram ensinadas a nunca buscar por vingança, e todos nós somos amigos agora. Mas lá atrás, em 1962, aquele parecia o fim do mundo para nossa família e o sr. Olufunwa era o único com o poder de aliviar nosso sofrimento. Infelizmente, ele decidiu não ajudar.

Meu marido sempre dizia que esse choque inicial com a natureza humana foi um dos principais motivos para a separação da nossa família. Talvez tenha sido, mas eu sei que conhecer as pessoas que conhecemos naquele período o fez reduzir consideravelmente seus parâmetros e, assim como seus novos amigos, ele passou a se contentar com o menos pior. Eu poderia ter ido pelo mesmo caminho, mas, pelo bem das crianças que estávamos colocando no mundo, estava preparada para me agarrar à beira do abismo com os dentes, ou continuar a nadar com minha cabeça para fora d'água.

Assisti impotente enquanto a pouca confiança que meu marido sentia nele mesmo se esvaía rejeição após rejeição. Nenhum proprietário respeitável queria uma família negra. Logo percebemos que, por mais bem-educados que fôssemos, nossa cor — que até então considerávamos natural — era repulsiva para aquelas pessoas e representava um grande problema para elas. Nossos anfitriões no nosso novo país simplesmente se recusavam a enxergar além da nossa pele.

Enquanto vagávamos de rua em rua, procurando um lugar para descansar nossas cabeças, ouvimos falar de um proprietário nigeriano. Ele era um homem do Benim. Como nós, era um pária. As pessoas contavam todo tipo de história mentirosa e desagradável sobre ele: que podia matar, que podia fazer isso e aquilo. Como pedinte não tem escolha, ele nos recebeu. E nem é preciso dizer, mas ele não nos matou. Na verdade, o único problema que tivemos foi quando meu marido começou uma amizade com a esposa dele. Mas o homem sempre me fazia rir e adorava crianças.

Quando deixamos aquela casa para irmos morar na casa dos Ola, em 1964, eu sabia que, em algum momento, iria abandonar meu marido. Saber disso não me fez querer ir embora imediatamente. Eu continuava esperando que as coisas melhorassem e que eu não seria obrigada a terminar com ele.

No dia em que cheguei com Christy do hospital, encontrei Sylvester na cama com uma amiga branca. Tinha telefonado para ele por horas, do hospital, para pedir que fosse nos buscar, mas ele ignorou minhas ligações, então peguei meu novo bebê e fui para casa. Era um dia ensolarado de maio. A luz do sol desapareceu enquanto eu subia as escadas e descobria o porquê do meu marido não poder ir nos buscar.

Pensei que ia morrer de tristeza.

Mas olhei para Chiedu, que tinha quatro anos, para Ik, com três, para Jake, que ainda engatinhava com seus dezessete meses, e para Christy, que tinha somente doze dias de vida. Eu sabia que não podia me dar ao luxo de morrer de tristeza. Minhas crianças iriam sofrer muito com isso.

Minha mente voou de volta para minha infância, para as surras que levei de pessoas como Vincent Obi e para as inúmeras mentiras que se contava sobre determinada pessoa simplesmente porque os pais dela não estavam lá. Sacudi a cabeça. Se Deus quiser, vou estar por aqui até minhas crianças não precisarem mais de mim.

Eu me empertiguei, dei banho nos meus filhos e coloquei boas roupas neles. Desci em seguida e disse para a sra. Ola que eu ia me separar de Sylvester. A mulher, uma boa amiga na época, me disse para esquecer aquilo. Ela tinha medo de se aproximar muito de mim porque não queria ser acusada de me dar ideias. No entanto, ela foi capaz de me contar tudo o que havia se passado no seu casamento. Suas experiências eram tantas que quase me fizeram esquecer minhas dores, mas eu sabia que ela tinha mais sorte do que eu, porque o marido dela pelo menos estava trabalhando, estudando e sendo aprovado nas avaliações. Nós ainda estávamos lá quando ele concluiu seu mestrado em direito.

Seu argumento de que a maioria das mulheres tolera essas coisas do marido não me convenceu muito. Se um marido vai ser infiel, que ele pelo menos tenha a decência de ser infiel fora de casa, não na cama da esposa, e especialmente não no dia em que ela está voltando para casa junto com o novo bebê da família.

Depois daquele incidente, eu queria que nos mudássemos, porque a mulher em questão morava na mesma casa. Ela estava envergonhada, mas, por algum motivo, eu sentia ainda mais vergonha. E, de qualquer forma, com Christy, nós precisávamos de uma acomodação maior. Vivíamos no quarto andar de um edifício com escadas bem estreitas, então também não tínhamos muito espaço para Jake aprender a andar.

Naquela altura eu já tinha aprendido os truques para se conseguir um lugar. Não saí à procura de um apartamento na posição de uma negra pobre. Eu estava começando a aprender a fazer piadas estúpidas e superficiais, às vezes autodepreciativas. Consegui um apartamento na Malden Road em uma semana. A casa pertencia a um polonês casado com uma inglesa. Fechamos o aluguel e paguei o depósito antes mesmo da esposa poder botar os olhos em mim. Quando isso aconteceu, acho que ela não gostou muito da gente.

Eu estava muito feliz com aquele apartamento, porque ele era perto da escola de Chiedu, em Queen's Crescent. Além disso, a biblioteca na qual trabalhei antes de Christy nascer, em Chalk Farm, também ficava perto, a uma caminhada de distância, então eu podia visitar meus colegas.

Depois do incidente no dia em que levei Christy para casa, eu disse a Sylvester que ele precisava arrumar um emprego, que eu não estava mais disposta a continuar trabalhando, tendo quatro filhos pequenos, enquanto ele ficava sentado em casa, um eterno estudante que podia se dar ao luxo de se engraçar com as mulheres da vizinhança. O sr. e a sra. Ola me apoiaram nessa decisão, e ele, em determinado momento, conseguiu um emprego como assistente na recém-inaugurada Torre dos Correios. Esse trabalho abria as portas para um futuro bonito, pois ele tinha sido alocado no departamento de contabilidade e estava estudando para ser contador. Ou seja, estávamos todos felizes.

Quem dera. Com esse novo emprego dele, eu disse a mim mesma que ia fazer aquele casamento funcionar: assim que Sylvester começasse a trabalhar, sua confiança iria aumentar e ele iria aprender a gostar do seu novo poder sobre a família — o poder de ser o provedor da casa, algo que Sylvester nunca tinha conquistado na vida. E eu ia fazer valer a pena. Eu ia pôr em prática todas as coisas que tinha aprendido na Escola Metodista para Meninas. Eu era ingênua: tudo o que queria era ser mãe e dona de casa em tempo integral. Eu teria sido perfeitamente feliz vivendo sob o reflexo da glória de Sylvester. Eu seria a dona de casa ideal, com as refeições prontas na hora certa. Iria ensinar nossos filhos a ler e escrever antes mesmo deles irem para a escola, e também ia levá-los para aulas de música e de balé, com as quais eles iriam adquirir autoconfiança. Eu os levaria para aulas de oratória, e eles aprenderiam como se portar com elegância à mesa. Trabalho doméstico, eu disse a mim mesma, podia, sim, ser uma atividade muito criativa, desde que existisse um provedor por trás.

Mas Sylvester se recusava a trabalhar! Ele estava acostumado demais a ficar em casa e via cada dia no trabalho como uma espécie de purgatório. Ele insistia que tinha vindo para a Inglaterra para estudar, e não para trabalhar enquanto eu ficava em casa simplesmente lavando fraldas, tricotando blusões e me entregando a sonhos preguiçosos.

Para mostrar a ele que não ficava em casa apenas lavando fraldas e tricotando, escrevi meu primeiro livro, *Preço de noiva*. Fiquei tão empolgada que levei o manuscrito para meus amigos da biblioteca de Chalk Farm. E o bibliotecário canadense com quem eu tinha trabalhado e com quem debatia e discutia sobre literatura negra por horas, durante nossos almoços, me disse que o livro era bom. Eu sabia então que devia ser bom mesmo, porque ele era um crítico sincero com um gosto de leitura católico. Ele disse que o livro era a minha menina dos olhos. Por algum motivo, essa expressão "menina dos olhos" ficou na minha cabeça.

Com grande estardalhaço, mostrei a minha "menina dos olhos" para meu marido. De início, ele não quis ler o manuscrito porque, segundo ele, *você não sabe muita coisa da vida, então como é que vai conseguir escrever uma história?* No entanto, insisti para que ele lesse. Ele o fez em segredo, e sua reação foi queimar o livro. Ele ainda estava queimando as últimas páginas quando cheguei em casa das compras em Queen's Crescent.

Eu soube ali que meu sonho de ser uma mãe e uma esposa ideal estava encerrado. A sociedade não nos prepara para criar nossos filhos sem ajuda de ninguém. Na infância, somos encorajados a interpretar o papel do pai e da mãe ideais, mas, na vida adulta, o medo de fracassar na busca desse ideal se torna uma tarefa bastante estressante. Comigo, o medo fez eu me agarrar em qualquer ponto de apoio por muito, muito tempo, mesmo que naquela época eu já tivesse aprendido que uma mãe feliz era melhor para as crianças do que dois pais em guerra. No entanto, foi a queima do meu *Preço de noiva* que me fez tomar a decisão.

Uma amiga caribenha, a sra. Hamilton, concordou em cuidar de Christy e das outras crianças durante o dia, e eu consegui um emprego no Museu Britânico. Eu me recusei a cozinhar para Sylvester e me recusei a transar com ele, porque queria muito ir embora. Sylvester abandonou seu ótimo emprego assim que percebeu que eu estava bem acomodada no meu. Ele prometeu que iria voltar aos estudos, mas esses eram os sonhos dele, e eu disse a Sylvester que eu não fazia mais parte deles. De todo modo, ele me encurralava, exigindo sexo, quando sabia que eu estava prestes a sair para o trabalho. Eu era obrigada a ceder por causa das crianças. Me lembro de Jake bebendo de uma garrafa de água sanitária por puro desespero. Me lembro de Chiedu saindo em disparada para a rua e pedindo a um homem de uniforme para salvar sua mamãe. O homem trabalhava na ferrovia, mas, aos cinco anos, ela achava que qualquer homem de uniforme era um policial. Me lembro também do sr. Olufunwa — o mesmo sr. Olufunwa que tinha nos jogado na rua, mas que agora tinha seu próprio filho, Ronald — vindo até minha casa e passando um sermão em Sylvester, uma bronca tão dura que os dois homens começaram a brigar por minha causa.

Eu ia embora, isso eu sabia, e desta vez não ia contar a ninguém.

Logo arranjei um apartamento de outro proprietário iorubá dizendo para ele que eu também era iorubá. Não me senti culpada por isso, pois não conseguia mais suportar as discriminações. Primeiro, eu sofria discriminação por ser negra, e naquela época um proprietário das Índias Ocidentais não aceitava africanos, e um proprietário nigeriano não aceitava igbos. Quanto à esperança de conseguir um lugar sendo mãe solteira, era melhor esquecer. Eu não só disse ao proprietário que era iorubá como também disse que meu marido tinha acabado de voltar para casa depois de receber uma grande oferta de trabalho na Nigéria. Antes que ele pudesse abrir a boca para fazer mais perguntas, paguei vários meses adiantados em cheque. Ele era um homem iorubá lento, do interior, que provavelmente nunca tinha visto uma mulher preencher um cheque antes, mas ficou chocado com meu nome de casada.

— Por que uma mulher elegante como você casou com um yanmiri?

Eu sorri e não disse nada. Sabia que o cheque gordo que dei a ele tinha cumprido seu papel.

O problema agora era como me separar de Sylvester sem briga. Agora que tinha abandonado o trabalho, ele ficava em casa o tempo inteiro. Nossa mudança precisava ser inesperada.

Ele ficou em choque quando acordou, num sábado de manhã, e viu que três das crianças já estavam na rua. Jake era muito lento e, como sempre, estava fazendo bastante barulho e não parava de perguntar para onde estávamos indo. No meio da confusão, seu pai acordou. Em desespero, Sylvester agarrou o braço de Jake e disse:

— Você não gosta muito dele porque ele se parece comigo.

Fiquei ali em pé por um tempo, olhando para Jake e me perguntando o que fazer. Puxá-lo à força só iria confundir ainda mais aquela pobre criança de três anos de idade. Resolvi levar os outros embora e chamar a polícia para me ajudar com Jake, mas ele de repente deu um grito e se desvencilhou do pai.

— Me deixe em paz, você é mau, você me bate toda hora. Eu vou com a mamãe. Eu vou com a mamãe!

Olhei para o rosto de Sylvester e por um segundo senti pena dele. Em choque, ele logo soltou a mão de Jake, e eu esperei pelo meu filho enquanto ele se debatia com seu casaco de lã. O menino ainda vestia seu pijama encharcado de xixi, mas isso não importava mais. Eu o carreguei pelas escadas para nossa nova vida.

Sylvester descobriu onde estávamos morando e apareceu para exigir o que ele, na sua condição de marido, chamava de "direitos sexuais". Eu fui praticamente estuprada quando engravidei de Alice, ainda que hoje, olhando para ela, fique feliz que tenha acontecido. Meu médico, que foi quem me disse que eu estava grávida, denunciou o caso à polícia.

O caso foi julgado algumas semanas antes do nascimento de Alice. Ali, na Corte dos Magistrados de Clerkenwell,

Sylvester renegou seus filhos e sugeriu que eu deveria mandá-los todos para adoção, porque ele, sendo um estudante, não queria ter que lidar com o fardo de ter cinco filhos. Ele também disse que nunca havíamos nos casado, então eu não podia exigir nada dele.

Fiquei perplexa demais para conseguir ser coerente. Eu só gritava qualquer coisa. Nós tínhamos sido casados, mas ele queimou o meu passaporte nigeriano, a certidão de nascimento das crianças e a nossa certidão de casamento, sabendo muito bem que conseguir esses documentos de novo na Nigéria seria impossível. Nosso país natal, a Nigéria, não é exatamente conhecido pelo cuidado com os registros. Tudo o que eu tinha para mostrar eram nossas fotos de casamento. Mas eu queria me livrar daquele homem de qualquer jeito, e não queria que aquele tribunal soubesse que eu tinha sido sua esposa legalmente. Ele me deixou tão enfurecida que quase surtei.

Na frente do tribunal, eu esperei por ele e o amaldiçoei e o amaldiçoei e o amaldiçoei. Na nossa língua, eu disse:

De agora em diante, Sylvester, você, o filho de Onwordi,
No dia em que você sair para acender a fogueira,
Deus vai enviar a chuva, a menos que qualquer uma dessas cinco crianças
Não pertença a você, e sim a outra pessoa.

Essa maldição ainda faz com que eu me sinta culpada até hoje. Mas o que se espera que uma mulher faça a um homem que tinha acabado de renegá-la e que tinha dito que todos os cinco filhos que ela teve com ele não eram dele simplesmente porque não queria pagar pensão? Nosso povo sabe ser supersticioso. Dizem por aí que, se uma mulher grávida amaldiçoa o pai da sua criança, especialmente se o pai está se recusando a assumir a responsabilidade, ele nunca mais vai conquistar nada na vida. Bom, disso eu não sei. O pai, para começo de conversa, não deveria se recusar a nada. Uma mulher não pode renegar ninguém, não com um bebê dentro dela. Então o que é que eu podia fazer, né?

Capítulo 8

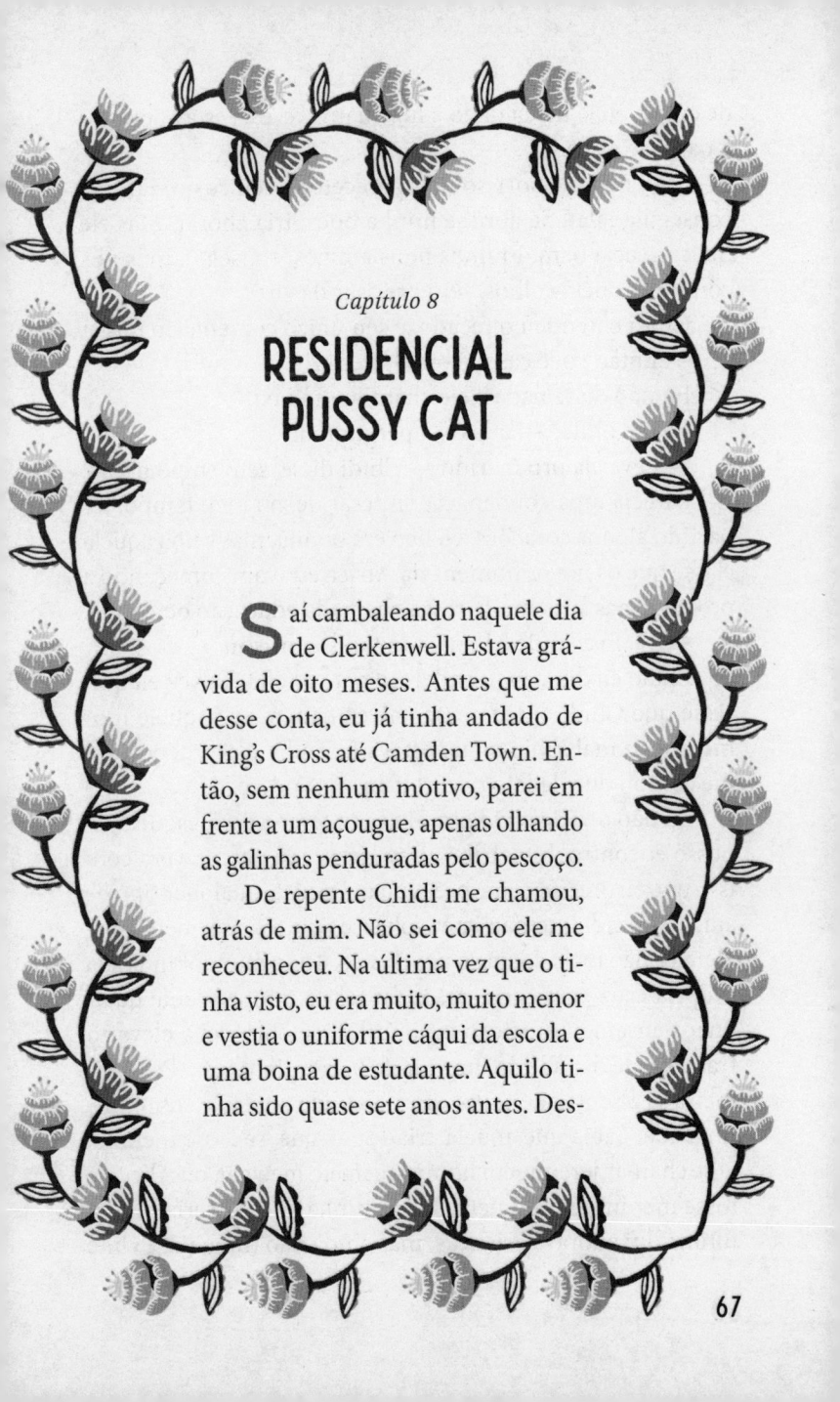

RESIDENCIAL PUSSY CAT

Saí cambaleando naquele dia de Clerkenwell. Estava grávida de oito meses. Antes que me desse conta, eu já tinha andado de King's Cross até Camden Town. Então, sem nenhum motivo, parei em frente a um açougue, apenas olhando as galinhas penduradas pelo pescoço.

De repente Chidi me chamou, atrás de mim. Não sei como ele me reconheceu. Na última vez que o tinha visto, eu era muito, muito menor e vestia o uniforme cáqui da escola e uma boina de estudante. Aquilo tinha sido quase sete anos antes. Desde então, eu já havia dado à luz quatro vezes e estava prestes a parir de novo.

Me virei, e o sorriso desapareceu do seu rosto. Eu não conseguia falar. Se abrisse minha boca, iria chorar. Mas ele me conhecia bem. Éramos bons amigos, conseguíamos nos comunicar pelos olhos, sem precisar da voz.

Chidi entendeu o recado, e seu único comentário foi:

— Então você casou com Sylvester!

Eu não disse nada e ele chamou um táxi.

— Pra onde? — o taxista perguntou.

— Leve ela pro marido — Chidi disse, sem empolgação.

Parecia uma condenação. Apesar de, no meu tempo, ter partido alguns corações, eu não era bonita, mas tinha aquela classe que os novos homens da África estavam começando a procurar nas suas mulheres: a chamada educação ocidental.

— Tá, mas onde é isso? — o taxista insistiu.

Então eu disse meu endereço em voz alta. Talvez eu quisesse que Chidi o decorasse, talvez não, mas, naquele momento, eu mal sabia o que estava fazendo. Anos depois ele me contou que de fato decorou aquele endereço.

Eu não o vi de novo por um bom tempo e me esqueci do nosso encontro. Meu bebê estava prestes a nascer e era com isso que eu precisava me preocupar. Recusei qualquer tipo de ajuda e decidi que não ia envolver os outros nos meus problemas, não mais do que o necessário. Todo mundo tinha sua própria cruz para carregar. Expulsei da minha mente qualquer pensamento ocioso ou inútil e me obriguei a elevar o trabalho de dar à luz a uma tarefa bela e grandiosa. Pela primeira vez senti que tinha um pouco de controle sobre minha vida. Sabia que aquela criança — que, se fosse menino, ia se chamar Jeremy, em homenagem ao meu pai, ou Alice, se fosse menina, em homenagem à minha mãe — seria minha última. Eu adorava crianças, mas ainda não tinha nem vinte e dois anos, e senti que cinco era mais do que suficiente em um país como a Inglaterra.

Eu não queria ajuda e podia ficar bastante magoada quando me ofereciam, mas então cruzei o caminho de uma mulher que era emocionalmente muito mais forte do que eu: a sra. Burns, chefe do setor de bem-estar do Museu Britânico. Ela insistiu e enxergou para além da minha humildade orgulhosa. Ela conseguiu que o sistema me concedesse três meses de licença remunerada em uma época em que um privilégio como esse era algo impensável, ainda mais para uma pessoa que trabalhava lá há menos de um ano. Ela deve ter pressionado aqui e ali, e acabou conseguindo que até mesmo as grandes escoras do sistema balançassem a cabeça em concordância, como se fossem lagartos.

Alguns dias depois que parei de trabalhar, eu sabia que meu bebê estava pronto para nascer.

Preparei os outros; mandei os mais velhos para a escola e lentamente arrastei os mais novos para a creche. Em seguida liguei para as assistentes sociais do hospital, o Bidborough House, em Camden Town, para avisá-las que estava indo para lá. Como operários padrão, elas ficaram furiosas da criança chegar antes do programado. Eu dei risada comigo mesma. Pensar que aquela voz furiosa do outro lado da linha era de uma mulher!

Às três da tarde, depois de arrumar o apartamento, peguei o ônibus e dei entrada no hospital universitário, na Huntley Street. Meu único medo era ter que passar por uma cesárea, mas me garantiram que o parto seria natural.

Agradeci a Deus por isso, porque, na esteira do término com Sylvester, quatro semanas antes, eu tinha me preparado emocional e espiritualmente não só para querer aquele bebê, mas para o desejar com todas as minhas forças. Eu fazia todos os exercícios, cantarolando para Alice ou Jeremy.

Às vezes me convencia de que teria uma Alice; outras, de que seria um Jeremy. E, quando me vi pronta para ter a criança, lamentei que Sylvester não estivesse por perto para compartilhar aqueles momentos tão, tão bonitos.

Um jovem médico, que percebeu que eu vivia sozinha, sentou ao meu lado e nós conversamos por horas, enquanto as contrações iam e vinham. Por volta de nove e meia, sugeri a ele que fosse jantar. Ele foi. E, assim que ele saiu, Alice fez sua aparição silenciosa.

Meus outros bebês choraram assim que colocaram suas cabeças para fora de mim, mas ela veio ao mundo apenas resmungando e fazendo sons que lembravam uma pessoa se divertindo ao ser beijada. Veio sem dor e sem cabelo. Muito grata, peguei minha menina dos braços da jovem enfermeira negra que estava me ajudando no parto.

A enfermeira era tão jovem. Eu nunca tinha visto alguém tão animada por ver um bebê. Alice nasceu tão rápido que fui eu quem disse a ela o que fazer. Ela não parava de dizer *Vamos chamar o dr. Fulano e o dr. Sicrano.* E eu respondia *Claro, depois de você cortar o cordão e me entregar meu bebê.*

— Jesus Cristo, meu primeiro bebê sozinha — ela exclamou. — Estou tão feliz. — Ela secou as mãos e perguntou: — Sra. Onwordi, a senhora quer que eu ligue pro seu marido agora?

— Que marido? — eu perguntei.

Nunca vi uma jovem tão desapontada. Seu rosto murchou e se escureceu um pouco mais. Ela chorou, e eu também chorei um pouco, mas meu choro era de alegria e de liberdade.

Pedi um pedaço de papel e, antes do nosso quarto ficar pronto, escrevi o poema a que dei o título de *Alice*. Apesar de amador, sempre leio esse poema em público quando quero que minha audiência mergulhe um pouco na autopiedade.

Dormimos em paz naquela noite, eu e Alice. Mas, às onze horas da manhã seguinte, perguntei à assistente social que veio me visitar onde meus filhos estavam. Ela me disse que Chiedu e Ik tinham sido levados para Essex e que Christy e Jake estavam com outra mulher, em Kentish Town.

— Quero meus filhos de volta agora mesmo — eu me exaltei.

Botei meu roupão, peguei Alice e segui na direção da porta.

— Você não pode sair assim, precisa ter alta primeiro — disse a enfermeira-chefe.

— Então estou me dando alta!

Aquelas crianças deveriam ter ficado juntas na mesma casa. Eu tinha pedido e implorado por isso nos últimos três meses. Logo imaginei Christy, que não dormia até estar no meu colo, chorando sem parar. Não me permiti pensar em Ik, que não abria a boca na frente de estranhos. A única criança que podia entender o que estava acontecendo era Chiedu, e ela poderia ter explicado tudo para sua irmã e seus irmãos se eles tivessem ficado todos juntos. Apesar dela ainda não ter nem seis anos, eles confiavam nela. Era como se Chiedu fosse a pequena mãe deles.

Minhas pernas tremiam de pânico só de pensar o que essas assistentes sociais estavam fazendo. Elas disseram que Alice chegou oito dias antes do esperado e que não tinham se preparado para essa emergência. Era inútil explicar que, depois de oito meses e meio, um bebê pode nascer a qualquer momento. Não era culpa delas, eu tentava me dizer. A culpa era da minha Chi, que, de todos os homens, me fez escolher Sylvester. Tudo bem, eu ia sobreviver.

As pessoas me olhavam como se eu tivesse ficado louca. Talvez eu tivesse enlouquecido mesmo. Ninguém conseguia ver o que eu estava vendo, sentir o que eu estava sentindo. Eu estava particularmente preocupada com Christy e Ik. Eles nunca foram extrovertidos, e encaixotavam os sentimentos dentro deles, assim como eu.

De todas as pessoas, foi a jovem enfermeira negra que tinha me ajudado com Alice quem melhor me entendeu: ela implorou para os homens da ambulância me levarem para casa e prometeu se certificar de que eles enviariam uma enfermeira para minha casa.

— Se eles se recusarem, eu mesma vou.

Sem eu dizer uma palavra sequer, se formou uma espécie de afinidade entre nós duas. Ela era muito nova, mas conseguiu me entender; éramos negras, e talvez, assim como eu, ela sabia muito bem o significado da palavra "família".

Naquela época eu estava morando na Wellesley Road, em Kentish Town, e dois amigos, o sr. e a sra. Hamilton, que tinham vindo da Jamaica, me ajudavam bastante. A sra. Hamilton levava Chiedu para a escola e, quando deixei Sylvester, se tornou uma grande amiga. Seu marido invariavelmente batia na minha janela por volta das dez horas, na volta do bar, e dizia:

— Sra. Odowis, tudo vai ficá certinhum.

Nem ele, nem sua esposa sabiam ler ou escrever, mas sua visita noturna soava como uma oração.

Eu dava risada e respondia, sem sair de casa:

— Boa noite, sr. Hamilton.

Ele resmungava de novo:

— Vai ficá certinhum.

E seguia seu caminho.

Era muito bom ver aquelas pessoas entrando e saindo do nosso apartamento e, embora eu não tivesse pedido ajuda, elas fizeram o que podiam. É triste pensar que todas elas tiveram de se mudar e que a comunidade afro-caribenha que estávamos inocentemente construindo se dispersou.

Um domingo, quando Alice tinha quatro semanas de vida, alguém bateu na nossa porta, e Chidi entrou junto com outro amigo, o sr. Eze. Dali em diante, parecia que a comunidade igbo daquela parte de Londres havia nos descoberto. Chidi aparecia com alguns amigos, e ficávamos todos acordados até tarde, conversando sobre política. Através dele, conheci os Ejimofo, os Chima, os Eze e várias outras pessoas. Quando a guerra civil na Nigéria começou, pouco tempo depois, eu estava entre amigos. Mas a guerra traçou uma linha divisória entre eu e muitos dos meus vizinhos iorubás, e por isso meu senhorio iorubá me pediu para sairmos do apartamento.

Ao contrário dos Olufunwa antes dele, ele não teve muita sorte. Naquela época eu já tinha ficado emocionalmente mais forte. Eu ia à igreja com regularidade e rezava bastante. Chidi e seus amigos me deram todo o suporte moral e emocional que eu precisava. Em certo momento, parecia que a guerra civil na Nigéria estava sendo travada ali, na Wellesley Road. Descobri depois que boas pessoas, como o sr. Chucks Ejimofo, costumavam jejuar e orar por nós, especialmente quando todos nós sabíamos que meu senhorio estava recorrendo a métodos jujus misteriosos.

Todos esses inconvenientes me ajudaram a conseguir vaga em uma moradia social. Não era de jeito nenhum o ideal, mas era o único lugar disponível quando a corte disse ao conselho que meu filho Jake começava a correr assim que avistava um homem negro por perto. O Conselho de Camden disse que nos mudaríamos em mais ou menos um mês, porque os apartamentos estavam precisando de reformas. Mudar para o apartamento no Residencial Pussy Cat, como eu chamei em *No fundo do poço*, me deu outro tipo de liberdade, uma que eu ainda não havia experimentado na Inglaterra. Eu estava livre dos senhorios. Nós nos mudamos quando Alice tinha dez meses.

Os amigos ainda apareciam para nos visitar e naquela altura eu já tinha criado coragem de convidar para minha casa alguns colegas do Museu Britânico. De alguma forma comecei a me afastar aos poucos dos meus amigos igbos, porque achava que eles não entenderiam minha amizade com Whoopey, com a sra. Cox e com a Princesa — amigas que conheci no residencial. Eles não entenderiam que, quando as pessoas chegam ao fundo do poço, elas precisam umas das outras. Não importa a cor ou o nível de educação, você precisa fazer amizade com elas para poder sobreviver. Meus amigos e parentes igbos não seriam capazes de enxergar além do seu linguajar bruto ou da sua pobreza óbvia. Mas eu conseguia: eu morava com elas e tinha visto a ternura dos seus corações.

Depois de doze meses, já tendo pedido demissão do Museu Britânico para poder ficar mais tempo com meus filhos, eu sabia que não iria permitir que eles crescessem ali. Eu precisava sair do fundo daquele poço, pelo bem das crianças.

Eu não tinha muita certeza, mas sempre tive medo de que, apesar de tudo, eles preferissem morar aqui na Inglaterra — afinal, não era esse o único país que eles conheciam? —, e para viver e sobreviver aqui, sendo negros, eles teriam que erguer a cabeça acima dos meninos e das meninas brancas em situações semelhantes. Então, para o bem deles, eu não podia me dar ao luxo de chafurdar na lama da nossa impotência por muito tempo.

Minha fé me ajudou. Eu rezava e às vezes brigava com Deus. Eu ficava brava com Ele por ser tão lento e, volta e meia, boicotava as idas à igreja para mostrar a Ele o tamanho da minha raiva. Mas eu sempre voltava, quando o que havia me preocupado no primeiro momento se derretia como orvalho pelo ar. Tanto que meu hino favorito continua sendo *Ah, o amor que não me deixa ir*, especialmente o verso *Eu vejo o arco-íris por trás da chuva*.

Percebi que despejar nossa raiva em cima dos homens da Seguridade Social e dos coletores de aluguel não era a resposta. Eu precisava ir embora do Residencial Pussy Cat. Comecei a mostrar às pessoas que, apesar de ser negra, eu tinha certa educação formal. Passei a escrever sobre nossa situação em jornais locais, como o Ham & High, e me recusei a sequer considerar qualquer apartamento inferior. No fim, recebi um dos melhores, no Rothay, na Albany Street, perto do Regent's Park. Agradeci a Deus que, pelo menos do ponto de vista do ambiente, minha família não iria sofrer. Se meus filhos acabassem não enveredando pelos melhores caminhos, eu sempre poderia me consolar sabendo que tinha feito tudo o que podia. E isso, eu acho, é o que a maioria dos pais deseja — a oportunidade de fazer o melhor pelas suas crianças.

Capítulo 9

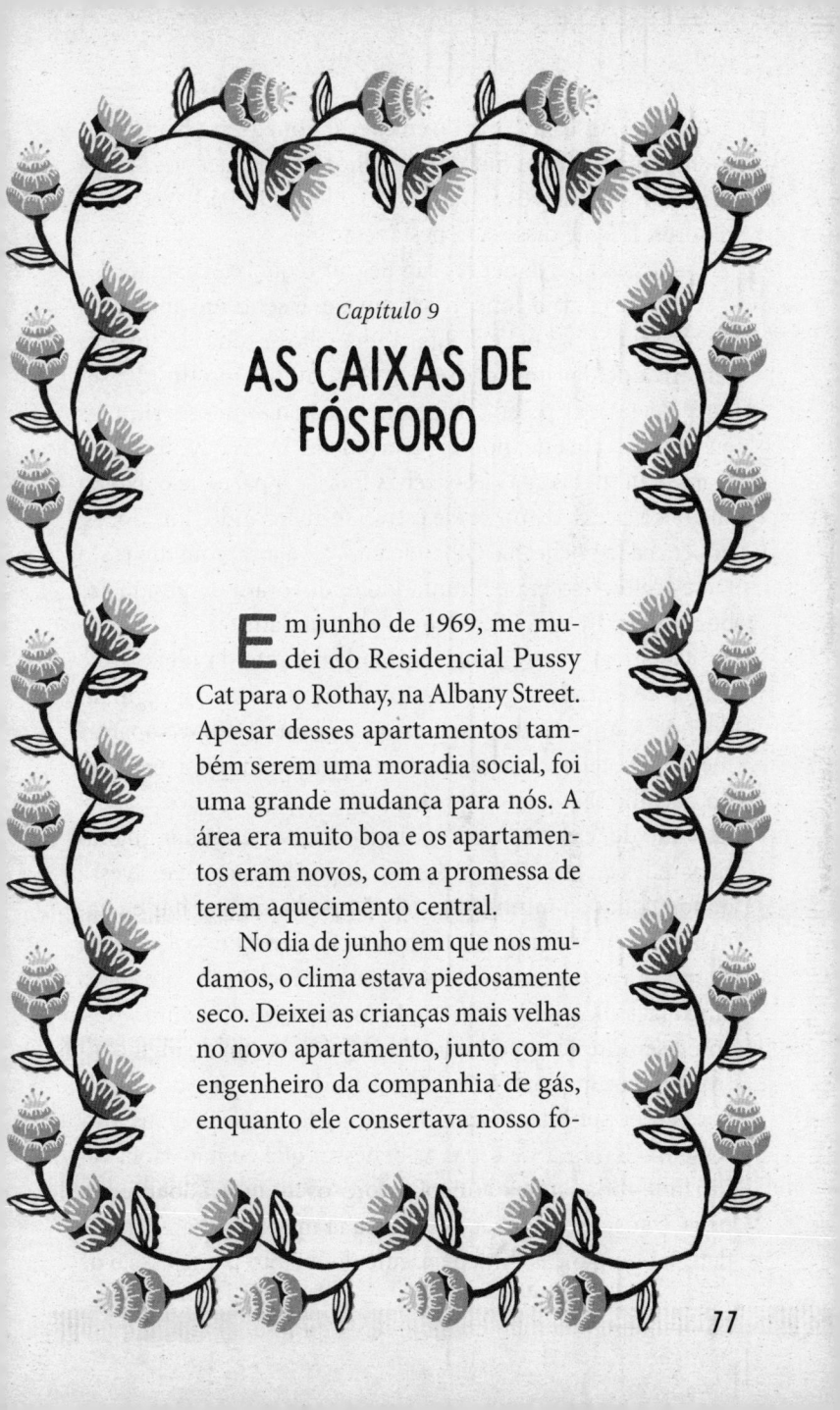

AS CAIXAS DE FÓSFORO

Em junho de 1969, me mudei do Residencial Pussy Cat para o Rothay, na Albany Street. Apesar desses apartamentos também serem uma moradia social, foi uma grande mudança para nós. A área era muito boa e os apartamentos eram novos, com a promessa de terem aquecimento central.

No dia de junho em que nos mudamos, o clima estava piedosamente seco. Deixei as crianças mais velhas no novo apartamento, junto com o engenheiro da companhia de gás, enquanto ele consertava nosso fogão velho. Antes mesmo de eu chegar com a van da mudança, no entanto, meu filho mais velho, Ik, que na época tinha oito anos, já tinha explorado todo o Regent's Park e seus arredores. Ele me disse sem pestanejar:

— Esses apartamentos são de cair o queixo, mamãe.

Fui obrigada a concordar com ele. E senti um aperto no peito ao ver sua bochecha gordinha relaxar toda em uma vã tentativa de dar um sorriso. Ele era um menino tímido, sequer deixava as pessoas saberem que conseguia sorrir, mas eu sempre sabia quando ele estava feliz. Duas covinhas surgiam no alto das suas bochechas fofas, e a parte de baixo da sua boca ficava como se ele estivesse guardando dois doces, um em cada bochecha. Olhando para ele agora, com um rosto tão estreito, fico me perguntando onde foram parar aquelas bochechas. Nossos filhos, como eles mudam.

Crianças ficam muito animadas diante da ideia de se mudar. As minhas estavam tão felizes que mal conseguiam dormir. Elas pulavam, cantavam, corriam pelo novo apartamento, e notei que ninguém esmurrou a parede para reclamar do barulho. Ninguém nos escutava. As paredes desse apartamento de "cair o queixo" eram tão grossas e sólidas quanto as paredes de Jericó! Se eu ficasse gripada ou se não estivesse dando conta da minha família, não podia mais gritar e chamar Whoopey, como eu costumava fazer no Pussy Cat. Pela primeira vez desde que deixei meu marido junto com meus cinco lacrimosos filhos, o medo tomou conta de mim. Mas, como sempre acontecia quando as coisas saíam do meu controle, rezei e implorei a Deus para me dar energia e boa saúde para eu poder lidar com tudo aquilo. E, como se Deus quisesse me lembrar de todas as benesses que eu não sabia valorizar — boa saúde e amigos calorosos —, fiquei doente por pura exaustão. Eu achei que nunca ia me recuperar. Sempre detestei mudanças. Independente do quanto planejasse e da ajuda que recebesse das pessoas, eu sempre terminava com o coração palpitando, como se fosse um cachorro cansado.

Mas com cinco crianças alvoroçadas em casa, quem tem tempo para se entregar ao cansaço? Como o lendário flautista de Hamelin, fui obrigada a sair às ruas, mas, ao contrário dele, sem soprar flauta nenhuma, e sim à procura de uma escola para meus filhos.

Fui primeiro num colégio limpo e de aparência moderna, mas os professores e o diretor e a maioria das pessoas que tinham alguma coisa a ver com o lugar ainda estavam no estágio de glorificar a juventude da escola e acharam que receber quatro crianças negras entre seus alunos, além da possibilidade de um quinto nos próximos anos, seria uma espécie de mini-invasão.

— Você não poderia trazer apenas uma das suas adoráveis crianças para estudar conosco enquanto procura um lugar para as outras? — me perguntou uma professora rechonchuda e de aparência reconfortante, sorrindo com doçura e fazendo eu me sentir alguém que queria abrir a porteira para toda a população negra invadir sua escola. Agradeci a ela, mas não: onde um estudasse, os outros precisavam estudar também. Eu não ia gastar a pouca energia que tinha para levar esse para uma escola e aquele para outra. Sem falar que não fiquei muito fã daquela modernidade artificial toda de concreto. Parecia moderna demais para meus agitados filhos.

Fui às ruas de novo e perguntei para os moradores da região sobre a outra escola, a St. Mary Magdalene. Ela ficava num prédio antigo, que eu imaginava ter sido construído nos tempos de Chaucer. Tinha uma linda igreja anexa a ela e, pelo lado de fora, era impossível saber onde acabava a igreja e começava a escola. Parecia um edifício medieval imenso, meio fora de lugar, cercado por inúmeros prédios de concreto. Mesmo assim, fui dar uma olhada lá dentro.

A porta minúscula que levava ao prédio principal me lembrou das portinholas da sacristia da Igreja de Todos os Santos de Yaba, em Lagos. Apesar da minha cabeça não alcançar o batente da porta, senti que precisava me abaixar para poder passar por ela. Era esse o efeito daquela portinha minúscula. Passando por ela, você entrava num corredor estreito e escuro, cujas paredes eram adornadas com lendas, passagens bíblicas e desenhos infantis. Um em particular chamou minha atenção. Era o desenho de um teclado de piano, com as tradicionais teclas pretas e brancas, mas, embaixo dele, estava escrito: PARA TOCAR UMA MÚSICA HARMONIOSA NO PIANO, VOCÊ PRECISA TOCAR AS TECLAS BRANCAS E PRETAS. Fiquei intrigada e ergui minha sobrancelha, sem saber o que esperar.

O diretor, o sr. Harper, era um homem baixinho e esperto, com uma bela cabeleira grisalha. Ele tinha um rosto de estudante inglês cuja babá nunca deixa ficar desarrumado. Ele também falava como um — como aquele pessoal de escola pública que sempre "fala muito bem", como uma das professoras, a srta. Greenwood, costumava definir. Percebi na mesma hora que o sr. Harper gostava de conversar: ele falou e eu falei. Eu disse a ele que gostei da sua ideia do teclado branco e preto e elogiei sua originalidade. Ele ficou bastante embevecido. Mais tarde, minha filha Christy me disse que a frase não era nada original e que a autoria não era dele, era de outra pessoa.

Bom, pode ser que sim, mas, naquela tarde, o meu elogio fez o sr. Harper relaxar na minha presença e deu a ele uma mostra das minhas capacidades, porque a conversa progrediu até chegar à loucura da natureza humana.

— Veja vocês, os brancos — eu disse. — Vocês têm o cabelo liso, mas não ficam satisfeitos com isso e vão para o salão fazer permanentes. Vocês têm a pele clara, mas gastam uma fortuna para ficarem bronzeados. E olhe para mim. Deus me deu um cabelo encaracolado, e o que eu faço com isso? Gasto meu suado dinheiro alisando ele. E a pele escura, alguns de nós gastam fortunas com cremes clareadores. Então, se você fosse Deus, sr. Harper, o que você faria?

Ele concordou comigo, não tinha a menor ideia do que faria com os seres humanos.

Meus filhos me contaram depois que ele citou essa minha fala várias vezes durante as assembleias da escola. Não achei ruim. É raro encontrar um inglês disposto a aprender. E nós nos demos tão bem que ele até se esqueceu de perguntar se meus filhos tinham um pai ou não. Mas, antes de eu sair do prédio da St. Mary Magdalene, ele registrou os nomes de todos eles e disse que podiam começar na escola já na segunda-feira seguinte.

Perdi minhas amigas do Residencial Pussy Cat, mas, antes mesmo de conhecer as universidades e os cursos politécnicos, fiz amizade com o diretor e os professores da St. Mary Magdalene. A escola se tornou uma extensão da nossa casa. Como era um colégio pequeno, com menos de cem alunos, isso não era tão difícil assim. Fico contente de ter tido essa relação com os professores dos meus filhos, porque essa amizade, mais tarde, trouxe benefícios para eles. Eles foram felizes lá.

Capítulo 10
A FORMAÇÃO EM SOCIOLOGIA

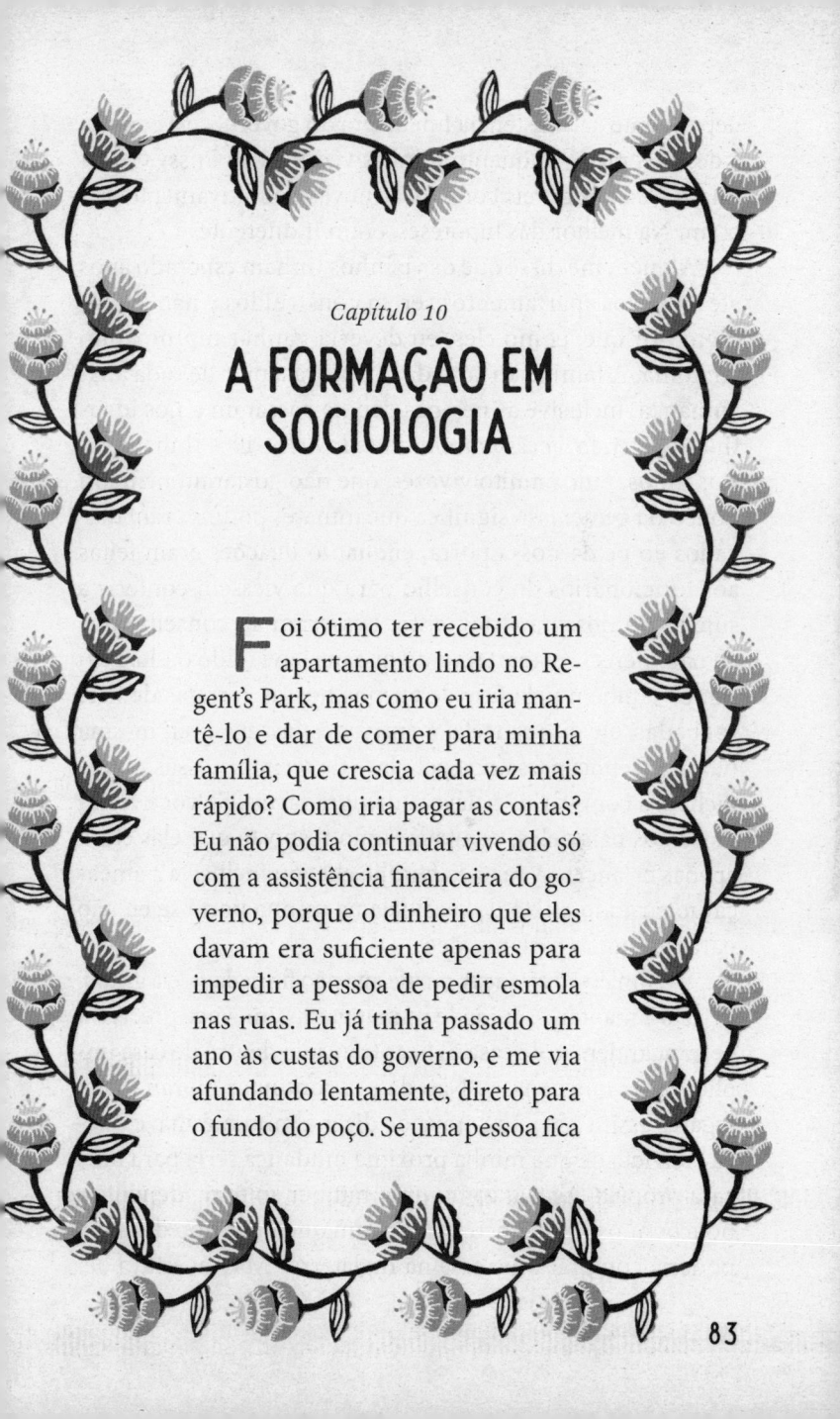

Foi ótimo ter recebido um apartamento lindo no Regent's Park, mas como eu iria mantê-lo e dar de comer para minha família, que crescia cada vez mais rápido? Como iria pagar as contas? Eu não podia continuar vivendo só com a assistência financeira do governo, porque o dinheiro que eles davam era suficiente apenas para impedir a pessoa de pedir esmola nas ruas. Eu já tinha passado um ano às custas do governo, e me via afundando lentamente, direto para o fundo do poço. Se uma pessoa fica dependente da assistência financeira do governo, ela começa a desintegrar. E, enquanto minhas vizinhas do Pussy Cat tinham sido amigáveis comigo, as novas definitivamente não eram. Na melhor das hipóteses, eram indiferentes.

Alguém me disse que os vizinhos tinham esperado anos até os novos apartamentos serem construídos e não entendiam por que, como eles, eu deveria ganhar um novinho em folha. A família ao lado da nossa era a pior de toda a vizinhança, inclusive as pessoas depois passaram a nos identificar dizendo *Vocês moram do lado deles*. Eles tinham vários filhos, todos muito vivazes, que não gostaram nem um pouco da gente. Isso significa que tomates podres eram deixados ao pé da nossa porta, enquanto ligações eram feitas aos funcionários do conselho para que viessem conferir a sujeira do nosso apartamento. Disseram ao conselho que eu não merecia o apartamento que me havia sido dado. Passamos também pela fase de termos nossas garrafas de leite roubadas, até que cancelei a entrega e passei a ir eu mesma buscar. Depois passamos pela fase de termos nossas portas pichadas com várias palavras desagradáveis. Se você reclamava aos pais delas, escutava como resposta que elas eram apenas crianças. A mãe da família chegou inclusive a ameaçar jogar todo o lixo da casa dela na minha porta se eu não parasse com as reclamações.

— Afinal, são crianças, eu mesma não fiz nada — ela gritou.

Para manter a sanidade num lugar assim, você precisava se trancar dentro de casa. E ficar trancada dentro de casa implicava ter que pensar. "Não dá pra continuar morando em lugares assim", eu não parava de dizer a mim mesma, e estava convicta de que minha próxima mudança seria para uma casa própria. Agora, como uma mulher solteira, de vinte e poucos anos, com cinco filhos e sem qualquer tipo de apoio poderia comprar uma casa na Inglaterra? Mas eu estava determinada a conseguir isso e, como estava sempre sozinha, conversava com minha Chi a respeito.

Eu pareço ter me perdido dela. Ela — bom, acho que é uma mulher — costumava me estimular a fazer as coisas. Me lembro do meu primeiro dia na escola, de como perdi a paciência assistindo minha mãe conversar com suas amigas e trançar e retrançar seu cabelo enquanto eu ficava lá em pé, olhando para elas e sentindo falta do meu irmão, que já estava na escola. Eu ainda não estava estudando porque, por ser menina, decidiram que eu não precisaria de muita educação, então meu irmão mais novo começou a estudar antes de mim. Eu lembro como minha Chi sussurrou no meu ouvido: "Vai lá, pega um lenço e vai para a escola, vai!". Até hoje fico feliz de ter escutado sua voz, porque fui para a escola naquele mesmo dia. E depois de todo o tumulto e da reprimenda dada pelos policiais na minha mãe por ter sido negligente com sua filha, fui matriculada no Instituto Lady Lak. Recebi até mais do que eu havia pedido, porque aquela era uma escola particular realmente boa. Essa ótima base me ajudou muito quando meu pai morreu e não tínhamos mais dinheiro para luxos, como mandar uma menina sonhadora para a escola quando, na mesma família, havia um menino que precisava ser educado.

No entanto, durante meus primeiros anos na Inglaterra, eu quase não via ou conversava com minha Chi. Às vezes, quando andava pelos parques no começo da primavera, sozinha, e assistia os pássaros saltitando cheios de felicidade, eu ficava em pé e sorria diante daquela alegria e escutava minha Chi dizer: "Eles não são lindos?". Eu respondia, balançando a cabeça afirmativamente: *Sim, eles são lindos*. Depois eu me empertigava toda, olhando de um lado para outro, só para ter certeza de que ninguém tinha me visto falar aquilo. Afinal, eu tinha lido sobre mulheres que eram trancafiadas sabe-se lá onde só por falarem sozinhas.

Às vezes conversar com minha Chi não era suficiente e eu desejava compartilhar meus pensamentos com alguém. Uma tarde, logo depois de nos mudarmos para o Regent's Park, Carol, minha assistente social, veio conferir como estava a minha adaptação ao novo apartamento. Ela ainda reclamava por não estarmos mais sob os seus cuidados e contou que logo ia ser transferida para outro lugar, mas enquanto isso aparecia de vez em quando para atualizar suas anotações sobre nós. Ela recusou minha xícara de chá e, para impressioná-la, anunciei:

— Olha, Carol, um dia eu vou comprar minha própria casa e vou embora deste lugar hostil.

Ela se virou devagar e ergueu as sobrancelhas enquanto sua mão percorria o colar que ela usava.

— Deus do céu, e depois o quê? Você queria um apartamento novo e conseguiu o melhor. Agora você fica aí reclamando de solidão e falando sobre comprar uma casa... — Ela deu risada e continuou. — Todas nós temos sonhos, né?

— Eu vou comprar uma casa. Não sei quando, mas, quando me mudar deste lugar, vai ser pra uma casa que vou ter comprado.

Carol estreitou os olhos, talvez para me analisar com mais cuidado, talvez porque estivesse pensando "Coitada, deve ter perdido o juízo". Ela desviou o olhar e seguiu na direção da porta.

— E onde você vai arranjar dinheiro pra comprar uma casa, posso saber?

— Não sei ainda, mas acho que vou virar escritora. Isso, eu vou escrever.

— Não sei quantos aspirantes a escritores já conheci na vida — ela disse. Depois acrescentou: — Escrever não necessariamente deixa você rica o suficiente pra comprar uma casa.

Ela então foi embora, deixando no meu estômago um vazio maior do que nunca.

Às vezes é muito bom conhecer pessoas como Carol, a srta. Humble e Sylvester. Essas pessoas foram particularmente boas para mim e para minha Chi, porque uma forma de me convencer a conquistar alguma coisa é outra pessoa dizer que não vou conseguir. Eu então direciono todos meus pensamentos para essa coisa, rezo por ela e vou atrás dela, em busca do milagre. E, quando eu vejo o milagre voando por aí, eu o agarro do mesmo modo que Jacó agarrou Jeová e O forçou a abençoá-lo e fazer dele o pai de Israel.

O tom da sua voz me dizendo que ganhar dinheiro numa profissão como a de escritora era um sonho ficou na minha cabeça.

— Tudo bem — eu disse, encolhendo os ombros diante das minhas paredes brancas e vazias. — Ainda tenho um longo caminho até chegar aos quarenta. Tenho certeza de que a grande mãe, em Ibuza, não começou a contar suas histórias antes de chegar nessa idade.

Minha mente perambulou de volta para aquela primeira história que escrevi e meu marido queimou.

— Se eu tivesse aquele texto comigo agora, teria provado pra essa mulher condescendente que eu posso, sim, escrever.

Mesmo assim, continuei escrevendo pequenos textos e enviando para os editores. Eu pensava no tema durante os sábados e domingos e datilografava na minha máquina de escrever velha. Nas terças de manhã, depois de deixar meus filhos na escola e na creche, eu mandava os manuscritos pelo correio. Bom, dá para chamar de manuscritos, porque era a pior datilografia que eu já tinha visto. Como não podia e ainda não posso contratar uma datilógrafa profissional, eu mesma bato minhas ideias à máquina. Uma amiga veio me visitar esses dias, me viu datilografando e chorou de tanto rir. Ela disse que meus dedos sobre a máquina de escrever pareciam uma galinha dançando sobre brasas. Às vezes a fita vermelha pulava na frente da preta e muitas vezes algumas letras sequer apareciam e eu precisava reescrever tudo com tinta — ah, como meus manuscritos da época eram esquisitos! Mas eu mandava para os editores mesmo assim. E eles eram devolvidos religiosamente às sextas-feiras.

Logo ficou evidente que eu não ia virar uma escritora da noite para o dia. Eu sabia que Carol iria nos deixar de uma vez por todas e que teríamos uma nova assistente social. Depois dela, no entanto, eu não ia permitir que a nova assistente se intrometesse na minha vida. Essa foi uma das promessas que fiz para mim mesma quando saí do Pussy Cat. Ela não era má, era apenas uma mulher do seu tempo. E não sabia muito bem quando a ajuda acabava e a humilhação começava.

Eu disse a ela que precisaria de ajuda com minhas aulas noturnas. Ela sabia vagamente que eu queria estudar e obter um diploma, mas percebo agora que talvez não soubesse muito bem como se fazia para dar início a um projeto assim. Ela veio até meu apartamento e fomos a esse escritório de fundos educacionais e ajuda às famílias para ver se eles poderiam pagar pelos meus livros, já que a assistência do governo não era suficiente. Como sempre, fui apresentada como sendo uma das suas "incumbências" ou "um dos meus casos". O escritório ficava perto do aterro e, por causa do trânsito, demoramos para voltar. Meus filhos estavam sentados na frente da porta e faziam uma barulheira quando cheguei; para piorar, uma das meninas tinha feito xixi no elevador, por não conseguir entrar no apartamento, e os vizinhos caíram na risada. Minha filha disse que não tinha sido ela, mas eu sabia que tinha sido, sim. Soube ali que não ia mais precisar de Carol. Ela podia ser assistente social, mas não sabia como era importante que crianças famintas chegassem em casa da escola e fossem recebidas pela mãe.

Por sorte, Chidi foi nos ver naquela noite e desabafei com ele. Chidi me escutou, ficou com o rosto estreito todo franzido, coçou a cabeça careca, bebeu o que ele chamava de "um chá decente" e ficou calado por um tempo.

— Você foi estúpida de sair do emprego no Museu Britânico. Fale com sua amiga pra te dar um emprego e aí você pode estudar à noite.

— Eu quero estudar sociologia, estou cansada de biblioteconomia.

— Tem... Tem... Tem muito dinheiro em biblioteconomia, você sabe disso — ele gaguejou. Chidi gaguejava bastante e era muito cuidadoso com dinheiro.

Mas eu não queria estudar apenas pelo dinheiro. Queria um curso que me ajudasse a ser uma boa escritora quando eu estivesse com quarenta anos, o tipo de curso que me permitisse estar na porta para receber meus filhos quando eles chegassem da escola.

Chidi gostava de bancar o macho, embora fosse magro — ao contrário de Sylvester, que era atarracado — e seus olhos fossem vagos como os meus. Ele gostava que as mulheres falassem enquanto ele permanecia em silêncio. E aí, quando estava prestes a ir embora, ele dizia o que tinha vindo dizer. Um dia ele me trouxe o programa do curso de sociologia da Universidade de Londres.

— Eu acho que você é mais do que qualificada pro acesso direto — ele disse, ao fechar a porta.

Horas depois, pude analisar o programa com calma e lê-lo inteiro. Ele tinha entregue o material bem a tempo. O semestre de outono estava começando na escola politécnica. Era muito tarde para entrar nos cursos integrais e, de todo modo, eu não tinha dinheiro. Então, sem dizer nada a ninguém, nem mesmo a Chidi, marchei na direção da Politécnica do Centro de Londres.

Para minha surpresa, eles disseram que as minhas notas eram mesmo muito boas. E eu nem suspeitava disso! Todos aqueles anos, eu tinha achado que precisava fazer outra prova de Latim, que só consegui passar depois de quatro tentativas. Ali me disseram que eu não precisava disso. Chidi estava certo. E logo me vi pronta para a minha primeira aula.

Um homem branco, fofinho, que parecia um urso de pelúcia ambulante, se apresentou como sendo o sr. Griffiths. Ele ia ministrar a disciplina de teoria social. Ficamos colados naquelas cadeiras duras enquanto esse homem vomitava bobagens como "estruturalismo, funcionalismo, Gemeinschaft, Gesellschaft" até minha cabeça começar a girar. Eu tinha comprado um caderno grande e uma caneta esferográfica. Mas, na metade do curso, descobri que tinha preenchido várias das páginas com desenhos das palmeiras à beira d'água em Lagos. Olhei para a direita e vi uma loira lambendo suas lentes de contato antes de colocá-las de volta nos olhos. Olhei para a esquerda e vi uma mulher negra com um queixo comprido e que me lembrava Chidi. A loira e eu cruzamos olhares e eu sorri para ela. Ofereci então um KitKat, que ela recusou. Ela apontou para si mesma e murmurou seu nome, *Brenda*, e eu fiz o mesmo e murmurei o meu, *Buchi*. Ela assentiu e sorriu. Eu achei que ela devia saber tudo o que se tinha para saber da matéria. Ela devia entender o que era "variação concomitante". Ofereci em seguida o chocolate para a mulher negra. Ela aceitou e sorrimos uma para a outra. Parei de desenhar palmeiras, mas "Grifes", como mais tarde aprendemos a chamá-lo, continuou sua ladainha sobre "engenharia social".

A mulher negra, Faye, e eu andamos até o ponto de ônibus. Ela era quatro anos mais nova e andava na ponta dos pés, como se fosse uma modelo. Ela empinava a bunda e projetava o queixo para a frente e, quando amarrava seu lenço, não o amarrava embaixo do queixo, mas na ponta, deixando seu rosto ainda mais estreito. Suas unhas eram limpas e esmaltadas, e ela era muito sofisticada. "Graças a Deus", eu pensei, "que bom que já saí do Pussy Cat!".

— Você sabe do que o professor estava falando? — eu indaguei, esbaforida. Eu era muito mais baixa do que Faye, que tinha pernas tão longas que um passo dela era igual a dois meus.

Ela me olhou como alguém olha para uma criança pequena, ergueu os lábios e deu risada. Então reparei que ela tinha um dente quebrado no cantinho da boca e, de maneira curiosa, fiquei feliz, porque na época eu ainda não tinha perdido o dente que depois perdi em Calabar, mastigando um pão com pedras dentro. Ainda me lembro da sensação gostosa que senti naquele momento. "Bom", eu disse a mim mesma, "você pode andar na ponta dos pés como um filhote de cavalo e erguer seu pescoço como se fosse um flamingo orgulhoso, mas você perdeu um dente e eu ainda tenho todos os meus!".

— Você quer dizer o seminarista? Ele não é um professor.

— Ah, sim — eu respondi, engolindo em seco. — Não entendo nada, você entende?

— Nossa, você tem um sotaque tão charmoso. Que coisa gostosa.

Fechei minha boca com a resposta dela e, depois de um tempo, Faye disse:

— Você está falando de funcionalismo e disfuncionalismo?

Nós caímos na risada. Faye ainda é uma ótima amiga minha, assim como Brenda. Depois, conheci Meriel, Sue, Roberta, Freda e várias, várias outras alunas, mas fico feliz por ter conhecido as mulheres do Pussy Cat antes, porque elas me ensinaram como dar risada — um hábito que minha criação ocidental anglicana tinha feito eu perder. Estava tudo bem se você sorria e dava risada de qualquer coisa, mas realmente dar uma gargalhada de pura felicidade era um gesto muito mal-educado. Ainda me agarro nesse ensinamento que meus dias no residencial me trouxeram.

Capítulo 11
O SUBSÍDIO

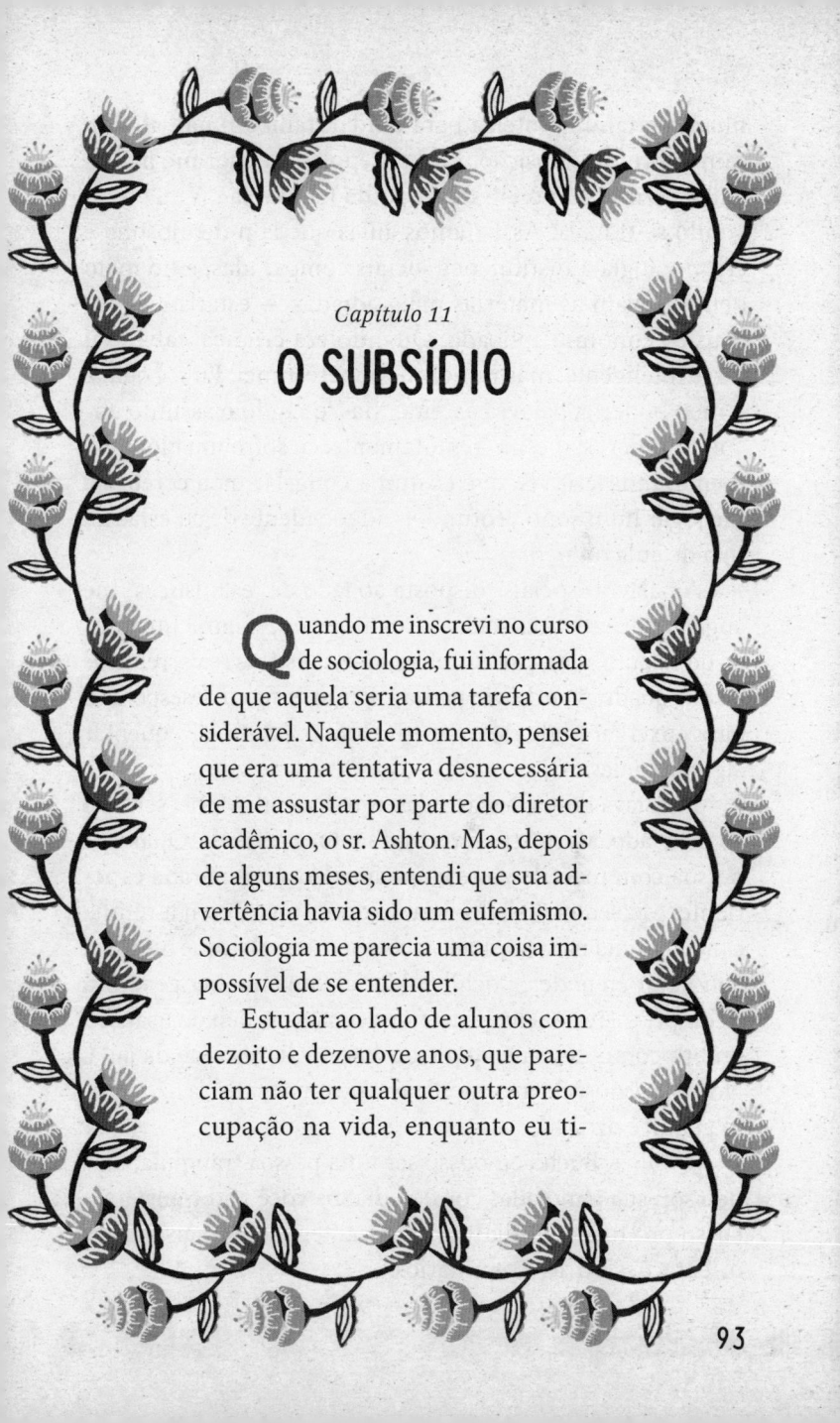

Quando me inscrevi no curso de sociologia, fui informada de que aquela seria uma tarefa considerável. Naquele momento, pensei que era uma tentativa desnecessária de me assustar por parte do diretor acadêmico, o sr. Ashton. Mas, depois de alguns meses, entendi que sua advertência havia sido um eufemismo. Sociologia me parecia uma coisa impossível de se entender.

Estudar ao lado de alunos com dezoito e dezenove anos, que pareciam não ter qualquer outra preocupação na vida, enquanto eu tinha uma família inteira para cuidar, também não aliviou minha precária posição. Meses depois de eu ter me matriculado e iniciado o curso, eu ainda não sabia do que tudo aquilo se tratava. Assistíamos aulas que iam de filosofia e criminologia a instituições sociais comparadas, e no meio delas ficavam as matérias mais odiadas — estatísticas sociais e economia aplicada. Quando era criança, talvez eu fosse inteligente, mas nunca me superestimei. Eu sei qual é o meu poder: a palavra escrita. Mas, quando o assunto envolve números, mesmo remotamente, eu sofro um bloqueio mental indescritível, que costuma congelar meu cérebro e me jogar num sono profundo, independente de eu estar na sala de aula ou não.

A palavra "sociais" disposta ao lado de "estatísticas" me enganou. Estatísticas sociais, eles disseram, exigiria um pouco de cálculo, mas, para mim, eram estatísticas reais, repletas de qui-quadrado e desvio padrão. E num esforço desesperado para enxergar onde estava me metendo, passei a frequentar algumas aulas extras.

Eu estava numa dessas aulas, um dia, com Meriel sentada ao meu lado. Meriel era uma estudante experiente. Qualquer pessoa com mais de vinte e um anos era considerada experiente. Me sentei ao lado dela, naquela noite, com a minha caneta pronta para fazer anotações que eu sabia que nunca ia conseguir entender. Cochilei. Meriel, uma mulher generosa e compreensiva, se divertiu com a cena e me deixou usar seu ombro como descanso para a cabeça pelo restante da aula. Nos intervalos, ela me empurrava, de uma maneira não muito gentil, e dizia:

— Olha, Buchi, eu posso ser uma pessoa tranquila, mas não sou sua almofada. Por que diabos você não transfere o curso pro turno do dia? Aí você vai ter muito mais aulas e orientações extras e seminários.

— Desculpe, Meriel — eu disse. — Só estou muito cansada e ainda não consigo entender o que esse homem está tentando dizer.

— Como é que você vai entender se você mal consegue manter os olhos abertos no minuto que ele abre a boca pra falar? Ele não é um professor ruim, você só está cansada demais depois de passar o dia inteiro trabalhando em casa. Eu trocaria por um curso integral, em vez de tentar espremer cinco aulas em uma como estudante noturna de meio período. Ou você só está aqui pra se livrar das crianças e conhecer um jovem bacana?

Meriel queria que eu desse risada do seu último comentário, mas não achei engraçado.

— É claro que eu quero um diploma no final disso aqui. Por que eu iria querer um homem, se já tenho uma casa entupida de crianças? Eu quero alguma coisa pra mim, não um homem. Mas, Meriel, como é que faz pra mudar pro curso integral? Deve custar uma fortuna, eu não tenho como pagar.

Meriel começou a rir de maneira incontrolável. Ela tinha uma risada escandalosa e era bem conhecida nos corredores da faculdade. Quando ela dava risada, seu rosto ficava vermelho, e covinhas apareciam no alto das suas bochechas. A armação do seu óculos brilhava e cintilava, e ela dava um tapinha gentil no seu ombro, como se quisesse te lembrar do quanto ela estava se divertindo. Não me importei com sua gargalhada, porque alguma coisa me dizia que eu precisaria muito da informação que ela estava prestes a me dar. E eu estava certa. Fiquei feliz de não ter me magoado ou me afastado: sua risada diante da minha ignorância era o preço a se pagar pela informação.

— Eu vou mudar de turno depois do meu primeiro ano — ela disse. — Não me vejo conseguindo um bom diploma assim. E eu também não tenho dinheiro, mas vou ganhar uma bolsa do meu governo local.

"Governo local? O que é esse governo? Por que ele me daria um subsídio? Eu não nasci na Inglaterra". Todos esses pensamentos zanzaram pela minha cabeça, e eu não sabia o que perguntar primeiro. Aquele era um lugar onde você aprendia a pensar um pouco antes de abrir a boca, ao contrário do Residencial Pussy Cat, onde ninguém se ofendia com nada. Olhei para Meriel e me ofereci para comprar um chá, mas ela recusou e no fim me pagou um suco de laranja. Ela preferia dar a receber, e ai de quem recusasse sua oferta.

— Chá me faz mal — ela me disse, e eu concordei.

Então, entre salgados e sucos de laranja, resolvi me aventurar de novo.

— Meriel, qual é meu governo local?

— Pelo amor de Deus, Buchi. Como é que eu vou saber? Eu moro em Coventry e você mora em algum lugar do norte de Londres. Como é que vou saber qual é o seu distrito?

Sorri, mas minha mente estava trabalhando rápido. Eu tinha quase certeza de que a maioria dos meus amigos nigerianos também não sabia qual era, e que meu marido nunca havia escutado falar em distritos ou subsídios. "Deve ser tipo uma bolsa de estudos", pensei comigo mesma. A única autoridade que eu conhecia era Carol e, se ela não tinha falado sobre o assunto, é porque ela não sabia de nada. Será que eu deveria perguntar a Chidi? Não. Por algum motivo, senti que ele não ia gostar da ideia. Depois de viver com Sylvester, passei a ser cuidadosa com o que dizia aos homens (agora eu digo a eles o que eles querem ouvir). Ele estava ganhando um bom dinheiro no Ministério do Meio Ambiente e estudava à noite. Queria que eu fizesse o mesmo. Mas eu sabia que, tendo os meus filhos, aquele caminho iria levar uma eternidade. O melhor então era não falar nada para ele. Eu precisava da sua companhia.

Fiquei inquieta o resto da noite. No dia seguinte, fui até Faye e disse:

— Você sabia que aqui eles dão bolsas para cursos integrais? Como faço pra conseguir uma?

Vi que ela ia começar a gargalhar, mas fui mais rápida.

— Se você der risada de mim, Faye, eu vou jogar uma maldição africana em você.

— Sua maldição não vai ter efeito nenhum em mim, e meus avós também eram africanos, então você não vai conseguir me assustar, mocinha. Não chamamos de bolsa de estudo, é um subsídio. E eu acho que você tem chance de conseguir. Há quanto tempo você trabalha desde que chegou aqui?

— Só parei de trabalhar no ano passado. Sempre trabalhei — eu disse.

— Ah, Buchi, e você não sabia dos subsídios? Eu às vezes me perguntava mesmo por que é que você estudava à noite, sendo que você tem tantos filhos.

Foi então, com grandes expectativas, que marchei até a prefeitura na semana seguinte e, como num sonho, fui informada de que, sim, eu poderia receber um subsídio quando mudasse meu curso de meio período à noite para um curso integral diurno. O que eles não me disseram foi quanto tempo o processo iria levar e a infinidade de formulários que eu seria obrigada a preencher. Vários dos servidores me perguntaram por que só fui dar atenção à minha educação universitária depois de ter tido cinco filhos. Não me lembro de quantas vezes eu disse:

— Senhora, veja, quando estamos gritando de dor, durante o trabalho de parto, não é como se a gente gritasse até perder o juízo. Nossos cérebros continuam aqui, intactos. Os filhos nascem por outra parte do nosso corpo, não é pelo cérebro, e, para estudar, não é obrigatório que a gente não tenha filhos.

As autoridades aparentemente não acreditaram em mim. Me lembro, por exemplo, de uma pessoa me dizendo que era pecado brincar daquele jeito com a educação, especialmente se essa educação ia ser paga com dinheiro dos contribuintes. Quando as pessoas me falam algo assim, eu ainda sinto uma pontada de culpa na boca do estômago. Onde foi parar a confiança que Faye me deu — onde foram parar todos aqueles argumentos subsociológicos que eu deveria ter na ponta da língua para confundir os funcionários da prefeitura? Murmurei um pedido de desculpa e saí do escritório. Mas uma coisa era certa: eu ia receber um diploma londrino em sociologia e não ia fazer isso estudando meio período. As pessoas tinham certeza de que ou eu já recebia um subsídio ou, sendo nigeriana, eu era sustentada pelo governo do meu país. Assim que meu subsídio foi aceito, fui até uma padaria ABC, em Camden Town, e consegui um trabalho noturno como faxineira e endereçadora de envelopes.

Eu passava as manhãs em casa, assim podia mandar meus filhos para a escola, e depois me arrumava e ia para a faculdade. Eu não tinha aulas todos os dias, graças a Deus, mas, nos dias livres, não ficava em casa. Eu ia para a faculdade e ficava na biblioteca Senate House. Aquele prédio enorme, espremido entre o Museu Britânico e a Faculdade de Higiene e Medicina Tropical, foi a salvação de muitos estudantes limítrofes como eu. Os corredores, naqueles dias, eram tomados por estudantes nigerianos citando artigos de lei uns para os outros ou discutindo sobre a guerra que estourava em casa. Eu estava com a cabeça sempre muito cheia para escutar aquelas conversas, e meu corpo estava fraco demais para eu desperdiçar energia ficando ali, em pé, escutando homens nigerianos, por isso eu simplesmente cumprimentava com a cabeça, dava um sorriso e deixava eles para trás. Eu estudava bastante, das dez da manhã até às três da tarde, depois fazia algumas compras no caminho de casa e chegava antes dos meus filhos chegarem da escola. Eu os esperava com um sorriso, maçãs baratas, que eu geralmente cortava em fatias para parecerem mais numerosas do que eram de fato, e sanduíches de pão integral.

Logo descobri que os ingleses, por baixo daquele verniz de rígida soberba, eram iguais a qualquer outro povo, e que, se a pessoa estava mesmo determinada a se ajudar, ela geralmente encontrava alguém disposta a ajudá-la. Naquele tempo, era vergonhoso ficar desempregado, as pessoas te tratavam com desprezo se você negasse os empregos ou evitasse o trabalho. Os homens da Seguridade Social poderiam aparecer a qualquer momento e você precisava ter um motivo para não estar lá. Mas, já que eu tinha me tornado uma estudante em período integral, sem ter recebido o meu subsídio ainda e assustada demais para questionar o andamento do meu pedido, sem saber quem eram as pessoas por trás da Autoridade Educacional do Centro de Londres e o quão poderosas elas podiam ser, decidi enfrentar o diabo que eu conhecia tão bem. Eu disse a um funcionário bastante jovem da Seguridade Social que eu não estava gastando todo o dinheiro que eles me davam com meus filhos, e sim guardando uma pequena quantia, depois de pagar o aluguel, para custear as taxas da universidade.

— E como é que você dá conta? — o homem exclamou, desnorteado. — O dinheiro não dá nem pra pessoa viver direito.

— Bom, eu preciso dar conta, porque, se eu não fizer nada agora, vou viver às custas da Seguridade Social pra sempre. Mas, se eu trabalhar duro agora, vou me livrar do dinheiro do governo em três anos. Com um diploma, posso conseguir o tipo de trabalho que é condizente com minha família.

O homem, cujo nome não lembro agora, estava à frente do seu tempo. Ele entendeu meu ponto.

— Sim, verdade. Se você se qualificar e conseguir um bom trabalho como professora ou algo assim, você vai poder cuidar dos seus filhos nas folgas e estar em casa na hora que eles voltam da escola. Você pode até arranjar um trabalho de meio período como professora, se é isso que você quer. — Então ele parou de repente e repensou o que estava dizendo. — Mas você não pode fazer isso. Receber dinheiro do governo implica o dever de ficar em casa. Se a gente permitir que as pessoas saiam de casa e façam o que elas quiserem, elas podem começar a arranjar trabalho e serem pagas por isso.

— Mas não tem como isso acontecer — eu disse. — As pessoas precisam fazer um seguro se elas recebem mais do que quatro libras por semana.

— Ah, você está falando como uma mulher. Muitos homens conseguem dar uma volta no sistema, especialmente no setor da construção. Eles recebem em dinheiro e ainda vêm aqui pedir o auxílio.

Eu não queria ficar discutindo com ele, mesmo sabendo que aquilo era ilegal. Mas aquela era a única maneira de salvar minha família e a mim mesma. Eu não ia ficar lá sem fazer nada, apodrecendo naqueles apartamentos que pareciam um hospital e engaiolavam quem morava dentro deles, como se a pessoa estivesse em uma solitária. Eu não ia me permitir desintegrar. Meus vizinhos sequer eram pessoas decentes; eles eram agressivos e tinham um vocabulário horroroso. Se eu ficasse lá e deixasse aquele negócio tomar conta de mim, ia acabar num manicômio, e essa conta iria exigir ainda mais dos contribuintes.

— Mas você sabe que eu não estou fazendo isso, trabalhando pra ganhar mais do que quatro libras por semana. Eu limpo a ABC à noite e uso esse dinheiro pra comprar comida.

O homem ergueu suas sobrancelhas e disse devagar:

— Agora eu realmente estou te respeitando. Você está me dizendo que depois das aulas você vai lá à noite e ainda faz faxina?

Fiz que sim com a cabeça.

— Vou tentar resolver sua situação. Não posso te prometer nada. Eles podem trocar e dar essa área pra outra pessoa. Eu vejo sentido no que você está fazendo. Na verdade, eu mesmo queria ser qualificado pra entrar num curso universitário. Mas vamos ter que fingir que não sabemos o que você está fazendo. E não se mate de tanto trabalhar.

— Não vou me matar — eu disse enquanto ele saía da sala.

Eu mergulhei em orações ao chegar na minha porta.

— Ah, Deus, por favor, me perdoe, não deixe que aquele homem bom se meta em problemas por minha causa. E obrigada por botar pessoas tão boas no meu caminho.

De alguma maneira, encontrar pessoas assim tornava os vizinhos mal-educados irrelevantes.

O que eu não disse ao homem da Seguridade Social foi o motivo que me fez escolher trabalhar na fábrica de pães da ABC. Quase sempre sobrava pães e mais pães estragados. Eles não estavam realmente estragados, apenas não haviam sido vendidos ou tinham assado um pouco demais — e, em relação aos bolos, tínhamos mais do que o suficiente. Aconteciam tantos "acidentes" durante a decoração dos bolos que os funcionários simplesmente os levavam para casa. Minha chefe sabia que eu tinha filhos pequenos, e ela estava sempre de dieta, então eu ganhava até mais do que minha família precisava. Podíamos, inclusive, nos abster de comer pão de farinha branca. Nós queríamos pão integral, pão integral com fibra, eu dizia aos meus filhos. O salário era de duas libras e setenta e cinco com pão de graça e jantar de graça para as crianças. Eu estava realmente muito bem de vida!

O ano passou e fui reprovada com louvor nos meus exames do primeiro ano. Eu deveria ter me dado mais tempo. A raiva que senti era sufocante. Graças a essa raiva, despejei todos meus xingamentos em uma carta e a enviei para a Autoridade Educacional. Eu queria um subsídio e, naquele momento, já tinha aprendido na aula de teoria social que era um direito meu, já que eu havia pago todos os impostos nos últimos seis anos. A carta não era lá muito agradável. Era uma daquelas cartas que você deve escrever e nunca enviar, porque sabe que ninguém vai ficar feliz de lê-la. Mas enviei a minha. Acusei os dirigentes de me perseguirem por eu ser negra, por eu ter filhos, por eu não ter um marido, por eu ainda ser jovem e por eles todos não serem mais do que uns brutos sem coração, um bando de mercadores de escravos, e disse ainda que eu rezava para Deus condená-los ao fogo eterno, onde todos os jujus africanos iriam mantê-los até não sobrar mais nada para queimar.

Recebi uma resposta em quatro dias. E, no começo do semestre seguinte, recebi um subsídio completo, retroativo. Fui até a garagem mais próxima, comprei um carro por trezentas libras e o usei para aprender a dirigir.

Quando você faz coisas assim, não é planejado. Mas, no meu caso, escrevendo sobre minha vida depois de tantos anos, quem me lê pode pensar que foi tudo planejado. Gosto de ler o que críticos e estudantes entendem da minha personalidade a partir dos meus livros. Eles me dizem coisas que não sei a meu respeito. Eu acho que sou uma mulher tímida e indolente, sem qualquer fiapo de confiança. Mas, quando as pessoas analisam os padrões da minha vida, elas geralmente não concordam comigo. Você consegue imaginar alguém enfiando cinco crianças animadas dentro de um carro para dar uma volta por Londres depois de apenas duas aulas rápidas na Albany Street? Eu ainda dirijo muito mal, sempre com o pé na embreagem, e mal passo de cinquenta quilômetros por hora. Me arrasto atrás dos ônibus, e às vezes paro quando eles também param. Talvez seja por isso que nunca me envolvi num acidente. Nunca estou com pressa e proíbo qualquer pessoa de começar uma conversa se estou no volante. Na verdade, hoje em dia, uso mais o transporte público do que o carro, por causa do medo que implantei no meu subconsciente durante aqueles dias de estudante. Quando a distância fica grande demais, deixo o carro na garagem e pego um trem ou um ônibus.

No ano seguinte, quando refiz as provas do primeiro ano e passei, eu sabia que estava no caminho certo para conquistar alguma coisa na Inglaterra. Mas, naqueles primeiros anos precários, enquanto eu aos poucos me tirava do poço e chegava ao que é sociologicamente chamado de classe média baixa, eu tinha muito a agradecer a pessoas como Meriel, Faye, Brenda, Sue Kay, Roberta e até aos homens do Departamento de Saúde e Seguridade Social.

Diga-se de passagem, não causei problema nenhum para aquele homem, porque você automaticamente para de receber o auxílio do governo quando começa a receber o subsídio. O subsídio cobria as mensalidades da universidade, e o conselho reduzia o aluguel para quem era estudante. Ou seja, como estudante, eu estava muito, muito melhor do que antes. Agora eu podia levar as roupas da minha família toda semana para a lavanderia, em vez de eu mesma lavá-las à mão; podíamos comprar suco de fruta de verdade, e não aqueles baratos com excesso de açúcar; e, quando eu queria um pouco de paz e silêncio em casa, podia botar as crianças no carro, deixá-las no cinema Odeon e voltar para casa para costurar ou estudar. Meus filhos, hoje adultos, continuam sendo grandes cinéfilos.

Às vezes, nas minhas noites de folga, eu ia ver um filme sozinha. Eu adorava ir ao cinema, até que eles começaram com os filmes de desastre. O último que eu vi daquela série horrorosa foi *Quando é preciso ser homem*. Eu estava comendo amendoim quando aqueles indígenas começaram a ser assassinados, e o amendoim na minha boca começou a ter gosto de sangue. Nunca mais comi amendoim. Fiquei tão abalada que fugi do Odeon de Camden Town, deixando meu carro para trás, porque eu não estava em condições de dirigir. Fui para casa e chorei bastante. Não teria sido tão ruim se, no final, os produtores do filme não tivessem nos informado que todo aquele horror tinha realmente acontecido. Eu amava ir ao cinema, mas desde esse episódio tenho sido mais cuidadosa com o que me permito assistir.

Meus filhos se formaram assistindo *Tubarão* e *A profecia* e outros filmes de terror. Prefiro continuar com meus musicais. Talvez seja algo antiquado, mas é assim que eu sou.

Capítulo 12

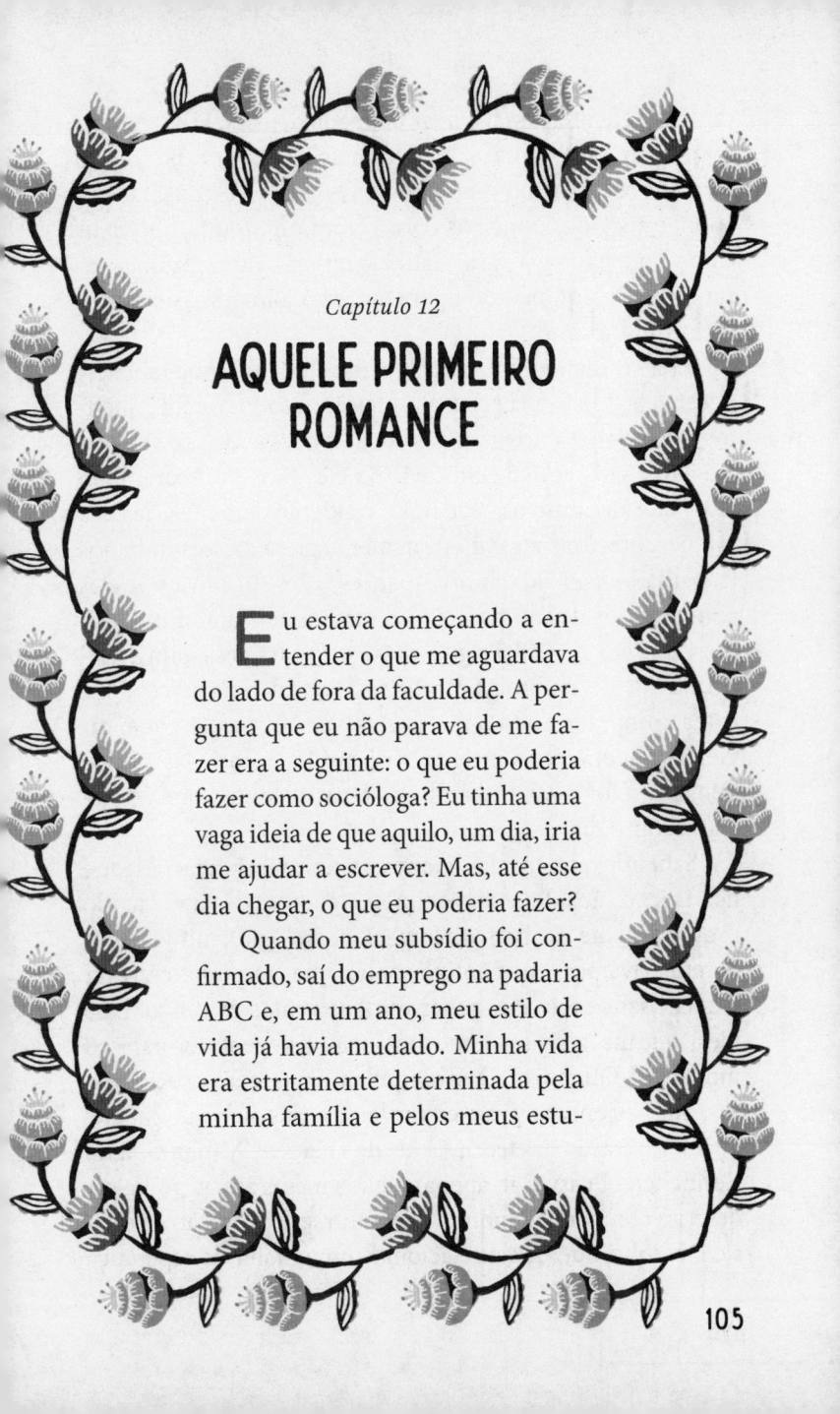

AQUELE PRIMEIRO ROMANCE

Eu estava começando a entender o que me aguardava do lado de fora da faculdade. A pergunta que eu não parava de me fazer era a seguinte: o que eu poderia fazer como socióloga? Eu tinha uma vaga ideia de que aquilo, um dia, iria me ajudar a escrever. Mas, até esse dia chegar, o que eu poderia fazer?

Quando meu subsídio foi confirmado, saí do emprego na padaria ABC e, em um ano, meu estilo de vida já havia mudado. Minha vida era estritamente determinada pela minha família e pelos meus estudos. De repente passei a ficar ocupada demais. Eu precisava aproveitar cada minuto. Nunca mais passei um dia inteiro fazendo compras no mercado de Queen's Crescent. Eu ia à cooperativa local, onde as coisas eram um pouquinho mais caras, ou telefonava para Maliki, o indiano dono da mercearia em Crescent, pedindo para entregar alimentos africanos na minha casa.

Esses indianos, que vida alguém consegue ter na Inglaterra sem eles? Eles fornecem aos africanos todos os suprimentos necessários, entregam comida nas nossas casas e às vezes até dão risada com a gente. Maliki e sua esposa ficaram tão ricos que largaram os negócios e venderam a mercearia para um parente. Mas eu sou eternamente grata a esses indianos trabalhadores. Não lembro quantas vezes fui salva por eles com pedidos de última hora na manhã de Natal. Em 1972, por exemplo, convidei algumas pessoas para passarem a noite de 24 de dezembro na minha casa, e só depois percebi que tinha comprado tudo o que precisávamos, exceto papel higiênico. Aconteceu a mesma coisa em 1973, mas desta vez o que faltou foi o sal. Em ambos os casos, confiei que Maliki iria salvar o dia, e ele salvou.

Sabendo que, em alguns anos, eu terminaria a faculdade e ficaria sem subsídio e sem emprego (embora desta vez tendo provavelmente um bom diploma de sociologia), minha mente retornava para meu antigo sonho, que era poder escrever e quem sabe meio que pagar minhas contas com isso. Essa ideia, que me intrigava desde a infância, de repente me pareceu muito real. Quanto mais eu mergulhava nas teorias sociológicas, mais eu encontrava o equivalente a elas ou o que chamei de interpretação das teorias à luz da vida real. Minha vida no Residencial Pussy Cat, apenas alguns meses antes, podia ser descrita como uma "anomia" ou como sem definição de classe. Descobri que podia relacionar minha falta de esperança no futuro e meu quase desespero pessoal a esse mesmo conceito. Então por que não escrevi sobre isso, em vez da historinha romântica felizes-para-sempre, como era meu primeiro rascunho de *Preço de noiva*? Por muito tempo discuti comigo mesma se aquilo não revelava demais a meu respeito para o leitor. "Quem vai se interessar em ler sobre uma mulher negra infeliz cuja vida parece ser uma grande confusão?", eu me perguntei muitas e muitas vezes. A resposta me apareceu depois de ler *Poor cow*, de Nell Dunn, e livros como *One pair of hands* e *One pair of feet*, de Monica Dickens, livros baseados na "realidade social". Preciso dizer que a expressão "realidade social" e frases como "a pessoa precisa ser pragmática" pareciam estar na moda entre os estudantes de ciências sociais na década de 1970. Decidi então escrever de novo sobre a *minha* realidade social. Afinal de contas, eu não tinha nada a perder — quem sabe, alguém podia até achar interessante. Eu mesma achava esses romances documentais não apenas fascinantes, mas também bastante informativos. Então, pela segunda vez na vida, comecei a conscientemente botar meus pensamentos no papel. Fui de novo ao Woolworths mais perto da minha casa e comprei três cadernos de exercícios e duas canetas Bic e passei a escrever nos sábados e domingos pela manhã, um pouco antes de começar o dia de trabalho.

Dessa vez notei uma diferença na escrita. Eu a achava quase terapêutica. Escrevi sobre todas as minhas desgraças. Confesso que muitas vezes me convenci de que ninguém ia ler, então botei no papel toda a verdade, minhas próprias verdades, da maneira que eu as enxergava.

Por essas verdades serem horrorosas, e por eu suspeitar que alguns leitores cínicos podiam não acreditar em mim, decidi usar o fictício nome africano Adah, que significa "filha". Bom, o tempo provou que foi apenas uma vã esperança. As pessoas descobriram logo de cara que a vida de Adah era mais de cinquenta por cento a minha, mas, até esse momento chegar, eu me refestelei na mais singela ignorância. Escrevi a história da minha vida como se fosse a de outra pessoa.

Lendo meu primeiro romance, *No fundo do poço*, depois de anos, percebi que usar o nome fictício Adah, ao invés de Buchi, deu ao livro uma espécie de distância, e essa distância deu a impressão de que o livro tinha sido escrito por uma observadora externa. Eu estava escrevendo sobre mim como se estivesse fora do meu corpo, olhando para os meus amigos e para meus companheiros de sofrimento como se eu não fosse um deles. Sempre fico envergonhada quando as pessoas leem o livro para mim hoje em dia. Alguns acadêmicos dizem que provavelmente fui muito dura comigo mesma e que muitos escritores começam dessa forma. Bom, eles são muito, muito gentis, especialmente nas universidades norte-americanas, como aquela em Middletown, Nova Jérsei, onde *No fundo do poço* continua a ser estudado.

Decidi que ia passar quatro horas escrevendo todo sábado e todo domingo. Assim, eu conseguia costurar todos os acontecimentos da semana. A linguagem era simples e, para dar certo peso a ela, espalhei várias frases sociológicas aqui e ali. Depois eu me dizia que não ia fazer diferença nenhuma, já que ninguém ia mesmo ler aquele livro.

Ao final de mais ou menos cinco semanas, nas quais escrevi o meu "diário" sobre "a vida em Londres para uma mulher solteira com cinco filhos", resolvi que deveria começar a datilografar o manuscrito. Limpei minha velha máquina de escrever e comecei. O resultado foi um horror, eu disse a mim mesma. Eu nunca poderia trabalhar como datilógrafa.

Liguei para uma menina chamada Gloria, uma amiga que fiz quando trabalhava no Museu Britânico.

— Você pode datilografar uns manuscritos pra mim? — eu perguntei.

— Claro que posso. Mas eu achava que você estava estudando pra receber um diploma. Sobre o que é esse manuscrito, é sua tese?

— Tese! Eu nem sei direito o que é uma tese. É uma história.

Ela pegou o primeiro caderno, leu uma das páginas e reclamou da minha letra.

— Pra datilografar isso aqui, eu vou precisar estar com você o tempo inteiro do meu lado, porque não consigo entender essa sua letra.

— Faça o melhor que você puder — eu disse, sonhando com um texto bem datilografado, que iria convencer os editores de jornais e revistas do meu compromisso com a escrita.

Gloria passou semanas na função e, quando eu ligava para ela do telefone público, me perguntava o que eu queria dizer com essa ou aquela palavra. Em determinado momento, implorei para ela me devolver o caderno. Ela me devolveu, muito bem datilografado, mas com vários buracos nas linhas onde ficavam as palavras que ela não havia conseguido entender, além de uma conta de oito libras. Naquela altura descobri que já havia mudado de ideia sobre uma frase ou uma ideia, e discutimos por causa do dinheiro, porque eu sabia que minha máquina de escrever comprada em Crescent não tinha custado mais do que cinco libras. Paguei o que ela pediu, mas perdi uma amiga.

Limpei a máquina de escrever de novo e, como não tinha paciência para datilografar seguindo o método Pitman, comecei a catar as letras uma a uma, usando apenas dois dedos. Gritei de alegria quando, depois de quatro horas batendo e esmagando aquela máquina, consegui datilografar uma página inteira (ou, melhor dizendo, meia página datilografada e meia página à caneta).

Era um método laborioso de escrita. Sendo uma pessoa que não faz anotações antes de começar o processo e que tende a escrever como as pessoas falam, passei a achar que o método de primeiro escrever à mão e depois datilografar acabava me inibindo. Às vezes eu cortava um parágrafo inteiro simplesmente porque estava cansada demais para digitá-lo. Outras vezes, abandonava toda uma ideia pelo mesmo motivo. Então eu entendi: uma escritora do século 20 precisava dominar sua máquina — a máquina de escrever.

Minha grande mãe em Ibuza não precisava usar uma máquina de escrever porque suas histórias eram apenas para a gente, as crianças da sua aldeia. E esse é um dos maiores equívocos em relação à Mãe África: como ela não escreveu suas histórias e suas experiências, as pessoas do Ocidente têm a coragem de dizer que ela não possui história nenhuma. Não posso cair nessa mesma armadilha. Não posso me autorizar a isso.

Então, com meus dois dedos, segui em frente, me arrastando. Trabalhei em *A vida em Londres*, que depois eu chamei de *O poço*, das seis até às oito ou nove horas da manhã nos sábados, dependendo do humor da minha família. Alguns dias as crianças dormiam até mais tarde ou ficavam nos seus quartos, conversando sobre questões da escola. Naquela época elas estudavam todas no mesmo colégio, o St. Mary Magdalene, e os pobres professores volta e meia eram triturados. Em outros dias, elas acordavam às sete horas exigindo torradas e geleia. Tínhamos nos tornado tão sofisticados que agora nos dávamos ao luxo de ter um café da manhã continental. Como não me deram muita carne quando eu era criança, eu também não dava muita carne para minha família. Isso era bom, porque a carne era muito cara. Tínhamos galinha aos domingos, e talvez meio quilo ou até um quilo de carne para nós seis no resto da semana. Nunca adquirimos o hábito de comer bacon e ovos no café da manhã e curiosamente continuamos a não comer hoje em dia. A pobreza sempre encontra um jeito de permanecer ao seu lado durante a vida.

Assim que eles acordavam, eu já estava na cozinha, ocupada pelas próximas quatro horas, até todo mundo estar arrumado e pronto para brincar lá fora. Descobri que, mesmo com o barulho das crianças entrando e saindo e batendo as portas, eu conseguia datilografar. Não estou dizendo que datilografia é um trabalho sem qualquer esforço mental, mas ele não exige o mesmo tipo de concentração de quando se está escrevendo a ideia pela primeira vez. Então tracei um plano. Enquanto minha família dormia, eu escrevia as ideias. E quando eles estavam acordados eu datilografava. Por isso a dedicatória em um dos meus primeiros livros autodocumentais, *Cidadã de segunda classe*, é para "meus cinco filhos, Chiedu, Ik, Jake, Christy e Alice, pois, sem o barulho doce que eles faziam ao fundo, este livro não teria sido escrito".

Alguns críticos duvidaram da sinceridade dessa dedicatória, indagando: *Como pode o barulho de cinco crianças ser algo doce?* Mas eles estão se esquecendo de várias coisas. Eles se esquecem de que, quando eu tinha a idade dos meus filhos, eu não tinha um lugar que podia chamar de casa. Eu sei que eu morava com parentes meus, mas esses parentes tinham seus próprios filhos. Era gostoso ficar em Ibuza, mas eu só ia para lá durante os recessos escolares. Depois de um tempo, até esse luxo me foi negado, pois meu pai havia morrido, e não tínhamos dinheiro para pagar as passagens até Ibuza. Então eu era obrigada a ficar em Lagos e ajudar na casa. Meus filhos tinham um lar, um café da manhã decente, roupas limpas no corpo e, graças a Deus, não precisavam se preocupar se ia ter almoço ou não — eles sabiam que iam comer. Por isso eu achava os barulhos travessos dos meus animados filhos uma coisa doce.

Em seguida os críticos perguntaram: *Mas como você consegue escrever tendo todos esses filhos?* De novo eu preciso escrever por causa deles. O pai das crianças sugeriu a adoção e, como não concordei com essa ideia, ele lavou as mãos em relação à gente. Eu só o vi em poucas ocasiões em mais de cinco anos; implorar pela ajuda dele estava fora de cogitação. Ele só iria repetir sua famosa frase: *Eu te disse que não ia carregar cinco filhos nas costas*. É uma pena ele ter sido essa pessoa que acreditava que os bebês continuavam sendo bebês para sempre. De todo modo, preciso ser grata a ele, porque, sem ele, eu não teria tido meus filhos. Além disso, uma professora amiga que conheci em Chicago uma vez me disse: *Aposto que, se seu homem não tivesse te dado um pé na bunda, você nunca ia ter começado a escrever*. Acho que ela estava certa. Se meu casamento tivesse dado certo, eu provavelmente teria concluído meu curso de biblioteconomia, me enfiado numa biblioteca pública e permanecido sonhando com a possibilidade de me tornar escritora um dia. Sonhar acordada não era nenhuma novidade para mim. Eu adorava, mesmo já adulta. Quando as coisas ficavam intoleráveis, eu me recolhia dentro de mim, e podia passar horas apenas olhando para o nada, sonhando. Minha vida teria sido assim se eu tivesse tido um casamento feliz. É por isso que hoje consigo perdoar todo mundo. É por isso que não sou mais uma pessoa amarga. A consciência de tudo o que vivi só surgiu em mim muito mais tarde; quando eu estava lá, martelando *No fundo do poço* naquela velha máquina de escrever, eu não era tão filosófica assim.

Ter seu primeiro romance publicado não é nem de longe tão glamoroso quanto a mídia nos faz acreditar. A aspirante a escritora logo se convence: "É isso, é isso que eu quero fazer, eu preciso escrever, preciso contar uma história ou não fazer mais nada. Vou escrever um romance, não importa quanto tempo leve, não importa se vou ser publicada ou não. Eu preciso escrever, e vai ser um romance".

Logo depois, surge aquele secreto estado de alegria que a escrita de verdade nos traz. Alguns sortudos aspirantes a escritor, todos do sexo masculino, se veem, nesse estágio inicial, cercados por bons amigos e carinhosos familiares que de fato acreditam neles, acreditam no que eles estão fazendo, esperançosos de que, um dia, um deles vá se tornar um autor de verdade. Muitos são já rotulados de autores simplesmente porque estão escrevendo um livro. O tap-tap da máquina de escrever é celebrado com um assombro reverencial, do mesmo modo que os fiéis aguardam em silêncio total a lenta aproximação do sacerdote. Este tratamento tem lá suas alegrias: sua mãe amorosa, sua futura namorada ou sua esposa logo começam a te exaltar na categoria de autor. Mas muitas aspirantes a escritora não têm essa mesma sorte — elas constantemente são vistas sob um olhar desconfiado. Eu sei disso porque, em 1981 e 1982, quando lecionei sobre meus livros na Universidade de Calabar, nenhum dos meus setenta e oito estudantes era do sexo feminino. O mundo, e em especial o mundo africano, ainda considera a literatura séria uma prerrogativa masculina.

O único transtorno para esses autores ainda não publicados, mas já louvados nessa posição, se dá quando eles são obrigados a enfrentar a queda, quando ela acontece. Essa queda surge quando eles de repente percebem que a escrita vai levar muito mais tempo do que eles previam, ou quando eles dão de cara com uma trama complexa demais para manejar, ou, pior ainda, quando aqueles amigos e familiares que antes os admiravam começam a ser econômicos nos elogios. Eles não querem ver o livro apenas impresso, eles querem que seja um best-seller instantâneo, que esteja sendo filmado em Hollywood e, num piscar de olhos, eles esperam ver seus iates na Riviera. Aqui, infelizmente, o aspirante a escritor se vê sozinho. Ele precisa ser muito determinado para continuar a partir deste ponto. Alguns autores, que até este momento se enchiam de esperança, perecem justamente nessa fase, e nunca mais escutamos falar deles. Eles tiveram sua glória, receberam seus elogios, mesmo que por pouco tempo. Convidado a festas por esperançosas anfitriãs, o escritor então é gentilmente indagado: *Mas o que aconteceu com aquele seu livro encantador que nós todas íamos comprar e ler?* Ele balbucia uma explicação, geralmente longa, sobre isso e aquilo, numa tentativa de explicar por que seu livro não conseguiu se materializar.

Também existe outro tipo de aspirante a escritor, o que só tem a si mesmo para culpar, desapontar e atacar quando a queda aparece pelo caminho. Muitas pessoas insistem que compartilhar dores pessoais as deixam mais leves. Não há dúvida quanto à validade dessa afirmação, mas, quando se trata da criação artística, tenho muitas e muitas dúvidas. Talvez os velhos mestres conhecessem a resposta. Quantas vezes não lemos sobre grandes pintores que nunca revelavam suas obras até se convencerem de que tudo o que eles pretendiam fazer com aquele trabalho havia sido capturado pela tela à sua frente? Que artistas sortudos! Era para eu ter aprendido essa lição com a srta. Humble ou com a experiência de ter visto minha primeira tentativa, *Preço de noiva*, ser consumida pelo fogo bem diante dos meus olhos enquanto eu não podia fazer nada e tentava lidar com a agonia que tomava meu coração. Mas não, nunca aprendi. Eu ainda não me sentia segura, mas, pelo menos, depois de ter conhecido as mulheres do Pussy Cat, já tinha treinado e aprendido a dar risada de mim mesma.

Como resultado desse condicionamento, hoje pertenço ao grupo de escritores que se convenceu de que, sim, nós escrevemos, mas não somos corajosos o suficiente para falar com os outros a respeito disso. Os poucos que conseguem são encorajados, talvez de maneira perversa, pelos próprios aspirantes a escritores, a não darem muita bola para tudo isso.

No meu caso, essa minha atitude manteve todo mundo feliz por um bom tempo. Com dois dedos, saí catando as letras na minha máquina de escrever. A velha máquina há muito tempo já desistiu de funcionar, ainda mais depois do ataque que recebeu enquanto eu batia e reescrevia as páginas do meu quarto livro, *The slave girl*.

O terceiro estágio da vida do aspirante a escritor é o mais cruel e impiedoso — um momento que com certeza pode ser o fim da linha para muitos. As intermináveis viagens até as editoras e o fluxo ininterrupto de cartas para os editores de jornais e revistas. Na minha experiência, por exemplo — que não é de modo algum paradigmática, até porque às vezes eu me via acreditando ser uma das aspirantes a escritora mais azarada do mundo —, passei quase todas as semanas de 1970 e 1971 tentando convencer editores a lerem meu trabalho. Eu não me importava se ia ou não ser paga pela publicação. A única coisa que eu queria era ser publicada.

Logo me acostumei com o som dos manuscritos retornados desabando no chão de linóleo da minha moradia social, um som que imediatamente abria um abismo no meu estômago. Foram anos até esse abismo se fechar. Mas, durante aquelas longas e solitárias semanas, há mais de dez anos, o sentimento era horroroso demais para se descrever. Era mais uma coisa mental. A reação física não era tão ruim. Meu estômago começava a roncar e escalava até se tornar um protesto contundente, como se eu tivesse comido um prato envenenado ou bebido água contaminada. Eu costumava me curar desses momentos simplesmente deixando os manuscritos retornados no mesmo lugar, ignorando a existência deles. Eu não precisava ler as cartas que os acompanhavam, naquela altura eu já sabia quase de cor o que diziam aquelas amáveis mensagens fotocopiadas. Os editores me agradeciam muito por deixá-los ter a chance de ler meu fabuloso trabalho, que eles realmente adoraram, mas que não poderiam publicá-lo no momento. Eu sempre me perguntava: "Mas e quando vai poder ser publicado?". Depois de um tempo, comecei a aceitar isso como parte da minha vida — aquela rejeição constante. E fui trabalhar com um propósito nos correios, no Natal de 1970 e de 1971. O dinheiro que eu recebi trabalhando durante aquelas noites intermináveis serviu, em parte, para comprar os presentes de Natal dos meus filhos, e o resto foi para comprar papel e selos postais. Foi bom eu ter guardado toda essa história para mim mesma, porque, se as pessoas tivessem me perguntado *Mas, mulher, por que diabos você fica enviando todos esses papéis datilografados, se os editores sequer passam o olho por eles?*, eu teria que responder que eu conhecia pessoas que apostavam há dez ou quinze anos na loteria esportiva, na esperança de algum dia ganhar o grande prêmio — a possibilidade de ter meu trabalho publicado era tão remota quanto.

O que me fez continuar, então? Talvez eu fosse jovem e ingênua, ou talvez exista alguma verdade no que dizem as pessoas que acreditam em horóscopo — que pessoas como eu, do signo de Câncer, são birrentas e persistentes —, ou, por ter vinte e dois anos, eu teimasse no meu jeito quieto e determinado, sempre muito esperançosa, achando que nada era impossível. Ou simplesmente uma combinação de tudo isso. Enfim, continuei.

Meu fracasso em conseguir que minha escrita fosse apreciada me atropelou nesse momento. Eu seguia me dizendo que ia conseguir um diploma com louvor, mas e depois, o que eu ia fazer? Voltar para o Museu Britânico e trabalhar de novo no meio das múmias? Não nesta vida! Eu não ia fazer isso. Voltar para a Nigéria? A guerra civil nigeriana era ainda um passado recente, e qualquer pessoa remotamente conectada aos igbos não era bem-vinda no país onde eu nasci. Meu irmão Adolphus tinha me dito, na sua última carta, que, ter nascido em Lagos, além do fato de falarmos iorubá como se fôssemos nativos, até fazia você se esquecer de que era igbo e quase fazia você se ver como nigeriano. Mas os políticos nigerianos não te deixavam esquecer que primeiro você era igbo, iorubá, hauçá ou efique, e só depois nigeriano. Indiretamente, ele me fez perceber minha ascendência igbo, um fato que eu também estava menosprezando, na esperança de que ser nigeriana fosse suficiente. Bom, graças a Deus, tudo isso está no passado. Você pode ter certeza de que os políticos sempre vão trazer à tona as questões tribais, porque o nacionalismo, como é conhecido no mundo ocidental, é uma coisa nova para nós. Mas estamos aprendendo rápido.

Antes de receber a carta de Adolphus, cheguei a pensar que meu irmão estava morto, porque ele não tinha me escrito nada durante a guerra. Eu não sabia que, naquele período, ele estava morando em algum lugar da floresta e dando o seu melhor para se proteger. Meus sogros e parentes? Eles provavelmente me consideravam uma dívida em aberto, pois, afinal, as pessoas não amam quem vence na vida? Quem é que iria querer ter relação com uma parente que não conseguia decidir o que queria fazer consigo mesma ou com seus cinco filhos barulhentos? Tudo o que me restava era eu mesma, minhas crianças e os editores ingleses.

Me arrastei adiante, e minha linguagem se tornou cada vez mais pragmática e às vezes ofensiva. Eu não me importava com a forma e não me importava que meu assunto não fosse considerado intelectual; eu só derramava minhas palavras naqueles cadernos de exercício da Woolworths, toda minha raiva, toda minha amargura, toda minha decepção, e datilografava tudo depois. Minha realidade social, minhas verdades, minha vida em Londres.

Como eu disse antes, nunca aprendo com meus erros. Uma noite, no fim de 1971, Chidi veio nos ver. Ao invés de pensar em alguma conversa inteligente que pudesse diverti-lo, eu quase o deixei maluco lendo minhas *Observações* ou minhas *Realidades sociais* ou minha *Vida em Londres* — dei àquilo inúmeros títulos na época. Não sabia se ele estava escutando, mas eu já havia chegado no ponto de não me importar mais.

Eu sabia que, depois daquele dia, ficaria sem vê-lo por muito, muito tempo, pois ele sempre se afastava discretamente quando eu entrava no meu humor "literário". Então o que eu tinha a perder? Segui devaneando pelas minhas "observações" de Londres. Ele escutou tudo com muita paciência enquanto bebia seu chá, até dizer, de repente:

— Tem um inglês meio esquisito que agora está editando um jornal chamado New Statesman, acho que ele pode se interessar em ler suas "observações".

Logo depois ele foi embora, sem dizer se meu trabalho era bom ou não. Onde aquelas mulheres maravilhosas encontram os amigos que as encorajam a alcançar patamares mais elevados na vida? Pelo andar da carruagem, talvez eu devesse agradecer a ele por não ter queimado meus ensaios. Mas, pensando sobre isso tantos anos depois, e relendo tudo de novo no meu diário, acho que devo tê-lo deixado entediado.

Na época suspeitei que Chidi tivesse dado aquela sugestão para fazer graça com a minha cara. No entanto, eu estava preparada para pôr à prova até aquela sugestão ridícula. Datilografei de novo as primeiras três "observações", enviando uma a cada terça-feira. Escolhi as terças porque aquele era o dia em que a maioria dos pais ia aos correios para pegar sua Mesada Familiar, que agora se chamava Benefício Familiar. Eram poucas libras, mas uma quantia bastante útil para reabastecer as despensas cada vez mais vazias. De certa forma, eu me sentia culpada por usar parte daquele dinheiro para enviar meus escritos, mas meu argumento era que, bom, se algum dia eu me tornasse escritora, meus filhos ganhariam muito mais. Portanto, eu me sentia autorizada a gastar aqueles três centavos para enviar minhas "observações" em vez de usar o dinheiro para comprar um quilo e pouco de batatas.

Não aconteceu nada na primeira semana depois que eu enviei o texto, não recebi sequer uma carta de rejeição. Aquilo era uma novidade, pensei comigo mesma, porque os textos geralmente retornavam já na sexta-feira seguinte. Me sentindo destemida, enviei o segundo texto. Nada. Ainda assim mandei o terceiro texto, e foi aí, acredito eu, que o pobre coitado do outro lado da linha decidiu colocar um fim naquela loucura e me enviou uma mensagem dizendo que tinha gostado e estava interessado nas minhas *Observações sobre os pobres de Londres*.

Gritei de felicidade até quase perder a voz. O sucesso finalmente batia à porta. Mostrei a carta para todas as minhas amigas na universidade e tentei contar às crianças o que é que estava acontecendo. Eles eram muito novos para entender todas as implicações que aquela breve mensagem tinha para mim, mas ficaram felizes comigo. Bom, eles não tinham para onde correr, não tinham escolha, eu não parava de sorrir e de cantar até no meu trabalho. Sucesso, sucesso, sucesso!

Então eu esperei. Passou a primeira semana, e nada; a segunda semana, e nada. O homem, que se chamava Richard Crossman, me disse que escreveria para mim "no momento oportuno". Mas o tempo passava, e eu mal conseguia encarar minhas amigas que, apenas algumas semanas antes, tinham começado a me chamar de escritora. Elas me disseram que o homem que havia assinado a carta era um nome de peso e que havia sido membro do parlamento no último governo trabalhista... Elas me contaram histórias tão conflitantes sobre a importância desse homem que acho que foi esse o motivo para eu ter sido paciente o suficiente e esperar seis semanas inteiras pelo tal "momento oportuno", até que resolvi tomar as rédeas da situação.

As crianças estavam particularmente difíceis naquela manhã, então, depois de deixá-las na escola, voltei para o apartamento. O dia estava gelado e úmido, o aquecimento do nosso novo apartamento tinha quebrado, e eu tentei esquentar os cômodos com um aquecedor antigo de parafina, até perceber que o querosene tinha acabado — o que não impediu o aquecedor de espalhar pela casa aquele cheiro sufocante pelo qual os aquecedores de parafina eram conhecidos. Para deixar aquele ar impuro sair, precisei abrir as janelas, e as janelas abertas deixaram entrar mais ar frio e algumas gotas de chuva. Normalmente, eu ia para a biblioteca da universidade em dias como aquele, quando não tinha aula, mas a mera possibilidade de encontrar uma amiga ou outra logo me fez tirar essa ideia da cabeça. Assim que elas me vissem, iam perguntar: *Nenhuma notícia do Statesman ainda? Eles demoram mesmo pra responder, né?* Tenho certeza de que algumas delas já se perguntavam se um homem tão importante quanto aquele teria mesmo se rebaixado e escrito uma carta para mim. Ou seja, o tal do Crossman estava me deixando com a pecha de mentirosa. Outra rajada de ar frio entrou pela janela, gelando meus ossos, e esse vento acordou a mulher de Ibuza em mim. "Quem esse homem acha que é para me deixar esperando por tantas semanas depois de me enviar uma mensagem tão encorajadora?". Se eu tivesse um telefone, provavelmente teria telefonado para ele. Mas, como não tinha, e como não podia ir para a universidade naquele dia, decidi que ia descobrir onde é que ficava o escritório do jornal.

As pessoas diziam que ele era um grande figurão e podia ser desagradável comigo, mas minha raiva alimentou minha determinação. Ele não tinha o direito de me deixar esperando por estressantes seis semanas. Só depois percebi como a sorte estava do meu lado naquele dia, porque, embora aquele escritório estreito da Turnstile Street estivesse quase sempre cheio, a única pessoa a me parar ou a tentar me parar foi a moça do chá — ou uma senhora que parecia ser a moça do chá. Passei por ela, não muito educadamente, e segui o letreiro que apontava para o escritório do editor. Foi só quando eu já estava na metade do estreito corredor que a mulher me perguntou se eu tinha marcado alguma reunião. Era tarde demais, eu estava determinada a entrar e entrei. Dizer que o grande figurão não ficou nem um pouco feliz de me ver seria um eufemismo, mas, algumas semanas depois, sua assistente, Corinna Adams, uma mulher muito gentil, veio até meu apartamento e nós revisamos os papéis aleatórios que formavam as minhas *Observações de Londres*, que naquela altura já tinha recebido um novo título: *Vida no fundo do poço*.

Vida no fundo do poço era um romance documental sobre os acontecimentos cotidianos da minha vida enquanto eu morava num lugar que era oficialmente conhecido como Montague Tibbles, próximo da Prince of Wales Road, no norte de Londres. No entanto, quando me mudei para lá, o bloco de apartamentos já era localmente conhecido como Residencial Pussy Cat. Naquela época o residencial já havia se transformado em um lugar que, por acaso ou de propósito, parecia destinado a famílias problemáticas. Se a pessoa não tivesse nenhum problema, o residencial providenciava vários para ela. Apesar disso, fiz muitas amigas lá, e foi lá que conheci minha assistente social Carol e mulheres muito desesperadas, como Whoopey e a mãe dela, e várias outras que até hoje são minhas amigas. O lugar era único, mais estranho do que um livro de ficção, e foi por isso que *Vida no fundo do poço* se tornou uma publicação seriada. Algumas semanas depois da preparadora me visitar, os textos começaram a sair pelo New Statesman.

O New Statesman na época, e em certa medida até hoje, era *o* jornal socialista, além de ser muito respeitado entre os alunos de sociologia inglesa. Você simplesmente precisava ler aquele jornal — antes do New Society, do Time Out ou do City Limits. Nomes de peso costumavam publicar artigos nele. Então, quando meus textos começaram a sair, eu me vi quase como um daqueles poetas ingleses de antigamente que diziam ter acordado um dia e de repente se descobriram famosos. Agentes escreviam para mim, jornalistas me pediam entrevistas, e em seguida comecei a participar de uma série de conversas na rádio, tanto na Bush House quanto na Langham Place. Foi no auge desse frenesi que o Statesman me ligou e disse que uma agência literária chamada Curtis Brown estava interessada em fazer de mim uma escritora, e não só isso, uma editora chamada Barrie & Jenkins queria transformar minha *Vida no fundo do poço* em um livro! Pensei que a empolgação com a notícia ia acabar me matando. Bom, não matou. Foram meses tendo que lidar com isso e aquilo, descobrindo quanto tempo se leva para produzir um livro.

Aquele ano, 1972, foi um bom ano para mim. De alguma maneira consegui manter o entusiasmo pelo meu futuro livro sob controle. Não foi nada fácil e muitas vezes me senti tentada a largar os estudos, que estavam ficando mais e mais complicados, e encarar a escrita. Cada vez que aquele pensamento sedutor me ocorria, eu dava uma olhada na pilha de rejeições que havia acumulado e aquilo me lembrava do quão precária podia ser a vida de uma escritora.

Antes da uma publicação seriada, eu não era ninguém e na verdade precisei implorar para que me deixassem refazer o trabalho de estatística no qual eu havia sido reprovada. Como eu disse, somar faz minha cabeça dar voltas e voltas — isso foi antes da abundância das calculadoras. Aquela disciplina, estatísticas sociais, podia ter me afastado para sempre da sociologia. Assim que passei a me sentir uma pessoa digna de ser notada, comecei a suspeitar de que minha luta para me tornar uma socióloga era observada com bastante curiosidade pelas minhas amigas e com certo grau de divertimento pelos meus professores. Mas trabalhei duro e pela primeira vez na vida comecei a entender estatística.

Foi nessa época, no começo de abril de 1972, que recebi meu primeiro pagamento de verdade como escritora. Era um cheque de oitenta libras. Meu coração logo disparou, porque eu nunca havia sido paga por uma coisa que eu tinha escrito. Esperei as crianças voltarem da escola e fomos comemorar na esquina da Robert Street, comprando vários pacotes de batatas fritas; eu até deixei as crianças comprarem salsichas — um grande luxo na época. Comemos e demos risada e planejamos o que iríamos fazer com o dinheiro. Mas eu já tinha outros planos. Eu não ia descontá-lo até que todos os meus amigos tivessem dado uma boa olhada nele. Até o diretor da escola dos meus filhos sabia do cheque. Ele me escreveu uma carta me parabenizando e me aconselhou a não gastar o dinheiro em um casaco de pele.

Mostrei o cheque a Chidi e ele bufou e me advertiu que, se eu não ficasse quieta, ia acabar tendo que pagar algum imposto por aquele dinheiro, porque agora eu era uma trabalhadora autônoma (eu não paguei imposto nenhum, pois continuava a ser estudante em tempo integral e podia receber cerca de duzentas libras por ano, mas aquela reprimenda dele me fez de certa forma perder o entusiasmo). Ele era sempre assim, inglês demais para um africano. De todo modo, falamos tanto sobre o cheque que minha segunda filha, Christy, acabou escrevendo uma música a respeito: *Todos nós vamos ficar ricos com a vida no fundo do poço*.

No fim das contas, fui para a Oxford Street, comprei alguns vestidos da Marks & Spencer para as meninas e uns blusões listrados para os meninos. Mas, como eu ainda estava preocupada com a faculdade, comprei para mim só um pote de creme para as mãos da Avon com a revendedora local. E aquilo tudo me deu uma grande sensação de riqueza.

As meninas usaram os vestidos para ir à escola e me lembro delas ficarem ofendidas quando a sra. Gardner disse: *Foram esses os vestidos que o New Statesman comprou pra vocês?* Não me intimidei por esse cinismo, porque eu queria que todo mundo ficasse feliz junto comigo. Mas, com as cento e vinte e cinco libras que recebi ao assinar o contrato, minha vida mudou um pouco. Eu me sentia como uma Onassis, e agora podia pagar por almoços de verdade quando ia para a biblioteca da universidade. Eu também podia comprar livros que eu sabia que seriam úteis para mim diante do qui-quadrado e dos problemas de desvios-padrão.

Quando maio chegou, fiz as provas do primeiro ano com muito mais confiança do que antes. Depois das provas, tive bastante tempo livre para ligar para minha editora, Barrie & Jenkins, e perguntar: *Quando* No fundo do poço *vai sair? Como vai ser a capa? Está bonita? Qual vai ser a cor?*

Acho que John Bunting, um dos editores-chefes da Barrie & Jenkins, nunca tinha lidado com uma autora tão entusiasmada, sem falar na minha vibrante família. Ele aproveitou a oportunidade para nos conhecer melhor e, toda vez que saíamos para almoçar, deixava que eu levasse para casa as sobras das porções enormes que os restaurantes costumavam servir naquela época. Eu pensava que esse era um comportamento antissocial, até que comecei a visitar lugares como a Califórnia e grandes cidades da Noruega, onde esses serviços são prestados como sendo a coisa mais natural do mundo.

Como vou me esquecer do dia em que *No fundo do poço* chegou da gráfica e foi entregue na editora? Alguém pode pensar, diante de toda a expectativa que alimentei ao longo dos anos, com todos os meus sonhos tão ricos em texturas e alimentados pela esperança e pela antecipação, todos meus sonhos tão ardentemente desejados, que um dia como aquele poderia ser um anticlímax. Não foi.

O telefone tocou, e John Bunting disse:

— Buchi, eles acabaram de chegar, os livros.

— Que livros? — eu perguntei, de maneira estúpida, esquecendo que tinha acabado de colocar minha nova e reluzente chaleira para ferver no fogão.

— Seus livros, boba. Eles realmente se parecem com livros.

— Meu *No fundo do poço*? E você acha que eles estão mesmo parecendo livros. Que tamanho ficou? Ficaram muito finos?

Eu me preocupava muito com a possibilidade deles terem cortado tanto o manuscrito original que minha primeira publicação fosse no fim acabar saindo vergonhosamente pequena. E as pessoas iam ler e dizer *Olha, ela na verdade nem sabia tanta coisa assim*, sem saberem que muitas páginas haviam sido cortadas porque algum editor achou que o texto original era muito depressivo e que eu precisava dar um ponto final àquilo.

— Você ainda está aí? — o sr. Bunting perguntou.

— Estou. Só estava pensando.

— Vamos mandar algumas cópias pra você pelos correios, você deve receber amanhã.

— Amanhã? Não, estou indo direto pra editora. Não consigo esperar — eu gritei, antes mesmo dele ter tempo de protestar.

Fiquei lá, em pé, olhando pela janela, encarando o nada. Eu, uma autora publicada! Eu, uma escritora... E aí o cheiro da chaleira queimando chegou até as minhas narinas. Eu tinha queimado a chaleira que havia comprado naquela mesma manhã. Desliguei o fogão, abri a janela da cozinha para deixar a fumaça sair, vesti a minha melhor saia africana e uma blusa que eu mesma tinha costurado e, com um sorriso imenso no rosto, fui para a editora.

Todos os chefões tinham saído para almoçar quando cheguei. A jovem assistente que me entregou as primeiras seis cópias do meu livro era mais ou menos da minha idade, mas, ao contrário de mim, não tinha cinco filhos. Conversamos banalidades por alguns minutos, mas eu estava morrendo de vontade de correr dali e ficar sozinha para poder examinar o livro de cabo a rabo.

Eu tinha percorrido um longo caminho, e somente as pessoas que um dia se dedicaram ao máximo para conseguir alguma coisa, e eventualmente conseguiram essa coisa, vão entender como você se sente num momento assim. Sempre comparei os sentimentos que nutri pelos meus livros, ao tê-los pela primeira vez nas mãos, com os sentimentos que tive ao passar pelo trabalho de parto e depois ficar por alguns minutos sozinha com meu novo bebê. Não sei se outras mães têm esse costume: eu sempre fazia um pequeno discurso para meu novo filho, que estava sempre dormindo (com a exceção de Jake, que gritou até não poder mais). Depois eu tirava toda a roupa do bebê para ter certeza de que ele era perfeito. E aí, quando tinha cem por cento de certeza de que tudo estava bem, eu agradecia ao Senhor e cheirava minha criança. Não sei se as pessoas já perceberam que um recém-nascido tem um cheiro que é único, e esse cheiro sempre me lembrava do cheiro que nossos fazendeiros em Ibuza traziam para casa com eles. Parece o cheiro de uma floresta em chamas, misturado ao cheiro da chuva e do suor humano. Uma criança que acabou de nascer ainda tem todo aquele calor humano do útero. Eu enchia minhas narinas com esse cheiro e permitia que ele fluísse para dentro de mim. Os animais de quatro patas são muito mais sortudos, porque a natureza os ensinou que a mãe sempre lambe seu recém-nascido. Não estamos mais nesse ponto da evolução, e por isso permitimos que a amiga que nos ajudou com o parto dê um banho no bebê.

Cada um dos meus livros foi como um filho para mim. Senti cada uma das páginas, cheirei a capa brilhante, mas, ao contrário dos meus filhos, até os imaginei na estante de uma biblioteca — um pensamento que eu nutria desde 1962, quando trabalhei como bibliotecária assistente em North Finchley. Sempre que guardava os livros, especialmente aqueles de autores com muitas publicações, eu dava um passo para trás e dizia a mim mesma que um dia, algum dia, meus próprios livros estariam entre eles. Agora parecia que aquele sonho ia mesmo se realizar.

Outra coisa aconteceu comigo enquanto eu alisava aqueles livros brilhantes no meu colo. Sou uma daquelas mulheres a quem a natureza deu uma grande capacidade de procriação. Eu engravidava com muita, muita facilidade, e nunca abortaria um embrião vivo. Não estou dizendo que essa é a decisão correta, estou apenas dizendo que sou assim. Não acredito no aborto. Essa afirmação costumava provocar uma grande ruptura dentro de mim e por muito tempo deixei que minhas amizades com homens fossem somente platônicas. Mas *No fundo do poço* mudou isso. Não de imediato, mas o primeiro passo foi dado naquela tarde em que acalentei meu novo livro nos braços.

Eu podia escutar a voz da minha Chi dizendo: "Desde que você continue escrevendo e concebendo livros, assim como você concebeu bebês, você nunca vai ficar grávida de novo". Bom, o que vou dizer pode soar estranho para muitas leitoras, mas uma pílula anticoncepcional nunca entrou pela minha boca, eu nem sei qual é a aparência delas. É muito possível não se considerar o sexo como a principal razão da nossa existência. As mulheres são capazes de viver por vários outros motivos. Naquela tarde, as primeiras cópias de *No fundo do poço* me fizeram perceber que provavelmente um dos motivos para eu estar aqui é escrever. E como a escrita que surge do mais íntimo de uma pessoa é um exercício terapêutico, ela também podia, quem sabe, ser contraceptiva. Mas talvez essa questão derive do fato de eu vir de uma cultura na qual as mulheres se ocupam com vidas muito mais ricas e diversas, a ponto delas acharem que o sexo não é mais do que uma mera chateação. Enfim, até onde a gente realmente se conhece?

Capítulo 13

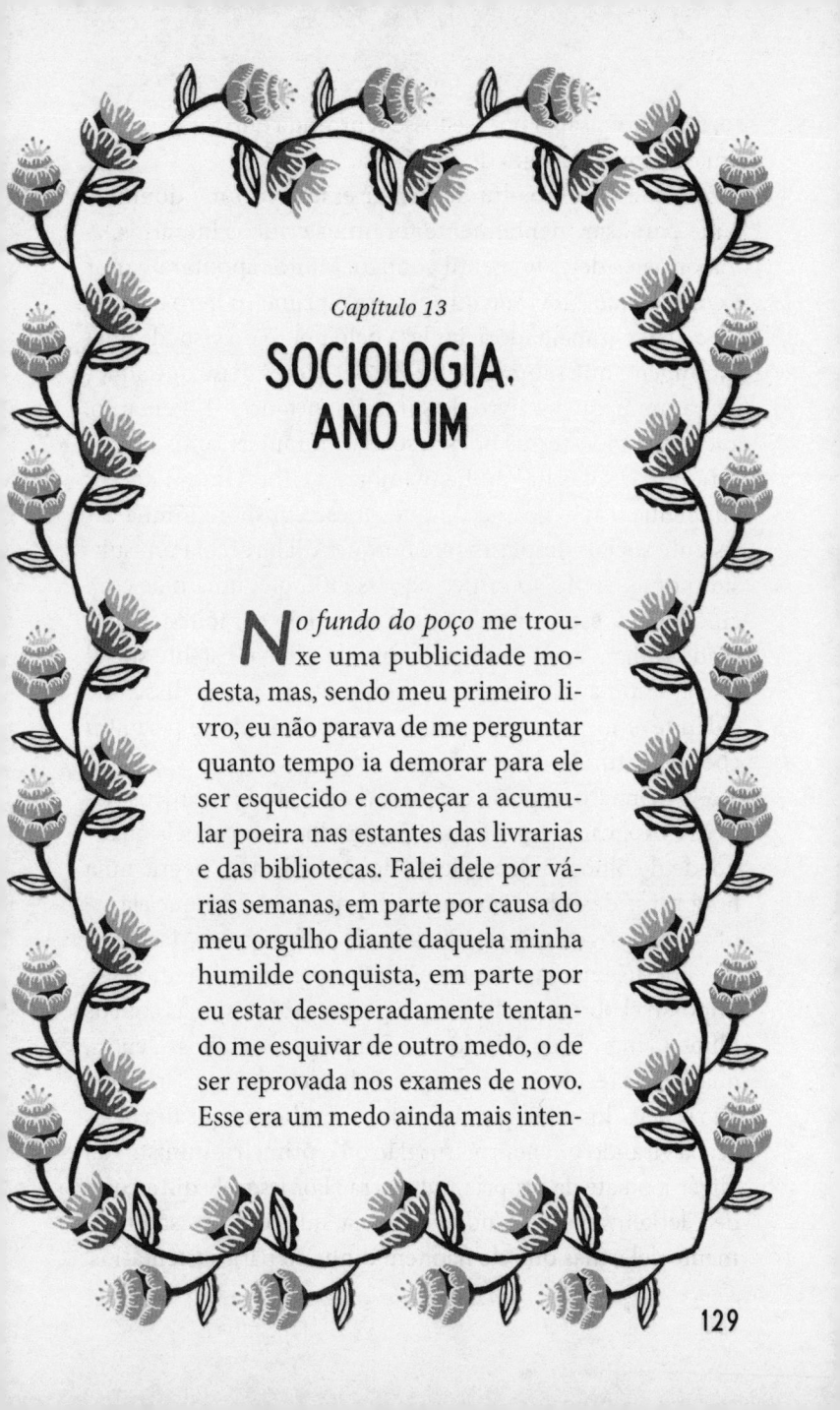

SOCIOLOGIA, ANO UM

No fundo do poço me trouxe uma publicidade modesta, mas, sendo meu primeiro livro, eu não parava de me perguntar quanto tempo ia demorar para ele ser esquecido e começar a acumular poeira nas estantes das livrarias e das bibliotecas. Falei dele por várias semanas, em parte por causa do meu orgulho diante daquela minha humilde conquista, em parte por eu estar desesperadamente tentando me esquivar de outro medo, o de ser reprovada nos exames de novo. Esse era um medo ainda mais intenso, porque eu sabia que, se fosse reprovada outra vez, seria o fim da minha carreira de socióloga.

O que me impediu de deixar esse medo me dominar e me paralisar mentalmente foram os críticos literários. A maior parte deles foi gentil comigo. Muitos apontaram, por exemplo, que *No fundo do poço* era o primeiro livro a retratar a classe trabalhadora inglesa pelo ponto de vista de uma estrangeira que morava entre eles. O Times disse que aquele era um pequeno livro de suma importância. No entanto, apesar de todas essas boas resenhas, foram as ruins que ficaram marcadas na minha memória. O The Times Literary Supplement não gostou do que eu escrevi sobre minha assistente social, simplesmente porque Adah recebia um subsídio do governo. O crítico se ressentiu que uma mãe com cinco filhos estava recebendo o benefício complementar e ainda tinha a audácia de reclamar de uma assistente social que a desumanizou repetidas vezes. Outro jornal disse: "Se Adah teve mesmo tanta educação, por que ela se permitiu chegar no fundo do poço?".

O primeiro impulso era escrever para todos os meus críticos e explicar a eles que qualquer mulher com aquela quantidade de filhos, independente de ser branca ou negra, uma hora vai se descobrir no fundo no poço, a não ser que ela tenha pais ricos ou que seja sustentada pelo marido. Mas Adah não era sustentada por ninguém, porque naquele tempo era impossível obrigar os homens a pagarem as despesas com os filhos. O marido de Adah de início renega seus filhos. Depois, quando ele recobra o juízo, é aconselhado pelos seus amigos a não renegá-los mais, porque "nunca se sabe, vai que um deles acaba virando um neurocirurgião ou o primeiro-ministro da Nigéria ou até da própria Inglaterra". Por isso, ele diz à corte de Clerkenwell que mudou de ideia, que os filhos são realmente dele, mas que ele não tem dinheiro para sustentá-los, porque ainda é um estudante. Seis anos mais tarde, quando seus filhos estão se tornando adolescentes, o pai deles continua sendo um estudante. Ele nunca se forma.

E em relação ao fato de uma pessoa que recebe o benefício complementar não ter o direito de reclamar ou até escrever um livro sobre os serviços de assistência social, não tenho muito a dizer, exceto que aqueles que recebem o benefício são pessoas, e muitas delas gostariam de estar empregadas, se conseguissem arranjar um emprego, as mulheres em especial, elas adorariam encontrar um trabalho adequado à sua rotina de cuidados com os filhos. Adah desiste do seu emprego quando, certa manhã, vê seu segundo filho, com o nariz escorrendo que nem um chafariz, tremendo no pórtico da escola no auge do inverno. Ela precisava deixar seus filhos mais cedo na entrada a céu aberto da escola, muito antes dos outros pais, porque tinha que correr para seu trabalho no Museu Britânico. Algumas dessas explicações estavam em *No fundo do poço*, mas na época eu não sabia muito sobre os críticos: eles interpretam o que querem nos livros. No entanto, tudo isso apenas acendeu em mim aquela raiva frustrada que você sente quando não consegue conversar cara a cara com as pessoas que estão te criticando. Logo resolvi que ia escrever outro livro, desta vez traçando todo o percurso da vida de Adah desde a Nigéria, e assim explicar o motivo para ela estar onde estava, no fundo do poço.

Foi no meio de todas essas dúvidas e incertezas que a secretária de John Bunting me ligou, muito animada:

— A Nova vai publicar *No fundo do poço* em fascículos! — ela exclamou.

Eu já tinha visto a Nova nas bancas de revista e dado uma olhadinha nela. Era uma revista de elite, com páginas muito brilhantes, voltada para a mulher livre. Era uma época em que essas revistas estavam se espalhando pelo mundo ocidental como se fossem cogumelos. Algumas, como a Cosmopolitan, continuam por aí.

A Nova logo me escreveu para dizer que estavam enviando uma fotógrafa para tirar umas fotos minhas. Passamos algumas horas muito agradáveis com ela, uma menina chamada Sally Watts, e ela também se divertiu, acredito eu, porque fotografou as crianças dançando e pulando e com as bocas abertas e fazendo caretas. Quando os fascículos enfim começaram a ser publicados, meus filhos começaram a sentir que eles também eram celebridades. Era o que eu queria, porque gostava da ideia de que eles pudessem dividir comigo a parte divertida da coisa enquanto ainda fossem crianças. Eu sabia que, quando ficassem mais velhos, essa parte da minha carreira precisaria perder espaço dentro deles.

Foi o material publicado pela Nova que levou Faye até minha casa, algumas semanas depois. Ela queria que saíssemos para dar uma olhada nas vitrines, porque ela tinha acabado de dar à luz uma menina, Chioma, e claro que nada era bom o suficiente para ela. O único problema é que não tínhamos muito dinheiro.

Conversamos sobre os textos da Nova enquanto batíamos perna pela Heal's, pela Habitat e pela Maples, apalpando todas as peças, mas no fim não comprando nada. Os preços estavam escandalosos, mas, por algum motivo, eu relutava em ir para casa. Eu sabia que o motivo da sua visita não era só para falar da revista, e sim para perguntar sobre o resultado das minhas provas. Ela estava um ano na minha frente, porque eu havia sido reprovada no ano anterior. Ela sabia a data exata em que a nota saía. E, quando estava prestes a pegar o trem no sentido sul do rio, onde ela morava, Faye disse, com seu queixo se projetando à frente:

— Bom, eu sei que você vai me contar na hora certa, quando você estiver preparada.

— As notas já saíram? — eu perguntei.

— Ah — ela deu risada —, você quer fingir que não sabia de nada, né?

Fiquei lá, atônita, pensando na minha primeira reprovação. Faye me telefonou para contar que tinha passado e perguntou qual era meu número de matrícula. Claro que eu não sabia, mas, depois de uma busca frenética, encontrei numa das folhas da prova. Naquela altura já era tarde da noite, então decidi ir na manhã seguinte, a manhã em que as crianças iam para Norwich dormir na casa de uma tal de sra. Walls e seu marido, um passeio organizado pela Sociedade da Igreja Anglicana. Corri para a biblioteca e fiquei lá parada na frente daqueles quadros horrorosos onde as notas eram afixadas. Olhei de cima para baixo e de baixo para cima e não encontrei minha matrícula. Não tive tempo para chorar nem para sentir pena de mim mesma, apenas corri para casa e arrumei as crianças para a viagem a Norwich. Eu teria lidado melhor com a decepção e a dor se Ik não tivesse percebido de imediato.

Ele vestia suas roupas de férias, com um chapéu amarelo, e carregava um balde e uma pá, esperando que eu chegasse para levá-los à estação. Ele estava realmente animado, mas, assim que olhou para o meu rosto, saiu correndo até o irmão e as irmãs e começou a choramingar:

— Mamãe foi reprovada, mamãe foi reprovada.

— A gente não vai mais viajar porque fomos reprovados? — Christy, que tinha seis anos na época, perguntou, com os olhos cheios de lágrimas.

— Claro que vocês vão — eu respondi, determinada. — Vocês vão, sim, pra Norwich.

Eu os arrumei bem rápido, mas a imagem das duas crianças desapontadas porque o fracasso da mãe quase tinha arruinado o passeio delas me assombrou por meses. Isso foi no ano anterior. Um ano tinha se passado e agora eu tinha que ir lá mais uma vez. Eu estava decidida a não deixar Faye ir comigo nem deixar meus filhos perceberem qualquer coisa. Eu iria sozinha enfrentar minha desgraça. Quando terminei a prova, meses antes, senti uma pontada de confiança, porque achei que tinha me saído melhor do que no ano anterior, mas agora eu já não tinha mais tanta certeza.

Resolvi não ir à biblioteca naquele dia. Em geral detesto suspense, mas, se tenho a suspeita de que o que me espera no outro lado seja uma surpresa desagradável, então prefiro esperar para sempre e continuar roendo as unhas.

As crianças não entenderam por que eu fiquei repentinamente mal-humorada quando elas voltaram da aula de cerâmica no centro recreativo de Cumberland. Eu não podia falar sobre as provas com ninguém. Faye, que era minha única amiga mais próxima, tinha sido aprovada, e fiquei com medo dela me forçar a sair de casa e verificar os resultados. Se eu fosse reprovada, ainda seria sua amiga? Ela seria uma socióloga de verdade, e eu seria uma pessoa que tinha tentado e falhado. Lembrei logo do que Sylvester, meu marido, costumava me dizer: *Olha, cachorro de barriga cheia não brinca com cachorro de barriga vazia*. Ele falava isso sempre que me via conversando com alguma mulher solteira. Era o jeito dele de me fazer achar que uma mulher casada, mesmo que seja com um monstro, tem mais sorte do que uma mulher solteira. E como essa ladainha costumava funcionar comigo naqueles meus dias verdes e inocentes... Agora eu estava usando a mesma premissa para julgar minha nova amiga.

Quando Brenda soube do meu fracasso, no ano anterior, ela me enviou um cartão de condolências e implorou para continuarmos em contato. Mas, de alguma maneira, nossos caminhos não se cruzaram mais, embora eu soubesse que ela estava ocupada com seu trabalho. Faye, por sua vez, nunca me deixava em paz. Ela sempre me telefonava e contava todo tipo de história sobre sua filha, Chioma. E a qualquer coisa que eu falava, ela respondia:

— Preciso contar isso para o Dennis.

Dennis era seu novo marido. Eles casaram assim que Faye foi aprovada nas provas do primeiro ano. O casamento aconteceu em algum lugar em Balham. Eu me lembro de dizer a ela que não fazia ideia do que os caribenhos usavam nos casamentos, e ela retrucou:

Por que você não usa suas roupas africanas?

E foi o que eu fiz. Foi a primeira vez que perambulei pelo sul de Londres. Eu não conseguia encontrar a igreja e estava chovendo. Minha roupa grudou em mim, e fiquei com frio e irritada depois de horas vagando pelas ruas com meus sapatos de salto alto e minha seda mais cara. Como se isso não bastasse, cheguei em casa e descobri que minha bebezinha Alice tinha raspado com os dentes os lindos detalhes dourados que adornavam os seis suportes para ovo que eu tinha comprado para Faye como presente de casamento. Semanas depois dei os suportes para ela e ela me disse:

— Estou grávida e talvez seja uma menina.

E eu disse a ela:

— Vai ser uma menina, porque Alice mastigou os detalhes do seu presente.

Ela de fato teve uma menina e deu a ela um nome africano, Chioma, que Faye pronunciava muito mal, como se fosse "Shoma". Na verdade Chioma é um nome igbo bem comum para meninas, que significa "Chi adorável" ou "Chi gentil" ou "Chi abençoado". Depois desse incidente, parei de enxergá-la como uma nativa das Índias Ocidentais. Faye ainda é uma das minhas amigas mais antigas, e Chioma hoje é uma menina linda, escura e pequena, com a mesma voz musical da mãe.

Bom, pensei, talvez eu devesse ligar para ela e perguntar o que eu deveria fazer. Mas, ao lembrar que ela simplesmente iria dizer *Preciso perguntar para o Dennis*, coloquei o telefone de volta no gancho. "Vou perdê-la de qualquer jeito. Ela é casada, eu não, e, como Sylvester sempre dizia, eu agora sou o cachorro de barriga vazia". O único problema com Faye é que ela não se importava se eu era casada ou não. Ela tinha preocupações demais para ficar pensando que era a cachorra de barriga cheia enquanto eu era a de barriga vazia.

O sol brilhou no dia seguinte. Resolvi descobrir o que tinha acontecido. Andei com cautela pela Gower Street, depois virei na Malet Street e comecei a dar voltas em torno da biblioteca. Fiquei parada no meio do estacionamento numa tentativa desesperada de pescar minha nota à distância. Então uma garota veio falar comigo.

— Você sabe onde ficam as notas? — ela perguntou, com uma voz baixinha.

— Sim — eu disse, corajosa, conduzindo a menina pelo prédio até o complexo dos fundos, onde as listas de aprovados eram afixadas.

Por algum motivo, aquela menina desconhecida me deu coragem. Ela estava ainda mais assustada do que eu, parecia mais nova e era indiana. Diante dela, eu me senti uma velha veterana, mesmo que ainda não tivesse nem vinte e seis anos. Busquei pela minha matrícula e de repente vi os números lá, cristalinos. Eu tinha passado.

Eu tinha ensaiado nos meus sonhos que, quando visse meu nome ou minha matrícula entre a lista dos aprovados, iria pular e gritar e fingir pelo menos por um segundo não ser mãe de cinco crianças. E, como no meu sonho, coloquei minhas mãos na cabeça, pronta para berrar de alegria, quando senti uma respiração na minha nuca. Era a menina indiana.

— Você passou e eu não — ela disse, baixinho.

E o grito morreu na minha garganta. A agonia que eu havia sentido no ano anterior me inundou de novo. Eu disse à menina que aquela era minha segunda tentativa. Ela me perguntou onde foi que encontrei coragem para repetir um curso extenuante como aquele.

— Bom, porque seja lá o que você tiver vontade de fazer nesse mundo, se você se dedica de verdade, uma hora você alcança seu objetivo.

Não sei se essa minha frase a ajudou ou não, mas ela fez que sim com a cabeça, muito consciente, e foi embora, com seu sári lindíssimo esvoaçando em frente à biblioteca.

Em seguida a música que costumávamos cantar enquanto costurávamos na Escola Metodista me veio à mente, e a cantarolei pela Malet Street, pela Gower Street, pela frente dos estúdios da Thames Television e até chegar na minha casa, na Albany Street.

Quando meu coração está alegre,
Me ajude a lembrar de você...

Eu pensava tanto no rosto da menina indiana que me esqueci de contar às crianças, e só fiz isso no dia seguinte. Quando vi o quão felizes elas ficaram, decidimos comemorar no zoológico. O zoológico de Londres ficava perto de onde eu morava, mas eu nunca tinha tido tempo ou dinheiro para visitá-lo ou ir com a minha família.

Capítulo 14
O ZOOLÓGICO

Sempre acreditei na importância das frutas para crianças em desenvolvimento e, tendo nascido na África, nunca deixei de comer pelo menos uma refeição completa à base de frutas. Na Inglaterra, as pessoas comem salada. Em casa, o que tínhamos de salada eram fatias de banana-da-pradaria, abacate amassado e coco cortado em cubos, tudo comido sem qualquer ordem. Então, na nossa ida ao zoológico, resolvi que iríamos fazer um banquete com frutas da estação.

Não me lembro de ter provado ameixas até aquele dia, em agosto de 1972. Quando uma pessoa chega num novo país, ela tende a procurar pelas frutas e verduras mais familiares. Mesmo depois de vinte anos morando aqui, nós, os nigerianos, preferimos cozinhar espinafre e quiabo do que repolho e couve-de-bruxelas, ou seja, o paladar restrito não era uma exclusividade minha. Naquela altura eu já havia comido uma infinidade de maçãs, já tinha me acostumado a comer as laranjas, ao invés de chupá-las, mas continuava relutante em perguntar o que eram aquelas sedutoras frutinhas marrom. Experimente perguntar a um quitandeiro inglês estressado o que é uma ameixa e você vai se surpreender com a resposta.

Alguns anos têm mais ameixas do que outros, e 1972 foi um ano recheado de ameixas. A quitanda da Albany Street tinha caixas e caixas de ameixas à venda, e as lojas da Robert Street estavam com a frente inundada delas. Quando fui ao mercado em Camden Town, lá estavam elas de novo. Eram tantas que o preço acabou ficando mais razoável. Calculei o dinheiro que eu tinha guardado para o passeio ao zoológico e descobri que podíamos preparar alguns sanduíches de manteiga de amendoim e gastar o resto em ameixas. As entradas do zoológico eram caras, mas, como meu filho Jake costumava dizer, *se a gente não pagar, como eles vão alimentar os animais?*

A algazarra de tomar banho, tomar café e se vestir começou bem cedo naquele dia, porque eu quase nunca podia me dar ao luxo de levar a família inteira para um passeio. A igreja era praticamente a única coisa de graça na época. E, sempre que eles queriam ir ao parque ou ao centro recreativo, eu estava cuidando da casa ou estudando para a faculdade. O fato de naquele dia eu resolver fechar os olhos para os pratos sujos do café da manhã e para a escada cheia de poeira e deixar de lado meus livros de teoria social foi, para as crianças, um presente imenso. Percebi isso logo de cara, e prometi a mim mesma que, nos poucos anos que eu ainda teria até meus filhos crescerem, eu sairia muito mais com todos eles. O momento em que eles não precisariam mais de mim para sair ou em que eu me transformaria num constrangimento certamente iria chegar. Mas esse dia ainda não tinha chegado e nós estávamos indo ao zoológico.

Não fazia a menor diferença o fato de que, para chegar ao zoológico, precisávamos apenas atravessar a rua. Refletindo agora, sinto que as pessoas que deliberadamente escolhem não ter filhos estão perdendo muita coisa. As crianças têm um jeito muito próprio de multiplicar sua felicidade quando são mais novas, embora, no momento em que começam a se transformar em jovens adultos, suas diferentes personalidades começam a se chocar com a inocência de antes.

Preparamos os sanduíches e atravessei a rua em disparada para comprar dois quilos de ameixas maduras e suculentas. Lavei uma delas e a provei na minha cozinha, e era exatamente o que eu esperava. Os europeus, e os ingleses em particular, não são grandes aventureiros gastronômicos: se a coisa não é doce, suculenta e gostosa, eles não vão sair correndo para comprá-la, não na quantidade que eu vi ameixas serem vendidas em mercados como o de Camden Town e de Queen's Crescent.

— Ah, mamãe, você comprou aleixa, eu amo aleixa — Christy disse. Ela estava na idade de amar tudo e todos.

— São ameixas, tenho certeza de que eles chamam de ameixas — eu disse, delicada.

— Foi o que euuu disse, mamãe, eu disse aleixas!

Eu me virei e olhei minha pequena filha, com sua boca ainda molhada e com baba escorrendo, dei um sorriso e concordei com ela: se seus ouvidos e sua boca faziam o som de ameixa se transformar em aleixa, quem era eu para questionar? Então, para ela, nós estávamos comendo "aleixas", e ela ia amar aquela fruta e comer quilos e quilos dela.

Foi no meio de toda aquela confusão de se vestir, preparar os sanduíches e escolher as ameixas que eu de repente percebi que minha filha mais velha, Chiedu, estava muito quieta e nem tinha começado a se arrumar. Fui ao quarto dela e me surpreendi ao vê-la deitada na cama lendo um livro romântico bem extenso de Doris Leslie, que meses antes havia se transformado na sua autora favorita. E eu sabia que, quando ela mergulhava num dos livros de Leslie, tirá-la dele exigia um esforço hercúleo. Então respirei fundo, tentando controlar minha raiva e meu medo, porque eu já suspeitava da resposta que iria receber.

— Você não vai pro zoológico com a gente?
— Não, não vou — ela murmurou.
— Por que não?
— Porque é bobo, e eu já fui duas vezes e não quero ir de novo — ela disse, determinada, voltando a ler o livro, que se chamava *The enchantress*.

— Não acho que seja bobo, até porque é meio que uma comemoração. Eu passei nas provas do primeiro ano, você não está feliz por mim? Pela gente?

Chiedu se levantou e suspirou, seus olhos trovejavam de raiva. Ela endireitou o corpo e não saiu do lugar, determinada.

— Eu não vou.

Essa minha filha se parecia demais com minha mãe. Ela tinha os mesmos dentes e naquela época eu achava que ela também seria alta, porque Chiedu cresceu muito mais rápido do que os outros. Assim como minha mãe, ela raramente perdia uma briga, a julgar pelo que seus professores do primário me diziam. Ela era bastante inteligente e, como eu, gostava de relaxar através dos livros. Eu era muito maior do que ela, mas odiava qualquer tipo de violência física, uma herança da minha infância. Tenho um irmão muito forte que herdou a maneira como minha mãe resolvia qualquer desentendimento: brigando, claro. Eu costumava ter medo deles, e passei a ter medo da minha Chiedu, muito pelo fato de eu saber que ela batia nos seus dois irmãos, na época muito menores do que ela. Tivemos que aprender a "respeitá-la".

Ela não foi, mas nós fomos. E que dia maravilhoso! Eu nunca tinha visto cobras daquele tamanho, nem macacos, tigres, leões ou girafas. Fiquei bastante fascinada pelos modos silenciosos dos animais, fazendo a maioria das coisas que os humanos fazem, mas sem a capacidade de fala. O rugido frustrado dos leões foi assustador e, diante daquelas girafas elegantes e daqueles pássaros exóticos, eu poderia ter simplesmente ficado lá os observando por dias e não teria me cansado.

— Vamos, mamãe, vamos comer os sanduíches e as ameixas — choramingou Ik, impaciente.

Voltei para perto deles e Ik, na sua voz baixinha, perguntou:

— Mas você veio de Lagos e de Ibuza, mamãe, você deve ter visto muitos e muitos tigres e elefantes nas ruas, não é?

— Quem foi que te falou uma coisa dessas? Eu só vi umas cobras menores e mortas em Lagos. Elas não eram grandes que nem essas. E os elefantes e os outros, bom, é a primeira vez que estou vendo eles.

— Mas, mamãe, minha professora disse que você veio da selva.

— Seus avós vieram de lugares onde as casas eram menores e ficavam ao lado de florestas enormes, mas elas não eram grandes nem densas o suficiente pra serem chamadas de selva. Eu estive lá muitas vezes e amei todos os momentos que vivi por lá, mas eu nunca vi tigres e elefantes, a não ser aqui no zoológico de Londres.

— Então quer dizer que Londres é uma selva?

Fui obrigada a dar risada diante da lógica de Ik.

— Bom, Londres, de certa maneira, é uma selva. Tem todos esses animais presos numa selva artificial e não muito longe deles fica nossa selva de concreto. Quer dizer, você está certo. Londres também é uma selva.

— Sim, mamãe, selva é onde tem elefantes e tigres, e Londres tem elefantes e vários, vários tigres, então é uma selva. Vou dizer pra minha professora amanhã.

— Amanhã você não vai pra escola, você ainda está de férias...

Escolhemos uma árvore e nos sentamos debaixo dela para comer nossos sanduíches. Incentivei as crianças a imaginarem a África. Eles achavam que os africanos comiam debaixo de belas árvores, como aquelas do zoológico de Londres, e que os animais circulavam por todos os lados. Como eu não podia apagar totalmente essa impressão da cabeça deles, fingimos que estávamos na velha África. Eu disse a eles que, em algumas partes da África que eu não conhecia, as coisas costumavam ser daquele jeito, mas que não eram mais assim.

— É porque todos os animais foram capturados e jogados nos zoológicos?

— Em parte por isso, Jake, e em parte porque muitos animais foram mortos. E também porque, como nasce cada vez mais pessoas na África, os animais encontram cada vez menos comida.

— Nós somos muito egoístas — Ik disse, pensativo.

Jake fez questão de dizer que ele não era egoísta e que ia alimentar os animais com o resto do seu sanduíche de manteiga de amendoim, mesmo que todos nós tivéssemos dito para ele não dar comida aos coitados dos animais, que já eram superalimentados. Por sorte, ele viu um menino bebendo uma Coca-Cola e mudou de ideia, esquecendo dos animais e nos informando que estava com sede. Fomos comprar uns copos de suco de laranja com o dinheiro que eu iria usar para comprar o ingresso de Chiedu.

O sol brilhava e estava quente. Os meninos tiraram as camisas e, depois de termos visto tudo o que se tinha para ver, voltamos para casa, passando pelo Regent's Park. Em todos os cantos, parecia existir certa felicidade relaxada no ar, uma sensação bem comum nas tardes do fim de agosto na Inglaterra.

Vimos um casal de adolescentes se beijando e se abraçando perto do jardim das rosas do parque. Eu avistei os adolescentes antes dos meus filhos, então dei um sorriso indulgente para eles e continuei a andar, pensando que meus filhos estavam logo atrás de mim. Eu não precisava me preocupar com eles, porque eles sabiam o caminho para casa. Então de repente escutei um coro de jovens vozes entoando a marcha nupcial e arremessando flores no casal envergonhado. Eles se levantaram, deram risada e correram atrás das crianças, e outras crianças viram aquela algazarra e correram atrás do casal até eles saírem do parque. Parecia que a maioria das crianças do Regent's Park naquele dia estava determinada a celebrar o casamento daqueles dois adolescentes. Atravessamos a rua até chegarmos na Albany Street e voltamos para casa.

Naquele momento, fiz outra promessa à minha família:

— Se eu passar nas provas finais da faculdade no ano que vem, nós todos vamos dar uma volta no museu de cera da Madame Tussaud.

Eles me responderam aos gritos:

— Você vai passar, você vai ver, e aí a gente vai no museu ver Jack, o Estripador, e comer ameixas!

Capítulo 15
FALSA RECONCILIAÇÃO

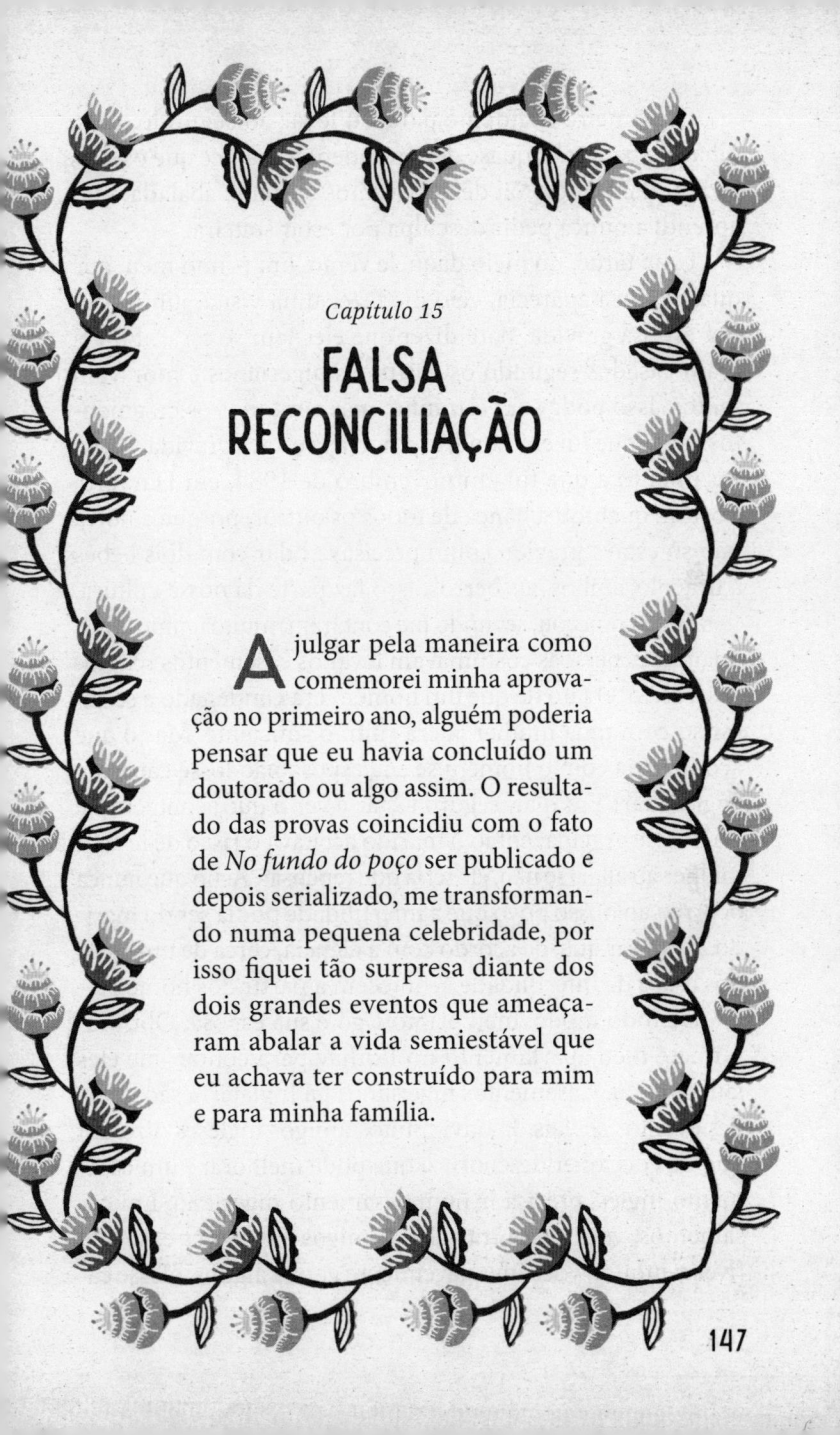

A julgar pela maneira como comemorei minha aprovação no primeiro ano, alguém poderia pensar que eu havia concluído um doutorado ou algo assim. O resultado das provas coincidiu com o fato de *No fundo do poço* ser publicado e depois serializado, me transformando numa pequena celebridade, por isso fiquei tão surpresa diante dos dois grandes eventos que ameaçaram abalar a vida semiestável que eu achava ter construído para mim e para minha família.

O primeiro incidente pareceu levar ao segundo, mas, olhando para trás, quase dez anos depois, parece que os dois foram planejados. Saí desses eventos bastante abalada, mas aprendi a nunca pedir desculpa por estar solteira.

Uma tarde, no meio daquele verão, um primo meu, que quase nunca aparecia, veio me fazer uma visita, junto com sua esposa grávida, para dizer que eles iam se casar. Eles já eram casados segundo os costumes nigerianos e moravam juntos. Isso pode soar estranho, mas em todos os casamentos igbos que fui em Londres a noiva já estava grávida — um casamento a que fui em novembro de 1984, em Harvard, Boston, quebrou a banca de todos os outros, porque a noiva não só estava grávida como precisava lidar com dois bebês a tiracolo, ambos aos berros. Isso faz parte da nossa cultura.

Tudo começou, segundo me contaram, muito tempo atrás, quando as pessoas costumavam levar os casamentos religiosos a sério. O fato de que um homem era condenado a se casar só com uma mulher já era ruim o suficiente. Mas o que aconteceria com o homem se sua esposa não fosse capaz de engravidar? Era mais seguro testar e ver o que acontecia. Se ela ficasse grávida, então o marido aceitava o risco de levar a mulher ao altar; se não, ele teria que repensar. Acho que nunca ocorreu ao nosso povo que a infertilidade podia ser do marido. E pensar que, de acordo com a ciência, cerca de um terço dos casos de infertilidade acontecem a partir dos homens!

De todo modo, meu primo Ugo e sua esposa, Obi, vieram até meu apartamento no Rothay para contar que eles iam se casar. Casamentos nigerianos na Inglaterra são grandes eventos sociais. Já ouvi muitos amigos ingleses dizerem que, se você quer descobrir o que pode melhorar num casamento inglês, precisa ir num casamento nigeriano. Em casamentos, você encontra velhos amigos e parentes e, se não tiver nenhum, você invariavelmente ganha alguns. Nesse casamento específico, minhas duas meninas iam ser floristas, e Chiedu, a principal dama de honra. Fiquei encarregada não só de costurar vestidos para dezesseis meninas, mas também de comprar todo o material necessário, porque Ugo era meu primo e aquela seria minha contribuição para o casamento. Eu me diverti muito indo de um lado para o outro, entrando na John Lewis da Oxford Street, comprando os moldes, combinando os tecidos, preparando as faixinhas de cabeça e todos os outros detalhes que são necessários para fazer um casamento glamoroso.

As pessoas em Ibuza são muito conservadoras. É comum escutar afirmações como *Era assim que nossos pais faziam as coisas*. E é inútil dizer para elas que esses pais viveram há muito tempo, em comunidades agrícolas, e que agora vivemos em sociedades industriais e estamos no século 20. Você sempre recebe a mesma resposta: *Se era bom pros nossos pais, deve ser bom pra gente*. Em suma, para que minha filha pudesse ficar totalmente à vontade no casamento, eu precisava desenterrar seu pai! Meu primo e os outros parentes não disseram isso com todas as letras, mas alguém falava uma coisa aqui, outro insinuava outra coisa ali, e de repente alguém murmurava baixinho: *Que ótimo seria se o sr. Onwordi pudesse ir ao casamento*.

De uma hora para outra, as coisas saíram do meu controle. Alguns parentes começaram a se movimentar e, sem eu saber de nada, negociaram com as mãos generosas da minha sogra, que enviou um representante de Ibuza para implorar que eu perdoasse meu marido e o aceitasse de volta. No início tudo me parecia inacreditável, mas, quando o povo igbo está determinado a fazer as coisas acontecerem, ele é persistente.

Meu irmão Adolphus me escreveu perguntando: "Que pecados horríveis seu marido cometeu a ponto de serem imperdoáveis? Ele batia em você, mas a maioria dos homens bate nas suas esposas. Ele nunca trabalhou, mas muitas mulheres lidam bem com isso. Então por que você acha ele tão ruim assim?".

Por um tempo, eles quase conseguiram fazer eu me sentir culpada e teimosa. Então marcaram um dia para o encontro da família. Alguns parentes até vieram da Nigéria. Foi uma cena ridícula. Eles me fizeram falar primeiro — e por onde uma mulher deve começar a enumerar os erros de um homem adulto que se recusou a assumir as responsabilidades pela sua própria família? Ele se escondeu atrás da sua condição de nigeriano, de que, no fim, mesmo que eu me matasse de tanto trabalhar, as crianças continuariam a carregar o seu nome. Ele não precisava pagar um centavo sequer para ajudar na criação dos nossos filhos. Eles me deram espaço e me incentivaram a falar até ficar com a boca seca. Tudo o que ele tinha a dizer para se defender era que, sim, ele havia cometido todas as coisas das quais eu o acusava e muito mais. Que ele era culpado e, por favor, será que eu podia aceitá-lo de volta?

— Minha esposa é uma mulher muito discreta, ela não disse metade das coisas que eu fiz a ela. Algumas dessas coisas são imperdoáveis.

Ele estava certo. Existem algumas torturas mentais que acontecem nas famílias que as mulheres se sentem humilhadas demais ao se verem obrigadas a revelar. Às vezes eu pensava que ele era realmente doente. Mas, independente do que fosse, ele não podia mais machucar meus filhos; eles ainda eram pequenos, mas podiam conversar com as professoras, os amigos, as assistentes sociais. E eles eram constrangedoramente debochados com o pai.

— Deixe ele se mudar de volta agora mesmo — alguém sugeriu, entusiasmado. — Nossa esposa perdoou seu marido.

— Ei, não é assim tão rápido, não — eu disse, cautelosa. — Ele vai continuar exatamente onde ele está, arranjar um emprego e aprender a visitar seus filhos uma vez por semana, assim como a corte inglesa estipulou anos atrás.

De repente todos me fitaram. As pessoas esperavam que eu ficasse feliz e pulasse e cantasse *Aleluia* simplesmente porque o pai dos meus filhos talvez fosse voltar a morar com a gente. Elas ficaram surpresas com minha resposta, uma resposta que eu ia usar para ganhar tempo e repensar a questão, para estudá-lo e descobrir se ele realmente tinha amadurecido e aprendido, como eu, a colocar as vontades da nossa família ao lado, quiçá antes, das suas próprias. Alguma coisa me dizia que eu estava abusando da sorte e que, se eu não fosse cuidadosa, ia acabar ofendendo aquelas pessoas, que tinham se arrogado o trabalho de tentar pôr algum tipo de ordem na minha vida. Então acrescentei:

— Bom, as crianças não veem ele há cinco anos, elas vão ter que se adaptar a ele aos poucos, não dá pra despejá-lo em cima delas de uma hora pra outra.

— Mas ele é o pai delas, elas precisam aceitar ele, elas não têm escolha — um parente revoltado disse.

O sr. Ejoh, que na época era casado com uma mulher inglesa e tinha morado por muito tempo em Londres, disse, com os olhos fixos no meu rosto, como se estivesse me analisando:

— As crianças têm alguns direitos aqui, você sabe, né?

Ali começou o arranjo mais bizarro que eu já vi. Sylvester vinha nos visitar todo sábado por volta do meio-dia. E, como eu particularmente não tinha vontade de vê-lo, quase sempre inventava uma desculpa e ia para a biblioteca da faculdade estudar. Assim que eu saía, Chiedu e Ik pegavam seu irmão e suas irmãs mais novas e iam para o centro recreativo. Eu me esforcei para ensinar meus filhos a gostarem e aceitarem o pai deles; eu disse a eles como o sangue é sempre mais denso do que a água, e mesmo assim eles não compraram a ideia. Talvez eu estivesse me esquecendo de um fator crucial: aquelas crianças já haviam se transformado em crianças inglesas, foram criadas na Inglaterra, um país que as ensinou desde muito cedo que ser pai não é simplesmente uma questão biológica. É preciso se doar emocionalmente, espiritualmente e sem reservas a outro ser humano antes de poder ser considerado pai.

De repente me vi comprando um belo terno para Sylvester, para ele usar no casamento, e até me dei ao trabalho de convencê-lo a cortar o cabelo e ficar mais apresentável. Todos os meus esforços foram lindamente superficiais, tanto que conseguimos ostentar uma máscara convincente durante o casamento. Os meninos estavam arrumados com os novos ternos, que comprei de um catálogo. Mas, depois do casamento, naquela mesma noite, enquanto eu levava minha cansada família de volta para casa, me senti vazia. Me perguntei várias vezes o que é que eu achava que estava fazendo. Eu tinha parado de me importar se éramos uma família plena ou não. Mas o que é uma família plena afinal? É uma família onde um homem simbólico que não contribui com nada ainda insiste em ganhar sua parte do tesouro simplesmente porque é um homem?

As crianças ainda se ressentiam dele e ainda assim eu insistia em dizer que aquilo iria mudar com o tempo. Mas quanto tempo ia levar? Meus meninos tinham se acostumado a serem consultados diante de várias questões e não sentiam vontade de dar boas-vindas a uma pessoa que ficava dizendo a eles para ficarem quietos só porque ainda eram crianças.

Tudo isso não era nada quando comparado à exaustão que eu sentia. Eu conseguiria? Eu conseguiria lidar com Sylvester? Ele era uma daquelas pessoas que querem as mulheres correndo ao seu redor enquanto ele ficava lá sentado, ocupado demais em ser homem. Aquela parte dele não havia mudado. Onde eu iria encontrar energia para concluir meus estudos, continuar a escrever, alimentar cinco crianças em desenvolvimento e pagar nossas contas? Não era difícil perceber que, para ele, não só seria difícil conseguir um emprego, mas seria ainda mais difícil manter esse emprego. Ele estava acostumado a só se levantar quando lhe dava na telha.

O casamento do meu primo foi um sucesso. As meninas vieram até minha casa para vestirem seus vestidinhos azulados e para prendermos o arranjo de rosas brancas nos seus cabelos. Chiedu estava com um vestido rosa e laranja muito bonito. Ela parecia de muito bom humor naquele dia. Sorria e sorria e zombava de nós, as mães que faziam um fuzuê em volta das suas meninas, mas, depois de toda aquela confusão, elas também se divertiram bastante.

A recepção aconteceu num salão em Manor House. Meus filhos ficaram impressionados de verem tanta comida e tantas pessoas dançando sem se preocupar com ninguém. Eles saíram do salão, avistaram uns meninos brancos da mesma idade deles e, quando esses meninos perguntaram o que eles estavam fazendo, meus filhos responderam:

— Nós estamos num casamento, um casamento nigeriano, e todo mundo está convidado.

— Sério mesmo? — um dos meninos perguntou a Ik.

— Com certeza — Jake respondeu pelo irmão.

De repente meninos e meninas brancos, que pareciam ter surgido do nada, estavam dançando com a gente, comendo moyin moyin e arroz jollof. Tenho certeza de que aqueles jovenzinhos ainda estão tentando entender os nigerianos. Para nós, os casamentos são eventos felizes para todo mundo.

Eu queria que aquele dia nunca acabasse, mas me sentia como uma pessoa que havia deliberadamente amarrado suas mãos e seus pés e agora estava gritando para que os outros a ajudassem a se soltar. Foi um espetáculo adorável: vesti o pai dos meus filhos com um terno azul que comprei com um dos meus cartões de crédito; vesti nossos filhos com ternos vistosos e nossas filhas em belos vestidos. Tinha me esforçado a ponto de chegar perto da exaustão, e tudo isso para quê? Para as pessoas me aplaudirem e aplaudirem o pai dos meus filhos e dizerem o quanto nós éramos sortudos por termos uma família tão bonita. Mas, por baixo de todos os parabéns e as orações, eu sentia que era meu marido quem eles estavam elogiando. Por quê? Porque ele era o *homem*. Ninguém queria ofendê-lo, pois, comigo trabalhando e fortalecendo sua autoestima, um dia ele podia se tornar uma pessoa muito poderosa. A glória destinada a mim era a glória refletida. Não é o que acontece com a maioria das mulheres? Por que eu estava me sentindo diferente? Por que eu não ficava feliz e satisfeita com o que as pessoas do meu sexo buscavam e acreditavam ser o seu destino?

Suspirei com a cabeça apoiada no volante, esperando Sylvester descer do carro quando chegamos perto de Kentish Town, onde ele morava.

— Por que a gente não vai junto pra casa? As crianças estão tão adoráveis hoje, vamos juntos pra casa — ele disse, quase implorando, ao perceber o motivo de eu ter parado o carro.

— Nós dois somos adultos inteligentes. Brincar de mamãe e papai é uma brincadeira de criança. Foi uma noite linda hoje, mas ainda precisamos trabalhar muito pra transformar isso numa coisa real.

— Então me leve até a porta — ele exigiu.

— Não, o carro é meu e você vai descer aqui mesmo.

— Mas já está muito tarde.

— Você ainda tem medo de enfrentar os homens em pé de igualdade, não é? Lembra quando meu irmão adolescente desceu a mão em você na noite do nosso casamento e você correu pra chamar a polícia?

Ele saiu do carro. Ficou lá parado por um tempo, me olhando. Assim que dei a partida, comecei a me odiar. Eu tinha me tornado uma pessoa insensível? Inflexível? Dura? Não, eu estava sendo realista. Não podia mais cuidar de um homem adulto que não levantava um dedo para me ajudar. Não tinha mais energia para isso. Eu sabia que minha energia era o suficiente apenas para lidar com as crianças, a faculdade e a escrita. Se ele voltasse e me ajudasse, mesmo que fosse somente um pouquinho, para deixar mais leve todas aquelas responsabilidades, eu aprenderia a viver com ele, em nome dos nossos filhos. Mas, se ele ia voltar para me sobrecarregar com seus próprios problemas, eu não estava mais disposta a assumi-los. Então eu disse em voz alta:

— Que o Senhor me perdoe.

Sendo como sou, eu continuava esperando por um milagre, especialmente depois que alguns parentes bem-intencionados começaram a elogiar meus esforços de reconciliação. Mas então percebi que, de uma hora para a outra, as crianças ficaram mais birrentas. Ik queria saber por que seu pai tinha começado a sentar no seu lugar toda vez que nós saíamos juntos. Chiedu queria saber quem deu a ele o direito de mandar nela sem sequer dizer um "por favor". Jake começou a chamá-lo de Sylvester, ao invés de papai, assim que percebeu o quanto aquilo incomodava o pai. Jake sempre me chamou de Buchi e eu nunca me importei. Sylvester disse que eu estava criando nossos filhos muito mal, porque eles sequer respeitavam os pais.

O que eu podia dizer? Ao longo dos anos, incentivei meus filhos a dizerem o que pensavam sobre praticamente qualquer coisa. Eu os consultava sobre os lugares que íamos e as roupas que eles usavam. Eu sabia que aquela criação era bastante não nigeriana, mas eu achava que estava educando meus filhos para serem pessoas confiantes.

Alguns sábados depois do casamento, Sylvester veio nos visitar, parecendo tão seguro de si quanto uma pessoa que acabou de ganhar muito dinheiro nas apostas. Sempre que ele aparecia naquele estado, meu coração pulava uma batida. Seu sorriso lembrava o sorriso doentio que eu hoje vejo em JR, da série *Dallas*. Minha mente disparou de volta para a última vez que eu tinha visto Sylvester sorrir daquele jeito: quando ele queimou meu primeiro manuscrito de *Preço de noiva*. Com aquele ar confiante, ele entrou na cozinha, onde eu estava lavando os pratos do almoço.

— Você nunca vai imaginar quem acabou de se tornar minha esposa definitiva — ele anunciou, antes mesmo de me cumprimentar.

— Como assim esposa definitiva? — eu perguntei, desconfiada.

Ele ignorou minha pergunta e começou a se aproximar de mim. Meu primeiro impulso foi atacá-lo com a colher de madeira que eu estava usando para fazer arroz moído, mas tudo o que eu consegui fazer foi dar nele um empurrão desconfortável com meu cotovelo.

Meu marido ficou bastante surpreso e eu também. Era uma nova versão minha! Nos velhos tempos eu nunca batia nele de volta, quanto mais era a primeira a atacar. Quando era encurralada, costumava morder e chorar. Mas naquela época eu ainda não tinha passado pelo Pussy Cat, não tinha brigado com os coletores de aluguel nem tinha aprendido a desafiar "Chi ou o destino", em vez de aceitar e deixar tudo para o "Deus a quem oramos". A profundidade da minha revolta me surpreendeu, assim como a intensidade do meu senso de autopreservação.

Sylvester era uma pessoa muito inteligente que se orgulhava de saber se fingir de burro sempre que queria. Como a sociedade onde vivíamos às vezes exigia isso dos negros escolarizados, ele descobriu mais utilidade para esse comportamento do que eu. Na época do *No fundo do poço*, eu me escondia fingindo não saber muito das coisas, mas não faço mais isso. Então foi reconfortante encontrar alguém que continuava a se apoiar naquele método.

— Esse é seu novo jeito de provocar os homens? — ele perguntou, de imediato se escondendo atrás de uma pergunta cínica e estúpida.

O fato de que eu não fazia questão nenhuma de responder sua pergunta, mesmo sabendo que ele estava tentando me ofender, de certa forma o acordou para a vida. Ele parecia estar começando a entender que para mim estava tudo acabado. Acho que isso o machucou. Ele ergueu os braços como se fosse me bater, recorrendo aos seus velhos hábitos, mas desta vez Ik estava na porta.

— Por que você está de punho fechado?

Outra voz se intrometeu:

— Se você bater na mamãe, eu vou esmagar sua cabeça com essa cadeira — Jake disse, falando com um sotaque do leste de Londres.

Ali eu percebi que não tinha perguntado a Sylvester o que ele queria me dizer. Eu realmente não queria saber o que era, porque, se Sylvester estava feliz com alguma coisa, era eu quem iria pagar a conta. Além disso, uma sensação mórbida me atravessou, a de que a independência que eu havia conquistado dentro da nossa tradição estava prestes a ser destruída por um homem que, na verdade, não havia mudado em nada.

Mas ele me contou mesmo assim, um pouco cabisbaixo, quando ia descendo a escada.

— Minha mãe pagou seu dote. Seu pessoal barganhou e recebeu mais do que cinco vezes o preço normal, e eu acho que você deveria ficar feliz. Poucas famílias estão dispostas a pagar essa quantia por uma mulher. Ainda mais depois da guerra, então você deveria ficar realmente muito feliz.

— Eu deveria ficar feliz! Eu deveria ficar feliz!

As pessoas ainda esperam que eu me sinta honrada, porque, assim como aconteceu com minha mãe, um preço foi pago pela minha cabeça. Será que eu realmente progredi? Os leitores do meu livro *The slave girl* podem ler o quanto minha mãe ficou feliz ao trocar de mestres depois que seu dote foi pago. Eu, portanto, deveria ficar feliz, assim como ela. Mas de repente meus olhos foram tomados por lágrimas de frustração. Ali estava eu, na Inglaterra, pensando que as mulheres africanas tinham realmente progredido na vida, mas será que foi isso mesmo que aconteceu?

Então a voz da minha Chi surgiu na minha cabeça e disse: "Claro que ela progrediu bastante. Quando o dote da sua mãe foi pago, ela ficou feliz, muito feliz, porque ela gostava de ser uma propriedade. Quando chegou a sua vez, você começou a chorar porque você valoriza sua independência, e seu dote não foi pago pelo seu marido, e sim pela sua sogra, que, na ignorância dela, achava que estava te prestando um favor. Sua sogra está te comprando independência dentro da família, para que você possa exercer todos os seus direitos através dos seus filhos. Quantos anos você vai viver com eles? Ao pagar seu dote, todos os seus direitos foram preservados, para que você possa transmiti-los para as futuras gerações. Nunca se esqueça de que seu marido é o primeiro filho da família e, com a graça de Deus, Ik, Jake e os outros são a próxima geração. Você pode lutar pela sua independência dentro do sistema. Sua geração deverá reeducar suas filhas para um novo tipo de independência e reeducar seus filhos para um novo tipo de consciência. Ou seja, por que você está chorando essas lágrimas de frustração? Você não precisa morar com ele, por que você deveria fazer isso? Você nem ama ele mais".

Apesar da minha Chi ter conversado comigo dessa maneira, nunca escrevi para agradecer a minha sogra. Anos mais tarde, quando enfrentei algumas dificuldades para reivindicar minhas terras e as dos meus filhos, quando ela se assegurou que eu comprasse mais terra para mim, quando nós duas nos tornamos fortes aliadas dentro do contexto familiar, percebi que a sra. Christiana Onwordi tinha visto em mim uma grande aliada. Era uma pena que nenhuma das suas filhas tivesse sido exposta ao tipo de vida que eu levava; a mãe era mais forte do que todas elas. Foi o que alguém disse em Ibuza: talvez tenha sido por isso que Deus deu a ela uma nora de mentalidade forte.

Tudo isso ainda estava no futuro. Meu problema mais imediato era descobrir como tirar o filho da sra. Onwordi de cima de mim. De acordo com nossos costumes, eu agora não poderia dar outro pai aos meus filhos, mesmo que assim o desejasse. Algumas mulheres, quando estão na Inglaterra, ignoram esse costume e seguem em frente com suas vidas, e eu também poderia fazer isso, mesmo sabendo que muitas sogras nigerianas têm mais tentáculos do que qualquer outra mulher que já conheci na vida.

"Jesus Cristo, por que meu irmão Adolphus aceitou esse dinheiro?", meu coração se lamuriava.

Em seguida perguntei, com a voz quase sumindo:

— Agora você quer vir morar com a gente?

— Sim, é o que vai ter que acontecer.

— Então arranje um emprego.

Ele se virou e disse que ainda não havia concluído seu curso de contabilidade, a mesma ladainha de sempre.

— Não importa, você ainda pode arranjar um emprego. Você já tinha metade dos certificados quando nós ainda morávamos juntos e tenho certeza de que você já conseguiu os outros desde aquela época. Então arranje um emprego. Eu não tenho mais paciência para morar com um eterno estudante.

Conversei com a fábrica de pães para a qual eu havia trabalhado no verão anterior e Sylvester foi entrevistado e conseguiu a vaga. Eles se acharam sortudos, porque, pelo menos em teoria, ele era um candidato bem qualificado. Ofereceram a ele um salário colossal de três mil libras por ano, sendo que o salário médio, em 1972, era de mais ou menos metade daquele valor. No entanto, era mais barato para a empresa contratar Sylvester do que um contador branco formado para o serviço. Então todo mundo ficou feliz. Seu cargo era o de assistente-chefe da contabilidade e a empresa sabia que, com a sua qualificação, ele era um achado.

Com isso, eu não sabia mais que justificativas dar para não aceitá-lo de volta. Eu tinha dito a ele várias vezes que não o amava mais, mas ele dizia que a maior parte das mulheres não amava os maridos e que, mesmo no mundo ocidental, a maioria das mulheres continua casada apenas por questões econômicas. Fiquei realmente tentada diante desse último argumento: com seu salário, eu não precisaria me preocupar se meu subsídio de novecentas libras ao ano seria o suficiente para nos alimentar, ou se eu seria capaz de ganhar dinheiro como escritora, ou se eu conseguiria me formar. Mas o que eu iria me tornar? Eu mesma respondi: esposa e mãe — funções que eu desejava bastante dez anos antes; por que eu não queria mais agora?

Eu não queria ele, eu não queria ele! Não existia uma lei que auxiliasse a mulher a dizer não para um homem que já havia sido seu marido e era o pai dos seus filhos? Sylvester começou a nos visitar com regularidade aos sábados, como a lei estipulava. As crianças continuavam fugindo dele e, na melhor das hipóteses, eram atrevidas e hostis. Ele estava determinado a tomar para si a família que eu havia reconstruído, simplesmente porque ele era um homem, não porque ele de fato *nos* queria por perto — e até mesmo as crianças percebiam isso.

E meu amigo Chidi? Homens! Ele apenas ficou observando. Chidi queria que eu me decidisse. Ele estava interpretando o papel de um inglês negro. Sua atitude era: *Você se colocou nessa situação, então arranje um jeito de sair*. Mas ele não ia me obrigar a nada. *Afinal de contas, Sylvester é o pai dos seus filhos*, como se nossa humanidade fosse determinada pela nossa capacidade de procriar.

Rezei como nunca tinha rezado antes: *Deus, afaste de mim todos esses homens, para eu poder ter paz de espírito para criar essas crianças em uma atmosfera calma, do jeito que elas devem ser criadas*. Com Sylvester em casa, teríamos uma briga hoje e outra amanhã. Já estávamos brigando, na verdade. Cada vez que eu voltava da biblioteca para casa, esperando que ele já tivesse ido embora, ele estava lá, querendo saber onde eu tinha ido e por que eu continuava estudando durante as férias, se todos os estudantes tiravam um tempo para descansar. Eu me vi na defensiva, explicando que, com todo o trabalho que eu tinha em casa, não teria a mesma disponibilidade que o estudante normal quando as aulas voltassem. Seu silêncio indicava que ele não ia aceitar essa desculpa depois que se mudasse para morar com a gente.

As poucas amigas que eu tinha na época me diziam o que eu não queria escutar. Elas pareciam tão interessadas que eu retomasse meu casamento que comecei a ficar desconfiada. Elas não podiam estar se divertindo tanto assim, e depois eu entendi que o fato de eu ter sido publicada e estar fazendo uma graduação era um pouco demais para algumas delas. Com um homem como meu marido dentro de casa, me fazendo infeliz, eu provavelmente não teria tempo nem de abrir um livro para estudar, quanto mais de escrever.

Meu hino favorito, como eu disse antes, é *Ah, o amor que não me deixa ir*. O amor de Deus não me deixou ir. Porque o que aconteceu no sábado seguinte foi realmente Deus agindo sobre nós, através dos seus misteriosos desígnios. Sylvester recebeu seu primeiro pagamento! Ele marchou para dentro de casa, pegou as chaves do meu carro da mesinha de canto, desceu a escada e começou a examinar o veículo, consciente de que não sabia dirigir. Então escutei a voz de Ik aos berros.

— Esse carro é da minha mãe! O carro não é seu, fique longe dele!

— O carro é meu. Sua mãe é minha esposa. Ela quer dinheiro, então eu comecei a ganhar dinheiro. Agora ela é minha e tudo que pertence a ela é meu.

Algo se revirou dentro de mim ao ouvi-lo falar aquelas coisas para nosso filho de dez anos de idade. O que ele estava dizendo fazia sentido para mim, apesar do fato de que ele sabia que não me interessava receber dinheiro dos outros, mas dizer aquilo para um menino londrino de dez anos de idade que mal havia visto o pai nos últimos seis anos passou de todos os limites.

Gritei para os dois pararem de lavar a roupa suja em público. Os vizinhos já estavam se perguntando quem era aquele homem que sempre chegava vestindo um terno azul-claro — o terno que eu havia comprado para ele ir ao casamento de Ugo.

— Eu recebi meu primeiro salário. Agora nós temos que decidir com quanto você vai contribuir. Eu não me importo de comprar comida pros meninos, mas pras meninas, bom, você pode comprar comida e tomar conta delas.

Fiquei perplexa ao vê-lo tirar do bolso o que eu agora sei que é uma calculadora e começar a fazer a "contabilidade", minha e das crianças.

Sylvester sorriu ao chegar à conclusão que queria chegar.

— Sim, é isso — ele anunciou. — Você pode pagar por cinquenta por cento das crianças e eu cuido do resto.

— Você está querendo dizer que eu preciso cuidar financeiramente de duas crianças e meia e você cuida das outras duas crianças e meia? Qual delas nós vamos cortar ao meio? — eu perguntei, puxando Alice, que na época tinha três anos, para o meu lado. — Que você acha de cortar ela no meio, já que ela é menina e é o bebê que você nunca aprendeu a amar?

Acalmei a criança assustada, juntei a frieza mais nociva que existia dentro de mim e disse, em uma voz baixa:

— Sylvester Nduka Onwordi, você perdeu sua segunda chance de mostrar ao mundo que você podia ser um pai e um marido de verdade. Por favor, suma da minha vida pra sempre. Não volte nunca mais. Se você tiver que pagar alguma coisa pras crianças, pague pelo tribunal. Nunca mais chegue perto de mim.

Sylvester foi embora sem protestar, porque, agora que ele tinha um emprego, achava que podia conseguir qualquer mulher que quisesse e reconstruir sua vida. Eu realmente desejei sorte a ele.

Ainda me sentindo amortecida e vestindo a máscara de uma pessoa que não sabia o que fazer da vida, fui a Clerkenwell na segunda-feira seguinte comunicar a eles que meu marido não era mais um estudante e agora podia pagar a pensão das crianças. De novo minhas expectativas eram muito altas. Semanas depois, recebi uma carta do tribunal me informando que, sim, ele assumia que os filhos eram dele e, assim, a corte agora exigia que ele pagasse a grande quantia de trinta libras por semana, ao invés dos oito xelins (quarenta centavos por criança) que ele pagava quando alegava ser um estudante.

Pelo menos é alguma coisa, pensei. Pelo menos eu ia poder cuidar melhor das crianças. Eu poderia pagar alguém para ficar com eles caso precisasse ficar até mais tarde na faculdade. Nós podíamos pagar por aqueles passeios baratos que o Conselho de Camden organizava para as famílias monoparentais; eu podia pagar isso, eu podia pagar aquilo.

Esperamos e esperamos, mas o dinheiro nunca chegou. Fui ao tribunal de carro, levando Ik comigo. Eu já tinha atiçado suas esperanças. Contei às crianças o que a corte havia decidido. Chiedu conhecia muitas famílias monoparentais, mas nenhuma delas estava recebendo oito xelins por semana, a maioria delas recebia sete libras por semana por criança. As pessoas perguntavam a ela o que tinha acontecido para seu pai ser tão pobre. Ela já tinha se vangloriado para seus amiguinhos, contando que seu pai agora ia pagar seis libras por criança e eles não precisariam mais de jantares gratuitos.

Bom, Ik e eu esperamos e esperamos até o atendente desenterrar nosso arquivo. Ele saiu do escritório e pediu que eu entrasse.

— Não tem dinheiro nenhum, sra. Onwordi — ele disse, com uma expressão culpada.

— Mas por quê? Meu marido se recusa a pagar?

— Não, ele voltou a ser estudante e está recebendo o benefício complementar.

Fui para Queen's Crescent e esperei por Sylvester na loja indiana onde ele costumava comprar sua comida para descobrir por que motivo ele havia abandonado o emprego. Ele me disse em uma voz cansada que simplesmente não tinha vindo ao mundo para ficar trabalhando até o osso para dar conforto para mim e para nossos filhos. No caminho de volta, eu disse a mim mesma: *Escapei por pouco*. Em outubro de 1973, voltei à universidade, renovei meu subsídio, pensei no verão anterior e caí na risada. Eu tinha escapado por muito pouco! Não vi Sylvester de novo por muito, muito tempo. Seus filhos simplesmente voltaram a viver sem ele e não tive mais problemas com as crianças depois disso. Eu me afastei dos meus parentes africanos, mas mantive contato com minha sogra, porque, em todas as cartas que me escrevia, ela dizia como era grande a vontade de ver seus netos. Afinal, ela amamentou os primeiros dois por mim. Ela não obrigou seu filho a ser quem ele era, mas sentia pena demais dela para dizer que ela havia contribuído para transformá-lo em quem ele se transformou. Ela estava envelhecendo. E eu sou uma mulher e mãe de meninos. Então, do mesmo jeito que perdoei minha mãe, perdoei minha sogra. Pensar que criamos todos esses homens que depois nos reprimem!

Com uma visão mais clara do mundo, me reencontrei com Brenda, Faye, Sue, Meriel e todos os meus amigos de classe média na nossa batalha para conseguir um diploma em sociologia. E agora eu estava mais determinada do que nunca.

Capítulo 16

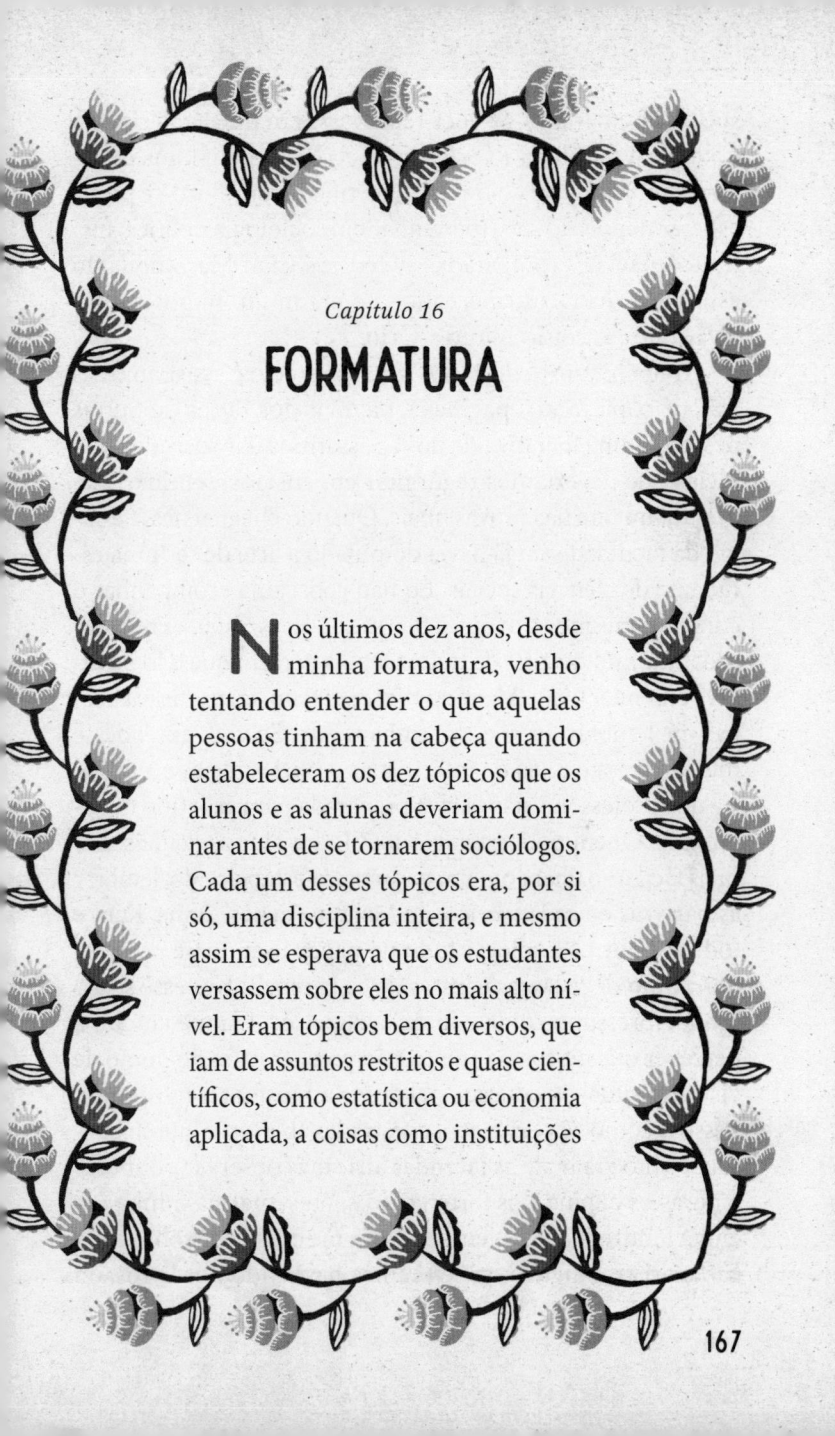

FORMATURA

Nos últimos dez anos, desde minha formatura, venho tentando entender o que aquelas pessoas tinham na cabeça quando estabeleceram os dez tópicos que os alunos e as alunas deveriam dominar antes de se tornarem sociólogos. Cada um desses tópicos era, por si só, uma disciplina inteira, e mesmo assim se esperava que os estudantes versassem sobre eles no mais alto nível. Eram tópicos bem diversos, que iam de assuntos restritos e quase científicos, como estatística ou economia aplicada, a coisas como instituições sociais comparadas. Se você reprovasse em uma matéria, sua nota geral diminuía e você podia receber um diploma de segundo nível ou até algo pior. Que tipo de emprego se podia esperar depois de você mergulhar em sociologia política, instituições sociais comparadas ou teoria social? Mas, enquanto estávamos na faculdade, tudo isso era muito importante, e levávamos as coisas muito a sério.

Trabalhávamos duro nos nossos projetos, assistíamos as aulas e copiávamos páginas e páginas dos livros de outras pessoas numa tentativa de nos apossarmos das suas ideias — ideias que deveríamos regurgitar em ensaios, seminários e eventualmente nas provas finais. Quando cheguei nesse estágio da faculdade, eu já havia dominado a arte de ser uma estudante de ciências sociais. Eu não conseguia acompanhar o curso do mesmo jeito antes porque, lá atrás, queria entender cada mínimo detalhe de tudo. Depois percebi que não precisava entender o que Marx ou Weber diziam, eu precisava apenas me lembrar do que eles tinham dito. Se você entendesse muito, corria o risco de inserir suas próprias ideias e a maioria dos professores não estava preparada para esse tipo de estudante. Quem poderia culpá-los? Eram alunos demais. Era mais fácil trabalhar com um padrão pré-estabelecido, lembrar as palavras de cada teórico, de Marx a Keynes, Amis, Kant e todos os outros e colocar tudo no papel, usando, se possível, o máximo de palavras e frases de cada um. Talvez esse seja o grande pressuposto da educação superior. Ela me ajudou a perceber que pessoas como eu não prosperavam do ponto de vista espiritual ou educacional numa atmosfera como aquela. Pessoas como eu pertencem às estradas abertas: o que eu queria mesmo era ir até as fazendas africanas observar por horas e horas os cupins e os formigueiros, ou sentar na minha cozinha londrina com os encanadores me contando sobre certa característica inglesa que eu nunca havia lido nos livros, ou me maravilhar com o nevoeiro de São Francisco, ou simplesmente passear por Hanover, em New Hampshire, no outono, assistindo as folhas mudarem de cor, saindo dos tons de verde para o amarelo pálido e depois para o vermelho brilhante, fazendo você se sentir como se estivesse caminhando entre labaredas de fogo. Bom, todos esses momentos de diversão ainda estavam no futuro. Por ora, eu estava presa a uma mesa, debruçada sobre os livros, tentando decifrar o que G. E. Moore queria dizer quando afirmava que "o bom é como o amarelo". Continuo sem enxergar a lógica dessa frase. Mas na Inglaterra, especialmente numa situação de aula, eu não estava entre os mais inteligentes. Não era como nos meus primeiros anos de escola na Nigéria. Aqui, eu precisava arranjar um bom diploma ou iria afundar, ou pelo menos era o que eu achava na época.

Estudávamos em grupo. Nosso grupo era formado por Brenda, sempre nervosa e com tendência a se esforçar demais; Roberta, uma pessoa muito calma que sabia exatamente o que queria; Sue, ansiosa e mesmo assim confiante, sempre muitíssimo bem-vestida; Meriel, grande, barulhenta e feliz; e eu, insegura e com muito medo de mostrar aos outros a minha determinação de ir bem. Depois que entendemos que era impossível um estudante ler todos os livros e artigos recomendados para cada projeto e ainda extrair algum sentido desses textos, decidimos que o melhor a se fazer era designar cada braço do projeto para uma pessoa diferente. Assim, reduzíamos consideravelmente a quantidade de trabalho exigida de cada uma. Não precisávamos sequer frequentar os seminários chatos. Uma pessoa ia, xerocava as anotações que tinha feito e distribuía para as outras. Mas mesmo numa situação como essa era possível detectar algumas falhas decorrentes da natureza humana.

Eu não sabia muita coisa, mas, por algum motivo, me sentia bem ao contar às outras o que eu sabia. Talvez aquilo me desse uma certa sensação de poder — um remédio adequado para meu complexo de inferioridade crônico. Minha amiga Brenda era ainda pior do que eu: ela gastava boa parte do seu dinheiro enviando seus ensaios e suas anotações para cada uma de nós. Infelizmente, algumas pessoas, incluindo eu, não conseguiam entender a letra dela, e ela ficava bastante magoada se disséssemos para não nos enviar mais nada. Ela simplesmente queria ajudar e não tínhamos como impedi--la. Eu costumava aceitar o material de bom grado, mesmo sabendo que não ia conseguir entender uma palavra sequer. Fico feliz por Brenda ter tirado uma boa nota, porque ela ficou tão preocupada com seus resultados que, perto do final das provas, acabou ficando doente. Foi durante sua doença que comecei a me sentir culpada e disse a Roberta o quanto torcia para Brenda ter feito o seu melhor nas provas, porque ela tinha estudado tanto. Fiquei atônita quando Roberta simplesmente me respondeu com sua risada calma e segura.

— Eu também espero que sim, porque não li muita coisa, só me dei ao trabalho de transcrever todas as anotações da Brenda. Elas eram perfeitas e os ensaios dela eram da mais alta qualidade.

— Como assim você não leu muita coisa?

— Eu estava me preparando pro meu casamento, então que tempo eu tinha pra revisar? Fique tranquila, tenho certeza de que vai ficar tudo bem com a sua amiga...

Refletindo sobre aquele período, percebi que Roberta estava certa. Ela andava para cima e para baixo com esse homem loiro, esguio e sonhador, tanto que em certo momento achei que os dois já eram casados. Aparentemente eu era a única que não sabia que Roberta estava sugando nossos cérebros. Meriel não via nada de errado na situação e disse que sempre soube de tudo. De todo modo, nós nos divertimos. Eu era das poucas que levavam a vida a sério, tão a sério que me recusei a ir no seu casamento, sem entender por que ela me convidou e não convidou o restante do grupo. Mas como alguém me disse: *Talvez tenha sido porque você escreveu seu "livro da pobreza"*.

Minhas colegas sempre se referiam ao *No fundo do poço* como "o livro da pobreza de Buchi". Eu tinha escolhido me especializar em pobreza e raça. Sempre citava Peter Townsend e Sami Zubaida. Meus seminários, quando chegou minha vez de apresentá-los, eram sempre interessantes e muito procurados, porque, em ambos os temas, eu usava exemplos da vida real e não de livros. Isso fez com que me apelidassem de Heroína da Pobreza. No entanto, quando veio o momento de colocar todas essas ideias juntas no papel, no decorrer de três horas de prova, quase perdi a mão. Recebi uma nota razoável, mas algumas pessoas achavam que podiam ter me avaliado melhor. Naquela época os examinadores não iam às salas de aula para ver de perto a performance de cada estudante. Eles mudaram o sistema. Eu sei que agora, em muitas faculdades, quando não na universidade inteira, os examinadores levam as aulas e o esforço cotidiano em consideração.

Roberta, que teve um resultado melhor, logo foi convocada para um curso de gerência numa das maiores lojas de Londres. Enquanto isso, tentávamos não nos preocupar muito com a situação. Primeiro Brenda precisava melhorar. E, graças a Deus, ela melhorou. Da minha parte, precisei me recuperar de uma doença muito mais sutil. Antes das provas, afundei de preocupação, pensando que, se fosse reprovada, não poderia mais voltar ao Museu Britânico e recomeçar minha vida na função de bibliotecária. Eu estava decidida a não repetir o curso, porque não desejava nem ao meu pior inimigo passar duas vezes pela revisão sociológica! Eram sete disciplinas no segundo ano, algumas delas com duas provas, de três horas cada uma. Eu me esqueci completamente de como se fazia para dormir. Só Deus sabe como foi que dei conta da minha família. Se não me engano, preparei uma panela enorme de ensopado nigeriano, meio parecido com uma caçarola inglesa, e congelei. Toda noite, eu descongelava um pedaço e servia no jantar das crianças, junto com arroz ou batatas.

Naquele tempo uma porção de batatinhas custava cinco centavos e era quatro vezes maior do que a porção que eles servem agora, seis vezes mais cara. Minha filha Chiedu lavava as roupas do outro lado da rua. Naquela altura as crianças já haviam aprendido a procurar pela diversão nos livros. Eles se recolhiam com *O mágico de Oz* ou um dos livros de Tolkien, com a exceção de Chiedu, que tinha adquirido um estranho gosto por livros românticos de muitas páginas. Quando os meninos precisavam de um pouco de ação, eu os levava ao centro recreativo.

Agora, quando meus filhos estão estudando para tirarem seus certificados de nível avançado, tento imaginar o que eles estão passando e me sinto muito mal pela sociedade nunca garantir aos seus jovens empregos decentes e bem-remunerados depois de fazê-los passar por tantas provações. Minha situação, porém, me parecia um pouquinho pior, porque, apesar de já estar com meus vinte e poucos anos, eu tinha cinco filhos com quem me preocupar. Quando encontrava algumas horas livres durante o dia, um tempo que eu deveria dedicar ao descanso, eu trabalhava no meu segundo livro, *Cidadã de segunda classe*.

Trabalhar nesse livro era uma tábua de salvação importante para mim. Se eu não conseguisse um diploma com louvor, arranjaria um emprego burocrático e escreveria no tempo livre — afinal, eu ainda tinha meus certificados de nível avançado e minhas qualificações como bibliotecária. Agora que já havia passado mais de um ano do lançamento de *No fundo do poço*, senti que precisava escrever *Cidadã de segun-*

da classe. Se eu falhasse, não poderia voltar para Sylvester — não depois de expulsá-lo de casa — e dizer *Olha, eu te peço desculpas, vamos tentar de novo*. Eu mal sabia se queria me casar de novo ou não. E não fazia a menor ideia de onde tinha ido parar a confiança que eu costumava sentir em relação aos homens; morar com um não parecia uma ideia muito sedutora. Apesar de muitas das minhas amigas nigerianas estarem dispostas a fazer qualquer coisa para poderem ter um bom casamento — um casamento no qual o homem assumiria quase todas as responsabilidades financeiras —, isso não me atraía. Eu preferia ter um casamento no qual nós dois fôssemos amigos e companheiros, no qual cada parte do casal atuaria no seu próprio papel, uma relação na qual nenhuma das funções, muito menos aquelas que envolvessem a cozinha, seria tratada com desprezo.

Não posso dizer que estudei sociologia por prazer ou para me transformar em uma mulher melhor e mais educada. Quem precisa de educação quando tem cinco crianças para alimentar? Todas as preocupações apenas me fizeram investir em excesso nos estudos.

Eu me permitia um único afago, no entanto, embora não saiba o quanto me ajudou ou não. Às terças, eu não tinha aulas e tampouco tocava nos livros. Eu pegava a pensão familiar, quando as crianças iam para a escola, preparava minha sopa favorita e comia tudo sozinha, junto com arroz moído. Depois eu passava uma hora tomando banho, pegava meus exemplares da Woman e da Woman's Own e lia todos os folhetins, as colunas de conselhos e as cartas deitada na cama. Se estivesse frio, eu enfiava uma garrafa de água quente entre os lençóis. Quando as crianças voltavam, perto das quatro, elas sempre encontravam uma versão minha muito feliz e animada. Criei aquela rotina meio que por acaso e ela me ajudou durante os quatro anos em que fui aluna, mãe, escritora e pessoa.

Depois das provas me prescreveram alguns remédios para eu reaprender a dormir. O efeito colateral era que, quando eu andava na rua, minhas pernas de repente perdiam as forças e eu torcia o pé e caía de barriga no chão. Por um tempo esse transtorno se tornou tão comum que passei a só usar sapatos baixos e parei de ir a médicos por qualquer coisa. Alguns deles conseguem te deixar pior. Essa predisposição a cair na rua, ou em qualquer lugar, durou cerca de cinco anos. Agradeço ao meu diploma de sociologia por isso.

Quando recebi o convite da nossa cerimônia de formatura, que seria no Royal Albert Hall, não me passou pela cabeça dizer não, embora algumas pessoas não fossem ficar muito felizes com isso. Eu lembro que, quando contei a algumas das minhas colegas que meus filhos estavam prestes a fazer a primeira comunhão, elas disseram que eu era uma "pequeno-burguesa". Nós já não nos víamos mais com a mesma frequência, de todo modo, e a maioria dos meus colegas de turma tinha saído do país, indo para lugares como o México e os Estados Unidos.

Sue queria continuar os estudos em um mestrado e arranjou um lugar em Londres. Eu me matriculei em um mestrado de filosofia e consegui uma vaga no Instituto de Educação da Universidade de Londres. Por isso, nós duas mantivemos contato. Antes de sair à procura de trabalho ou de começar meu novo curso, eu precisava devolver os livros da biblioteca. Foi aí que encontrei uma outra colega, Phyllis Long. Conversamos e ela me confessou que se viu obrigada a ir ao Royal Albert Hall e vestir aquela beca ridícula por causa da sua mãe idosa.

— Minha mãe quer me ver de beca — ela disse, muito empolgada, bem diferente do seu estado normal.

Essa mulher antes morava na mesma rua que eu, em Regent's Park. Quando eu ainda era uma estudante noturna, pegávamos o mesmo ônibus, mas ela nunca me dirigiu a palavra. Ela sequer sorria de volta quando eu tentava chamar sua atenção, já que, afinal, nós não frequentávamos as mesmas aulas? Então, uma noite, o motorista do ônibus perguntou onde é que ela ia descer para calcular o valor da tarifa. Falando alto, ela respondeu:

— Gloucester Terrace.

São casas conjugadas caras na Albany Street. Ela devia pensar que eu descia muito mais longe, nas áreas mais pobres do norte de Londres. Eu conhecia aquele jogo — muitas mulheres inglesas são boas nele. Então, quando o motorista perguntou a mesma coisa para mim, eu respondi:

— Três centavos.

Esse era o valor que se pagava em Londres naquela época para uma viagem de um quilômetro e meio.

Ela se virou e me mostrou um daqueles sorrisos amarelos que, se você já estava há um bom tempo na Europa, aprendia o quanto eram comuns.

— Você mora bem perto.

Era mais um lamento, um "que ousadia!".

— Isso, bem perto.

Não dei boa noite a ela quando desci no meu ponto, um antes do dela. Naquela noite, não me importei que meu apartamento fosse uma moradia social. O que importava era o fato de eu morar na mesma região que ela. Mais perto do final da graduação, ela começou a falar comigo, especialmente depois que *No fundo do poço* foi lançado, no nosso segundo ano. Ela até me levou para tomar um chá na nossa última semana. Era um ser humano perfeito. Seu cabelo estava sempre partido no meio e descia macio e escuro pelas suas costas. Suas roupas eram sempre de seda. Ela teve que baixar um pouco seu padrão quando passamos a ser estudantes em tempo integral, mas mesmo assim continuou a ser uma mulher perfeita e reservada. O que falou para mim sobre nossa formatura me esclareceu bastante coisa. Eu sabia que, independente do que ela dissesse, eu estava escutando palavras que saíam direto da fonte. Eu ia para a formatura, sem me importar nem um pouco se a beca parecia ridícula ou não — e ia tirar uma foto para guardar de recordação e para enviar ao meu irmão Adolphus.

Telefonei para Brenda e ela me disse que sua tia de setenta e nove anos, a senhora que a criou desde que Brenda era criança, já tinha comprado um chapéu para a ocasião. A "titia" estava vindo de Wickham Market numa cadeira de rodas para a formatura e a mulher não falava de outra coisa: ela já havia falado na igreja, no parque e até no médico que a sobrinha ia levá-la para Londres. Brenda me disse, resignada:

— Buchi, eu sei que é um evento bem pequeno-burguês, mas minha tia não entende isso, então preciso ir por causa dela.

Para Sue, filha única de um casal judeu muito decente, não ir estava fora de cogitação.

Escolhemos a formatura de maio, na esperança de que o dia estivesse ensolarado. Estava. O que eu ia vestir? Eu não achava que as becas ficavam bonitas nas mulheres, com as pernas para fora como dois fusos de costura. Elas ficavam melhores nos homens, que vestiam calças. Eu queria algo longo para vestir por baixo da beca. Tinha uma saia longa de lã, mas sentar no Royal Albert Hall por horas com aquela saia da Marks & Spencer no calor transformaria a formatura num purgatório. No pânico de última hora, vesti uma das minhas antigas lapas africanas. Eu devo ter ficado um pouco esquisita, porque, no caminho para a formatura, quando perguntei a uma mulher muito chique — aquele tipo de mulher que você encontra em Park Lane passeando com seus cachorros — onde ficava o Royal Albert Hall, ela me perguntou se naquele dia ia ter alguma apresentação de dança africana por lá.

— Não — eu respondi, orgulhosa. — Vou pra minha formatura, diante da Rainha Mãe.

— Nossa — ela disse, gentil —, que coisa boa, meus parabéns!

Ela apontou o prédio para mim e de alguma maneira isso fez eu me sentir como se realmente tivesse conquistado alguma coisa.

Eu não tinha dinheiro para comprar minha própria beca, então precisei alugar uma. Que correria quando chegamos no camarim! O fato de eu não ser a única estudante pobre de Londres era não só reconfortante, como também tranquilizador. (Os pais de Sue tinham comprado a beca dela, acho que a tia de Brenda também comprou uma para a sobrinha, e não tenho certeza em relação a Phyllis Long — mas também não importava muito.) Será que ficamos orgulhosas, de beca e capelo, andando pelos arredores do Royal Albert Hall como se fôssemos pinguins? Todo mundo nos dizia *parabéns, é uma grande conquista*. Eu via que os típicos estudantes ingleses andavam por aí usando calças jeans surradas e camisetas velhas, mas eles, como os nigerianos, também gostavam de se vestir bem e adoravam os eventos familiares.

Naquele momento, desejei que meus pais ainda estivessem vivos. Meu pai estaria com sessenta e cinco anos. Meu irmão? Ele não entendia por que eu precisava estudar para obter um diploma depois de ter virado mãe de cinco crianças. E meus filhos? Eles estavam em casa, contando aos amiguinhos e às professoras que *a mamãe vai se formar hoje*.

Resolvi não convidar Chidi, por medo de que a cerimônia fosse muito chata. Eu não queria ver um amigo entediado por minha causa. Várias pessoas convidaram os amigos e parentes, mas, obviamente, essas pessoas tinham vindo de famílias que sabiam a importância daquilo tudo. Na minha família, e também na família do meu marido, eu era a primeira pessoa a receber um diploma. Pensar nisso me deixou triste. Logo avistei um sorveteiro no meio do gramado e corri até ele, com a beca esvoaçante, como se fossem asas. Comprei um sorvete enorme e Sue veio comprar um também. Ela tinha deixado seus pais e parentes acomodados nos seus assentos e agora tínhamos que esperar a chegada da nossa chanceler, a Rainha Mãe.

Muitas pessoas viravam o rosto na nossa direção.

— Agora nós somos o proletariado — eu disse.

— Como assim? — Sue perguntou, lambendo o sorvete.

— Nós estamos vestindo becas de formatura e tomando sorvete — eu disse.

— Está um dia quente e eu adoro sorvete — Sue disse, pragmática.

Olhei em volta e vi um homem vestindo um terno risca-de-giz, com uma beca vermelha nas mãos (talvez ele estivesse lá para receber seu título de doutor ou talvez fosse um dos reitores — ele tinha me parabenizado mais cedo), olhando para nós com uma expressão enojada, principalmente quando nosso sorvete começou a derreter e escorrer pelas mangas da nossa roupa. Ele nos olhou por um tempo, seu rosto ficando cada vez mais triste, e depois se virou tão rápido e tão tenso que quase me engasguei de tanto dar risada. Eu não conseguia parar de rir porque Sue perguntava *Que foi?*, e aí dava uma lambida no seu sorvete. *Que foi?*, e uma lambida. *Que foi?*, e uma lambida. Acho que essa cena me define. Não consigo ser parte integral do sistema. Eu sempre acabo fazendo alguma coisa que destoa.

A Rainha Mãe chegou, com seu vestido púrpura adorável e seu chapéu combinando, uma verdadeira dama. Ela ostentou um sorriso por quatro horas, um período no qual eu masquei dois pacotes de chiclete para evitar cair no sono. Passei a me perguntar, com minha vívida imaginação, o que aconteceria se a Rainha Mãe tivesse que ir ao banheiro. E ela ficou em pé a maior parte do tempo. Notei, quando diminuí o passo ao me aproximar dela, que seu sorriso de parabéns foi um pouco mais efusivo quando seus olhos notaram a lapa que eu vestia por baixo da beca. Senti uma repentina vontade de contar a ela que eu era uma mãe solteira com cinco filhos e que eu tinha realmente me esforçado muito para obter aquele diploma. Graças a Deus, o medo não me deixou fazer isso. Poderia ter sido o ápice do dia dela. Mas apenas fiz uma reverência, como todos os outros, e segui em frente.

O sr. e a sra. Kay, Deus abençoe aqueles pais judeus, decidiram pagar pelo nosso chá de formatura. Algumas pessoas já tinham ido devolver suas becas ou estavam entrando nos carros, mas eu ainda não ia devolver a minha. Sue e eu fomos a pé por todo o caminho, passando pelo Marble Arch, até chegarmos ao restaurante que seus pais haviam reservado. Tomamos chá ainda vestindo nossas becas e o capelo. E, embora eu não pertencesse àquela família, esse pequeno gesto não me fez sentir falta da minha. Depois do chá, dobrei minha beca e a carreguei bem à vista de todos no caminho até a Albany Street.

No dia seguinte, Chidi trouxe sua câmera e tirou meu retrato. Dessa vez vesti minha saia longa, e ele me fotografou em diferentes partes do meu apartamento. As crianças se recusaram a aparecer nas fotos, porque Chiedu tinha dito que as pessoas que saem por aí de uniforme parecem meio bobas e que é tudo muito vitoriano. Não me importei, porque eu sentia que havia conquistado alguma coisa.

Dois dias depois, quando devolvi a beca, o funcionário do departamento disse que eu precisava pagar uma libra, ao invés dos cinquenta centavos que eles nos cobravam. Eu respondi a ele que não tinha mais dinheiro e perguntei o que é que ele iria fazer. O homem disse que ia me reportar ao decano.

— Quem é ele? — eu perguntei, deixando a beca para ele junto com meus cinquenta centavos, e saí andando orgulhosa pela rua.

Quando eu estava prestes a cruzar a avenida, encontrei uma menina nigeriana que ia se matricular no curso de direito. Contei a ela, muito orgulhosa, que eu tinha acabado de me formar em sociologia e que tinha ido lá devolver minha beca. Ela ficou feliz por mim e me deu os parabéns. Mal tínhamos andado alguns passos e meus pés cederam, bem quando cruzávamos uma viela lateral. Tentei me levantar, mas com a queda meus tornozelos ficaram doendo. Um homem correu para nos ajudar e minha nova amiga disse a ele:

— Ela tem estudado muito.

— Você agora trate de tirar um descanso — os dois me aconselharam.

— E esfregue um pouco de Vick e Deep Heat em você toda noite depois de tomar banho — minha nova amiga acrescentou.

Fiquei mexida com aquela situação, mas de certa forma a felicidade por ter concluído meu curso e pela minha formatura e pelo fato de ter tirado uma foto de beca me fez querer deixar minha doença em segundo plano.

Hoje eu não caio mais na rua, simplesmente desejei que isso parasse e de alguma forma meu pedido se realizou. Mas eu sempre chamo o que aconteceu comigo de Síndrome de Formatura em Sociologia.

Capítulo 17
CIDADÃ DE SEGUNDA CLASSE

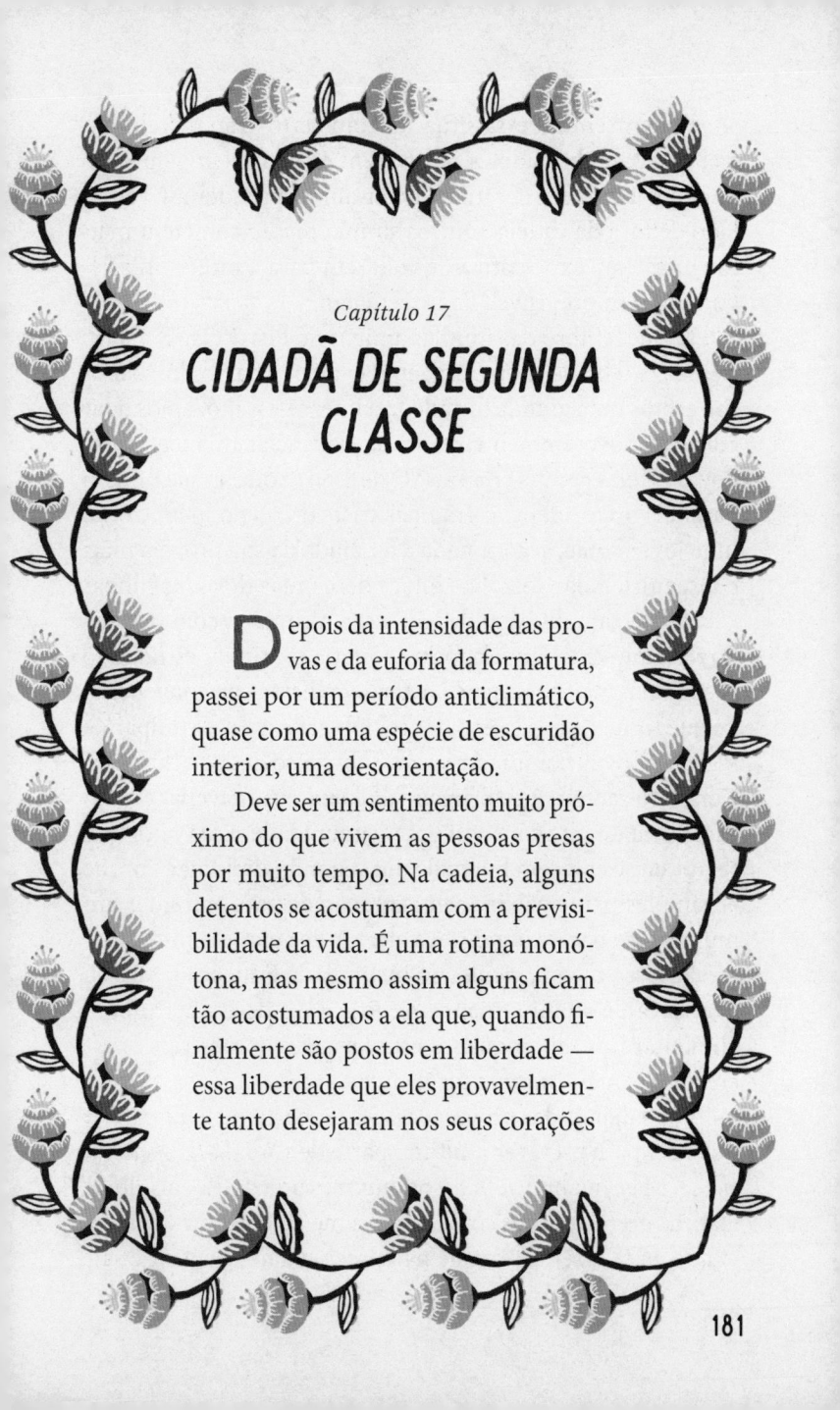

Depois da intensidade das provas e da euforia da formatura, passei por um período anticlimático, quase como uma espécie de escuridão interior, uma desorientação.

Deve ser um sentimento muito próximo do que vivem as pessoas presas por muito tempo. Na cadeia, alguns detentos se acostumam com a previsibilidade da vida. É uma rotina monótona, mas mesmo assim alguns ficam tão acostumados a ela que, quando finalmente são postos em liberdade — essa liberdade que eles provavelmente tanto desejaram nos seus corações

—, eles enfrentam essa situação com certo grau de relutância, pois são obrigados a resolverem esse problema que é lidar com a vida livre. Muitos precisam reaprender a viver do lado de fora da cadeia. Outros simplesmente cometem mais um crime, na expectativa de voltarem para a monotonia segura, porém previsível, da carceragem.

Eu me lembro das minhas amigas no Pussy Cat. A maioria ficava feliz de ir embora, apesar de por baixo dos panos sofrermos uma grande turbulência interna. Como íamos lidar com um novo ambiente, as novas exigências financeiras, as novas escolas para as crianças? O destino daquelas que tinham parentes no residencial era mais triste do que o meu. Como uma jovem mãe, acostumada a ter ajuda da sua própria mãe, conseguiria lidar sozinha com as demandas dos seus filhos?

Ao deixar a universidade e ser confrontada com o mundo real, me senti daquela forma. Queria continuar estudando sociologia, mas para quê? Lá atrás, eu havia me convencido de que tinha decidido estudar sociologia para me equipar de ideias sobre as comunidades ou sobre a sociedade humana. Com certeza, com meu primeiro diploma, eu já deveria ter uma vaga ideia do que constitui uma comunidade. Então por que seguir em frente, em busca de um segundo diploma? Porque eu simplesmente não me sentia preparada para enfrentar um mundo que não se organizava através de aulas e seminários.

Por isso me matriculei no Instituto de Educação. Mas eu precisava de auxílio financeiro. Precisava de dinheiro para alimentar nós seis enquanto estudava para o mestrado e escrevia nos meus momentos de folga.

Logo depois das provas, passei a ter bastante tempo livre, que usei para escrever a última parte de *Cidadã de segunda classe*. Mas, quando subi no ônibus na saída do Royal Albert Hall, as preocupações começaram a me atormentar de novo. O que eu ia fazer agora que não precisava mais entrar e sair correndo das aulas, não precisava caminhar da Albany Street até a Euston Road, depois para a Malet Street e por fim entrar na biblioteca da universidade? Aquela vida era tão organizada, tão previsível. Você se disciplinava a ler por pelo menos três horas seguidas, depois ia ao banheiro, escovava os dentes e descansava um pouco, voltava para mais uma hora de estudo, saía para comer uma salada no centro estudantil, retornava à biblioteca para ler por mais duas horas e aí ia para casa, parando para fazer umas compras no meio do caminho. Eu enchia tanto a cabeça com fatos que, em determinado momento, alguns amigos comentaram que eu estava falando igual a um livro didático.

Aquela vida estava acabada. Sim, eu sabia que não existe nada de permanente no mundo, mas como eu ia enfrentar essa nova fase da vida? Antes de pensar seriamente no mestrado, voltei ao *Cidadã de segunda classe* e à procura de emprego.

Cidadã de segunda classe estava já perto do fim, mas, como é um trabalho autobiográfico, eu não sabia disso ainda. Não sabia muito bem onde parar. Que eu precisava escrever o livro, disso não tinha dúvida. Eu precisava responder aqueles críticos que não achavam ser possível que as mulheres vivessem a vida que descrevi em *No fundo do poço* e que acreditavam que qualquer mulher com um pouco de educação devia ser capaz de se sustentar, mesmo tendo que criar seus filhos sozinha. Escrever *Cidadã de segunda classe*, eu pensei, seria uma forma de dar um embasamento mais rico ao *No fundo do poço*.

Se eu antes pensava que não tinha aprendido nada nas aulas de sociologia, escrever a primeira parte do livro me fez perceber que as longas horas que passei na biblioteca talvez tenham tido, sim, alguma utilidade. Sem perceber, minha escrita começou a se moldar sociologicamente.

A primeira parte de *Cidadã de segunda classe* trata de como Adah se afastou das origens pobres da sua família. Seus pais não eram agricultores ou camponeses, mas estavam na primeira onda de africanos que abandonaram sua matriz exótica para saírem à procura de um emprego de homem branco. Tendo uma educação incompleta, seu pai tinha o tipo de trabalho que teria levado toda a família a entrar em contato com as pessoas que Adah mais tarde conheceu no Residencial Pussy Cat. O fato dela ter ganho uma bolsa de estudo e poder ter frequentado a Escola Metodista para Meninas mudou a sua vida, mas não o suficiente a ponto de Adah esquecer suas origens humildes. O que no primeiro momento a chocou de verdade foi se ver numa situação como a vivida em *No fundo do poço* e perceber que algo assim também podia acontecer na Inglaterra, um país que seu pai dizia ser o Reino de Deus.

O que muitas pessoas ainda não concordam comigo é minha afirmação de que atingir o fundo do poço não é necessariamente uma questão racial. Na década de 1960, a Inglaterra podia bancar um estado de bem-estar social. Agora, a situação de todas as Adahs, brancas ou negras, é muito mais sombria. A única diferença hoje é que as mulheres são mais informadas em relação aos métodos contraceptivos e não precisam da autorização do marido antes de começarem a tomar a pílula. Os medicamentos anticoncepcionais ainda estavam nos seus estágios iniciais quando Adah chegou ao país, assim como a profissão de assistente social.

A mensagem na segunda parte do livro é muito mais sutil. Eu me vi escrevendo cada vez mais sobre minha vida, minhas experiências amargas na Inglaterra e minha tentativa desesperada de ser uma boa esposa e uma boa mãe. Quanto mais eu escrevia, mais tinha vontade de me estrangular. Como pude aceitar uma vida como aquela? No livro, explico que Adah veio de uma cultura na qual a mulher precisa estar casada a qualquer custo, que ela não tinha muitos amigos com quem desabafar nem um lugar para onde fugir. Talvez fosse uma soma de tudo isso, porque não consigo imaginar qualquer uma das minhas filhas vivendo esse mesmo tipo de situação. Talvez faltasse confiança a Adah; talvez me faltasse confiança e, no fundo, eu ainda não tivesse me livrado de verdade da influência que a vida tradicional africana exercia sobre mim.

Consegui escrever sobre a destruição do meu *Preço de noiva*, mas não consegui seguir em frente depois de descrever a experiência terrível que vivi no tribunal de Clerkenwell, quando estava grávida de oito meses da minha última filha, Alice. Quanto mais eu tentava ultrapassar esse ponto e aproximar o segundo livro do primeiro, mais me parecia impossível. Então interrompi a escrita, dizendo a mim mesma que a continuaria aos poucos. Eu não sabia que aquele seria o final do livro. Para além de dialogar com a teoria do conflito de duas culturas, o texto não possuía nenhum grande propósito e eu estava começando a me desiludir com as pessoas do meio editorial.

Para quem eu iria entregar o livro? O texto ainda era um enorme rascunho desorganizado, uma página aqui, outra ali, esta aqui escrevi na biblioteca quando estava cansada de estudar, aquela escrevi num dia que me deu vontade de escrever bem cedo da manhã. Escrevi certas partes depois de algumas visitas de Sylvester, quando tínhamos nossos sábados horrorosos com ele, e nesses trechos mergulhei em detalhes. Algumas partes eram tão detalhadas que comecei a pensar que nenhum editor em sã consciência iria querer publicar aquilo. Afinal, a maioria das casas editoriais têm editores e eu tinha certeza de que um editor iria picotar bastante meu texto, sob a justificativa de ser muito sentimental. Eu achava que todos os editores passavam a mesma quantidade de tempo que John Bunting passou em *No fundo do poço* — foram quase três meses com duas visitas semanais até ele terminar a edição do meu primeiro livro.

Mais tarde descobri que tudo o que pobre coitado solitário queria era o fervor barulhento da minha família. Na época em que escrevi *Cidadã de segunda classe*, eu já havia brigado com ele, com todos eles, na verdade, porque não paravam de se referir a mim como "a menina africana inteligente que não tem muito autocontrole". Fiquei sabendo disso por acaso, ao ler um bilhete que alguém escreveu sobre mim, e o sr. Bunting sempre me chamava de "menina Buchi" — mas eu já tinha vinte e seis anos!

De novo é uma questão cultural, mas, no mundo ocidental, as pessoas em geral, e as mulheres em particular, gostam de reafirmar uma eterna juventude. Para nós, é o contrário. Quando as coisas são distribuídas na aldeia, os mais velhos recebem a melhor parte. Os refugos e as partes não tão boas são destinadas aos jovens. Uma jovem mulher quase nunca é escutada, mas, depois de dar à luz aos seus filhos e filhas, ela se transforma numa mulher completa e não aceita que se refiram a ela como se fosse uma menina.

Esse homem, John Bunting, gostava de me presentear com uma única rosa vermelha toda vez que nos visitava para tomar meu Nescafé e falar até tarde sobre sua vida no exército. Eu pensava: "Como a classe alta inglesa é mesquinha. Por que me dar só uma rosa, se ela nem consegue ficar em pé num pote de café vazio?". Na época eu ainda não havia começado a comprar vasos de flores. Anos mais tarde, alguém me contou o significado de se dar uma única rosa vermelha e eu caí na risada. Pobre sr. Bunting, não entendi o que ele estava tentando me dizer e incentivei meu agente a se livrar logo dele. Eu não escapei do meu marido para depois me meter em outra prisão, mesmo que ela fosse platônica.

Hoje penso que não deveria ter sido tão ríspida com eles, as pessoas que me ajudaram no meu primeiro livro. Eu apenas não gostava de ser tratada como se fosse a propriedade de alguém. Botei todos os meus sentimentos em *Cidadã de segunda classe*, dizendo a mim mesma que ninguém teria coragem de publicá-lo.

Então aprendi mais uma lição. Essas pessoas no topo da cadeia alimentar são corporativistas. Alguns meses antes, vários deles me diziam coisas como "que inteligente", "que promissora", mas agora parecia que, por eu ter mandado um do clã de volta para casa com sua rosa vermelha, os outros me ignoravam. Quando enviei trechos de *Cidadã de segunda classe* para os editores que antes elogiavam meu trabalho, eles me responderam que aquele texto era ininteligível, que eles mal conseguiam pronunciar alguns nomes ou até entender o que estava escrito. Então engavetei *Cidadã de segunda classe* e fui enfrentar o mercado de trabalho.

Por sorte, a situação dos empregos naquela época não era a mesma de hoje. A maioria das pessoas que se formava em uma faculdade conseguia um emprego, especialmente aqueles preparados para aceitar qualquer coisa. Tudo o que eu queria era um emprego que pudesse se encaixar na minha rotina: meu mestrado, minha literatura, minha família.

Na minha ingenuidade, fechei os olhos para várias questões: que eu estava escrevendo um livro cujo título seria *Cidadã de segunda classe*; que, apesar de ser um trabalho ficcional, ele se baseava bastante nas minhas próprias experiências; e que eu estava me transformando cada vez mais na mulher negra do livro, Adah. Eu *era* uma cidadã de segunda classe. Talvez por um tempo eu tenha deixado as coisas subirem à cabeça: por ter conseguido um emprego de classe média assim que cheguei à Inglaterra e por, nos últimos quatro anos, ter convivido com a chamada classe média branca esclarecida, eu tinha, agora percebo, uma falsa sensação de segurança.

Quando descobri que pessoas como John Bunting, apesar de bem-intencionadas, eram condescendentes demais para o meu senso de liberdade, passei a encontrar as portas fechadas para mim quase da noite para o dia. De repente me disseram que *No fundo do poço* não estava vendendo mais nada, mesmo a Pan tendo acabado de publicar sua edição econômica do livro e o chamasse de best-seller. Eles queriam, inclusive, queimar o resto do estoque. A Barrie & Jenkins, que tinha publicado a edição em capa dura, me disse que, embora eu talvez não concordasse com o sr. Bunting, ninguém mais na firma teria interesse em editar e publicar meu *Cidadã de segunda classe*. Minha agente na época, a sra. Alexandra, da Curtis Brown, levou meu manuscrito de um lado para o outro, mas a primeira pergunta sempre era: *O que aconteceu com a editora do primeiro livro?* Então engavetei meu manuscrito esfarrapado e comprei cerca de trezentas cópias do *No fundo do poço* para salvá-las da queima. Eu não esperava receber qualquer renda proveniente dos meus esforços literários por bastante tempo. Talvez eu tivesse começado muito cedo, eu me dizia de novo — afinal, minha grande mãe já não tinha por volta de quarenta anos quando enfim se transformou na triunfante contadora de histórias da minha memória?

Eu não era mais uma menina negra de dezoito anos à procura de emprego, mas uma mulher de vinte e sete anos que, além de ser formada e ter certas qualificações na área de biblioteconomia e de ser mãe solteira de cinco crianças, era também uma escritora fracassada. Eu sabia que minha situação era tenebrosa. Eu não podia mais ir atrás de Sue, Brenda ou qualquer uma das minhas colegas da faculdade. Eu sabia que Brenda tinha voltado a atuar como enfermeira e se tornado professora na Escola de Enfermagem de Londres — e, portanto, não era mais uma enfermeira comum. O diploma tinha sido útil para ela. Sue tinha um belo futuro à frente; por ser a filha única de uma família judia, seus pais a ajudariam a crescer na vida, eu tinha certeza. Eles tinham orgulho dela. Faye e Dennis decidiram voltar às Índias Ocidentais com Chioma; os dois conseguiram empregos por lá.

Mas eu não tinha para onde ir. Todos os meus filhos estavam matriculados em escolas inglesas; muitas das pessoas do meu povo, na Nigéria, depois da guerra civil, continuavam a levar uma vida discreta; e retornar para casa significava que eu teria que voltar a morar com Sylvester. Na Inglaterra eu tinha aprendido que ninguém é obrigado a morar com uma pessoa que não ama mais. Eu conseguia suportar uma pessoa que eu não tolerava por um determinado período — era o que acontecia em aulas e em conferências —, mas, se eu fosse forçada a morar com essa pessoa, faria tudo errado. Eu ia começar a gritar com as crianças, ia me esquecer de arrancar com o carro quando o semáforo abrisse e em certos dias ia preferir andar sem rumo pelo parque do que voltar para casa. E eu temeria tanto a intimidade do quarto que iria preferir dormir à tarde e começar a fazer minha toalete no meio da noite, só para poder evitar qualquer exigência noturna que a pessoa por acaso quisesse me fazer.

Ou seja, eu não tinha escolha, minha única alternativa era sair para procurar emprego.

Capítulo 18

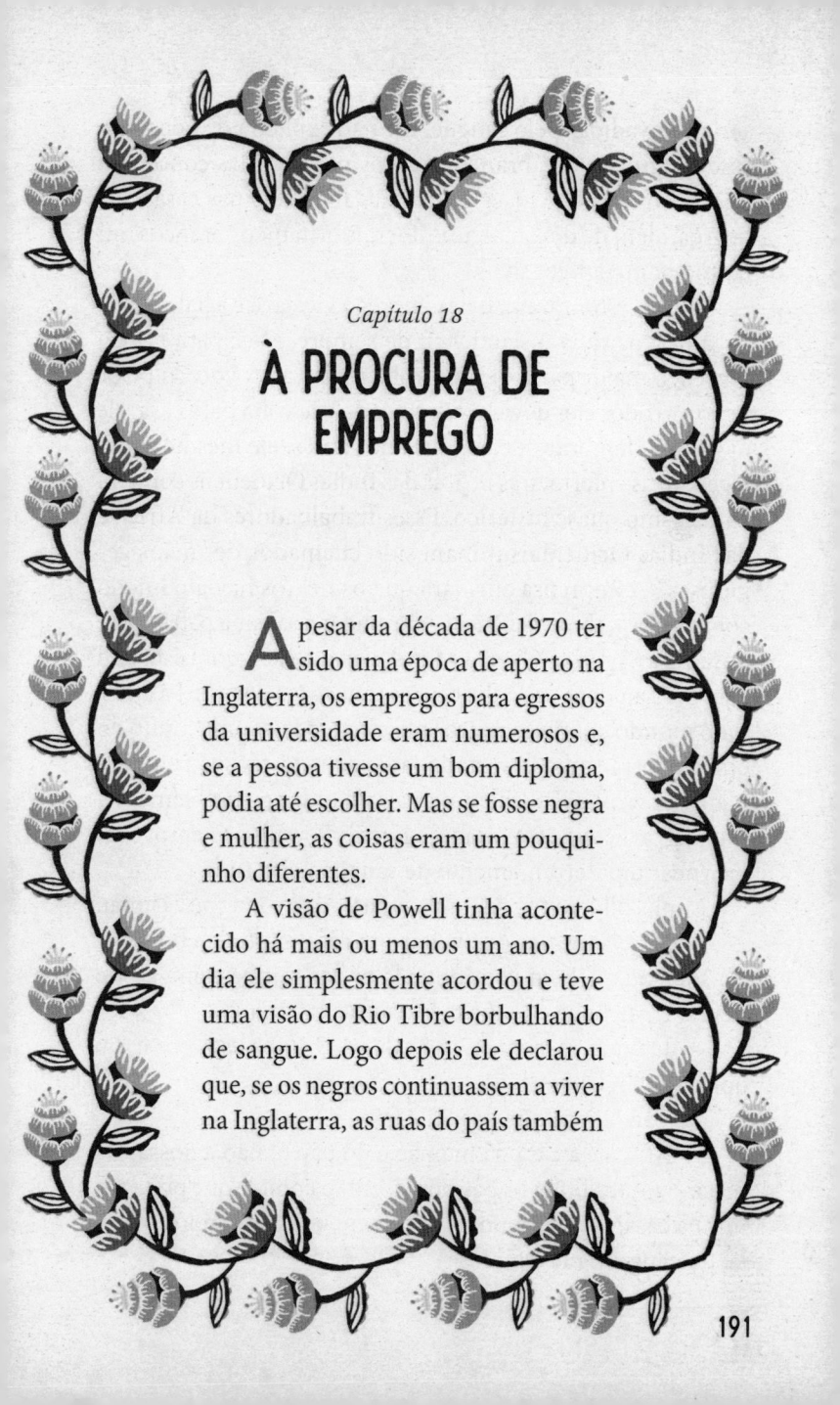

À PROCURA DE EMPREGO

Apesar da década de 1970 ter sido uma época de aperto na Inglaterra, os empregos para egressos da universidade eram numerosos e, se a pessoa tivesse um bom diploma, podia até escolher. Mas se fosse negra e mulher, as coisas eram um pouquinho diferentes.

A visão de Powell tinha acontecido há mais ou menos um ano. Um dia ele simplesmente acordou e teve uma visão do Rio Tibre borbulhando de sangue. Logo depois ele declarou que, se os negros continuassem a viver na Inglaterra, as ruas do país também seriam invadidas pelo sangue. Ele não explicou de quem era esse sangue, se dos brancos ou dos negros, mas conseguiu injetar ansiedade e insegurança nas mentes e nas casas dos negros, além de deixar alguns liberais britânicos brancos um tanto quanto apreensivos.

Greves estouraram, o desemprego vicejava e a balança de pagamentos vivia o seu déficit de sempre. Mas, para Enoch Powell, a maior parte desses problemas era provocada pelos negros. Todos eles deviam ser enviados de volta para casa, ele dizia, sem lembrar que, alguns anos antes, ele mesmo tinha recebido as enfermeiras negras das Índias Ocidentais com um entusiasmo quase histérico. Esses trabalhadores da África e das Índias Ocidentais tinham sido chamados de "mãos generosas". A imprensa afirmara que os negros haviam lutado com muito garbo e elegância para ajudar a salvar a pátria-mãe durante a Segunda Guerra Mundial e que eles agora estavam aqui para ajudar a reestabelecer as indústrias do país. Lá atrás, todo mundo queria os negros por perto. Mas, como muito do que a guerra tinha devastado já havia sido reconstruído, as mãos generosas se tornaram a raiz de todos os problemas da Inglaterra. Segundo a visão de Enoch Powell, os negros iam provocar um derramamento de sangue pelas ruas.

Minha filha voltou da escola uma tarde e começou a chorar.

— Nós vamos ter que voltar pra casa muito em breve — ela soluçou. — E eu vou sentir falta das minhas amigas, de Belinda, Michelle e Sacha e das outras também...

— De que casa você está falando? Você está em casa, boba — Ik retrucou.

— Não, a casa que fica na África.

— África é a casa da mamãe e do papai, não a nossa. Eu mesmo nunca botei os pés por lá, então como é que pode ser minha casa? — continuou a argumentar Ik, tentando consolar sua angustiada irmã.

— Enoch Powell vai mandar a gente embora, a gente querendo ou não. Minha professora disse isso hoje de tarde. Ela disse que os conservadores vão ganhar a próxima eleição e que Enoch Powell é o homem mais forte do partido. Como ele anda dizendo que os negros é que estão provocando todos os problemas, ele vai obrigar a gente a ir embora pra casa.

— Sua professora disse isso? — eu exclamei, imaginando como minha filha deve ter sofrido ao ouvir essa história. Ela era a única criança negra da sala e a professora foi no mínimo um pouco imprudente ao dizer algo assim na frente de todos os amigos dela. Mas que poder eu tinha para contestar a fala da professora, quando Enoch Powell deu a cada branco chamado Tom, Dick e Harry um chicote enorme para eles poderem açoitar os negros? Se eu fosse até a escola e passasse um sermão na professora, o que eu faria em relação à imprensa? Powell volta e meia dava entrevistas, falando sobre qualquer coisa. Parecia que eles queriam saber sua opinião a respeito de tudo que acontecia na Inglaterra. Então eu disse baixinho para minha filha:

— Isso não vai acontecer.

Mas eu sabia que, sim, podia acontecer exatamente aquilo. Quando Enoch Powell deu seu discurso sobre o Rio Tibre, suas palavras me deixaram apreensiva. Fiquei sabendo, por exemplo, de uma mulher que jogou todas as suas roupas pretas fora, num esforço fútil para se tornar branca. Eu continuava escrevendo sobre Powell nos meus ensaios e o xingava durante os seminários — eu estava quase tão histérica quanto ele. Eu achava que estava fazendo alguma coisa contra esse homem que acreditava poder cavalgar nas costas dos negros na corrida para se tornar primeiro-ministro.

Quando terminei a faculdade e saí em busca de emprego, o powellismo já não estava mais tão popular, mas você ainda podia sentir os efeitos do seu ódio e Powell seguia, com a saúde em dia, instilando sua visão maligna na imprensa sempre que se assustava com a possibilidade das pessoas começarem a se esquecer da sua existência. Esse homem realmente tentou ser primeiro-ministro; ele nunca ter chegado ao cargo foi um dos milagres da política inglesa. Ele parecia ser sempre muito sincero nas suas palavras, até o dia em que vi sua esposa sendo entrevistada. Foi ela quem explicou que todo aquele furor era apenas uma manobra para levá-lo à cadeira de primeiro-ministro. Uma das suas filhas chegou, inclusive, a dizer que ele não era um homem mau.

Edward Heath era o primeiro-ministro na época. Se os negros já eram vulneráveis antes, nós nos tornamos ainda mais depois dos disparates de Powell. Ou seja, embora tivesse um diploma, eu não esperava conseguir nem mesmo um emprego como o que eu tinha antes de começar a estudar. O curso de sociologia me trouxe toda uma nova consciência.

Fiz algumas tentativas que não deram em nada, umas porque as condições de trabalho não se encaixavam na rotina da minha família, outras porque não fui contratada depois da entrevista. Fui chamada para a entrevista em quase todas as oportunidades, muito por ter feito questão de dizer que havia escrito alguns artigos para a New Statesman, além de ser autora de *No fundo do poço* — mesmo que na época a tiragem restante do livro estivesse sendo toda destruída pela editora.

Então eu vi um anúncio de emprego na New Society, impresso em letras miúdas. Eles procuravam alguém para trabalhar com jovens num centro chamado The Seventies, em algum lugar de Paddington. Pensei de imediato: se eu fosse aceita, seria perfeito por vários motivos. O horário era flexível o suficiente para me permitir ver meus filhos antes e depois da escola; eu teria tempo para encontrar meu orientador de pós-graduação, o professor Basil Bernstein, do Instituto de Educação; e era ainda a situação ideal para que eu pudesse realizar observações para a minha pesquisa (naquele tempo, eu estava pensando em fazer um doutorado sobre as condições dos jovens negros em Londres). Rezei forte para que eu encontrasse alguns adolescentes negros no centro.

Os formulários de inscrição para a vaga chegaram na minha casa e eu os preenchi e devolvi no mesmo dia. Uma mulher me telefonou dois dias depois, me pedindo para comparecer a uma entrevista na quinta-feira seguinte, às seis da tarde.

— Você sabe onde a gente fica, não sabe? — a voz me disse, soando amistosa e quase plebeia.

Eu não sabia onde eles ficavam ou quem eles eram, mas eu disse que sim, claro. Naquele momento, eu já havia passado por várias entrevistas, mas nenhuma às seis da tarde, quando todo mundo já tinha encerrado o expediente. Mas eu estava determinada a ir e nada iria me desanimar.

Era o auge do verão e, depois de ter lido em uma revista feminina que, se uma mulher usa calças para uma entrevista, ela está procurando problema, me obriguei a comprar um vestido de verão bem aceitável da Marks & Spencer — curto e azul-marinho. Nos meus dias de estudante, eu sempre usava calças. Agora lá estava eu num vestido, um vestido curto, ainda por cima, expondo minhas coxas nada finas, porque todas as outras mulheres usavam minissaias. Eu me senti bastante desconfortável. Podia ter vestido minha lapa africana, que eu havia usado nas entrevistas de dez anos antes, assim que cheguei na Inglaterra, mas Enoch Powell tinha conseguido me deixar quase aterrorizada em relação à minha africanidade. Cheguei até a cortar meu cabelo curto, mesmo depois do tempo que ele tinha levado para crescer. Resumindo: eu não parecia ter a minha idade, parecia mais uma menina de dezessete anos à procura do primeiro emprego.

Isso fez com que eu me sentisse ainda mais ridícula. Eu tinha certeza de que todas as pessoas na rua estavam apontando para mim e dizendo *Olha para aquela mulher, ela está usando o vestido da filha*. Esse conflito cultural me corroía por dentro enquanto eu caminhava da Albany Street até a Great Portland para esperar o ônibus que me levaria até a Harrow Road, onde ficava o centro. Eu ficava puxando a barra do vestido e me questionando sobre a lógica ocidental de fazer a mulher sempre querer parecer mais nova do que ela realmente é. Por que, por que não podemos deixar que cada idade viva sua própria beleza? Meus ancestrais idolatravam e glorificavam os mais velhos e nós víamos as pessoas alegando serem mais velhas do que elas realmente eram. Na África é considerado um insulto dizer a uma mulher que ela parece mais nova do que ela é. Aqui é um elogio. O mundo, o mundo e seus habitantes.

Observei o tamanho da fila no ponto de ônibus e concluí que nós estávamos esperando há bastante tempo. Eu não estava acostumada àquela rota, então perguntei a uma senhora de aparência cansada, que parecia estar voltando do trabalho, quanto tempo o ônibus demorava para chegar normalmente.

— Demora demais — ela disse. — Ontem eu esperei aqui por cinquenta minutos. E essa greve também não ajuda em nada.

Bom, greves. Greves na Inglaterra. Havia sempre alguma greve acontecendo. No verão, quando Londres estava cheia de turistas querendo ir de um lado para o outro da cidade, os motoristas de ônibus ou os cobradores ou, até mesmo os serventes que limpam os coletivos sempre resolviam entrar em greve. No inverno era o pessoal da companhia elétrica, os mineradores, a empresa de gás e depois, por volta de 1978 ou 1979, os garis, o que fez Londres ficar quase insuportável. Ou seja, o percurso até minha entrevista, que levaria cerca de trinta minutos, ia levar pelo menos uma hora e meia. Eu chegaria atrasada, mesmo tendo reservado uma hora inteira para a viagem.

Enquanto esperava por aqueles longos e penosos minutos, meus pés começaram a doer dentro dos meus melhores sapatos. Embora estivéssemos em agosto e o dia tivesse sido quente, a noite se aproximava e, com o vento bafejando minha cabeça quase sem cabelo e minhas coxas expostas, senti vontade de correr até em casa e botar minhas calças de sempre — eu já ia me atrasar mesmo, graças ao sistema de transporte de Londres.

A situação era ainda pior por ser a hora de pico. As pessoas estavam saindo dos escritórios e dos seus postos de trabalho e quase todo mundo parecia estar com uma pressa alucinada. Fiquei um pouco de canto, observando quem passava por mim, massageando meus pés doloridos e me perguntando por que as pessoas corriam tanto. Sim, devia haver um caso ou outro onde essa pressa se justificava, mas o fato de todos estarem correndo em uma amena noite de agosto era uma coisa que me deixava consternada. Em Londres, a pressa faz parte da vida. Assim como as filas. As pessoas fazem fila por qualquer motivo, em pé debaixo do sol, imóveis, rostos cravados pelo desânimo, agarradas às suas sacolas, etc. Basta olhá-las e se tem a impressão de elas esperariam pacientemente numa fila em direção à morte.

A coisa mudou um pouco quando o ônibus apareceu, rosnando pelo tráfego noturno até chegar no ponto. A fila logo virou uma bagunça, com o pessoal do fundo se enfiando na frente. Alguns começaram a resmungar e não em volume baixo; eram vozes ríspidas e cansadas, uma ou duas mais exaltadas. As pessoas simplesmente estavam cansadas demais da espera e não conseguiam mais ser civilizadas. O empurra-empurra foi tão grande que de repente me dei conta de que, se eu não me metesse naquele caos, iria perder minha entrevista — e seria realmente uma pena, porque eu queria muito aquele emprego em Harrow Road.

O motorista, um homem negro com rugas no rosto, correu pelas escadas do ônibus, descendo do segundo andar, onde ele provavelmente estava cobrando as passagens, e começou a empurrar para fora quem ainda estava pendurado na porta, dizendo:

— Está cheio, não tem mais lugar.

Eu ignorei, porque precisava do emprego e nenhum motorista ia me impedir de subir naquele ônibus. Vários passageiros me seguiram. Mas ele parecia decidido a me expulsar do veículo e acho que teria conseguido, se não tivesse estourado, perto da porta, um bate-boca bastante conveniente entre uma mulher negra e um combalido homem branco. Esse homem sacudia seu guarda-chuva fechado no ar, de uma maneira bem perigosa, em uma tentativa inútil de afastar a mulher. Ele disse que a mulher tinha furado a fila, mas ela garantia que não, dizendo que apenas tinha ficado encostada na parede creme da União Internacional de Estudantes. O homem respondeu que ela não deveria ter feito isso, que ela devia ter esperado na fila, e não encostada numa parede. A mulher retrucou:

— Meus pés estão doendo, homem.

Levou um tempo até o motorista resolver a situação e expulsar mais alguns passageiros exaustos para fora do ônibus. Depois ele decidiu que era hora de chacoalhar sua sineta, ou iria passar a noite inteira dizendo *Está cheio, não tem mais lugar*.

Uma senhora com um chapéu quadrado na cabeça grisalha disse:

— Eles deveriam colocar mais ônibus nas ruas. É uma vergonha!

Ela era uma mulher boa, que falava por todo mundo ali, e os resmungos voltaram.

— É a porcaria dessa greve — disse a mulher negra roliça, a mesma que havia brigado com o homem do guarda-chuva.

— Bom, eles querem ganhar mais. Quem não quer? — comentou um homem.

Essas pequenas discussões fizeram o motorista esquecer de mim. Eu estava segura e o ônibus saiu se arrastando na direção da Baker Street.

Antes de chegar lá, paramos num semáforo. À minha esquerda, numa pracinha cercada de paredes cor de creme, notei um busto do falecido presidente Kennedy. Ao avistá-lo, lembrei, com uma pontada de tristeza, da noite em que ficamos sabendo do seu assassinato, em 1963. Eu tinha acabado de voltar, já tarde, do trabalho na biblioteca de Chalk Farm quando um plantão de notícias surgiu na nossa televisão, que funcionava à base de moedas. O homem da televisão disse que o presidente tinha sido baleado. Fiquei lá ao lado do fogão, olhando para Sylvester, que olhou de volta para mim. Logo percebemos uma coisa: o pub na frente da nossa casa estava quieto. A rua estava quieta. Estávamos todos à espera. Não sabíamos o que estávamos esperando, mas o plantão de notícias apareceu de novo... O presidente estava morto. Desde então, eu odeio o plantão de notícias, tanto faz se ele vai trazer notícia boa ou ruim.

O busto na praça parecia ser de um homem jovem demais para ter quarenta e seis anos, mas era essa sua aparência, quando ele estava vivo. No dia seguinte ao assassinato, uma colega da biblioteca me disse:

— O mundo está fadado a ser governado por homens velhos e feios.

Eu ainda estava pensando na família Kennedy quando a cúpula do planetário de Londres surgiu no meu campo de visão. O prédio lembrava os guarda-chuvas magníficos que os carregadores das autoridades levavam de um lado para outro em Lagos, a única diferença era que aquele ali parecia muito maior, como se protegesse o maior de todos os gigantes.

Eu sempre me pergunto por que existem tantas sedes de empresa na Marylebone Road. Parece que elas foram construídas para protegerem umas às outras. A sede da Woolworths brilhava debaixo do sol de verão. O edifício da Marks & Spencer ficava quase em frente, com seu letreiro dourado. A sede da The British Home Stores também se situava pela região, sólida, quadrada e imutável, a epítome de tudo que é tradicional. Mas não muito longe dali, despontava um prédio ultramoderno com suas varandas abertas, uma propriedade da Politécnica de Londres Central, e, quase em frente a esse prédio, havia um outro, bem pequeno, que de repente me trouxe de volta à Terra. Era uma pequena casa de tijolos vermelhos espremida entre os esplendores da avenida, uma construção tão tradicional que você esperava que suas janelas se abrissem de repente e uma pessoa do período elisabetano botasse a cabeça para fora, acenasse para você e dissesse: *Bem-vinda à Inglaterra de outrora!* Essa casa era um grande símbolo da Inglaterra que estava acabando. Era uma escola de elite, uma daquelas que costumava ensinar os meninos a abrirem as portas para as mulheres. Naquela época elas ainda fabricavam pequenos Pitts e pequenos Burkes, e que pena que esses meninos tiveram de enfrentar a era de plástico da década de 1970.

Logo depois de passarmos por esse trecho do percurso, passamos por baixo de um viaduto que parecia ter surgido do meio da rua. Uma pista se conectava a ele pela direita e outra pela esquerda, fazendo o negócio parecer uma árvore cheia de galhos grandiosos. Nosso ônibus tinha saído do congestionamento; agora ele andava sem parar, porque a maior parte dos carros particulares passava por cima das nossas cabeças, deixando os veículos mais lentos, como os ônibus londrinos de dois andares, seguirem no seu ritmo lento. Em poucos minutos, o chão sólido pareceu abrir espaço para um túnel, um túnel de verdade, todo de concreto, mas, antes de nos acostumarmos a ele, saímos do outro lado — não mais na Marylebone Road, e sim na Harrow Road.

O centro ficava no número quatrocentos e setenta, então eu ainda podia permanecer sentada por mais algumas paradas. De imediato, percebi que havia pessoas da minha cor por todos os lados. No ônibus, na porta das lojas, caminhando na calçada e na frente das novas moradias sociais, que agora haviam tomado o lugar dos prédios enormes da Marylebone Road. As coisas eram muito diferentes ali, se comparadas à região do Regent's Park onde eu morava. Talvez eu estivesse morando há tempo demais naquela área, encapsulada na falsa ideia de que eu estava "crescendo". Será que eu havia esquecido que muitas das pessoas da minha cor continuavam a morar nas mesmas condições em que eu morava quando estava "no fundo do poço"?

Prestei bastante atenção nos números dos prédios enquanto escutava a conversa de duas mulheres das Índias Ocidentais atrás de mim. Era como estar em outro mundo. Pensar que o Regent's Park e a Marylebone Road ficavam a apenas alguns minutos de distância! O ônibus parou na frente de um prédio cuja fachada era pintada em cores vivas, quase em tons rastafári. Era sem dúvida nenhuma um centro de lazer, porque na frente dele havia um cartum de Nina Baden-Semper, e eles estavam exibindo a série que a tinha deixado famosa, *Love thy neighbour*. Me perguntei se exibir aquela série num bairro predominantemente negro era uma boa ideia. Os roteiristas acreditavam que fariam os racistas de idiota ao rir da cara deles, botando suas loucuras em evidência, mas, ao fazer isso, eles eram obrigados a nos revelar boa parte dos seus pensamentos — e enfatizar os termos que os racistas usavam para nos ofender, coisas como *crioulo*, *negrinha*... Passei a odiar essa série, embora gostasse de assistir qualquer coisa que tivesse pelo menos um negro no elenco.

Involuntariamente, virei o rosto. Não gostei de ver aquele show cínico em uma área como aquela, que me fazia recordar da minha africanidade e me sentir em casa. Com certeza eu encontraria alguns jovens negros no centro e isso me deixou feliz.

Na parada seguinte, olhei para o outro lado da rua. Era o número quatrocentos e setenta da Harrow Road e eu desci do ônibus.

Capítulo 19
A ENTREVISTA

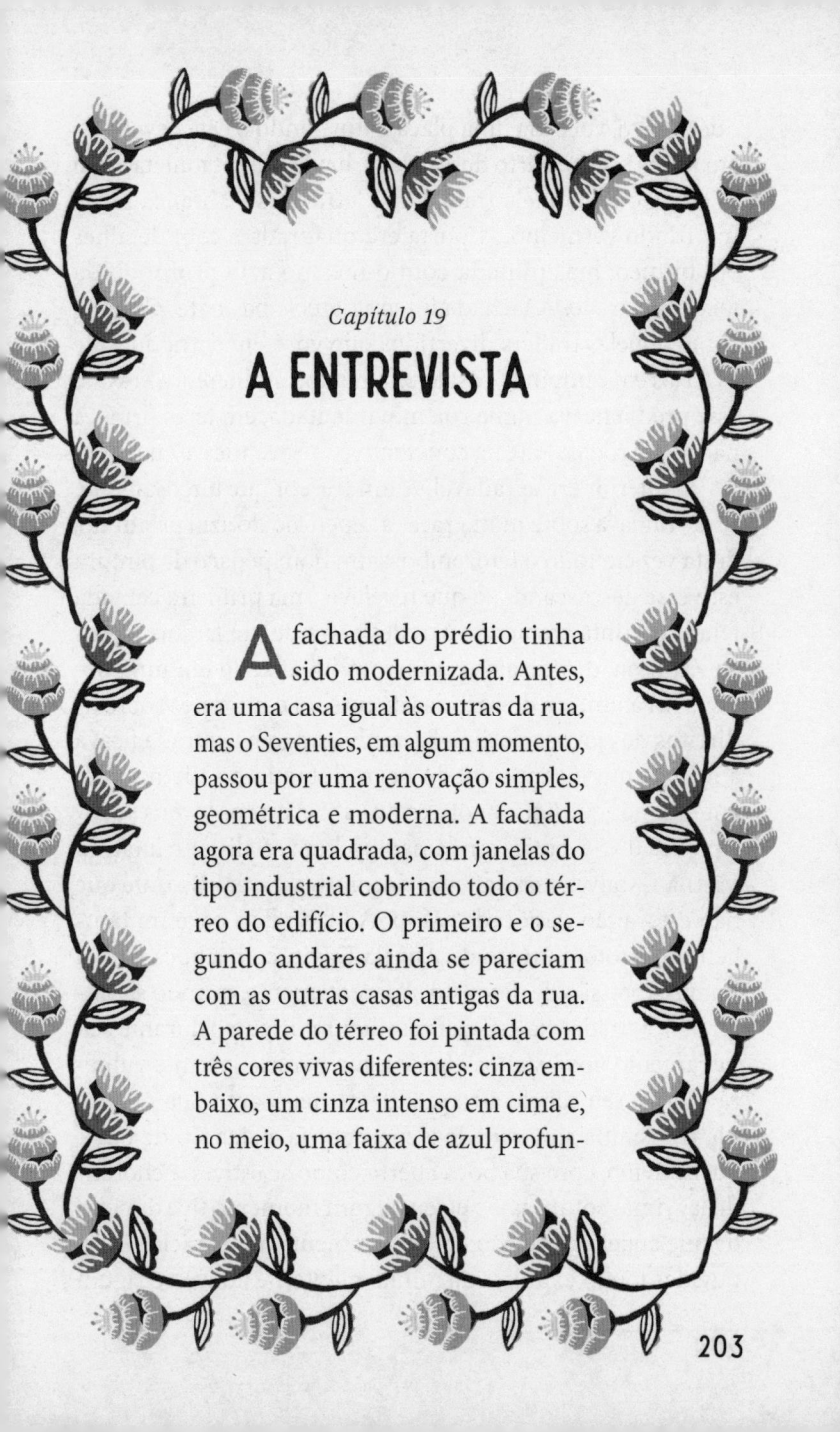

A fachada do prédio tinha sido modernizada. Antes, era uma casa igual às outras da rua, mas o Seventies, em algum momento, passou por uma renovação simples, geométrica e moderna. A fachada agora era quadrada, com janelas do tipo industrial cobrindo todo o térreo do edifício. O primeiro e o segundo andares ainda se pareciam com as outras casas antigas da rua. A parede do térreo foi pintada com três cores vivas diferentes: cinza embaixo, um cinza intenso em cima e, no meio, uma faixa de azul profundo. No alto, você via uma placa anunciando o café Seventies, em letras pretas. Perto dessa placa, havia outra tabuleta, com "Coca-Cola" naquela tradicional letra cursiva branca sobre um fundo vermelho. A porta era quadrada e com detalhes em branco, mas pintada com o mesmo azul profundo da faixa na parede. A fachada inteira parecia bastante vibrante, como aqueles trailers divertidos que você encontra durante as férias em campings e estacionamentos. A diferença era que esse prédio ficava numa rua movimentada, em terra firme, e não sobre rodas. Parecia convidativo, o Seventies, e eu entrei.

O interior era agradável — um frescor que forçosamente se derramava sobre mim graças à repetição do azul profundo, desta vez em todo o teto, embora um bom pedaço da pintura estivesse descascando, o que revelava uma primeira camada feita com tinta creme. As paredes eram de um laranja intenso e um quadro de avisos marrom foi afixado em uma delas, com anúncios de partidas de futebol e informes sobre os direitos dos jovens na Grã-Bretanha. Logo na entrada ficava a foto de um jovem soldado negro lutando no Vietnã. Não entendi por que aquela foto estava ali, já que os jovens participantes do Seventies ainda não podiam se alistar e lutar no Vietnã — talvez fosse apenas decorativa. Se era isso, até que não estava tão deslocada assim. Ao lado dela colaram também uma foto do rosto de Angela Davis, com a boca aberta numa expressão de desgosto. Aparentemente, quando a fotografia foi tirada, ela estava fazendo um discurso durante seu julgamento nos Estados Unidos. Ela parecia jovem e vulnerável com seu cabelo afro grande demais para a sua cabeça. Ela transmitia sinceridade e conseguiria a atenção de qualquer ouvinte com sua boca aberta como se estivesse chorando lágrimas soturnas. Se eu em algum momento tive dúvidas de que aquele clube não era um ambiente multirracial, essas dúvidas foram expulsas da minha mente. Se houvesse algum membro de pele branca ali, essa pessoa com certeza era um proscrito do seu povo.

Todo o térreo era meio que um grande salão aberto, a frente coalhada de cadeiras de madeira pintadas de marrom espalhadas. Havia duas ou três mesas, posicionadas em lugares estranhos. Contra a parede, quatro cadeiras com almofadas esperavam a vez de serem usadas. Uma cafeteria ficava quase no meio do salão. Ela também era pintada de azul, com uma bancada de fórmica preta. Em uma das pontas da cafeteria você encontrava uma máquina de Coca-Cola e do outro lado uma caixa registradora. Eu nunca tinha entrado num centro para jovens, mas, se considerarmos o Seventies como modelo, não dá para dizer que exista muita diferença entre um centro para jovens e uma sorveteria qualquer num acampamento de verão. Um jovem negro ficava atrás do balcão e foi ele quem me deu as boas-vindas.

Esse rapaz tinha um rosto quadrado e sincero e uma barba preta que ia de uma orelha à outra. Parecia que essa barba separava seu rosto do resto da cabeça. Ao olhar para ele, você não só não enxergava a parte de trás das suas orelhas, você simplesmente não enxergava orelha nenhuma. Seu rosto lembrava uma máscara em alto relevo no meio de uma floresta negra. E, mesmo que estivesse dentro do centro, ele usava um bonezinho xadrez com a aba despontando à frente. O rapaz estava vestido com uma camisa creme com alguns botões abertos, revelando um peitoral cabeludo, que agora estava todo suado, porque, apesar de serem já quase seis da tarde, o dia continuava muito quente. No verão londrino, a menos que você esteja à beira do Tâmisa ou em algum outro lugar assim, você sempre enfrenta uma atmosfera densa, pegajosa e sufocante. São tantas casas conjugadas, tantas pessoas correndo de um lado para o outro, que o ar parece quase rarefeito — e o ar que sobra é altamente poluído pela fumaça dos carros. Enquanto eu olhava para o atendente, ele sorriu para mim e percebi que ele não tinha um dos dentes da frente.

— Você veio para a entrevista? — ele me perguntou, educado, falando num inglês perfeito.

Fiz que sim com a cabeça, meu medo desaparecendo. "Se todos os jovens forem educados e amistosos como esse rapaz, meu trabalho aqui, se eu for aceita, vai ser mesmo muito fácil", foi o que eu pensei na hora. Ele me ofereceu um café que tinha acabado de fazer, numa caneca tão grande que, se eu inventasse de beber tudo, meu estômago iria inchar e deixar meu minivestido ainda mais justo. Eu queria perguntar a ele sobre o emprego, saber quem ele era, se ele era um dos que trabalhava com jovens ou um dos atendidos pelo centro, mas não consegui. Não sabia qual pergunta fazer primeiro, então esperei, impaciente.

Logo depois, outro jovem apareceu. Ele era branco, alto e parecia ter educação superior. Sem dúvida um produto da universidade. Também estava ali para a entrevista. Ele suava no seu terno marrom-claro e trocamos olhares enquanto esperávamos. De repente o jovem atrás do balcão nos pediu desculpa pelo atraso, mas o comitê estava aguardando um membro bastante importante. Essa pessoa iria chegar muito em breve e então nós seríamos entrevistados. Eu e o rapaz branco rimos de nervoso e o silêncio reinou outra vez.

Pensei comigo mesma: "Como será que é esse comitê? Quantas pessoas fazem parte? Quantas pessoas são necessárias para se formar um comitê — dez, vinte?". Eu nunca tinha sido entrevistada por um comitê. Uma coisa era certa, o comitê não seria composto por um único integrante. Fiquei nervosa e dava para ver minhas pernas tremendo. Eu sempre tive o azar de não me comportar bem diante de múltiplos espectadores. Mas, enfim, era tarde demais. Eu tinha chegado até ali, precisava seguir até o final da história.

Um homem roliço, de quarenta e poucos anos, entrou correndo e falou alto para nosso amigo de boné:

— Desculpe o atraso, Trevor! Eles estão esperando há muito tempo?

— Não muito — Trevor respondeu, sorrindo de novo.

Não era verdade, pensei na hora. Para mim, estávamos esperando há séculos, com nossos corações batendo forte, como tambores ensandecidos, e o rapaz ainda acrescentou que os outros membros do comitê, seja lá onde eles estivessem, também não estavam esperando há muito tempo. É claro que eles estavam esperando há muito tempo, assim como a gente. O homem roliço nos fez uma bela saudação, passou por uma portinha na lateral da cafeteria e subiu correndo as escadas. Escutamos uma porta se abrindo e também algumas vozes e depois a porta foi fechada de novo. Ficamos mais uma vez à mercê dos nossos destinos. Em seguida meu colega foi chamado.

Meu estômago começou a emitir uns ruídos estranhos e minhas mãos começaram a tremer. Trevor percebeu meus sinais de nervosismo e perguntou se eu queria um pouco mais de café. Agradeci, mas recusei. Ele então deu olhada no relógio e disse:

— Eles não são pessoas ruins, os membros do comitê. Eu sou um dos que deveriam estar lá fazendo as entrevistas e acho que tenho que subir agora. Mas não se preocupe, vai dar tudo certo.

Ele ajeitou seu boné e saiu pela portinha, subindo a escada, seus passos ecoando pelo prédio.

Não sei quanto tempo fiquei lá, sentada, mas, pouco depois de Trevor ter me deixado sozinha, meu colega com ar universitário desceu as escadas. Curiosamente, ele não se despediu de mim, simplesmente abriu a porta de vidro da entrada em silêncio, como se tivesse se deparado com um cadáver, e foi embora, como um fantasma, sua figura alta andando curvada pela rua. Não tive muito tempo para pensar nele, porque logo Trevor desceu também, seus passos pesados esmagando o que parecia ser uma escadaria antiga.

— Você pode subir agora — ele me convidou e eu o segui.

As escadas eram bem velhas e bastante estreitas. A casa não havia sido reformada por dentro. Seu interior — primeiro e segundo andares — ainda tinham todos os cômodos intactos. Alguém havia tentado acrescentar certo glamour ao lugar usando o máximo possível daquele azul profundo. Mesmo o empoeirado e desgastado linóleo das escadas era dessa cor. Não seria nenhuma surpresa se o cômodo onde eu seria entrevistada também fosse azul.

Mas eu estava errada. A sala era de um cinza pálido e o carpete do chão era uma mistura de azul e verde. Uma rede esfarrapada pendia das duas janelas, parecendo os trapos que os homens igbo jujus penduram em frente aos santuários. Meus olhos percorreram todo aquele cenário, porque eu não conseguia focar minha atenção no grupo esquisito que formava o comitê. Eu estava esperando uma mesa comprida e encerada, com um grupo de indivíduos muito bem-vestidos ao redor dela, cada um deles com um bloco de anotações em branco na sua frente. Mas era mais uma espécie de reunião desastrada. O grupo continha duas mulheres — uma muito elegante e eficiente; a outra mais nova, muito magra e muito bonita e pelo jeito até mais nervosa do que eu. Ela roía as unhas e olhava furtivamente para mim. Numa ponta da sala estava meu novo amigo, Trevor, inclinado sobre uma mesa enorme que ficava naquele canto, seus olhos colados nas folhas de papel que ele estava segurando. Logo percebi que todos eles seguravam folhas idênticas, que consultavam de tempos em tempos depois que a entrevista engrenou. Imaginei que naqueles papéis constava toda a história da minha vida, tal como eu havia descrito no formulário de inscrição. Havia também outros três homens. Eles e duas mulheres brancas estavam sentados em volta de uma mesa velha e detonada, com canecas de café frio à sua frente. As canecas eram daquelas grandes e funcionais que você compra na Woolworths, nem um pouco bonitas. Um dos três homens era negro como Trevor, mas eu conseguia identificar que, ao contrário de Trevor, ele era africano. Trevor devia ser das Índias Ocidentais, a julgar pelo seu inglês, que, embora perfeito, ainda tinha um leve toque de patoá. O outro homem negro era bem pequeno e tinha um pescoço longo, parecido com o de um avestruz, que ele ficava esticando na direção da janela. Fiquei me perguntando o que é que ele tinha perdido na rua para ficar se esticando tanto. Suas roupas eram bastante ortodoxas. Um terno marrom-claro, um suéter com gola polo e sapatos pretos engraxados. Ele era bem asseado, ao contrário de Trevor, que não parecia se importar muito com sua aparência.

Os outros dois homens eram muito ingleses. Um era o homem roliço barulhento que tinha passado por mim na cafeteria no andar de baixo. Ele se entusiasmava com qualquer coisa e era muito humano, no sentido de revelar suas origens populares no sotaque de tempos em tempos. Independente do cargo que ocupava, ele parecia e falava como aqueles simpáticos britânicos que começaram a vida em uma moradia social.

O outro homem era o oposto do primeiro. Parecia muito mais velho, falava devagar, era bastante metódico e tinha uma atitude minuciosa de querer saber tudo. O tipo de homem que é um ótimo gerente, mas não um grande amigo, pois passa a impressão de que você está o tempo inteiro sendo vigiado por um diretor de escola. Esse sujeito parecia ser o presidente do comitê. Foi o primeiro a falar comigo e, assim, entendi que a entrevista havia começado.

Os outros apenas observavam enquanto eu respondia suas perguntas. Não consigo me lembrar exatamente quais eram as perguntas e não me lembro muito bem das respostas. Quando todos os presentes começaram a também fazer perguntas, pensei: "Que merda. Se eu conseguir sair viva desse lugar, nunca mais vou sentir o cheiro dele de novo". Falei e falei com um abandono descuidado, mandando a cautela para as cucuias. Deixei de me importar. Eles podiam fazer o que quisessem comigo. Algumas coisas acrescentavam um senso de realidade ao show. Uma delas era a menina magra que, segundo me disseram, estava saindo do Seventies para trabalhar com jovens de maneira independente. Eu não sabia muito bem nem quais deveriam ser as competências de uma pessoa que trabalhava com jovens, quanto mais entender o que era trabalhar de maneira independente. Ela não parou de tremer em momento algum e só me fez perguntas depois de parar de roer as unhas. Pensei: "Pelo amor de Deus, será que foi o centro que transformou ela numa mulher tão aflita?".

O outro homem, o africano, também exercia ali uma função de realidade. Eles me disseram que ele era da Rodésia (que hoje se chama Zimbábue) e havia sido treinado em uma universidade daqui para ser alçado ao posto de líder dos jovens. Ele havia sido contratado há apenas um mês; a menina aflita estava entregando seu cargo a ele. Eu teria que trabalhar com esse homem, se fosse contratada. Ele não parava de dizer *hum, hum, hum*, e cada trinca de *hum, hum, hum* era acompanhada de um alongamento de pescoço, uma ruga na testa e um farfalhar nervoso dos papéis que ele estava segurando. Parecia um homem que havia perdido alguma coisa. Mas ele soltou uma gargalhada maravilhosa quando me perguntaram se eu aceitaria o salário que eles podiam me oferecer. Eu disse alguma coisa como *Nada mal*, e o homem da Rodésia, com sua cara engraçada e seu pescoço comprido, achou aquilo muito divertido. Foi uma risada solitária, porque os outros ou não acharam engraçado, ou estavam nervosos demais para se juntar ao riso. Ele logo parou de rir.

Então me pediram para eu fazer perguntas a eles. Eu disse que não tinha nenhuma, porque minha boca estava seca de tanto falar e eu me sentia mentalmente esgotada. Precisava de ar fresco. Então fui dispensada e me falaram para esperar um dia ou dois, que iam me mandar uma resposta. Como eu detestava suspense de qualquer tipo, na mesma hora respondi que, se eu tinha alguma chance de ser contratada, eles me dissessem o quanto antes, porque eu ia viajar com meus filhos e não queria fazer isso num contexto de incerteza. A mulher que parecia eficiente deu um sorriso, um sorriso altamente profissional, e me disse que eles me avisariam o mais rápido possível. A menina magra contraiu todo seu corpo ossudo. Trevor deu um tapinha no boné e o homem da Rodésia seguiu com seu *hum, hum, hum* enquanto esticava seu pescoço de girafa na direção da janela.

Saí da sala com um vazio enorme no estômago.

Capítulo 20
A ESPERA

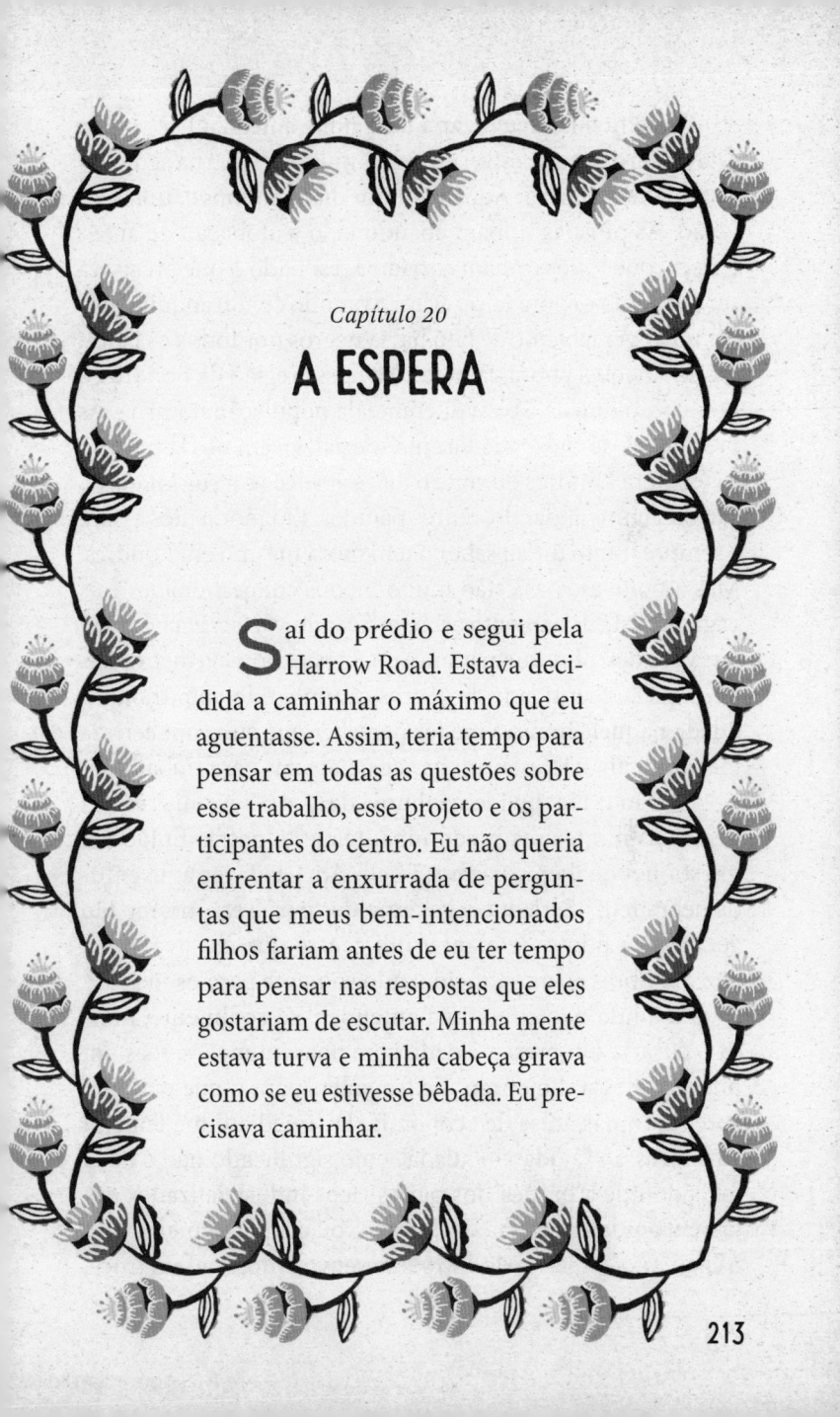

Saí do prédio e segui pela Harrow Road. Estava decidida a caminhar o máximo que eu aguentasse. Assim, teria tempo para pensar em todas as questões sobre esse trabalho, esse projeto e os participantes do centro. Eu não queria enfrentar a enxurrada de perguntas que meus bem-intencionados filhos fariam antes de eu ter tempo para pensar nas respostas que eles gostariam de escutar. Minha mente estava turva e minha cabeça girava como se eu estivesse bêbada. Eu precisava caminhar.

O dia quente deu lugar a uma noite amena. O céu ainda estava claro e era possível enxergar muito bem a rua sem precisar de luz elétrica. Aquele foi um dia bem longo, típico de verão. As pessoas tinham abandonado a afobação de antes. Parecia que todos tinham corrido e resolvido o que precisava ser resolvido e agora encaravam o mundo com tranquilidade. De novo percebi que de fato havia negros por todos os lados, mesmo naquela hora da noite. Na nossa região de Londres, a população diurna é bem diferente da população noturna. As pessoas, as de classe média em especial, vivem nos subúrbios e vêm para Londres durante o dia, e aí você vê a rua lotada de carros, alguns andando, outros parados. Em momentos assim, é sempre muito difícil saber quem mora mesmo em Londres. Mas à noite as ruas estão muito menos congestionadas e as vagas de estacionamento acabam ficando vazias. É a hora em que você descobre quem mora e quem não mora na metrópole. Ver aquela quantidade de negros caminhando com tranquilidade naquele horário me fez perceber que eles com certeza moravam ali, não estavam na região apenas para trabalhar.

Eu não tinha dúvida nenhuma de que o Seventies estava instalado numa área predominantemente negra. Então me questionei qual era sua função ali. Apenas fazer a juventude negra feliz? Será que o governo deste país era mesmo tão generoso a ponto de manter um centro que custava quase dez mil libras ao ano funcionando somente para os negros?

Eu ainda não conseguia entender. Pessoalmente, nunca recusaria um presente dado com boas intenções, mas um presente dessa dimensão me fez voltar para o que eu tinha aprendido nas aulas de economia. De imediato me lembrei da expressão "ajuda vinculada", cujo significado não é nada mais do que a prática dos países ricos industrializados enviarem ajuda em forma de dinheiro ou capital humano para o chamado Terceiro Mundo subdesenvolvido, que, em troca, compra os produtos tecnológicos das nações ricas, além de vender seus recursos naturais a um preço baixo determinado pelos seus benfeitores. Era um tipo de ajuda que sempre me provocou desconfiança. A recente crise energética foi um exemplo de ajuda vinculada. Quando os xeiques decidiram subir os preços do petróleo, um homem numa rua dos Estados Unidos começou a resmungar enquanto era entrevistado por um canal de televisão. Ele dizia *Depois de tudo que nós fizemos pelos árabes...* O que ele não disse foi: *Depois de tudo que os árabes fizeram por nós...* Ainda me pergunto qual vai ser o motivo para a eclosão da próxima guerra mundial. Uma cruzada para expulsar os xeiques, os nigerianos e qualquer outro povo das terras que produzem petróleo? Passei a desejar muito que fosse contratada pelo centro, nem que fosse só para dissipar ou justificar minhas desconfianças.

Andei por pouco tempo até encontrar, por acaso, a professora que havia tentado me ensinar estatística na faculdade, aguardando num ponto de ônibus, e logo começamos a conversar. De início, achei a conversa bastante hermética. Na última vez que eu tinha visto aquela jovem mulher, ela estava em frente ao quadro, explicando alguma coisa que eu tinha certeza de que só ela conseguia entender. Veja bem, ela usava palavras e expressões incompreensíveis, como "medidas de dispersão", "desvio padrão", "parâmetro", "qui-quadrado" e várias e várias outras, todas sem sentido. Não era uma professora muito popular. Não porque não gostássemos dela, e sim porque ela estava nos ensinando um assunto completamente ininteligível. A maior parte dos estudantes de sociologia não entendia o sentido de estudar estatística em um nível tão avançado, se tudo o que nós precisávamos ter era uma noção de média, o que todo mundo já havia aprendido na escola. Mesmo assim, éramos obrigados a cursar aquela disciplina e sermos aprovados nela para podermos receber o diploma.

Nunca tinha me ocorrido que uma mulher como ela, inteligente e com uma mente que certamente funcionava como um computador, poderia conversar sobre fenômenos ordinários como o clima ou a minha vida. Ela, inclusive, me disse que tinha lido um bocado sobre mim graças à sua irmã. Abri a boca e a fechei de novo, querendo que ela continuasse e me contasse como é que ela soube de mim através da sua irmã, uma pessoa que eu nunca havia conhecido na vida. Ela deu risada da minha surpresa e, olha!, ela gargalhava como uma pessoa normal, fazendo todas as complicações matemáticas a seu respeito desapareceram. Cheguei a pensar que ela era uma mulher bonita. Eu nunca a tinha enxergado daquela forma.

Então ela explicou como foi que acabou lendo sobre a minha vida. Sua irmã era uma psicóloga que trabalhava como assistente administrativa no projeto para o qual eu tinha acabado de ser entrevistada. Ela também tinha recebido uma cópia dos papéis repassados aos outros membros do conselho, mas não pôde participar da entrevista porque tinha tido um bebê no dia anterior. Ali eu entendi. Mas conectar aquela jovem mulher a uma irmã que era mãe estava além da minha imaginação. Talvez ela tivesse segurado o bebê. Passei a enxergá-la com outros olhos. Ela me fez pensar na miríade de contradições que as mulheres podiam ser — que da mesma cabeça podiam surgir pensamentos de amor maternal e conceitos abstratos de matemática aplicada.

Essa minha ex-professora me deu a contextualização que eu tanto queria a respeito do Seventies. Era um novo projeto, iniciado há apenas dois anos, ainda em estágio de transição. Eles tinham enfrentado algumas crises, mas no geral não era um lugar ruim para se trabalhar. Eu iria gostar bastante, porque os participantes do centro eram predominantemente negros.

Quando o ônibus chegou, não tive coragem de dizer para ela que minha intenção era andar até em casa para pensar um pouco. Acabei me sentindo obrigada a entrar no ônibus com ela, por ela ter sido tão gentil, conversando comigo da maneira como conversou, me fazendo perceber pela primeira vez que, em todos aqueles anos em que nos ensinou estatística, ela sabia quem eu era, e também por acabar com meus medos em relação ao Seventies — era um bom projeto para se trabalhar, especialmente para uma mulher com uma família grande. Trabalhando lá, eu poderia ver meus filhos saindo para a escola, poderia checar se os meninos tinham penteado os cabelos e se as meninas tinham escovado os dentes. Mas eu não estaria em casa quando eles voltassem. Não me senti tão mal por isso, porque eu sempre deixava alguma coisa para eles comerem e eles sempre faziam o dever de casa naquele horário e não precisavam tanto de mim por perto. Me consolei pensando que, no fim das contas, eu estava fazendo tudo o que podia pelos meus filhos. E disse a mim mesma: "Pense em todas as mães que precisaram mandar seus filhos pra adoção, pense nas crianças que, embora tenham pai e mãe, ainda são obrigadas a viver abaixo da linha da pobreza. Com esse emprego e com o salário que eles estão me oferecendo, não vou viver abaixo da linha da pobreza, mesmo que eu ainda continue sendo uma pessoa pobre e vá sempre ser capturada pelo que os sociólogos chamam de *armadilha da pobreza*". Minha mente divagava pelos diferentes conceitos de pobreza e sobre a moralidade de deixar crianças se virarem sozinhas em casa, quando percebi que a jovem mulher ao meu lado havia pago minha passagem. Agradeci e ela me disse para não me preocupar com aquilo. Eu não estava preocupada. Para ser sincera, fiquei feliz por voltar para casa de graça.

Esperar pelo retorno de uma entrevista é uma provação. Você se pergunta o tempo inteiro se deu mesmo todas as respostas corretas às perguntas que te fizeram. Você se culpa pelo menor erro, aquele erro que, na sua mente preocupada, ganha uma dimensão monumental, a ponto de parecer que ele já pode andar, falar e ter suas próprias asas, e ele te diz que seu desempenho na entrevista foi tão ruim que as chances de você ser aceita no emprego são nulas. Você começa a se odiar, porque acha que poderia ter ido melhor na entrevista, você rói as unhas, perde o sono, esquece de comer, fica aflita, em pânico e aí, bam!, o resultado chega e você foi aceita ou rejeitada, tornando inútil toda sua preocupação e sua insônia. É uma coisa curiosa, a mente humana. Mesmo que seja rejeitada, você fica desapontada por um tempo e depois racionaliza a situação e se convence de que, na verdade, você nunca se importou muito com aquele emprego, ou qualquer outra desculpa assim. Mas, quando você está num momento de expectativa, sua mente simplesmente se recusa a ser racional.

Minha preocupação era intensa; embora eu dissesse a mim mesma que talvez fosse aceita justamente por ser negra, e que minha negritude pela primeira vez seria uma bênção, às vezes eu acreditava que essa mesma negritude era minha maior adversária. O comitê podia, por exemplo, se decidir pelo jovem universitário por preferirem que os membros do Seventies tivessem contato direto com uma pessoa branca, e não com uma intermediária como eu. Independente do que acontecesse, eu dizia a mim mesma, esse era um emprego que se basearia em questões raciais.

Na teoria é lindo que digam que o maior agente da mobilidade é a educação. O que acontece, no entanto, em uma sociedade multirracial, quando você, por acaso, pertence ao grupo minoritário, um grupo odiado e muitas vezes usado como bode expiatório? A educação nunca vai poder ser sua única agente de transformação, tanto em termos de mobilidade social quanto de mobilidade econômica. Outros fatores precisam ser considerados antes de se criar qualquer esperança de obter certo tipo de emprego. Você precisa se perguntar se aquele trabalho específico é uma oportunidade prestigiosa, porque, se for, você não tem a menor chance. Você precisa pensar nas recompensas. Se o trabalho for extenuante, mas com grandes recompensas, suas chances são marginais. Por outro lado, se o trabalho for degradante, com recompensas marginais, então a cor da sua pele se torna um grande capital simbólico. Não é um acidente o fato de você encontrar uma grande porcentagem de negros limpando as ruas de uma cidade, ou que, em lugares como os Estados Unidos, o termo "engraxate" seja quase sinônimo de "negro".

Eu sabia que, se fosse contratada, não seria simplesmente por causa dos meus méritos educacionais. Outras questões teriam influência na decisão. Nenhuma pessoa branca com as mesmas qualificações que eu aceitaria um emprego como aquele, não só porque a pessoa ficaria logo entediada e não permaneceria no cargo por muito tempo, mas também porque seria uma espécie de insulto à raça superior. Pelo que eu tinha percebido, o Seventies não era um lugar para brancos bem-resolvidos, e sim um lugar que atraía as aberrações, que provocava curiosidade nos boêmios, que acolhia os brancos rejeitados — aquele tipo de gente branca que se joga em qualquer coisa típica dos negros só pelo entretenimento e que às vezes acaba se machucando. Esses "apoiadores" em geral se sentem seduzidos por negros que já saíram dos trilhos, porque, na maioria dos casos, eles mesmos já saíram da segurança dos trilhos.

O boêmio curioso, por sua vez, está quase sempre em busca da sua identidade social. Assim que essa questão se resolve, ele abandona suas roupas pitorescas e sua simpatia pelo negro desempregado, cuja identidade social já se perdeu para sempre. Um jovem professor talvez até se identifique com seus estudantes negros, e talvez ele até use um broche de Angela Davis, mas, no momento em que a imprensa acusa

Davis de ser apenas uma menina comum apaixonada e em que a própria posição do professor na estrutura universitária começa a se consolidar, sua simpatia direcionada aos negros ganha uma dimensão muito mais distante. Esses negros são usados como objetos de pesquisa, descartados assim que a curiosidade é satisfeita.

Duas semanas se passaram comigo vivendo em estado de pura expectativa e então aconteceu. Meu telefone tocou. Era a voz da senhora eficiente que havia participado da entrevista. Ela soava distante e impessoal, mesmo dizendo uma coisa que, não era difícil notar, traria grande felicidade para sua interlocutora.

Eu estava prestes a dar um grito de alegria quando ela me pediu para eu voltar lá e dar uma nova olhada no Seventies, com os participantes presentes, para avaliar se ainda gostava do que via. Depois, eu deveria comunicar minha decisão a ela, pois ela era a secretária. Agradeci, tentando, em vão, corresponder à sua impassibilidade. E assim que desliguei o telefone suspirei de alívio. Não era o que eu imaginava quando pensava em como ajudaria as pessoas da minha pobre e carente raça, mas, pelo menos, era um começo.

O fato da secretária me pedir para ir lá e dar uma outra olhada antes de me comprometer com o emprego confirmou minha suspeita. Para mim, sentir o lugar é sempre muito importante e eu sabia que minha intuição não havia me enganado. O Seventies era todo reservado para nós, as pessoas negras, mas aqueles escolhidos para trabalhar lá assumiam uma responsabilidade perante um comitê quase todo composto por gente branca. O comitê dizia aos funcionários o que eles deveriam fazer, quando deveriam fazer e como deveriam fazer — ao mesmo tempo em que dava aos seus subordinados a impressão de que eles tinham a liberdade de tomar suas próprias decisões. Essa impressão era bastante falsa: os funcionários eram na verdade controlados e poucas novas ideias eram acolhidas pelo comitê.

Qualquer interação pessoal entre membros do comitê e participantes do centro devia ser evitada sempre que possível. Os participantes do Seventies podiam despejar livremente suas reclamações nos funcionários e o comitê comunicava aos funcionários os limites de poder que eles tinham em tais situações, ou simplesmente os mandava ignorar as reclamações dos participantes, dependendo do caso. Ou seja, pessoas como eu eram as responsáveis por manter nossos jovens insatisfeitos sob o devido controle.

Capítulo 21

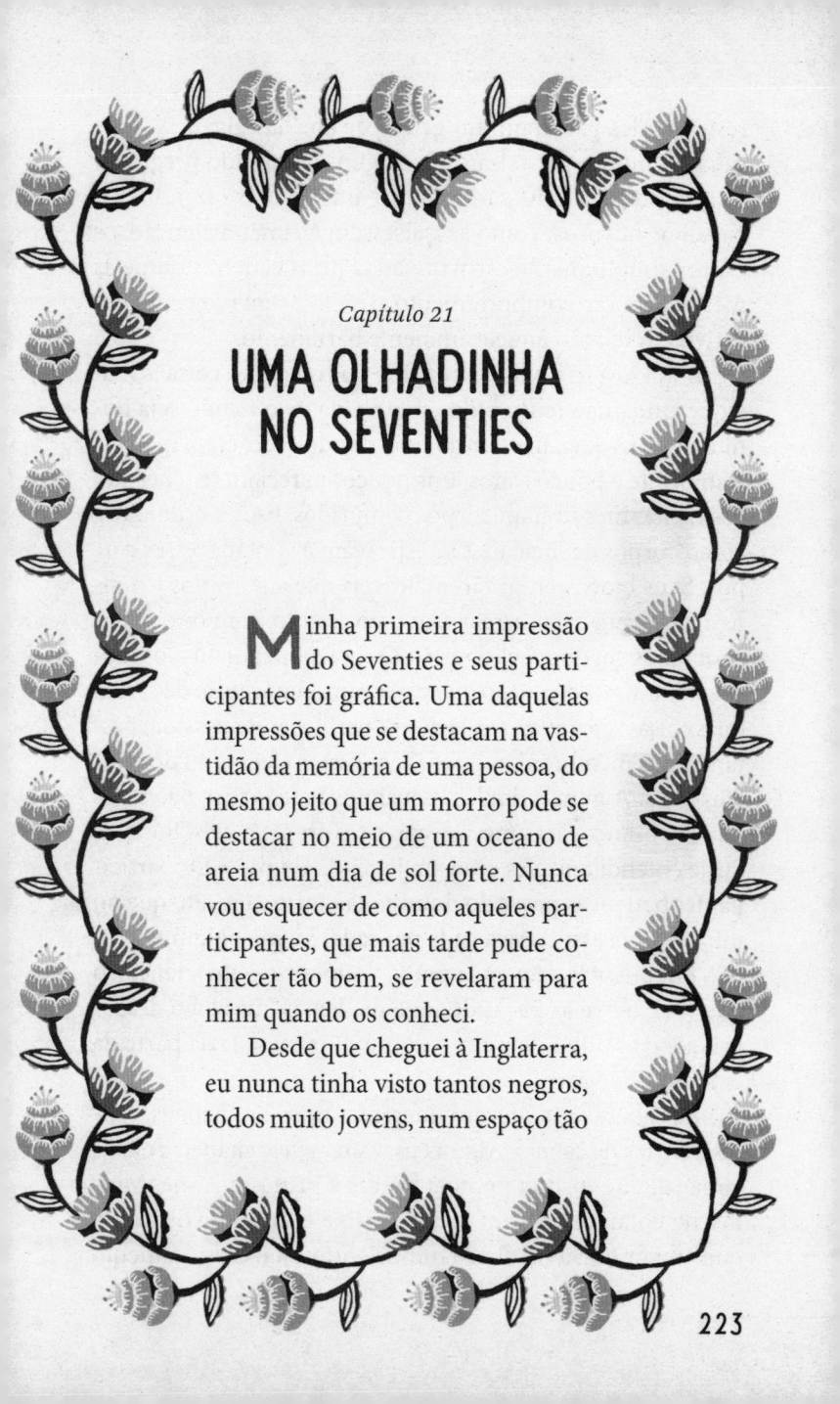

UMA OLHADINHA NO SEVENTIES

Minha primeira impressão do Seventies e seus participantes foi gráfica. Uma daquelas impressões que se destacam na vastidão da memória de uma pessoa, do mesmo jeito que um morro pode se destacar no meio de um oceano de areia num dia de sol forte. Nunca vou esquecer de como aqueles participantes, que mais tarde pude conhecer tão bem, se revelaram para mim quando os conheci.

Desde que cheguei à Inglaterra, eu nunca tinha visto tantos negros, todos muito jovens, num espaço tão restrito. Eles pareciam um grupo de abelhas gigantes trancafiadas num lugar minúsculo, alguns zumbindo preguiçosamente de um lado para o outro, um ou dois fazendo uns barulhos raivosos, como se quisessem chamar a atenção, os outros simplesmente esparramados pelas cadeiras ou pelas mesas, com um comportamento arredio e cem por cento negativo em relação àquele ambiente barulhento.

Eram jovens bonitos. Imagino que qualquer coisa jovem e que ainda não tenha sido endurecida pelo tempo seja bonita. Alguns deviam estar no final da adolescência, a maioria tinha vinte e poucos anos, uns poucos pareciam ter chegado aos trinta. Eles tinham corpos compridos, lisos e brilhantes, como corpos de foca. Eles se esticavam à vontade, esses corpos. Seus braços eram tão maleáveis que alguns dos jovens os arrastavam e os carregavam pelo recinto, com os ombros apontados em direções opostas. Os braços pendiam tão frouxos do restante do corpo que passavam a impressão de serem duas coisas separadas, ainda que os participantes usassem bastante seus membros superiores em gestos alegres ou de raiva frustrada. Algumas duplas usavam os braços para bater uns objetos brancos nas mesas vazias em frente a elas. Só mais tarde entendi que eles estavam jogando dominó. Os participantes batiam as peças do dominó tão forte e tão alto que no início eu me assustava a cada pancada. Eu me perguntava se não era possível mover as peças do mesmo jeito silencioso que você move as peças do jogo de damas, mas logo descobri que o barulho de bater o dominó na mesa fazia parte da emoção do jogo.

As cabeças ostentavam diferentes tipos de chapéus, estilos e cortes de cabelo. Alguns usavam aquele chapéu de abas largas que se tornou popular graças à princesa Anne. Muitos, no entanto, estavam com o mesmo bonezinho de tecido que Trevor usava no dia da minha entrevista. O pensamento que me ocorreu na primeira vez que vi Trevor usando um boné de tecido num ambiente fechado também me ocorreu naquele momento. Por que usar um chapéu quando o clima está tão quente, e por que usá-lo num ambiente fechado? Talvez, como acontece com os africanos, faça parte da indumentária padrão das Índias Ocidentais. Nós também amamos cobrir a cabeça.

A maleabilidade dos participantes do Seventies fez eu me recordar de Lagos, a cidade da Nigéria onde nasci. No início da década de 1960, tínhamos muitos colonos ingleses morando por lá e eles se misturavam com a gente nas festas. Quando começávamos a dançar o calipso nigeriano, caíamos na risada ao ver como seus corpos pareciam saltitar como soldados num desfile. Era um contraste muito grande em relação ao dançarino nigeriano comum — que, quando dançava, todo o corpo se mexia junto. Os mais velhos costumavam dizer que, quando um nobre morria na Inglaterra, ele era acompanhado até o céu por uma marcha fúnebre silenciosa, com as pessoas andando duras e em linha reta, como se fossem grandes palmeiras ambulantes. Eu já havia me esquecido disso, pois, em Londres, você encontra tantas pessoas brancas que acaba esquecendo as diferenças. É uma coisa boa no fim das contas, porque quem é que quer sair andando pelo mundo apenas procurando as diferenças, a ponto de esquecer que somos todos membros da mesma raça humana?

Ali no Seventies as diferenças foram atiradas com força em cima de mim. Do lado de fora, nas ruas de Londres, eu estava cercada por um mar de rostos brancos, mas ali, depois de tantos anos longe da Nigéria, estava cercada por um mar de jovens rostos negros, e todos eles naquele espaço tão exíguo. Logo comecei a me perguntar se eu andava como eles, se eu me movia como eles — afinal, não pertencíamos à mesma raça?

Naqueles jovens a maleabilidade era desesperançosa e se aliava a certo grau de letargia pontuada por uma pitada de apatia. Não era como se eles todos parecessem morosos e sonolentos, mas como se existisse uma espécie de preguiça forçada sendo imposta a eles. Parecia que não havia muito a se fazer, a não ser aceitar aquele comportamento compulsório. Você não precisava acompanhar cada explosão de raiva e palavrões, ou mesmo aquelas risadas estrondosas de quem clama por atenção, para perceber como a vida daqueles jovens não andava nada bem. Faltava apenas um demagogo para se aproveitar daquelas emoções reprimidas e ociosas.

A política institucionalizada que incentiva pessoas pobres de mesma origem, com a mesma cultura de base, a viverem juntas numa zona de casas deterioradas, casas onde elas são obrigadas a dividir os quartos com ratos e baratas, está incentivando a formação de uma bomba-relógio. É inútil pedir para essas pessoas irem embora, porque a maioria já está ali há tempo suficiente para se tornar um cidadão e alguns inclusive "nasceram aqui". Não é um problema quando estamos numa sociedade onde todo mundo é pobre. Mas nesta sociedade, como esperar que os jovens fechem os olhos para as riquezas ao redor, se a televisão as traz para a porta das suas casas? Não é preciso sequer ser dono de um aparelho, basta que eles fiquem parados na frente de qualquer loja com uma tevê na vitrine, assistindo até serem retirados pela polícia. A desesperança daqueles jovens parece ainda mais intensa quando eles são incentivados a enxergar os horizontes primeiro e depois forçados a parar de olhar, como animais atormentados.

Como a sociedade espera que as pessoas se comportem de maneira natural quando o mundo insiste em dizer que elas não pertencem àquele lugar? Não à toa há essa sensação de desamparo no ar, a repressão de sentimentos furiosos que clamam pela chance de fuga, de luta, de vingança — se for possível —, de destruição. Se tal oportunidade for negada, ainda me pergunto onde eles encontrarão uma válvula de escape. As pessoas vão continuar aceitando esse isolamento que as atinge e atingirá seus filhos e os filhos dos seus filhos? Seria esperar demais. Por isso, no momento em que me vi parada naquela porta, não pude evitar a esperança de que, quando minha jornada com eles estivesse concluída, a vida daqueles jovens tivesse um pouco mais de significado.

Estávamos nos aproximando do fim de agosto. Ainda tínhamos longos dias de sol e as pessoas passeavam com roupas bonitas, leves e coloridas, como acontece na Nigéria durante o período de Natal. Talvez não fosse uma má ideia se os ingleses comemorassem o Natal no verão, em vez de se trancarem em casa com seus pudins fumegantes e seus perus colossais. Afinal, o Natal deve ser um momento de generosidade. E que época do ano melhor para se espalhar a generosidade do que quando o clima está quente e agradável? Quem é que sabe mesmo a data e a hora exata do nascimento de Jesus de Nazaré?

Na Inglaterra, em agosto, tudo fica vivo, ao contrário do inverno, quando quase todas as coisas vivas vão tirar um cochilo. Todos os pequenos acontecimentos que se dão dentro dos corpos humanos estão no auge em agosto. O metrô de Londres na hora de pico é um bom exemplo disso — tão lotado e abafado que você chega a acreditar que Deus não foi tão perfeito assim: as coisas mais fedorentas que Ele criou fomos nós, os seres humanos.

No Seventies, naquela mesma noite, percebi que pessoas de raças diferentes cheiram diferente. O cheiro do metrô lembra o milho fermentado que usamos na África para fazer uma comida cremosa chamada ogi. Mas os jovens do Seventies exalavam um tipo diferente de cheiro. A maioria deles usava roupas bastante limpas e um ou dois se vestiam com elegância — elegância até demais, na minha opinião, se era apenas para frequentar o centro. Ainda assim, a lotação do lugar trazia à tona um cheiro que eu já havia experimentado na minha infância.

Os agricultores de Ibuza cheiravam daquele jeito. Lá, os produtores locais recorriam a um sistema de cultivo conhecido pelas pessoas que lidam com agricultura como "trabalho com a natureza". Quando chove, eles aram a terra e plantam as sementes; quando está seco, eles pegam as plantas mortas e inúteis e as queimam. Hectares e hectares de terra são queimados ao mesmo tempo. Muitos animais inocentes são encurralados pelo fogo e depois recolhidos para servirem de alimento, acompanhando o inhame cada vez mais escasso. Durante essa temporada, o cheiro dos agricultores é o mesmo das suas plantações. Uma espécie de aroma que evoca animais ou madeira queimados e que às vezes é encontrado, logo antes do Natal, nos perfumes masculinos vendidos em frascos sofisticados pelas lojas londrinas. Não sei por que esse cheiro de mato às vezes faz despertar uma sensualidade animal em algumas mulheres, inclusive em mim. Esse cheiro era sempre agudo, porque vinha dos animais e das plantas tropicais queimadas. Nossos agricultores, em Ibuza, cheiravam assim quando voltavam para casa à noite.

Era muito estranho pensar em como o cheiro que pairava pelo ar do Seventies me lembrava daquele cheiro da infância. Depois de um tempo em que permaneci parada perto da porta, notei uma diferença sutil. No início não era muito perceptível, pois minha mente estava ocupada tentando se lembrar da minha primeira experiência com aquele cheiro de queimado. Em seguida essa diferença se tornou tão gigantesca que por muito pouco não destruiu minhas doces lembranças. No Seventies o cheiro de queimado não era exatamente puro, ele tinha um quê de doentio.

Talvez fosse por eles serem homens ainda muito jovens, no começo das suas vidas adultas, que suavam bastante; talvez fosse porque eles estavam confinados a um ambiente tão pequeno; ou talvez fosse por causa da frustração que eles viviam, o que ficava evidente nas suas comunicações ruidosas.

Não consegui reunir forças para andar até o centro do recinto e anunciar *Olha, meninos, eu sou a nova funcionária*, e não havia ninguém lá para me apresentar. A cafeteria não estava vazia. Alguns grupos de homens estavam do lado de dentro, outros do lado de fora, jogando diferentes tipos de jogos. Naquela altura eu continuava cética sobre aceitar o emprego. Ainda não havia me comprometido de forma alguma. Por sorte, enquanto eu debatia comigo mesma se deveria apenas ir embora e desistir, esquecendo o Seventies e seus problemas para sempre, o homem do Zimbábue, aquele que estava na entrevista, desceu correndo as escadas. Ele me viu e me deu as boas-vindas (de uma maneira contida e distante, eu achei). O modo como ele me cumprimentou foi bem diferente do cumprimento de Trevor na primeira vez que entrei no Seventies; no entanto, ele me conduziu por entre os grupinhos de jovens até chegarmos à cafeteria, pedindo *com licença* aqui e *por favor* ali. Na cafeteria havia um pessoal jogando damas. O homem do Zimbábue precisou gritar *Com licença, por favor, eu quero entrar*!, porque alguns jovens estavam parados atrás do balcão da cafeteria.

Um deles se virou e disse:

— Vai se foder, cara. Que porra é essa, cara?

Senti vontade de sair correndo do prédio. O homem do Zimbábue no fim conseguiu me botar para dentro, depois de um bocado de discussão e de vários outros palavrões. Comecei a pensar muito rápido e de maneira cautelosa. Eu deveria aceitar o emprego ou não? Eu seria capaz de suportar aquele abuso, aquela linguagem, aquela falta de educação? O homem do Zimbábue percebeu a expressão no meu rosto e sentiu que a coisa certa a se fazer era me apresentar alguns dos participantes, aqueles que estavam mais perto da cafeteria, jogando damas.

Na verdade, apenas dois estavam jogando, mas quatro ou cinco rapazes se aglomeravam ao redor deles, inclinando-se sobre o balcão da cafeteria e assistindo a partida. Eles estavam mais animados do que os próprios jogadores. Um deles estava ocupado dizendo a cada um dos jogadores o quanto eles eram idiotas por mexer tal peça e não aquela outra. Os outros estavam ocupados gritando de empolgação, espremendo seus chapéus com as mãos e, de maneira intermitente, dando tapinhas nas costas dos seus amigos. Um deles estava simplesmente gritando para ninguém em particular *Vamos lá, cara, mostra pra eles, isso, cara* continuamente, numa voz alta e animada.

O homem do Zimbábue fez uma nova tentativa de interromper o jogo para poder me apresentar aos jogadores. Os jovens ficaram tão incomodados e dois deles o xingaram com tanta veemência, que implorei para ele não insistir.

Ele deu uma risada apologética, como se quisesse me dizer que aquele era o tipo de comportamento que eu deveria esperar no meu dia a dia. Não gostei da sua risada, então nem me dei ao trabalho de retribuir. Por que eles ficaram tão incomodados a ponto de xingá-lo, quando tudo o que ele queria era me apresentar? Com certeza alguns deles devem ter adivinhado que eu era a nova funcionária. Será que todos os funcionários eram tratados com aquela falta de respeito? Não demorou e o jogo que estávamos sendo obrigados a assistir terminou e, enquanto eles arrumavam as peças para começar uma nova partida, o homem do Zimbábue me apresentou rápido. Eles me cumprimentaram com acenos de cabeça secos e educados. Um jovem muito decente disse Ô. Outro, que estava em pé do outro lado do salão, marchou até nós e disse:

— Meu nome é Peter, beleza? Eu sou o rei aqui, beleza?

Fiz que sim com a cabeça, sustentando um sorriso amarelo, e respondi:

— Oi, Peter.

Ele era o jovem em que eu tinha reparado antes, aquele que estava bem-vestido demais, usando um terno creme e um chapéu azul-claro grande, com uma aba enorme. Sua gravata e sua camisa eram da mesma cor do chapéu. Parecia que ele estava indo a um casamento. Enquanto falava, Peter mastigava um chiclete e manuseava um molho de chaves. Ele devia ter uns vinte e seis anos. Assim que o vi pela primeira vez, eu sabia que seria difícil lidar com ele. Peter não me desapontou, porque, logo que terminou de se apresentar, abriu espaço até a cafeteria e pegou uma barra de chocolate — e, quando o homem do Zimbábue pediu para ele pagar pelo doce, Peter gritou:

— Amanhã, cara, qualé que é?

O homem do Zimbábue soltou outra risada nervosa, mudando de assunto. Ele se apresentou como Bulie e fez isso esticando bastante o pescoço e com uma boa dose de *hum, hum*... Eu disse a ele meu nome e ele me respondeu que gostaria de ser chamado pelo seu primeiro nome. Foi um alívio para mim e eu sabia que chamá-lo assim facilitaria muito as coisas. Até porque, assim eu entendi, ele era o tipo de pessoa que se ofenderia se seu segundo nome, o nome da família, fosse pronunciado do jeito errado. A maior parte dos prenomes africanos são curtos e fáceis de pronunciar, como são o meu e o dele.

Observei os participantes do centro por um bom tempo, em silêncio, porque eles faziam tanto barulho que sustentar qualquer conversa era impossível. Bulie, com seus resmungos de sempre, aos quais me acostumei mais tarde, murmurou algumas palavras para mim entre um ruído e outro. Não entendi tudo o que ele estava tentando me dizer, mas de algum modo, graças à sua intensa gesticulação dos olhos e das mãos, eu sabia que ele estava me perguntando se eu ia aceitar o emprego ou não. Ele parecia muito impaciente, como se estivesse esperando que eu dissesse *Não, não vou aceitar*. Em resposta apenas franzi a testa e murmurei a ele que não sabia. E o homem do Zimbábue soltou mais uma risada nervosa, com seu pescoço não mais esticado como o pescoço de um avestruz, e sim como o de uma girafa.

Pensei na jovem mulher cujo posto eu iria ocupar e me consolei sob o argumento de que, no fim das contas, ela ficou dezoito meses no emprego. Ela era branca. Se ela conseguiu aguentar aqueles rapazes mal-educados por tanto tempo, por que eu não aguentaria por dezoito anos? Não me perguntei o motivo que a fez deixar a função. Naquela época havia muitas coisas que eu ainda não entendia. Mas ver pessoas da minha raça reduzidas a bater em mesas e gritar umas com os outras, em vez de conversarem entre si, dominou meus outros instintos. Eu precisava aceitar o trabalho. Precisava melhorar a vida daqueles jovens. Precisava ajudar.

Eu ia ensinar a eles como falar em voz baixa, mostrar como é possível relaxar com um bom livro, em vez de bater peças de damas, o que só os levava a um estado de grande excitação. Eu ia apresentar várias atividades culturais a eles, como, por exemplo, escutar música, meu tipo de música, que no meu estado superotimista eu tinha certeza de que eles iriam gostar. Eu os faria perceber que, sim, eles podiam conquistar coisas na vida, que suas vidas ainda estavam no começo. Eu faria as visitas deles ao Seventies valerem a pena e ia transformar o centro em um lugar de descanso e educação civil, o tipo de educação que os ensinaria sobre consciência política e social.

Decidi aceitar o emprego, mas não falei nada para Bulie.

Capítulo 22

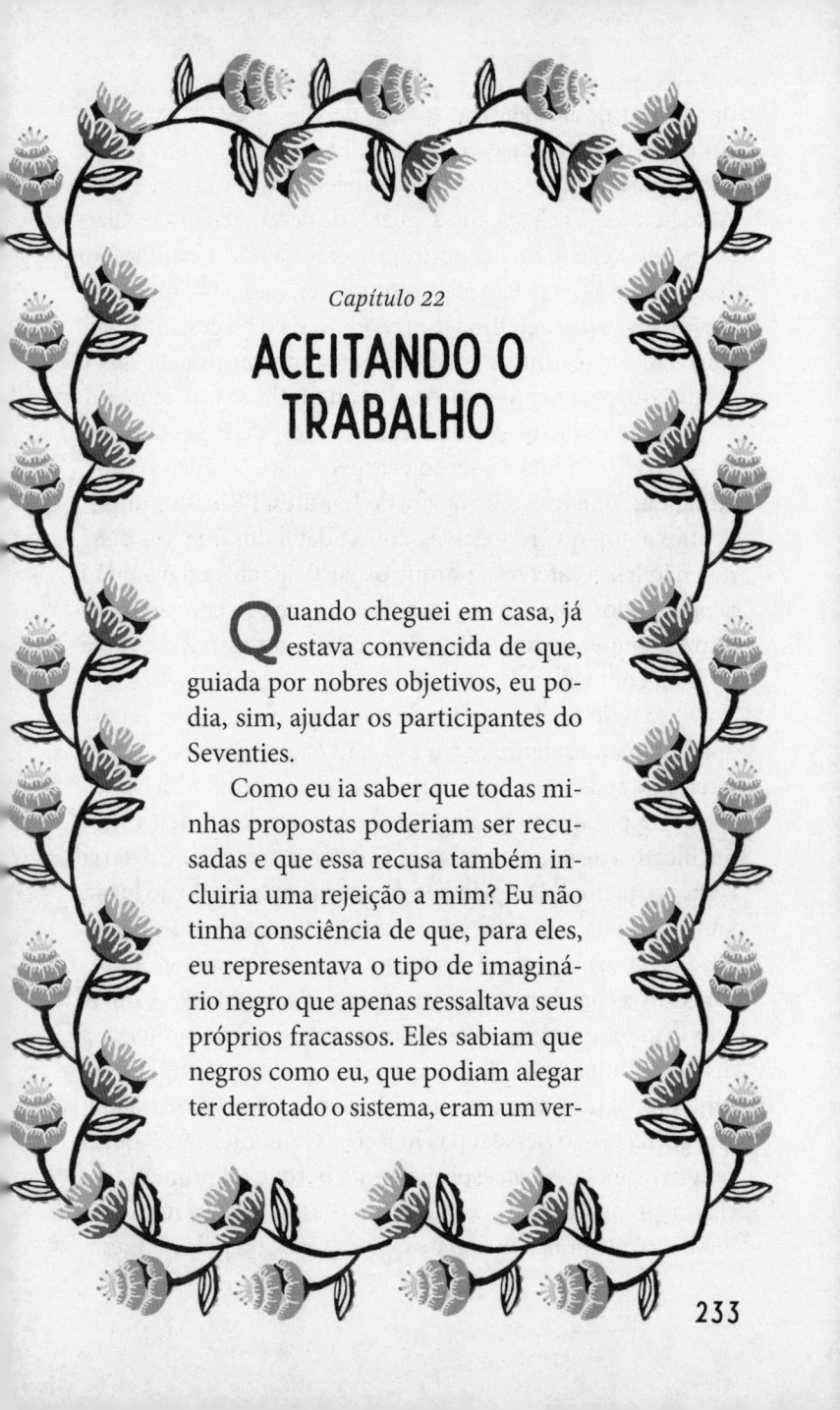

ACEITANDO O TRABALHO

Quando cheguei em casa, já estava convencida de que, guiada por nobres objetivos, eu podia, sim, ajudar os participantes do Seventies.

Como eu ia saber que todas minhas propostas poderiam ser recusadas e que essa recusa também incluiria uma rejeição a mim? Eu não tinha consciência de que, para eles, eu representava o tipo de imaginário negro que apenas ressaltava seus próprios fracassos. Eles sabiam que negros como eu, que podiam alegar ter derrotado o sistema, eram um verdadeiro incômodo para as massas de negros que talvez nunca tivessem a chance de fazer isso. Eles também sabiam que negros como eu sofrem de uma espécie de falsa consciência. Acreditamos ter alcançado a igualdade perante os intelectuais brancos de classe média porque dizemos a nós mesmos: não frequentamos as mesmas universidades, não passamos pelo mesmo grau de socialização através do sistema educacional? Mas não conseguimos enxergar que somos negros de classe média, ou, para ser mais precisa, de uma classe média negra.

Nos meus primeiros dias de Seventies, além de conhecer os rapazes, conheci meus colegas e os outros funcionários. Amanda, a menina branca, era de Londres. Ela ia sair do Seventies assim que nós estivéssemos adaptados. Ela nos disse que não iria à cafeteria, porque os participantes estavam tão acostumados com ela que acabariam fazendo comparações entre a gente, os novos funcionários, e o pessoal da velha guarda, como ela e Trevor.

O fato dela estar saindo do emprego mesmo não tendo, aparentemente, algum outro à espera não me preocupou naquele momento. Nos meus primeiros dias, perguntei a ela várias vezes por que tinha decidido sair. Amanda me deu a vaga justificativa de que estava cansada de ficar dentro da cafeteria o tempo inteiro. Mas, pelo que eu estava entendendo do lugar, não era apenas uma questão de ficar na cafeteria. O café era usado como um ponto de encontro, um lugar para se comunicar com os participantes, para escutar seus problemas e ouvir seus insultos e xingamentos. Com certeza, algumas promessas distantes tinham sido feitas a ela, de que ela se tornaria uma profissional autônoma e que trabalharia no prédio ao lado, que pertencia ao pessoal das Relações Comunitárias. Parecia ser um ótimo arranjo, especialmente porque foi prometido a ela sua própria mesa. De algum modo isso a deixava mais animada do que nunca, o fato de que ela teria sua própria mesa.

Luxos assim não estavam disponíveis para ela no Seventies. O acordo era que ela permaneceria e trabalharia conosco por seis semanas antes de ir embora. Mas no fim das contas ela nunca foi embora. Não conseguia. Sua alma pertencia ao Seventies, os participantes eram os seus jovens mimados. Eles não eram anjos — estavam longe disso —, mas ela os aceitava como eles eram, não via sentido em tentar mudá-los.

Era esse tipo de atitude que eu não aceitaria. Eles ainda podiam ter uma vida profícua, mesmo que tivessem passado boa parte das suas juventudes em casas de detenção e escolas de reabilitação.

Bulie ocupava, na nossa escala profissional, o lugar de sênior. Ele tinha chegado quatro semanas antes de mim. Idolatrava os brancos. No seu país os negros continuavam a ser cidadãos de segunda classe e os únicos cidadãos de primeira classe que ele havia conhecido eram brancos. Isso fez com que fosse impossível para ele confiar no seu próprio julgamento. Ele precisava consultar uma pessoa branca antes de fazer qualquer movimento e tampouco tinha qualquer questionamento ideológico em relação aos participantes do centro. Para ele, nossos empregadores nos contratavam para mantê-los quietos e longe de problemas e nosso dever era cumprir o que nos foi mandado fazer. Para ele, não importava se aqueles jovens eram negros ou não, não importava sequer se a vida deles estava sendo desperdiçada. Nós só deveríamos fazer o que nos foi dito para fazer e garantir nosso salário no fim do mês. Ele era o tipo de negro que meu pai tinha sido. Eles idolatravam até mesmo as sombras dos brancos. Eles eram o tipo de negro que os colonizadores brancos geralmente se referiam como "um menino fiel e devotado dos trópicos". Eu achava que esse tipo de pessoa tinha morrido junto com meu pai, mas elas continuavam vivas.

O outro funcionário, Orin, era das Índias Ocidentais. Ele não era muito diferente dos participantes, mas tinha alguns certificados de nível Avançado e isso fez ele conseguir um emprego para trabalhar com jovens. Mas ele era um sabe-tudo: já tinha tido experiências com jovens em Brixton, na Jamaica e em quase todos os cantos do mundo. Pessoas inexperientes como eu, saídas da universidade, tinham sofrido "lavagem cerebral", como ele costumava me dizer. Impossível imaginar um homem mais arrogante. Eu gostava mais dele do que de Bulie, no entanto, porque ele nunca aceitou ser um capacho dos brancos. Era orgulhoso demais para isso. Ele se ressentia mesmo era do fato de eu ter uma educação melhor e receber quase o dobro do seu salário por uma função que ele achava que poderia exercer muito melhor.

Uma coisa que nunca entendi foi sua relação com os participantes. Ficou claro desde o início que eu precisaria trabalhar duro para poder ser aceita. Eles podiam compreender uma branca aparecendo para trabalhar com eles, mesmo tendo um diploma, mas uma pessoa negra, uma mulher e uma africana — isso não. Orin, porém, também não era popular. Ele era atacado muitas vezes e, quando você encaminhava um participante para ele, sempre recebia uma resposta áspera: *Esqueça*. Ele nos explicou: Orin veio do lado britânico das Índias Ocidentais, mas a maioria dos participantes residentes naquela parte de Paddington vinha do lado holandês. Isso me ajudou a compreender muitas outras coisas também. Eu conseguia entender o inglês jamaicano comum, que é lindo de se escutar quando falado por uma jovem jamaicana, mas o inglês que os participantes falavam era bem diferente. Levava um tempo para entender o que eles diziam, especialmente quando estavam irritados. Talvez fosse esse o motivo para Orin não ser totalmente aceito. A maioria dos participantes estava desempregada e aqueles que já haviam passado algum tempo na prisão tinham chances quase nulas de conseguir um emprego. Eles sabiam que, em termos de idade e educação, não havia muita diferença entre eles e Orin. Eles o invejavam, invejavam seu emprego, sua posição no Seventies e, claro, o poder e a autoridade que ele volta e meia gostava de exibir. Quase todos os participantes sentiam que podiam ocupar seu lugar e fazer um trabalho melhor.

Nós tínhamos outro jovem das Índias Ocidentais, Kalo, que era nosso auxiliar. Ele era o típico exemplo do homem negro belo: alto e corpulento, com um rosto bonito e modos muito educados. Morava no Seventies e estava estudando para trabalhar com jovens. O problema, eu soube depois, era o seguinte: Kalo era um daqueles infelizes que, apesar de serem muito espertos e respeitados pelos seus superiores, tinham atravessado todo o sistema educacional inglês e não aprenderam a ler e escrever direito. Ele podia muito bem ocupar o lugar de Orin; ele não só era aceito pelos jovens como costumava fazer parte do grupo até, sei lá como, fazer amizade com Amanda. Quando Kalo ficou desabrigado, ele morou temporariamente no Seventies e trabalhava três vezes por semana na cafeteria. Ele e outro participante, que também foi autorizado a dormir no Seventies, nos fizeram passar por uma confusão enorme quando fomos obrigados a pedir que eles se mudassem, porque o centro precisava do espaço para uma expansão. Eles se ressentiram disso, assim como todos os seus amigos, os participantes. Os dois, aliás, podiam entrar e sair do prédio a qualquer hora, estando os funcionários por lá ou não. O resultado foi que mesmo nos sábados, quando o centro não abria as portas, o salão permanecia cheio de jovens jogando dominó e atacando a comida e a bebida da cafeteria, porque eles não tinham nenhum outro lugar para onde ir.

Naqueles primeiros dias, Amanda me apresentou a alguns lugares importantes associados ao Seventies. Ela me mostrou o Cash & Carry, onde comprávamos a maior parte da comida do centro. Também me mostrou um outro centro comunitário residencial em Paddington, que estava sendo organizado para receber jovens negros desabrigados. O diretor do centro na época também era um dos diretores do Seventies, mas eu infelizmente não o tinha conhecido pessoalmente. No dia em que visitamos Dashiki, como essa comunidade se chamava, ninguém apareceu para nos abrir a porta. Mas, do lado de fora, era possível ver que, apesar de terem feito algumas tentativas de manter o prédio em boas condições, a área era toda muito cinza. O Dashiki ficava na Ledbury Road e era cercado por uma selva de ruínas e casas abandonadas — uma das quais, inclusive, do outro lado da rua, tinha um lençol vermelho servindo como cortina, o que era um sinal de uma ocupação.

Eu estava muito curiosa para ver o interior daquele prédio, especialmente depois que Amanda me disse que esse homem, o diretor, tinha tido a original ideia de criar um espaço reservado para os negros. Ele também queria reeducar e treinar os negros que haviam largado a escola; em resumo, várias medidas que eu gostaria que pudessem ser implementadas no Seventies. Mas a porta estava trancada. Eles deviam ter saído. Bom, independente das ideias nobres que esse homem, Vince Hines, tivesse, ele iria enfrentar uma grande batalha, pois tinha escolhido uma área bem deprimente de Notting Hill Gate para começar seu trabalho.

Amanda também me apresentou outro centro para jovens negros, o Metro. Ele era tudo o que o Seventies não era. Era construído sob medida e tinha tantos recursos que conseguiam organizar atividades extras para as mulheres participantes. Conheci a cozinha onde as jovens aprendiam a cozinhar, havia um espaço para confecção de roupas e uma área infantil. Os participantes eram muito mais heterogêneos. Gostei do Metro, da sua modernidade, sua limpeza, suas diferentes atividades.

Enquanto voltávamos para o Seventies, eu não conseguia parar de pensar qual era a necessidade de se instalarem três centros comunitários voltados para os negros em um raio de tão poucos quilômetros. Eu tinha lido em algum lugar sobre a tensão racial em Notting Hill, mas achava que aquilo tudo já pertencia ao passado. De onde vinha a necessidade de se atender tantos negros que desistiam dos estudos? Pelo que eu soube, o Dashiki às vezes ficava tão cheio que eles precisavam negar a entrada a vários meninos negros desabrigados e indesejados. O que estava acontecendo de errado com aquela área, com a sociedade e com as próprias pessoas, que acabavam, todos, contribuindo para um número tão grande de jovens rebeldes e não socializados? As pessoas estavam sendo incentivadas a agirem assim?

Depois de estudar os métodos dos que haviam me precedido no Seventies, cheguei à errônea conclusão de que alguns dos jovens estavam sendo incentivados a serem delinquentes. Primeiro, para que os funcionários pudessem manter seus empregos; segundo, para que eles pudessem ser usados como bodes expiatórios. Essa minha avaliação pode soar um pouco extrema, mas que conclusão restava ao observador depois de ver tantos jovens infringirem a lei?

Amanda era uma menina muito inteligente e atraente. Uma universitária que faria qualquer coisa pela causa do "negro". Volta e meia, lemos sobre esses produtos femininos da classe média que acabam se tornando vítimas das pessoas a quem elas pretendiam ajudar. Amanda realmente era bem-intencionada, foi atacada várias vezes, mas conseguiu aguentar mais do que eu — talvez por ser partidária das antigas ideias dos missionários que logo no início chegaram na África na esperança de levar o cristianismo aos selvagens, quando, na verdade, os nativos negros estavam sendo preparados para encarar o destino na mão dos traficantes de escravos ou das autoridades coloniais.

Aqui vai um exemplo típico de uma atitude que eu não conseguia entender muito bem. Muitos jovens do Seventies tinham sofrido uma lavagem cerebral para acreditarem que a Inglaterra era a pátria-mãe, que a Inglaterra pertencia a eles. Na época em que o mito da "pátria-mãe" era continuamente perpetuado, nunca passou pela cabeça dos colonizadores brancos que um dia os negros iriam se virar para eles e dizer: *Cumpram suas promessas*. Não era uma coisa factível, porque toda e qualquer barreira artificial imaginável estava sendo construída, com altas doses de sucesso, especialmente no campo da educação. Na Nigéria, por exemplo, o estudante precisava primeiro passar pelo maternal, mesmo que já tivesse oito anos de idade, depois pelo que eles chamavam de jardim de infância, depois por três séries primárias e depois por mais seis séries letivas para poder chegar ao equivalente ao sistema educacional inglês. Poucas crianças africanas começavam a escola aos cinco anos de idade e, quando nossos pais enfim concluíram a chamada escola primária, eles já estavam no final da adolescência ou no começo da vida adulta. Como eles iam competir com um inglês da mesma idade, que, naquele momento, já havia passado pela escola secundária e talvez até pela universidade? Esses colonizadores ajudaram a perpetuar o mito de que os negros não eram lá muito inteligentes ao mesmo tempo em que eles mesmos tomavam as providências para que esse mito continuasse sendo uma verdade.

Os senhores coloniais não calcularam a possibilidade de um sistema assim gerar um grande número de negros instruídos, um grupo grande o suficiente para ocupar e gerir sua própria administração local e ainda se espalhar por Londres em busca de empregos de classe média. A história mostrou como eles estavam errados, assim como estavam errados no caso dos asiáticos de Uganda. Aqueles grupos de mercadores asiáticos não só receberam a promessa da pátria-mãe, eles também receberam passaportes britânicos, mas, quando chegou a hora das promessas serem cumpridas, eles se descobriram sem pátria. Diplomatas britânicos correram de um lado para o outro à procura de casas para aqueles com um passaporte britânico. Muitos foram para o Canadá, alguns foram autorizados a se mudar para a Inglaterra, outros permaneceram em Uganda — os que ficaram ainda se viram em condições melhores do que os negros, pois pelo menos tinham algum recurso para começar. Os negros que imigraram para a Inglaterra não tinham nada, a não ser seus sonhos.

Um participante do Seventies uma vez me disse, logo no início do meu trabalho lá:

— Quando eu era bem pequeno e fazia alguma coisa boa, minha velha mãe me dizia *Olha, cê vai ser um menino inglês, menino. Cê tá crescendo e virando um homem forte, menino, cê vai ser um menino inglês, um homem, isso, um homem!*

No dia em que chegou à Inglaterra, cerca de quinze anos antes, ele sentiu que seu sonho iria se realizar. Que susto o menino levou ao perceber que, depois de ter atravessado todo o sistema educacional na terra dos seus sonhos, ele ainda não sabia sequer ler. Ele se viu tão ignorante sobre o lugar onde estava quanto na época em que a mãe dava tapinhas nas suas costas e dizia o quão bom ele era, ainda na sua ilha natal.

Muitos profissionais da educação já disseram por aí que, para eles, a juventude negra vivia num mundo de fantasia. Quando um menino inglês se via em uma escola secundária moderna, ele sabia, e o sistema educacional o ajudava a aceitar esse fato, que as chances dele conseguir um emprego de elite eram muito, muito pequenas. Ele podia ser um bom pedreiro, um bom mestre de obras ou realizar qualquer outro trabalho manual sem perder o respeito por si mesmo. Ele aceitava essas condições porque era ensinado a sentir orgulho da sua profissão e porque seria pago de maneira adequada. Ele era treinado para exercer suas funções e, depois de um longo período de treinamento, era promovido de acordo com seus próprios méritos. Ele não tinha nada do que se envergonhar.

Com o menino negro, a história é outra. Todos aqueles que contribuíram para sua chegada à Inglaterra esperavam ser recompensados por isso um dia, se não através de dinheiro, pelo menos sabendo que o menino a quem eles tinham ajudado tantos anos antes agora tinha se dado bem no exterior.

Ele era devidamente acomodado e matriculado numa escola, mas nunca ocorria ao seu povo aqui na Inglaterra perguntar que tipo de escola era. Para seus pais, todas as escolas inglesas eram boas (afinal, as crianças não são ensinadas por professores brancos?). Para o menino, sempre havia um obstáculo a mais. Sua primeira promoção social tinha sido vir para a Inglaterra; tendo alcançado esse feito, a tendência era vê-lo descansar sobre os louros. Ele podia achar a escola muito difícil e os professores, ininteligíveis. A evasão escolar é o passo seguinte, mas os professores ingleses, que normalmente são liberais nas suas abordagens, deixavam a criança em paz. Com a exceção de um relatório ou outro aos pais sobre as ausências não justificadas, os próprios professores estavam ocupados demais para prestar atenção. O menino não ia ganhar nada com a escola.

O grande problema agora é que, embora não tenha estudado o bastante na escola, ele não vai abandonar seus sonhos. Quando perguntado sobre o que quer ser, ele vai responder médico ou advogado. Um educador, pasmo com essa atitude, uma vez me disse:

— Seu povo escolhe profissões que mesmo os meninos ingleses de classe média, que recebem todo o suporte necessário, nem sonham em mencionar.

Que outro atalho é possível, se a esperança na educação não existe mais?

Ao ser orientado a se dedicar a algum trabalho manual, o menino negro enxerga a destruição dos seus sonhos. Ele não está numa situação melhor do que a dos seus pobres pais ou das pessoas que o ajudaram a vir para a Inglaterra. Ele precisa ocupar uma posição de elite se quiser conviver de igual para igual com os brancos que o rodeiam, os brancos que, por um lado, dizem a ele que esta é sua pátria-mãe, mas, por outro, que ele não pode esperar receber nenhuma benesse dessa pátria. Ele logo vai aprender que, quanto mais escura sua pele, pior o trabalho. Não são experiências salubres para um jovem. Esses meninos negros vão carregar a mágoa e a humilhação dentro dos seus corações.

Em 1985, enquanto escrevo este texto, uma nova pesquisa foi publicada, sugerindo que um grande número dos meninos negros nascidos no país não se considera britânico. As coisas não mudaram muito. Mas, em 1974, assumi a responsabilidade de transformar o cenário, assim como assumi a responsabilidade com meu marido Sylvester, uma década antes. Em nenhum dos casos eu sabia muito bem onde estava me metendo. Eu não sabia que Sylvester, tendo sido criado numa família onde inúmeras meninas estavam lá para atender todos os seus caprichos, nunca iria respeitar as mulheres, do mesmo modo que eu não tinha a menor ideia da profundidade dos danos sofridos pelos participantes do Seventies. Às vezes eu me perguntava: "Se eu soubesse antes, teria hesitado?". A resposta provavelmente seria não. Os tolos correm para lugares onde os anjos temem botar os pés. O menino negro ainda se agarra aos seus sonhos, tanto que, quando tudo parece sombrio e sem esperança, ele se envolve com o crime, porque todas as pessoas bem-sucedidas que ele vê ao seu redor têm uma bela quantidade de dinheiro para gastar.

Capítulo 23
O SEVENTIES

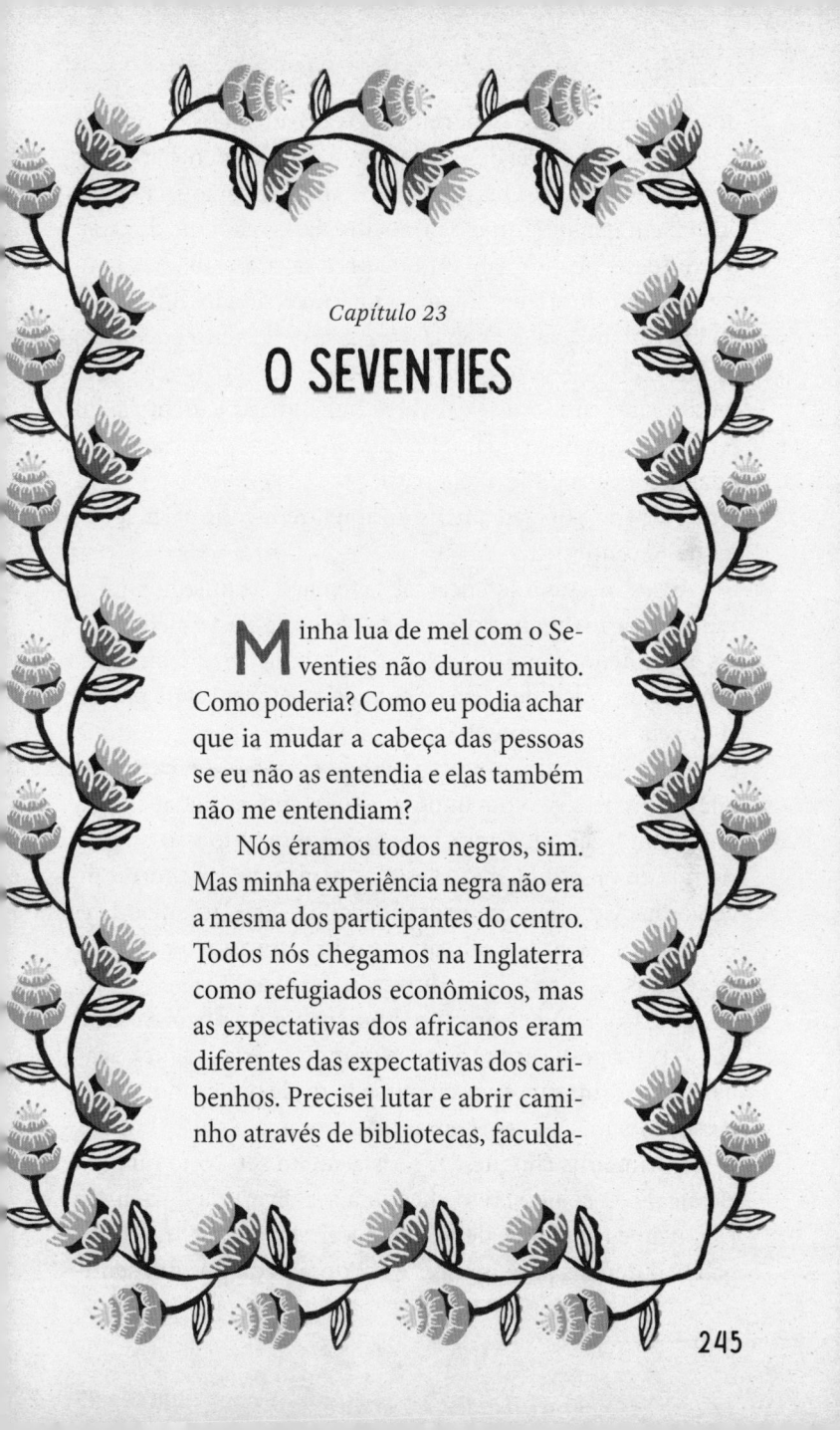

Minha lua de mel com o Seventies não durou muito. Como poderia? Como eu podia achar que ia mudar a cabeça das pessoas se eu não as entendia e elas também não me entendiam?

Nós éramos todos negros, sim. Mas minha experiência negra não era a mesma dos participantes do centro. Todos nós chegamos na Inglaterra como refugiados econômicos, mas as expectativas dos africanos eram diferentes das expectativas dos caribenhos. Precisei lutar e abrir caminho através de bibliotecas, faculdades, universidades e departamentos de subsídios, enquanto tudo o que a maioria deles queria era simplesmente arranjar um bom emprego. Quase todos os africanos naquela época aceitavam qualquer tipo de trabalho, independente do quão baixo fosse, porque sabiam que precisavam trabalhar para se sustentar durante seu tempo na universidade. Boa parte, inclusive, sonhava em voltar para casa depois de concluir os estudos. O caribenho queria um bom emprego, que ele pretendia manter como se estivesse nas Índias Ocidentais. Eu sempre me lembro de uma amiga de Gana, que, diante de qualquer dificuldade, exclamava: *Este não é o nosso país!* Era o tipo de frase que eu jamais diria na frente dos participantes do Seventies.

Apesar dessas diferenças, eu ia tentar e ia conseguir. Eu ia transformá-los em pessoas respeitáveis e de classe média baixa, exatamente como eu, porque, na minha torre de marfim, achava que todos eles deveriam querer se tornar uma pessoa como eu. Meu argumento era sempre o seguinte: se eu tinha conseguido um diploma com cinco crianças em casa, por que outras pessoas, com muito menos responsabilidades, não poderiam fazer o mesmo? Ler agora sobre tudo isso no diário que eu mantinha naqueles dias me faz querer morrer de vergonha. Como eu era egocêntrica! Eles deviam me odiar! Bom, eu tinha vinte e oito anos e essa história aconteceu há treze anos. Espero ter amadurecido desde então.

Eu não entendia como um homem bonito e bem-vestido como Peter podia achar que sua grande vitória era me enganar e conseguir que eu preparasse para ele um sanduíche de presunto e um café sem cobrar nada por isso. Esse foi um dos meus primeiros choques. A satisfação no seu rosto quando ele alcançou seu objetivo chegou a ser divertida de assistir. De início eu aguentei, depois comecei a achar que aquilo era patético demais para ignorar e fui dominada por um sentimento de raiva — raiva que corpos jovens tão bonitos estivessem sendo tão desperdiçados, raiva dos participantes, raiva do destino que os tinha levado até ali, raiva de mim mesma por ser muito pacata e por tentar dar de ombros e fingir que tal situação não existia.

Peter entrava no salão devagar, encontrando um jeito de manter um ombro mais alto do que o outro e ao mesmo tempo arrastar um dos pés. Ele então batia no balcão e exclamava:

— Um sanduíche de presunto, um chocolate e um café!

Se alguém dissesse que estava ocupado demais para atendê-lo, ele se irritava e começava a xingar e praguejar. Em algum momento, ele conseguia o que queria. E se falássemos em dinheiro, ele respondia:

— Eu deixo ele aqui comigo porque eu gosto dele, cara, que é que tem, hein?

Outros participantes do centro me diziam que eles pagavam impostos, ou que os pais e as mães deles pagavam impostos, então por que não podiam comer de graça? E era isso: Peter pegava seu pedido, se arrastava de volta para seus amigos nas mesas de damas e aproveitava sua xícara de chá.

Peter e vários dos seus amigos se vestiam com roupas caras, mas a fachada bonita e elegante que eles mantinham era invariavelmente arruinada pelo modo como se comportavam; a linguagem que eles cultivavam e falavam de maneira deliberada, por exemplo, não tinha nada a ver com o patoá adorável e musical dos caribenhos ingleses. E tinha ainda o cheiro estranho que eles exalavam com o correr da tarde. Eu quase sempre ia embora por volta de seis e meia, quando Bulie ou Orin me substituíam. Mas antes de sair eu sempre sentia uma espécie de vertigem que quase me derrubava — e achava que a culpa era do barulho ou da marca de cigarro que eles fumavam. Não demorou para eu perceber o quanto estava errada.

Nós, os funcionários, tínhamos que relatar o progresso do projeto ao comitê de tempos em tempos. Os membros do comitê, que eram quase todos voluntários, nem sempre estavam dispostos a lidar com nossos contos de terror. Eles se encontravam uma vez a cada três meses, ou algo assim, depois de um cansativo dia de trabalho. Relatos sobre participantes que se recusavam a pagar pela comida era a última coisa que eles queriam ouvir, e mais tarde comecei a me irritar com essa postura, porque eles se sentiam livres para reclamar sobre como a cafeteria estava perdendo dinheiro e não rendia o lucro que eles esperavam que rendesse. Eu sentia vontade de guardar meu orgulho e minha dignidade no bolso e *obrigá-los* a me escutar. Acho que isso os surpreendeu bastante e eu sei que eles se ressentiam, porque Amanda nunca reclamava de nada. Mas Amanda era branca e solteira e não tinha uma família para criar e estava disposta a aceitar os participantes do centro do jeito que eles eram. Ela era uma jovem muito independente que podia se dar ao luxo de convidar vários dos participantes para seu apartamento depois que o centro estava oficialmente fechado. Ela deixava que eles comessem o que quisessem e pagava por isso do próprio bolso. Era uma atitude muito nobre da parte dela e eu adoraria poder fazer igual, mas eu não podia me dar esse luxo e, sendo uma mulher negra, não queria que aqueles jovens, que eu acreditava que ainda tinham um grande futuro pela frente, acabassem ficando dependentes de mim. A maioria deles estava desempregada e recebendo auxílio do governo e, além do comitê esperar que conseguíssemos alguma renda da cafeteria, eu achava que a atitude de Amanda era um tanto quanto condescendente e de certa forma equivocada, por melhores que fossem as intenções. Ela seria indulgente daquela maneira num centro frequentado somente por brancos? Para ser justa, ela não enxergava nada de errado no seu comportamento e eu provavelmente só pensava nessas questões por ser negra.

O comitê me escutava com educação, mesmo quando dava para ver muito bem que eu deixava vários dos membros entediados ao sugerir que tornássemos o Seventies mais recompensador para os jovens que o frequentavam. Deveríamos incentivá-los a ler mais jornais e revistas, especialmente publicações negras, como a West Indian World. Deveríamos incentivá-los a nos procurar quando estivessem tendo problemas com a Seguridade Social. Uma integrante do comitê, que não sabia nada do que ocorria ali, me lembrou que todos os participantes do Seventies contavam com o auxílio de um assistente social e foi preciso informá-la que poucos participantes se davam ao trabalho de sequer conversar com eles, pois os viam como uma polícia social.

Fora essa pequena objeção, o comitê foi receptivo, concordando com a maior parte das minhas ideias. Logo em seguida um pedaço do orçamento passou a ser direcionado para a compra de revistas negras e outros periódicos locais de Paddington. Naquela época não havia tantas publicações voltadas para o público negro quanto agora.

Assim que começamos a distribuir as revistas e jornais pelas mesas, notei que alguns dos meninos de dezoito e dezenove anos se interessaram em dar uma olhada no material. Mas alguns rasgavam as páginas e espalhavam pelo chão. Quando eles ficavam muito agitados, usavam as pontinhas do papel para enrolar cigarros.

Tentamos ignorar isso. Bulie e eu conseguimos convencer um advogado a nos fazer uma visita e conversar com os participantes sobre seus direitos jurídicos e eles se comportaram bem e fizeram tantas perguntas inteligentes que apenas confirmaram o que eu já desconfiava: que, por baixo daquelas máscaras de *Não tô nem aí*, eles eram pessoas assustadas, que respeitavam as leis e lutavam para escapar daquela situação. No dia seguinte, no entanto, eles voltaram a rasgar as páginas e a não pagar pela comida. Fiquei irritada, comecei a exigir o dinheiro antes de preparar qualquer coisa e ameacei que eles seriam obrigados a pagar por todo e qualquer material de leitura que fosse danificado. Eu não tinha a menor ideia do que fazer para poder alcançar tal milagre. O resultado foi que eles passaram a me detestar: se Amanda, que era branca, podia deixá-los fazer o que eles quisessem e não contava nada ao comitê, por que eu, que era negra, faria diferente? Quando eles insinuavam ou efetivamente diziam coisas como essa, eu quase desejava que fôssemos capazes de servir a comida de graça. Mas doar comida nunca foi o objetivo ou o propósito do Seventies.

Uma noite, dois dias antes do dia de Guy Fawkes, eles me mostraram a profundidade do seu ressentimento. Eu estava tão absorta na tarefa de preparar pilhas de sanduíches que não prestei muita atenção ao sorriso bobo atípico que vários participantes exibiam no rosto. Peter e dois ou três dos seus amigos se aproximaram da cafeteria e pediram comida. Exigi o pagamento antecipado, mas, ao invés de gritar, ele começou a dar risada. Provavelmente foi essa risada inesperada que salvou meus olhos. Eu poderia ter ficado cega, porque de repente uma grande carga de fogos de artifício explodiu diante do meu rosto, bem perto dos sanduíches que eu estava cortando. Ao mesmo tempo, outros pequenos artefatos, estrategicamente posicionados, começaram a explodir pelo salão. Eu estava muito longe da porta para poder fugir, teria que atravessar bem no meio dos explosivos. O lugar virou um inferno — jovens gritando e pulando com uma excitação infantil, não muito diferente do que acontece num estádio de futebol quando um grupo de torcedores ataca a torcida adversária.

Até hoje não sei como consegui manter a calma naquele momento. Peguei o telefone, que ficava afixado na parede atrás da minha cabeça, e disquei para a emergência. Antes dos bombeiros chegarem, alguns minutos depois, pensei que com certeza ia acabar me machucando. Fiquei firme atrás do balcão e o tranquei, assim, se alguém quisesse se aproximar, teria que pular por cima dele.

Por sorte, eles estavam animados demais com a minha desorientação, o barulho, a fumaça e o pandemônio que eles haviam criado para sequer pensarem em pular por cima do balcão. Os sanduíches que eu estava cortando se esparramaram pelo chão, a máquina de Coca-Cola foi despedaçada, alguém desligou as luzes, traques e bombinhas pipocavam pelo salão, e eu tentava me esquivar do jeito que dava, quando enfim escutamos as sirenes dos bombeiros. Eles abriram a porta aos chutes e enxerguei o Seventies sob uma nova perspectiva.

— Ela chamou a lei, cara, ela chamou os porcos, a mulé chamou a po... dos porcos!

De imediato, percebi que seus gritos eram gritos de medo. Aqueles jovens temiam qualquer pessoa que fosse branca e estivesse num uniforme. Mas por quê?

Os bombeiros trabalharam como se fossem burros e surdos. Eles provavelmente conheciam o lugar muito bem: jogaram água de cima a baixo, pegaram os fogos de artifício que ainda estavam por ali e abriram as janelas para deixar o ar entrar. Quatro policiais entraram na sequência. Foi aí que percebi meu erro.

Os jovens odiavam a polícia muito mais do que odiavam os bombeiros. Nós tínhamos lido sobre o assédio policial sobre jovens negros quando eu era estudante. Para mim, até então, era apenas uma questão acadêmica. Eu continuava a ser uma daquelas pessoas que recorria a um policial quando estava com preguiça de dar uma olhada no mapa. Eu procurei as delegacias de Holmes Road e de Kentish Town quando estava passando por momentos difíceis, apesar de ter parado de procurá-las quando os oficiais me disseram que não se envolviam em brigas familiares. Eu não tinha medo da polícia e tampouco a achava invasiva, por isso não entendi por que os participantes do Seventies olharam para os oficiais com tanto horror. Os policiais fingiram não perceber o que estava acontecendo. Eles tentaram manter o que costumam chamar por aí de "pose de durão", mas eu sabia, por causa dos seus sotaques, que a maioria deles tinha crescido em lugares como o Residencial Pussy Cat. Os policiais provavelmente pensaram que eu era apenas uma vendedora de sanduíches ou qualquer outra coisa assim. O oficial que falou comigo tentou ser bastante gentil, bastante condescendente — um chauvinista.

— Você é nova aqui, pelo jeito — ele disse, me olhando com ar de superioridade. — Você teve sorte de não ter ficado cega. Com a outra menina, eles quebraram duas costelas dela e a deixaram com um olho roxo, tanto que ela teve que passar uns dias no hospital. Costumava ter homens trabalhando aqui. Onde é que eles estão?

— Eles chegam mais tarde, quando fica mais movimentado — eu disse, chocada e assustada de saber o porquê de Amanda ter pedido para sair.

— É um trabalho arriscado pra uma mulher, especialmente com esse cheiro.

— Pois é, é o cheiro dos cigarros deles.

Assim que dois dos policiais começaram a rir e um outro a esfregar o nariz, a minha ficha finalmente caiu. Acho que olhei nos olhos de um dos participantes mais velhos e o vi descartando atrás dele uns pacotes brancos do tamanho de saquinhos de chá. Minhas pernas de repente bambearam pelo medo. "Deus do céu", eu gritei internamente. "Nós vamos ser presos? Coitados dos meninos".

Mas a resposta dos policiais foi curiosa. Eles simplesmente me desejaram boa sorte e foram embora. Não prenderam nem revistaram ninguém. O alívio dos participantes era quase palpável no ar no momento em que eles saíram do centro. Então era por isso que eu sempre me sentia meio tonta naquele lugar. Mas por que os participantes não eram impedidos de usar aquelas drogas, por mais leves que fossem?

Dali em diante, passei a manter meus olhos bem abertos e, para o meu completo horror, entendi que o lugar era utilizado como uma central de drogas. Logo percebi como os participantes mais velhos, que tinham morado ao redor de Maida Vale por vinte e poucos anos, sempre traziam as drogas e as vendiam para os participantes mais jovens. Percebi também que por volta das seis da tarde, duas horas depois da abertura do centro, os gritos e a excitação começavam a escalar e concluí que o modo como eles se comportavam era apenas o efeito das coisas que eles estavam usando.

Da maneira mais estúpida, implorei ao comitê para tomar uma providência a respeito e contei a eles como quase fiquei cega. Minhas reclamações sobre as drogas foram completamente ignoradas, mas eles se preocuparam com minha segurança, tanto que um funcionário mais jovem chamado Malcolm passou a trabalhar no mesmo horário que eu, para termos sempre duas pessoas trabalhando.

Foi um exemplo do que um educador chamaria de "inércia institucional": desde que aqueles jovens não ocupassem as ruas para fumar sua erva, ou injetar heroína, ou roubar os idosos, as autoridades estavam em paz com a situação. As mulheres do comitê, inclusive, uma vez me disseram:

— Mas todas as pessoas do seu povo fumam maconha, dizem que faz parte da religião de vocês.

Como é que eu ia dizer a elas que nunca tinha visto maconha antes, a não ser no jornal das dez?

O medo se instalou em mim depois daquele dia. Eu sabia que, em algum momento, teria que sair do emprego. Apesar de eu, sem dúvida, estar falhando com os participantes do centro, eles, por outro lado, abriam meus olhos cada vez mais. Nós, negros, éramos contratados para encarar de frente os nossos negros infelizes. Ah, e como eu queria naquela época poder me aproximar de Peter, Delroy, Aldwyn e tantos outros. Eles estavam numa situação difícil demais para serem salvos por uma pessoa como eu. Para alguma mudança de fato acontecer, era necessário um compromisso muito maior por parte do sistema. Eu podia ver isso, a maioria dos membros do comitê podia ver isso e alguns dos funcionários também viam isso. Eu continuei ali, no entanto, e relatei, em nível acadêmico, tudo o que estava acontecendo por lá para meu orientador na universidade, o professor Bernstein. Ele me escutava com simpatia.

Minhas descrições às vezes eram tão detalhadas e gráficas que ele terminava dizendo:

— Olha, Buchi, estudar para um doutorado é uma coisa maravilhosa, mas eu acho que você faria muito mais pela humanidade como escritora. Queria eu ter o seu talento.

Eu achava que ele me dizia isso só para se livrar de mim, especialmente porque a quantidade de livros que ele tinha escrito podia encher várias prateleiras da biblioteca. Não dei ouvidos a ele. Mergulhei em toda e qualquer teoria sociológica que eu conhecia em um esforço frenético de tentar explicar os participantes do Seventies e o porquê de alguns deles continuarem entrando e saindo da cadeia pelos mesmos motivos, como furtos em lojas, invasão de propriedade e lesão corporal grave.

Depois do incidente com os fogos de artifício, e por tudo o que o professor Bernstein me dizia, decidi marcar uma reunião com a nova responsável pela minha obra na Curtis Brown, a agência literária. Dei esse passo por receio de que meu objetivo acadêmico acabasse ficando fora do meu alcance por um tempo. Eu sabia que, se saísse do Seventies, seria difícil encontrar outro lugar para minha pesquisa sobre "os problemas enfrentados pelos jovens negros de Londres".

Essa nova mulher era bastante amistosa e nunca demonstrava muita emoção, ao contrário da sra. Alexandra, com quem eu havia trabalhado durante a contratação do meu primeiro livro. Essa nova mulher, Elizabeth Stevens, prometeu que iria ler *Cidadã de segunda classe* e me disse que, como o manuscrito havia sido rejeitado por várias editoras, ela iria tentar mandá-lo para uma editora recém-criada, chamada Allison & Busby, e que ela tinha certeza de que eles iam gostar, porque a editora era um tantinho radical, assim como o manuscrito.

Assim que ela me disse isso, minha imaginação disparou. Então pelo jeito eu conseguia escrever e, sim, eu ia escrever! Então pelo jeito eu não precisava ser tratada com condescendência. Ela fez algumas objeções em relação à minha escrita áspera e me perguntou se eu poderia reescrever um pouco. Eu disse a ela que com certeza não conseguiria fazer diferente. Era assim que eu escrevia, derramando meus sentimentos na página de maneira ininterrupta e, se eu começasse a reescrever e corrigir meus erros, o texto ficaria muito artificial. Ela disse que gostava do livro, mas que não tinha dúvidas de que era essa falta de polidez do texto que estava afastando os editores. Foi a primeira vez que alguém me disse que tinha gostado de *Cidadã de segunda classe*. Resolvi me agarrar a esse fiapo de esperança. Eu ainda me recusava a aceitar o que me dizia o professor Bernstein, de que a academia não era o meu destino. O autor do famoso *Love story* também era professor, afinal. Quem disse que a pessoa não podia ser ao mesmo tempo artista e acadêmica? Se eu não conseguia me sustentar apenas a partir da escrita, então precisava ocupar essas duas posições.

— Você ainda pode ser uma romancista e não ser uma socióloga. Não tem nada de errado em ser chamada de romancista — o professor Bernstein me disse uma vez, durante uma das minhas orientações.

— Mas, professor, eu ainda espero voltar um dia para a Nigéria — eu retruquei. — E lá todo mundo tem um título. Ou você é um professor ou um doutor ou um chefe. Não tenho dinheiro para ocupar a chefia, então eu gostaria de ser uma doutora em sociologia.

Que paciência os orientadores precisam ter. Eu sinto vontade de enfiar minha cabeça num buraco quando olho para quinze anos atrás e lembro das coisas que eu dizia. Mas, se o professor Bernstein achou alguma graça das minhas respostas, ele preferiu não demonstrar. Na verdade ele analisou tudo o que eu disse com muita seriedade, porque, embora meus comentários hoje possam soar ingênuos e estúpidos, eu estava falando muito sério na época.

— Por que você não pode ser só Buchi Emecheta? É um nome ótimo e musical, eu gosto bastante da sonoridade dele, Buchi Emecheta.

Sim, mas isso só acontecia porque ele conseguia pronunciar meu nome corretamente. Ele precisava escutar como minha nova agente na Curtis Brown o pronunciava. Ela fazia parecer que eu era russa: Bukki Emeketa. Eu sempre a corrigia, mas até o dia em que decidi que não precisava mais dos seus serviços, dez anos mais tarde, ela ainda me chamava de Bukki, para diversão de todos os meus editores.

Por ora, enquanto eu caminhava de volta para casa depois da minha primeira reunião com a sra. Stevens, minha mente viajava entre ela e meu orientador. O professor Bernstein estava sendo condescendente comigo? Eu achava que não. Ele dizia que eu era uma boa estudante e que orientar meu trabalho não era muito difícil, por causa do meu estilo solto, que ele considerava interessante e inovador. Mas, segundo ele, eu estaria desperdiçando a boa experiência vivida no Seventies se eu não a transformasse num romance, em vez de um trabalho de pesquisa que só seria lido por um punhado de acadêmicos. Um romance baseado no Seventies seria lido por milhares de pessoas. Ele tinha um bom argumento aí, mas eu continuava a procurá-lo. E agora essa mulher da Curtis Brown que não sorria muito estava me dizendo que tinha gostado de *Cidadã de segunda classe*.

Bom, quem sabe não era o caso de aceitar o conselho de Bernstein e começar a escrever outra história, desta vez baseada na minha pesquisa? Eu ia chamar essa nova história de *The scapegoat*. Se a universidade estava, indiretamente, me dizendo que eu era verborrágica demais para ser uma cientista política, então eu escreveria esse livro como um romance documental, metade acadêmico, metade literário. Talvez toda minha carreira literária devesse ir por esse caminho. Mal sabia eu, naquele momento, enquanto caminhava de volta para casa, que estava mapeando toda minha vida. Me lembrei daquela caminhada, na primavera de 1985, quando meu editor dos Estados Unidos me disse ao telefone:

— Seus livros não saem tão rápido nas livrarias, mas nas escolas é uma loucura.

Como a maioria dos norte-americanos, ele chama as universidades de "escolas".

Quando cheguei em casa, segui feliz para minha máquina de escrever e comecei a transformar minha pesquisa em um romance documental. Com o passar dos dias, percebi que, quanto mais eu escrevia, menos eu me preocupava com os participantes do Seventies. Comecei a enxergá-los como um meio para se chegar a uma espécie de fim. Se eu não podia ajudá-los, eu podia pelo menos escrever sobre eles e fazer com que o mundo soubesse que alguns jovens negros estavam passando por aquelas situações na década de 1970. Ao mesmo tempo meu distanciamento mental em relação a eles me alertava que muito em breve eu deixaria o centro.

O que eu faria para ganhar dinheiro? Eram seis pessoas que precisavam de comida e roupa lavada a partir de um único salário, o meu. Eu também estava pagando as mensalidades integrais da minha pós-graduação. A ideia de preencher formulários e voltar a receber o auxílio do governo não me atraía muito, não depois de eu ter passado pelo Residencial Pussy Cat. Embora houvesse indícios de que *Cidadã de segunda classe* enfim seria publicado, eu já não trabalhava mais sob a feliz ilusão de que a literatura era uma profissão na qual era possível se sustentar pelos seus próprios esforços. Eu assistia Somerset Maugham, James Baldwin e vários outros na televisão e pensava que eles eram estrelas. Eu nunca poderia ser como aquela gente: eles eram escritores de primeira linha e o máximo que eu conseguiria alcançar era a parte de baixo da segunda divisão. Eu nunca poderia ser como eles, porque naquele momento já sabia que ia escrever sobre os pequenos acontecimentos da vida cotidiana.

Como se tudo isso não fosse suficiente, o Conselho de Camden resolveu passar a me cobrar o aluguel integral. Ao que tudo indica, eles tinham perdido a paciência com uma mãe de cinco crianças que alegava o tempo inteiro ainda ser estudante, embora eu ainda fosse uma estudante em tempo integral que precisava trabalhar porque o trabalho era parte da minha pesquisa — e porque eu não havia me formado com louvor, o que teria me qualificado para receber uma bolsa do Conselho de Pesquisa em Ciências Sociais. Escrever petições iria ocupar três quartos do meu tempo, e não havia garantias de vitória. Eu era, portanto, uma pessoa vivendo na faixa da pobreza. Pelos meus estudos eu sabia que essa faixa econômica em específico era a classe social mais ardilosa para se estar. A maioria das pessoas em empregos de classe média baixa estavam, na verdade, na pobreza. Nesta categoria, você não era pobre o suficiente para se beneficiar de tudo o que o estado social podia te oferecer, mas, depois de pagar todas as suas contas, incluindo os impostos e o aluguel integral, você se via mais pobre do que aqueles presos na armadilha da pobreza. A única maneira de fugir era procurar uma sociedade de construção solidária e começar a pagar pela sua própria casa. Os pagamentos obrigatórios da hipoteca, neste caso, pelo menos serviam como uma poupança para o futuro. O valor do aluguel que Camden estava pedindo cobriria o valor da hipoteca de uma casa modesta.

O Seventies atuava debaixo do guarda-chuva da Autoridade Educacional do Centro de Londres. Pedi a eles, de imediato, uma declaração dos meus rendimentos, mesmo que eu ainda não tivesse começado a procurar uma casa. Eu estava apenas me adiantando, para o caso de precisar sair de repente do centro, pois estava começando a sentir medo de entrar naquele salão. Eu não conseguia prever o humor dos participantes e não gostava de pensar que andava respirando um ar severamente poluído pela tal da "erva".

A universidade foi muito prestativa comigo, me permitindo parcelar as mensalidades enquanto eu me preparava mentalmente para sair à procura de um novo emprego, um que se relacionasse com meu projeto.

Peter e seus amigos do Seventies tiraram a decisão de sair ou não das minhas mãos. Aconteceu numa noite de março de 1974. De novo, se eu não estivesse tão distraída e prestasse um pouco mais de atenção, teria desconfiado de que alguma coisa estava errada. As roupas de Peter estavam muito desalinhadas, o que não era normal, e ele e seus amigos andavam meio calados naquela noite. Quando chegavam ao centro eles geralmente pegavam a "erva" e depois iam fazer o que desse na telha. Eu sabia que um rapaz do grupo tinha sido preso no dia anterior por invasão de propriedade privada e, tirando pela forma que eles se gabavam, concluí que ele tinha sido azarado e lento demais. Os outros fugiram, mas o que foi preso não dedurou ninguém. Talvez, de maneira equivocada, eu tenha entendido que o silêncio deles era resultado da culpa. A maior parte dos participantes já estava "chapada" antes de entrar no centro e, quando estavam chapados daquele jeito, eles se fechavam e depois explodiam às custas de qualquer pequena provocação. Eu sabia de tudo isso — por que eu disse *não* quando Peter exigiu comida de graça é algo que não sei explicar. Naquele momento, eu já estava tão acostumada às queixas do comitê sobre o orçamento do Seventies que não me sentia mais ameaçada e me esforçava ao máximo para que a maioria dos jovens pagasse pela comida que eles pegavam. Numa noite como aquela seria melhor ter simplesmente deixado Peter pegar sua comida e ir embora. Mas eu sabia que, se o deixasse fazer isso, os outros participantes também não iam querer pagar. Talvez tenha sido esse o motivo da minha recusa.

A palavra "não" mal tinha saído da minha boca quando Peter, uivando como um cachorro uiva para a lua, acertou o meu rosto. Vi meus óculos voarem pelo salão enquanto ele derrubava do balcão sanduíches, batatas e chocolates, que eu pisoteava, gritando o tempo inteiro. Bulie apareceu correndo, vindo do segundo andar, onde, com certeza, devia estar dormindo. Ele chegou perto da gente no momento exato em que me exaltei e estava prestes a arremessar um pires no rosto de Peter. Bulie agarrou meu braço e começou a discutir com quem estava por ali. Era a mesma coisa de sempre: eles queriam saber por que é que tinham que pagar por qualquer coisa num centro que o conselho local dizia pertencer a eles. Eles pagavam impostos, seus pais pagavam impostos...

Eu já tinha escutado aquilo tudo antes. Todos eles sabiam que o Seventies era administrado como um centro para jovens. Tinha começado como um clube aberto a todos os interessados, brancos ou negros, que moravam na área. Os jovens brancos, porém, pararam de frequentar o lugar quando perceberam que eram minoria ali e que não havia qualquer tipo de relação amistosa entre eles e seus colegas negros. Lágrimas quentes cegaram meus olhos por um instante e eu percebi que, pelo bem da minha família, precisava abandonar aquele emprego.

Arrumei minhas coisas e fui embora. De novo andei até em casa para ter tempo para pensar e de certa forma me senti triste por ter falhado. Eu havia falhado em tudo o que havia tentado até ali, eu disse a mim mesma. Tentei ser mãe e esposa, e era uma mãe, mas não uma esposa. Tentei ser uma acadêmica e eles me disseram que eu nunca ia chegar lá. Tinha tentado ajudar meus semelhantes, mas o tipo de ajuda que eu oferecia não era a ajuda que eles queriam. No que eu era boa? O que eu iria fazer? Havia restado algum trabalho para mim?

Filhos e responsabilidades são grandes motivos para você se estabilizar. Se eu não tivesse filhos, teria me machucado naquela noite — pulado na frente de um carro ou alguma coisa assim. Era tolerável saber que você estava fracassando, mas ser informada desse fracasso de uma maneira tão perversa era mais do que humilhante.

Eu sabia que ia ser difícil encontrar outro emprego como aquele, trabalhando com jovens, razoavelmente bem pago e que me daria tempo para fazer tudo o que eu estava fazendo. O emprego no Seventies não era exigente, do ponto de vista acadêmico, e era uma mudança muito bem-vinda, longe da universidade e da escrita. O centro me fornecia material bruto, mas, depois do episódio com os fogos de artifício, eu sabia que ir até lá havia se tornado um grande risco.

Cheguei em casa, já tendo esgotado toda minha raiva contra a humanidade, e o telefone tocou. Era Vince Hines, o diretor do Dashiki. Ele me telefonou para pedir desculpas por todos os jovens negros de Londres. Para dizer que entendia o que eu estava tentando fazer. Para dizer que, sim, aqueles jovens não estavam se voltando contra mim, e sim contra a sociedade que tantas vezes havia mandado muitos deles para a prisão simplesmente por roubar comida. E então ele me perguntou se, depois que eu me recuperasse do choque, eu não poderia dar um pulo no Dashiki para implantar o esquema educacional que ele tinha me ouvido descrever na reunião do comitê. Vince era um dos únicos membros negros no comitê. Eu podia fazer exatamente o que eu queria, porque os meninos do seu centro precisavam muito da atenção individual que eu estava disposta a dar. Eu podia escolher meu horário. Os participantes lá eram muito mais jovens e eu não teria que lidar com mais de cinco de cada vez. O pagamento era um pouco menor do que a Autoridade Estudantil me pagava, mas a atmosfera era muito mais saudável.

Assim que fui embora do Seventies, um dos nossos participantes mais maduros imediatamente avisou Vince Hines da minha saída. Embora muitos dos frequentadores do centro pudessem ser violentos, alguns deles de fato precisavam do espaço. Alguns trabalhavam e iam lá no fim da tarde para jogar damas e conversar com os amigos; outros estavam pensando com bastante seriedade sobre o futuro. Havia alguns jovens decentes e ajuizados, mas eles não faziam tanto barulho quanto figuras como Peter. Ao fazer a coisa certa e ter me telefonado pouco depois de eu ter chegado em casa, Vince Hines, sem saber, conseguiu aliviar minha sensação de fracasso. Ou seja, alguém achava que eu estava certa por me recusar a classificar os jovens da minha raça como *pessoas exóticas cheias de problemas*.

— É assim que eles são — Amanda gostava de dizer.

Fui à cozinha preparar um café e Jake me trouxe uma carta toda amassada de Elizabeth Stevens, da Curtis Brown. A Allison & Busby tinha gostado bastante de *Cidadã de segunda classe*; o contrato e o adiantamento seriam enviados em breve.

— Talvez, no fim das contas, eu vá mesmo me tornar uma escritora — murmurei, enquanto pegava um remédio para dor de cabeça e tentava evitar os olhos inquisitivos de Jake.

Ele percebeu que os meus estavam inchados, mas eu estava sorrindo por causa da carta e do telefonema. Jake não sabia bem o que fazer, então ele simplesmente me perguntou:

— Dia ruim, mãe?

— Não, Jake, o dia foi um pouco complicado, mas o que aconteceu de bom foi bem maior do que o que aconteceu de ruim.

— Amanhã vai ser melhor — ele me garantiu, com seu sorriso aberto e seu sotaque do leste de Londres.

Capítulo 24
PREÇO DE NOIVA

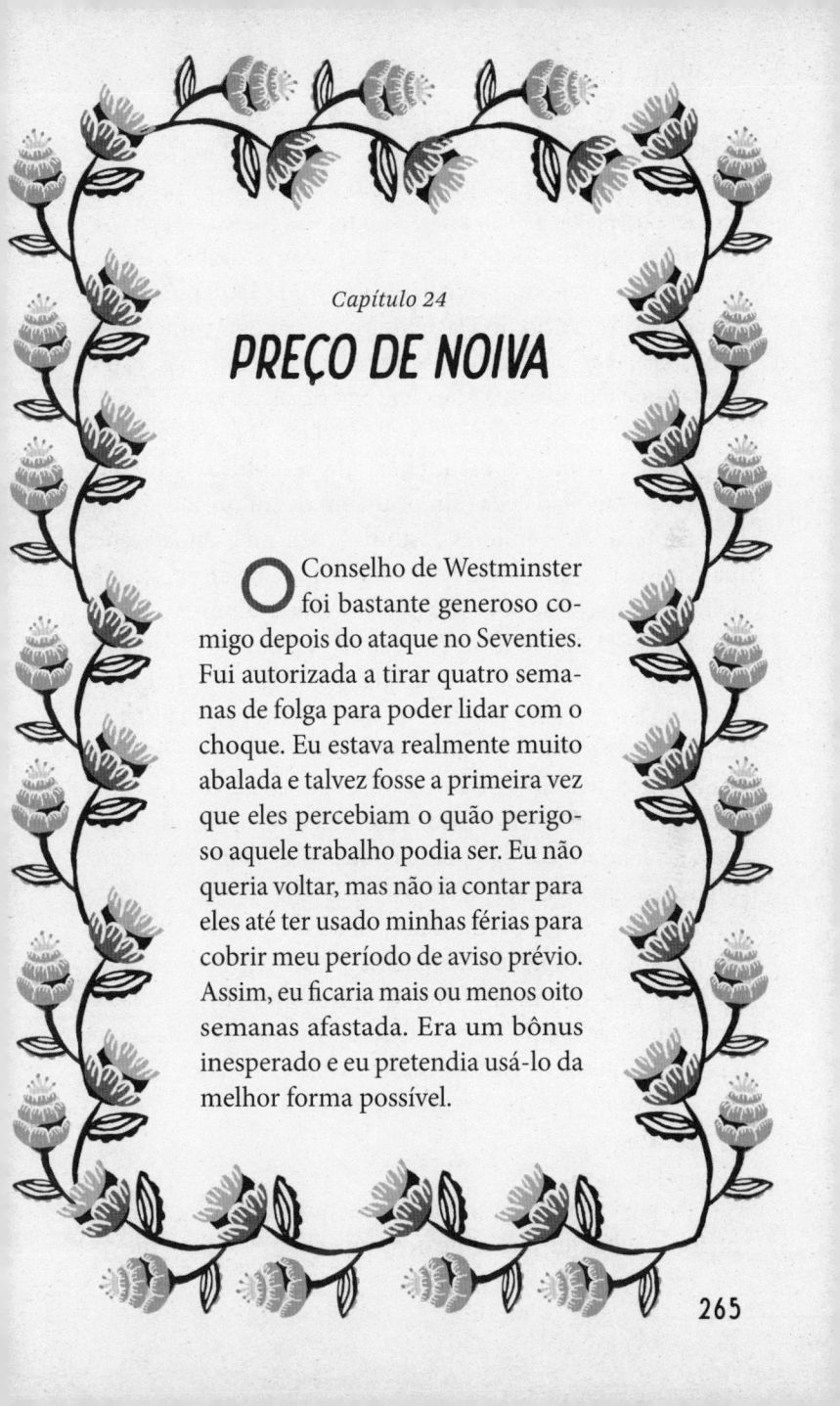

O Conselho de Westminster foi bastante generoso comigo depois do ataque no Seventies. Fui autorizada a tirar quatro semanas de folga para poder lidar com o choque. Eu estava realmente muito abalada e talvez fosse a primeira vez que eles percebiam o quão perigoso aquele trabalho podia ser. Eu não queria voltar, mas não ia contar para eles até ter usado minhas férias para cobrir meu período de aviso prévio. Assim, eu ficaria mais ou menos oito semanas afastada. Era um bônus inesperado e eu pretendia usá-lo da melhor forma possível.

Quando o peso do Seventies parou de esmagar minhas costas, comecei a pensar no meu *The scapegoat* outra vez. A sociedade era responsável por tudo que estava acontecendo no Seventies? Deus não nos deu nem um pouco de livre arbítrio? As dúvidas começaram a assomar. Eu sabia que iria engavetar aquele manuscrito e só terminá-lo depois de ter iniciado o trabalho no Dashiki. Mas eu não ia começar no Dashiki até ter aproveitado as minhas merecidas férias. E, durante aquele período, o que eu ia fazer era escrever.

O contrato de *Cidadã de segunda classe* chegou da Curtis Brown alguns dias depois de eu sair do Seventies. Não demorou e fui convidada para almoçar com os editores.

Almoçar com editores costumava ser um grande evento para mim. Eu planejava o que vestir, o que conversar. Eu teria feito a mesma coisa por essas novas pessoas, as pessoas da Allison & Busby, mas eles me pareceram muito normais quando falei com eles por telefone. Os editores com quem eu tinha trabalhado antes eram pessoas como John Bunting e, mais tarde, Christopher Maclehose, que assumiu o trabalho de Bunting na Barrie & Jenkins; e, claro, conheci pessoas como Corinna Adams e o sr. Crossman, do New Statesman. Quando essas pessoas falavam contigo por telefone, você podia sentir a indiferença nas suas vozes. Allison e Busby, no entanto, já na primeira ligação, se permitiram demonstrar o interesse deles no meu livro. Anotei no meu diário, no dia primeiro de abril de 1974, que perguntei a Chidi o que eu deveria vestir para o encontro e ele me pediu para descrever como eu achava que eram os editores, a julgar pelas suas vozes. Eu disse:

— Eles me pareceram uns hippies.

Ele disse:

— Use calça.

Para ele, sugerir a uma mulher que usasse calça era o maior insulto que podia lhe ocorrer. O que ele estava me dizendo é que não valia a pena se vestir por aquelas pessoas. Não escutei seu conselho. Fui de saia e blusa.

A Noel Street, em Soho, onde ficava localizado o escritório da editora, não era muito longe da minha casa, perto do Regent's Park, então fui caminhando até lá. O prédio ficava numa rua estreita, cercado de sex shops e lojas de indianos vendendo joias. Dentro, parecia uma daquelas antigas lojas de quinquilharias, com escadas que se curvavam como se fossem serpentes. A editora ocupava apenas um cômodo do prédio. Allison e Busby, meus dois editores, compartilhavam uma mesa enorme, abarrotada com todo tipo de papel imaginável.

O que me impressionou foi a idade deles. Os dois tinham mais ou menos a minha idade. Eu achava que todos os editores eram pessoas viajadas, de meia idade, com rios de dinheiro guardado. Se aqueles ali tinham dinheiro, eles eram ótimos em esconder isso. O Seventies, que eu considerava um péssimo lugar para se trabalhar, era muito, muito mais limpo do que aquele escritório. Eles apertaram minha mão; o homem se chamava Clive Allison, e a mulher, Margaret Busby. Outra mulher, com um sotaque diferente, ocupava o posto de sra. Allison. Parecia, para mim, que o sr. e a sra. Allison eram funcionários de Margaret Busby. Margaret era uma mulher muito bonita, de cabelo bem curto, e Clive tinha o cabelo crespo marrom escuro, quase avermelhado. Havia bastante cabelo na sua cabeça, mas eram só cachos, e ele tinha uma barba completando o visual. Os dois estavam usando jeans! Desejei ter escutado Chidi e ido de calça.

Fomos num restaurante indiano próxima à editora. O lugar era imundo. Eu me lembro de pensar: "Que decadência". Meus primeiros editores tinham me levado para comer no Scotsman, no Savoy e em outros lugares de alto padrão; agora eu estava sentada num restaurante indiano imundo. Mas a comida era deliciosa. Clive pediu tudo que tinha no cardápio, dizendo que devíamos misturar todos os pratos. Ele disse que ficava melhor daquele jeito e estava certo. Comemos pratos com curry Madras bem apimentados e outros nem tanto. Comemos arroz frito e arroz cozido, e uma mulher que se juntou a nós mais tarde decretou que deveríamos tomar cerveja, porque *nós sempre tomamos cerveja depois de comer comida indiana*. Isso tudo aconteceu porque eu tinha dito que nunca havia provado comida indiana antes.

As primeiras impressões às vezes estão certas. No meu diário, na entrada de primeiro de abril de 1974, escrevi: "Margaret Busby parece mais nova do que eu, é muito bonita e agradável e parece concordar com todas as sugestões feitas por Clive Allison. Ele também é jovem, mas falou sem parar sobre a revista para escritores que estava prestes a lançar. Ainda não sei o que pensar sobre eles. Comemos comida indiana e o lugar era imundo". Não era uma impressão muito promissora dos editores com quem trabalhei por exatamente oito anos.

O efeito positivo que eles tiveram na minha vida foi bastante diferente. Era um grupo de pessoas mais ou menos da minha idade que conversava sobre o que pretendiam fazer no mundo da literatura. Eles não eram ricos ou sofisticados demais, como meus editores anteriores. Os profissionais com quem eu havia trabalhado antes pairavam muito acima de mim. Para chegar ao nível deles eu precisaria dar um salto gigante.

Essas pessoas que me levaram a um restaurante imundo para comer uma boa comida indiana no Soho não falavam ou estavam preocupadas com "os problemas enfrentados pelos jovens negros", ou com filhos, ou se eles teriam acesso ou não a hipotecas. Eles todos tinham passado pela universidade e estavam simplesmente se divertindo com o trabalho que haviam se disposto a fazer. Então por que, ah, por que eu não podia ser como eles? Talvez porque, ao contrário deles, eu precisasse de dinheiro para alimentar seis pessoas.

Pelo que Allison e Busby me disseram, fiquei com a impressão de que iam publicar *Cidadã de segunda classe* muito em breve. Era uma época em que eu acreditava em tudo que os editores me diziam. Allison e Busby me curaram dessa doença. Mas, naquele momento, acreditei neles. Tudo o que *Cidadã de segunda classe* precisava era de uma leve edição e a preparadora me disse que ia aparecer no meu apartamento nos próximos dias para trabalharmos no texto. Imaginei que tinha enfim encontrado uma editora na qual eu poderia crescer, porque eles, assim como eu, eram jovens e inexperientes no mercado.

Ao andar de volta para meu apartamento, pensei mais uma vez que tinha oito semanas à minha disposição para fazer o que eu quisesse. Decidi que ia escrever, mas não sabia muito bem o quê. Observando meus novos editores, concluí que deveria enfrentar o *Preço de noiva* novamente. Eu ia reescrever o livro que meu marido havia queimado anos antes, quando eu ainda vivia com ele. Isso aconteceu há muito tempo, mas sempre que me lembro do incidente eu me arrepio.

Agora, em 1974, eu ia aproveitar aquelas oito semanas de descanso forçado para recomeçar o livro. A premissa seria exatamente a mesma, mas, depois de eu ter estudado sociologia, ele teria uma nova profundidade. Seria um aprimoramento da minha primeira tentativa. Talvez eu não fosse boa em nada, a não ser colocar minhas ideias no papel. Eu amo estar cercada de pessoas, mas a escrita é uma profissão que te isola. Quanto mais isolada você fica, mais profundos os pensamentos, e mais significativo o trabalho literário se torna. A solidão é algo com que, imagino eu, nós, filhos da África, ainda não aprendemos a lidar. Minha grande mãe em Ibuza podia contar histórias para um grupo de crianças com olhos esbugalhados de espanto, mas, aqui na Inglaterra, as pessoas escrevem sozinhas e os livros são lidos de maneira individual.

Na época eu não conseguia antever as leituras públicas e palestras nas quais me envolvo hoje. Pensava que, por ser muito sensível, e por me magoar com muita facilidade, estava condenada a ser uma escritora morando sozinha, sem ninguém para conversar a não ser a máquina de escrever.

Quando cheguei em casa, liguei para Elizabeth, minha agente, e contei a ela minhas impressões sobre Allison e Busby. Acho que ela não acreditou na possibilidade deles publicarem *Cidadã de segunda classe* dentro de alguns meses, porque ela logo disse que ia telefonar para a editora em duas semanas, para dar uma pressionada.

Muitos escritores na Inglaterra já devem ter passado por certas experiências com as pessoas do cinema. Que desperdício de vida elas são! Acho que leis deviam ser promulgadas para proteger os escritores desse tipo de gente. Eles surgem quando você está na metade de um livro e te convencem a deixar o que você está fazendo para escutar o projeto que eles têm em mente. Essas pessoas se empolgam e te fazem acreditar que seu livro vai se tornar o melhor filme já produzido em Hollywood. Um ou dois meses depois você vai continuar sem ter visto a equipe de filmagem, o diretor ou o produtor do projeto. Eles vão ter desperdiçado seu tempo e você vai precisar voltar à máquina de escrever e tentar retomar o fio da história que você perdeu durante aquela interrupção.

Depois que *No fundo do poço* foi publicado, conheci alguns desses homens com grandes projetos. Passei a simplesmente ignorá-los assim que percebia como eles só queriam usar meu trabalho para se promover. Ainda vejo alguns deles por aí, trabalhando como DJs, depois que suas tentativas de se tornarem diretores de cinema acabaram falhando. Mas esse homem da Silver Screen era bem decente e parecia que estava falando sério. Ele me ligou para marcar um horário e, quando apareceu, falou sobre nossa possível colaboração.

Ele queria transformar *No fundo no poço* numa série cômica sobre pessoas negras e famílias monoparentais. Eu devo ter mesmo acreditado nele, porque, no meu diário, naquele dia de abril de 1974, escrevi: "Agora sim vou manter minha cabeça fora d'água, tudo graças à escrita. Pompidou morreu às nove da noite!".

Durante as semanas seguintes, escrevi cinco páginas por dia de *Preço de noiva*. O conceito por trás do livro era a tradição. Embora eu estivesse me aproximando dos trinta, sempre que fracassava em alguma coisa, me lembrava do que eu considerava ser meu maior fracasso — não ter conseguido fazer meu casamento funcionar. Às vezes eu pensava que talvez não tivesse rezado o suficiente, talvez não tivesse feito isso ou aquilo o suficiente, mas, quando se tratava da realidade de morar de novo com Sylvester, eu sentia apenas desgosto. Eu ainda me sentia culpada por ter o suficiente para comer e alimentar meus filhos. Não conseguia dar as costas à minha criação igbo-cristã. Eu tinha prometido honrar e obedecer, então por que vim para a Inglaterra e desobedeci, quando tudo o que ele queria era ficar sentado em casa, aproveitando sua posição de homem, enquanto eu fazia todo o trabalho? Na Nigéria ainda havia mulheres que eram felizes mantendo os homens em casa a qualquer custo, não importava se eles trabalhavam, se eles levavam a família à falência ou se eles batiam nelas todos os dias. Por que eu não podia ser como elas? Por que eu queria um homem que me contasse suas ideias e escutasse as minhas, que me tratasse como uma pessoa, uma companheira e, sim, uma esposa e que fizesse sua parte nas tarefas domésticas? Talvez eu estivesse à frente do meu tempo. Concluí que pessoas como eu, contrárias à tradição, deveriam morrer!

Em *Preço de noiva*, criei uma garota, Akunna, cuja criação era quase idêntica à minha e que escolhia seu marido deliberadamente, pois ela era "moderna" — mas não o suficiente a ponto de se livrar de todas as tradições e tabus que a tinham transformado no tipo de garota que ela era. A culpa por se opor à sua mãe e ao seu tio a matou quando estava prestes a dar à luz seu primeiro bebê.

Akunna teve a morte que eu deveria ter tido. Na vida real, por causa de desnutrição e anemia, passei por várias dificuldades quando minha primeira filha, Chiedu, nasceu. Fiquei tão exausta depois de dias em trabalho de parto que, quando ela de fato nasceu, percebi que estava perdendo a consciência, mas fiquei assustada demais para dizer qualquer coisa, por achar que já tinha dado trabalho suficiente às pessoas ao meu redor. Mas nunca tive dúvidas: assim que Chiedu nasceu, me vi encantada por ter dado à luz uma menina. Eu não ia escutar todas aquelas conversas sobre as meninas serem inferiores aos meninos. E as enfermeiras da maternidade de Massey Street me conheciam, um ano antes tinham me visto no uniforme cáqui na Escola Metodista para Meninas. Elas sabiam que eu ia tratar aquele bebê como se fosse minha boneca.

Eu não consegui segurar Chiedu porque estava muito fraca. De repente a enfermaria, que naquela época era aberta, foi ficando cada vez mais escura, e pensei que era a noite se aproximando, apesar de Chiedu ter nascido às duas da tarde. A sra. Ndukwe, uma amiga da minha mãe que trabalhava como enfermeira na maternidade, entrou na ala, me reconheceu e assumiu o comando da situação. Ela gritou com as enfermeiras, depois mandou que deixassem as bolsas de sangue preparadas, porque eu tinha perdido bastante do meu, e acho que foi o raciocínio rápido dela que me salvou e salvou Chiedu.

Em *Preço de noiva*, Akunna não se recupera. Ela morre por ter se rebelado contra nossa tradição. A história original terminava com marido e mulher voltando para casa e vivendo felizes para sempre, sem se importar com os preceitos do seu povo. Mas eu tinha amadurecido desde o primeiro manuscrito e tinha percebido que o que nos faz humanos é o pertencimento a um grupo. E se alguém pertence a um grupo, deve tentar obedecer as suas leis. Se isso não é possível, então essa pessoa se torna um forasteiro, um radical, uma pessoa diferente que encontrou um modo de vida e uma maneira de ser feliz fora do grupo. Akunna era jovem demais para fazer tudo isso. Ela precisava morrer.

Na vida real, eu era jovem demais para enfrentar todas essas questões, mas acho que o que me salvou foi ter vindo para a Inglaterra quando eu vim. Duvido que, se não tivesse sido assim, eu fosse capaz de sobreviver emocionalmente a todos os conselhos bem-intencionados da família e dos parentes. Eu abandonei o marido por quem todos os sacrifícios haviam sido feitos. Talvez essa fosse a minha morte. Então por que eu estava gostando tanto da minha independência? Eu não tinha como responder tudo isso em *Preço de noiva*.

A história foi escrita com ternura, porque eu tinha observado muito homens de Ibuza envolvidos no processo de busca por uma esposa. Eles são muito românticos até os dois começarem a morar na mesma casa. Chike, o marido de Akunna, manteve o romance por causa dos seus antepassados escravizados e porque sabia que ele e sua família eram párias. No fim, acabei correndo com o livro, porque escrevê-lo era como ler uma história.

Depois da quarta semana de folga, Vince Hines me ligava o tempo inteiro para descobrir se eu ainda queria o emprego no Dashiki e, se sim, que eu por favor fosse logo lá assumir o cargo. Eu estava começando a sentir medo de que trabalhar num lugar como aquele acarretaria todo um novo envolvimento emocional que terminaria sugando minha energia. Eu sabia que nunca poderia me manter distanciada das pessoas com quem eu trabalhava. O Seventies tinha me ensinado isso.

Portanto, me inscrevi para uma vaga de professora junto à Autoridade Educacional e a prefeitura me telefonou para dizer que eu seria considerada uma "professora de ciências sociais para as aulas voltadas às certificações acadêmicas nas escolas secundárias sob a administração da Autoridade Educacional do Centro de Londres".

Era uma notícia muito reconfortante, mas eu ainda não tinha concluído o manuscrito de *Preço de noiva* e a Allison & Busby ainda não havia mandado a tal preparadora que em abril tinha prometido aparecer no meu apartamento "nos próximos dias". Além disso, o entusiasmo do cara da Silver Screen parecia ter arrefecido. Em resumo, os males de ser mãe solteira me atingiram de novo. Eu precisava de dinheiro. Apesar de ter sido aceita no cargo de professora, o trabalho só ia começar depois das férias de verão. Eles levariam cerca de três meses para conferir todos os meus documentos e realizar meus exames médicos.

Precisei vender meu carro para poder ganhar tempo suficiente para terminar de escrever *Preço de noiva*. Como as crianças agora iam sozinhas para a escola, eu tinha bastante tempo livre para trabalhar no livro durante o dia.

Concluí o manuscrito em junho e Elizabeth Stevens não sabia o que fazer com uma escritora como eu. Ela tinha certeza de que a Allison & Busby ainda não estava pronta para me enviar a tão aguardada preparadora do *Cidadã de segunda classe*, e ali estava eu, contando a ela que já tinha terminado mais um romance. Ela leu o texto imediatamente e sugeriu que eu reescrevesse certas partes. No fim de julho a versão final já estava nas mãos dela.

Eu estava no seu escritório quando ela telefonou para a editora e, quando eles falaram que iam resolver a situação de *Cidadã de segunda classe* muito em breve, entendi que para certas editoras os contratos são apenas pedaços de papel que, embora imponham obrigações aos autores, não impõem as mesmas coisas a elas. Em desespero, Elizabeth ameaçou mandar o manuscrito para a Heinemann, e que com certeza eles iriam ficar loucos com o material, já que a história se passava na Nigéria. Outro sonho meu estava prestes a ser realizado. Eu sonhava com a possibilidade dos meus livros serem lidos na Nigéria.

Então me senti pronta para enfrentar o Dashiki. E se não desse certo eu daria aulas, ou faria qualquer outra coisa até começar a ganhar dinheiro suficiente para me tornar escritora em período integral. Eu sabia que iria levar muito tempo para isso acontecer. Se algum parceiro estivesse contribuindo para o bem-estar dos meus filhos, eu não seria obrigada a ter mais um emprego.

É o que acontece com famílias monoparentais como a minha. Sozinha, a pessoa se torna provedora, mãe, pai, conselheira, suporte emocional. Eu sabia que era um peso com o qual eu precisava lidar. Era a minha cruz e não havia o que fazer a não ser carregá-la. No meu caso, não era só tragédia. Eu me divertia com as conversas infinitas que tinha ao telefone com Brenda e com Elizabeth e até gostava de sair para comer com agentes e possíveis editores.

Foi nessa época que o braço internacional da BBC começou a me convidar para comentar alguns temas da atualidade. Se não me engano, me pagavam três libras e me davam almoço de graça na cantina da empresa a cada visita. Lá conheci pessoas como Florence Akst, do African Service, e apresentadoras africanas, como Sopiato Likimani.

Se eu tivesse tido alguma ajuda externa, esse dinheiro que eu recebia teria sido suficiente. Mas eu precisava de mais, se quisesse mesmo alimentar seis bocas. Então, com muita relutância, precisei me comprometer de novo com "os problemas enfrentados pelos jovens negros". Dessa vez no Dashiki, e não no Seventies.

Capítulo 25
DASHIKI

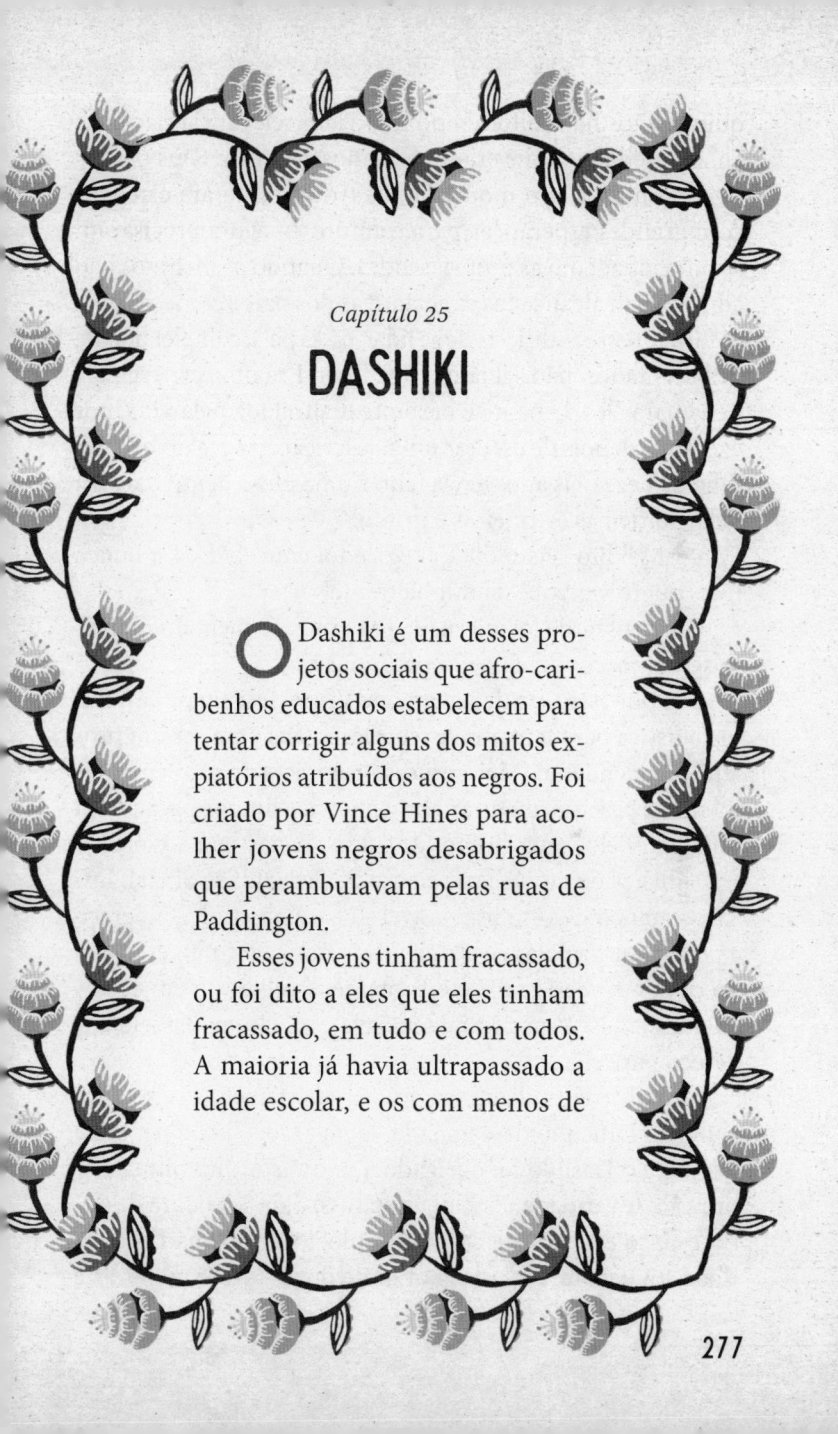

O Dashiki é um desses projetos sociais que afro-caribenhos educados estabelecem para tentar corrigir alguns dos mitos expiatórios atribuídos aos negros. Foi criado por Vince Hines para acolher jovens negros desabrigados que perambulavam pelas ruas de Paddington.

Esses jovens tinham fracassado, ou foi dito a eles que eles tinham fracassado, em tudo e com todos. A maioria já havia ultrapassado a idade escolar, e os com menos de quinze anos há muito tempo não viam relevância naquelas aulas entediantes que eram obrigados a assistir. Seus pais — que, num primeiro momento, os trouxeram para este país com grandes esperanças para o futuro — agora precisavam se preocupar com as próprias vidas. Quando os meninos não conseguiam alcançar as expectativas dos pais e começavam a se tornar pessoas difíceis de se lidar, esses pais, completamente desorientados, não sabiam o que fazer. Era uma experiência nova para eles. Uma mãe bastante maltratada pela vida, por exemplo, depois de escutar uma descrição gráfica do que seu filho de dezesseis anos havia feito a uma idosa dentro da casa dela, perdeu as estribeiras e gritou:

— Maldito seja o dia que você foi concebido. Eu nunca mais quero ver você na minha frente!

Ela mais tarde foi internada por exaustão mental, enquanto seu filho, condenado, foi parar nas ruas.

Foi por esse tipo de jovem que Vince desistiu da carreira jornalística para tentar construir lares. Era para ser um projeto independente. Mas como se faz isso sem dinheiro? Os meninos precisavam estar alimentados e limpos para poderem lutar pelos seus direitos de subsistência junto aos órgãos trabalhistas ou ao Departamento de Seguridade Social. Entrar com pedidos era impossível se você não tinha endereço e perambulava pelas ruas dormindo num cantinho escondido do metrô de Londres, em garagens velhas ou em carros abandonados. Vince providenciava esse tão necessário endereço para eles.

No início ele utilizou seu próprio apartamento, sem se dar conta do tamanho da demanda. O lugar logo ficou pequeno demais e o Dashiki foi obrigado a se transformar numa instituição de caridade. Esse novo status exigia a procura de outro espaço e a enorme casa em estilo georgiano na Ledbury Road foi encontrada, abrigando de onze a vinte meninos e cerca de cinco meninas. Alguns desses jovens saíam para trabalhar, alguns em centros de treinamento do governo, outros se matriculavam em escolas técnicas, mas a maioria ficava no centro o dia inteiro.

Para esses meninos que permaneciam no centro, uma espécie de programa educativo precisava ser implementado. Por isso fui contratada. Essa ideia já fermentava há bastante tempo na mente de Vince, mas onde ele ia encontrar uma profissional negra com diploma ou uma professora negra qualificada para poder efetivar o projeto? Nessa época sociologia ainda era uma área glamorosa e a maioria dos sociólogos qualificados estavam procurando por empregos igualmente glamorosos, como dar aulas em universidades ou chefiar grandes empresas de gestão, sem se envolver com o tipo de jovem com o qual eu tinha de lidar no Dashiki.

Enquanto eu andava pela Ledbury Road, bem no meio das áreas cinzentas de Paddington, minha mente divagava pelos diferentes empregos que eu havia tido. Primeiro, na embaixada dos Estados Unidos em Lagos, levada até lá todas as manhãs na Mercedes de um amigo; depois, uma mãe pobre trabalhando na biblioteca de North Finchley e no Museu Britânico; agora, rebaixada a ponto de ser obrigada a atravessar aquela região horrorosa de Londres para assumir meu novo posto.

Eu não estava me sentindo mal com isso. Sentia que estava provando o gosto da realidade. Esses empregos me ofereciam a oportunidade que eu precisava para ver com meus próprios olhos como muitas pessoas da minha raça viviam. Eu talvez tivesse vivido uma vida igual, se aquele grande milagre não tivesse acontecido — o milagre de conseguir ser uma pupila da Escola Metodista para Meninas.

Eu estava feliz de fazer o que estava fazendo com a diversidade de experiências da minha vida. Era uma mãe e um interposto educacional, mesmo que fosse no Dashiki. Também estava me tornando uma escritora em velocidade assombrosa e, para completar, ainda era estudante de pós-graduação. Tudo isso, calculei, era muito mais interessante do que apenas trabalhar catalogando livros no Museu Britânico.

Sim, Vince estava certo. Dashiki era bem mais limpo por dentro. Era decorado com bom gosto pelos próprios participantes. Cortinas de aparência cara pendiam de varões dourados; os tapetes no chão pareciam simples, mas eu sabia que eles eram caros. Quase todas as paredes eram brancas. O interior do imóvel era o oposto do que você esperaria encontrar, considerando o restante da rua.

Eu tinha uma sala ampla, uma mesa grande, uma filmadora e meu próprio telefone. Dividia as secretárias, que ficavam em salas localizadas num andar acima do meu, com Vince. As meninas se vestiam tão bem e sentiam tanto orgulho de trabalharem ali que logo me senti orgulhosa também. Vince, um homem de fala tranquila nascido na Ilha de Granada, tinha sido bastante modesto ao dizer que Dashiki tinha uma atmosfera mais leve do que o Seventies. Ele havia criado com sucesso uma atmosfera de "casa longe de casa" onde você menos esperava encontrar uma. Agora eu entendia o porquê do Dashiki ter uma lista de espera, com jovens vindos dos mais diferentes distritos. Parecia que eu não teria motivos para querer sair dali antes de concluir minha pesquisa, ainda mais considerando que eu já havia terminado de escrever *Preço de noiva*.

No início eu não sabia muito bem o que fazer com meu programa educacional. Sabia que podia ensinar, mas nunca tinha dado aulas sem ter qualquer direcionamento. Essa era uma daquelas situações, no entanto, em que você vai, vê, planeja e executa o plano do melhor jeito possível, porque confiam que você vai fazer a coisa certa e seus planos vão poder ser implementados sem terem de passar pelo escrutínio de um comitê por três meses, para só depois serem aprovados ou recusados por funcionários displicentes da prefeitura.

Minha primeira impressão foi de que os jovens participantes do Dashiki eram bem diferentes dos que frequentavam o Seventies. O Seventies era um projeto da Autoridade Educacional onde se esperava um comportamento ruim dos participantes, pois "é assim que eles são". Mesmo quando eles não eram tão complicados assim, a atmosfera os incentivava a serem. Nós éramos contratados para simplesmente observá-los no percurso entre o ruim e o péssimo, até que o sistema judicial decidisse mantê-los longe da sociedade por muito tempo.

O Dashiki era diferente. A atmosfera lá era muito mais no sentido de "beleza, a gente sabe que você enfrentou algumas questões bem sérias no passado, sabemos que seus pais te rejeitaram, que a escola para onde te mandaram te considerou ineducável, mas agora queremos que você esqueça tudo isso. Vamos virar a página e começar tudo de novo". Era exatamente isso que eu estava decidida a fazer.

Os jovens do Dashiki acabaram com todas as minhas dúvidas. Talvez pelo centro ter um sistema disciplinar mais ou menos rígido, ou talvez por eles verem o quanto havia um esforço real para ajudá-los, não sei. Eles logo me ensinaram a não rotular nenhum dos meninos ou das meninas como completamente perdido. O mais estranho era ver que mesmo os assistentes sociais que nos enviavam seus piores casos estavam percebendo como esses tais "casos", lá no Dashiki, começavam a se esforçar para conquistar um novo nível de autorrespeito.

Minha aula típica não era nada ortodoxa. Eu permitia que todos os alunos fizessem exatamente o que estavam com vontade de fazer naquele momento. Alguns queriam apenas conversar e discutir comigo sobre a política inglesa ou caribenha; outros queriam desenhar ou pintar e colávamos a maioria desses desenhos na parede do escritório/sala de aula; alguns liam em voz alta enquanto outros gostavam de escrever histórias. Para ensinar matemática básica, aproveitávamos nossa contabilidade diária do próprio Dashiki e fazíamos bom uso das calculadoras que nos eram fornecidas. Os jovens adoravam as calculadoras, porque na época elas ainda se enquadravam na categoria de luxos e novos brinquedos. Em relação aos livros, escolhemos aqueles que eram escritos por autores negros e falavam sobre a nossa sociedade, porque eu sentia que eles precisavam de pessoas com quem se identificar. Estudamos meu primeiro livro, *No fundo do poço*, de cabo a rabo, nem tanto pela questão literária, e sim pelas suas implicações sociológicas. Para ler e relaxar, *The lonely Londoners*, de Sam Selvon, era o que tínhamos de mais útil.

O resultado foi tocante, até mesmo para mim, que tinha começado a perder a esperança na minha raça. Os jovens passaram a atribuir importância à leitura, ela adquiriu todo um novo significado, e Vince começou a falar sobre organizar uma pequena biblioteca, de trinta e poucos livros.

Dois dos meninos estavam aprendendo a dirigir, na esperança de se tornarem motoristas de táxi ou de ônibus, ou de simplesmente serem donos de uma empresa de minitáxis. Os dois, ambos com dezoito anos, sentiam que nenhuma instituição conseguiria ajudá-los. Vince os obrigou a terem aulas de leitura e de ortografia. Um dos casos me pareceu muito interessante. O menino tinha estudado a vida inteira em Londres, mas, quando enfim saiu da escola, mal sabia escrever seu próprio nome. Ele escolheu trabalhar com direção porque achava que conseguiria burlar o teste.

Um dia, ele veio até mim e perguntou, no jeito tímido dele, se eu poderia, por favor, dar aula para ele em particular, sem mais ninguém presente na sala. *Por que você não se deu bem com a escola?*, eu perguntei. Ele respondeu que, quando chegou aqui, seu sotaque era muito estranho e, quando pronunciava certas palavras, nem mesmo os professores conseguiam entendê-lo. Comecei ensinando a ele o alfabeto e em oito semanas ele já tinha alcançado um nível que o fazia acompanhar seus amigos na leitura dos primeiros capítulos de *No fundo do poço*. Algumas semanas depois, concluímos a leitura do livro, da primeira até a última página.

Um dos alunos exclamou na mesma hora:

— Eu não sabia que dava pra ler um livro de uma ponta à outra! Eu achava que você lia uma página só, ou que o professor xerocava uma página pra você. Eu nunca soube que dava pra ler um livro do começo até o fim.

O menino tímido concordou com um aceno de cabeça.

Pensar que, com dezoito anos, aqueles meninos estavam lendo um romance pela primeira vez, enquanto minha filha Chiedu, que era muito mais nova, lia cinco por semana! Alguma coisa muito errada estava acontecendo no mundo. Só entendi isso muito mais tarde, quando lecionei em uma escola londrina. Ali no Dashiki, eu ainda estava embasbacada com o que via.

Não que o projeto não tivesse seus problemas. A primeira — e maior — ameaça, logo percebi, era a polícia. No Seventies, a polícia deixava os meninos em paz, porque eles brigavam por qualquer motivo. No Dashiki os participantes eram mais jovens e alguns deles tinham sido levados para lá sob o rótulo de garotos-problema. Então, se alguma coisa sumia no mercado de Portobello, eles eram parados na rua e revistados da maneira mais degradante. Às vezes os policiais os seguiam até dentro do centro, à procura disso ou daquilo. Durante o tempo que trabalhei no Dashiki, de junho até o fim de outubro, essa humilhação aconteceu várias vezes. A polícia nunca encontrou nada, mas conseguiu fazer com o que os meninos os odiassem e alguns chegaram até a ser presos por resistirem às abordagens. Sempre que tínhamos a "hora da conversa" na sala de aula, o assunto mais falado, depois dos dilemas com as meninas, era a polícia de Paddington.

Os meninos me contaram algumas histórias inacreditáveis sobre a brutalidade policial, especialmente na delegacia de Harrow Road. Eu, que continuava a acreditar que o policial inglês era o melhor do mundo e não seria capaz de machucar uma mosca, achei tudo muito perturbador — ainda mais por criar dois meninos negros em casa. Não aguentando mais ouvir aquelas histórias, convidei um inspetor da Polícia Metropolitana de Paddington para nos fazer uma visita e conversar sobre todas aquelas reclamações.

O inspetor era a própria imagem da polidez. Ele, pessoalmente, não tinha nada contra os jovens negros da região, mas, claro, não podia responder por todos os policiais sob seu comando. Alguns, ele disse, foram contratados com apenas dezenove anos. Esses mais jovens sempre encaravam os negros com medo, por causa da equivocada fama de que Paddington era uma terra sem lei. Com certeza, alguns confrontos ainda iriam acontecer, mas ele faria o possível para corrigir os problemas apontados. A noite terminou com o inspetor convidando os meninos para um jogo de futebol com os policiais. Um dos jovens, para se despedir dele, respondeu:

— A gente se vê no gramado, inspetor.

Infelizmente as coisas não correram tão bem. Poucos dias depois, nossos meninos entraram em confronto com a polícia e não só eles apanharam dos oficiais como Vince também levou um soco e teve seu carro destruído por alguns jovens brancos. Acho que foi isso que chamou a atenção da maioria dos residentes e eles acabaram levados por resistir à prisão. Até hoje não sei os detalhes do caso, porque aconteceu num fim de semana em que eu não estava lá, mas o que de fato aconteceu foi que os meninos ficaram tão ressentidos que se recusaram a jogar bola com o inspetor e seus comandados.

Eu sempre estava ausente quando esses incidentes aconteciam, mas presenciei um de menor escala que poderia ter se transformado numa situação terrível se eu não estivesse lá na hora.

Todo o conceito por trás do Dashiki, especialmente o que envolvia os aspectos educacionais, começou a chamar a atenção das pessoas. Muitos assistentes sociais vieram conversar comigo sobre o projeto e cheguei a receber convites para dar palestras sobre ele. Me lembro, por exemplo, de Alan Little, da Comissão de Igualdade Racial, visitando o centro um dia e ficando tão impressionado que escreveu sobre o que havia visto num daqueles inúmeros panfletos que o Conselho de Camden para Relações Comunitárias e a Comissão de Igualdade Racial são tão bons em produzir. Ficamos tão conhecidos que uma produtora de filmes da Suécia veio nos filmar. Nós e a Companhia Sueca de Filmes ficamos muito felizes com o resultado. Eles nos disseram que tinham filmado o carnaval de Notting Hill e que ficaram horrorizados com o protesto da Frente Nacional. Na época eu ainda não sabia o que era a Frente Nacional e, embora tivesse escutado falar no carnaval caribenho, nunca tinha visto ao vivo.

A produtora queria encaixar uma passagem educativa entre as tomadas barulhentas e alegres do carnaval. Eles gravaram minha aula nos mínimos detalhes, ficaram curiosos com o fato dos meninos me chamarem de "mãe" e me entrevistaram sobre o que eu achava que seria o futuro daquele lugar. Claro, eu me sentia muito esperançosa em relação ao Dashiki.

Para uma das cenas, a equipe de gravação precisava que os meninos caminhassem pela Westbourne Park Road, perto da Portobello Road. Eu os seguia de carro, em baixa velocidade, quando vi o carro preto e branco da polícia seguir na direção dos garotos. O câmera estava escondido, para deixar a gravação o mais natural possível. Os policiais se aproximaram querendo saber por que eles estavam andando pela rua em um grupo de seis. Os meninos, claro, ficaram incomodados e agressivos e tenho certeza de que uma briga teria estourado se eu não tivesse aparecido para explicar aos policiais o que estava acontecendo. Qual era o problema de andar em grupos de seis, ou até de dez, se eles não estavam bloqueando a rua? Eles não estavam brigando, estavam apenas caminhando sem pressa na frente de uma câmera.

Levei essa questão para o inspetor e seu assistente, os dois que tinham vindo nos visitar. Eles nos disseram que aquela era uma maneira de proteger os meninos. Pessoalmente, não entendi do que é que eles estavam sendo protegidos; com certeza, o constrangimento causado a pessoas inocentes quando elas são paradas por policiais uniformizados em via pública e interrogadas sobre onde estão indo e o que estão fazendo caminhando pela rua não pode ser justificado em nome da proteção. Graças a Deus, eu estava lá e não aconteceu nada de mais grave.

Eu estava feliz trabalhando no Dashiki, especialmente quando começamos a ter alguns bons resultados, como certos meninos se matriculando de novo na escola ou alguns deles frequentando a Escola Técnica de Paddington.

Vince me lembrava muito dos norte-americanos com quem eu havia trabalhado na Nigéria. Você podia dizer que era isso ou aquilo e eles não iam contestar, mas queriam que você provasse o que estava dizendo. Meu programa nada ortodoxo estava dando indicações de que poderia ser a resposta aos problemas educacionais dos meninos encaminhados ao Dashiki.

Eu não tinha doutorado na época, nem nunca tive, mas fiquei lisonjeada ao ver as universidades enviarem seus doutorandos para trabalharem conosco. Eles examinaram de perto meu programa educacional alternativo, que eu havia concebido para ajudar meus próprios filhos a serem aprovados nas provas e poderem se matricular numa escola secundária seletiva. Com a exceção de Jake, todos eles alcançaram esse objetivo; Jake entrou na St. Augustine's, em Kilburn. Eu, portanto, sabia do sucesso que os jovens podiam alcançar, desde que recebessem atenção individual e houvesse determinação de ambos os lados.

Eu geralmente saía de casa assim que meus filhos iam para a escola ou para o centro recreativo, chegando a Paddington pela Westbourne Grove. Às vezes, quando eu chegava lá, os meninos ainda estavam dormindo, mas, assim que eu erguia a voz e soltava um berro, eles desciam correndo as escadas com medo de receberem uma bronca de Vince ou de um dos outros funcionários. Tínhamos três ou quatro pessoas fazendo coisas diferentes: uma cuidava da contabilidade, outra saía em busca de investimentos, e havia ainda as secretárias, a cozinheira, e um assistente independente.

Eu fazia os meninos trabalharem por cerca de três horas, até o horário do almoço. Assim que eu percebia que a atenção deles começava a dispersar, eu os liberava para o intervalo. Como meu salário era mais ou menos três quartos do que eu ganhava no Seventies, podia almoçar de graça se quisesse e, se ficasse até tarde, podia tomar chá também. A cozinheira — que os meninos chamavam de "mãe maior" — era uma típica mulher das Índias Ocidentais; ainda não sei como ela conseguia encaixar todos os seus afazeres dentro de vinte e quatro horas. Ela tinha uma banca no mercado de Portobello, onde vendia miçangas e bugigangas. Preparava a comida no Dashiki, fazia todas as compras e não saía do centro até ter certeza de que tudo estava limpo e preparado para o dia seguinte. Entre cozinhar e fazer as compras, ela ficava sentada na sua banca. Ela também tinha sete gatos.

Eu não precisava participar de todas as atividades do fim da tarde, embora organizasse a maioria delas — só fazia questão de estar presente quando pessoas importantes apareciam para conversar com os meninos. Então eu tentava chegar por volta de dez da manhã e ir embora mais ou menos às três da tarde, para estar em casa quando meus filhos voltassem da escola. Era um ótimo esquema: eles me viam em casa pela manhã e quando voltavam da escola no fim da tarde. *Como se você fosse uma mãe que não trabalha*, Christy me disse uma vez.

Dashiki estava começando a resolver a maioria dos meus problemas. O dinheiro continuava curto, mas eu participava de alguns programas de televisão com regularidade e sabia que *Cidadã de segunda classe* seria publicado em breve. Allison e Busby seguiam prometendo lançar o livro nas próximas semanas — acho que eles esperavam que eu ficasse muito grata apenas por ter sido aceita para publicação.

O que, na verdade, acabou quebrando Dashiki foi nosso sucesso e nosso crescimento vertiginoso. Quando as autoridades viram o que estávamos fazendo por lá, elas aprovaram o pedido de Vince por uma verba de quarenta e nove mil libras. Mas ele precisava implantar um comitê para o ajudar — e nos ajudar — a administrar o Dashiki e todo o dinheiro que agora estava sendo investido. Vince então cometeu um erro grave.

Ele convidou amigos, ou pessoas que ele achava que eram seus amigos, para compor o comitê, e eles começaram a encontrar defeitos no Dashiki. Alguns deles me disseram que podiam administrar o centro muito melhor do que Vince e que eu deveria receber um aumento, a ponto do meu salário se equiparar ao que eu recebia, antes, da Autoridade Educacional. Eu sabia disso, porque a previsão estava inclusa nos termos da verba.

Eu detesto ver gestos de desrespeito, especialmente quando são negros atacando outros negros. Não participei de nenhuma das reuniões. Não acho que Vince tenha participado de alguma também. Mas o comitê escreveu para o conselho pedindo que a verba fosse bloqueada — e não só isso, eles também escreveram para a maioria dos distritos com os quais negociávamos pequenos investimentos, pedindo que eles parassem de enviar dinheiro para os meninos sob nossos cuidados. Os integrantes do comitê eram todos caribenhos, a maior parte deles precisava de emprego, e não sabiam que o Dashiki precisava de tanto dinheiro para sobreviver. Eles com certeza achavam que Vince estava ganhando uma fortuna com o lugar.

Cheguei uma manhã, chamei os meninos, como de costume, mas vi o desânimo no rosto dos que desceram as escadas. A expressão deles era de acusação; eles me acusavam, nos acusavam, os tais intelectuais negros, por deixarem nossos jovens na mão mais uma vez. Desconfiei do que tinha acontecido, mas preferi não falar nada em voz alta. Fui para meu escritório e vi o sr. Birmingham, um dos amigos de Vince que trabalhava com a gente, com um sorriso envergonhado. O comitê o tinha indicado para o posto de novo diretor, pois Vince não tinha ido nas reuniões do comitê. Eu podia continuar trabalhando, eles amavam o que eu estava fazendo, e aquela mudança não iria me afetar em nada.

Eu não sabia o que dizer a ele. Trabalhei setembro e outubro, enquanto Vince tentava me pagar sempre que conseguia arranjar algum dinheiro, porque sabia que eu tinha uma família grande. O conselho não nos concedeu a verba, porque os membros do comitê não conseguiram chegar a um consenso.

O lugar precisou ser fechado e muitos dos meninos brilhantes foram para escolas técnicas. Os assistentes sociais começaram a aparecer para buscar seus casos assim que foram avisados de que ninguém iria pagar pelos cuidados dos meninos, mas a parte mais triste dessa história foi que alguns dos meninos simplesmente foram obrigados a irem para um reformatório, porque não tinha nenhum outro lugar onde eles pudessem ficar. Dois dos meninos mais tímidos e simples — eles gostavam de conversar o tempo inteiro, mas podiam ser muito úteis em serviços de jardinagem, de limpeza da cozinha e dos banheiros, em qualquer trabalho manual — foram enviados para sanatórios. Eles não eram loucos, só não pareciam tão inteligentes aos olhos de certas pessoas.

Um pequeno número de membros do comitê sabia de tudo isso, mas eles tinham alcançado seu objetivo; Vince e o Dashiki estavam ficando conhecidos demais. Vince passou a enfrentar batalhas jurídicas contra o comitê, mas nessa época eu já não frequentava mais o centro. Se o Dashiki não tivesse morrido do jeito que morreu, eu provavelmente ainda estaria trabalhando lá. No fim das contas, os meninos sofreram simplesmente porque alguns dos integrantes da comunidade negra são gananciosos demais. Esses homens me lembram os políticos nigerianos!

No entanto, fiquei feliz pelos meninos que tínhamos ajudado a entrar na Escola Técnica de Paddington. Dezoito meses depois um dos meninos conseguiu seus dois primeiros certificados de nível Avançado. E pensar que, quando o conheci, sua maior ambição era matar um policial branco...

Os meninos não eram tão complicados quanto os participantes do Seventies. Tenho certeza de que, com verba suficiente, uma espécie de educação intensiva alternativa pode funcionar com a maioria das pessoas jovens. As mulheres deveriam tentar algo assim com seus próprios filhos, durante as férias escolares. Nunca se sabe, pode ser que dê certo — ninguém melhor do que você mesma para ensinar seu filho a ler.

Eu sei que agora, na década de 1980, um bom diploma não implica necessariamente um bom emprego, mas as horas de estudos intensivos em cursos politécnicos ou nas universidades costumam aguçar os olhos e os sentidos para a diversidade de empregos disponíveis à nossa volta. Sucesso na vida não significa necessariamente um trabalho que vai das nove às dezessete, mas o jovem que não consegue se divertir com um bom livro ou que não é ensinado a se tornar uma pessoa útil é alguém que teve toda sua humanidade roubada.

Fiquei triste de ter que sair do Dashiki.

Capítulo 26

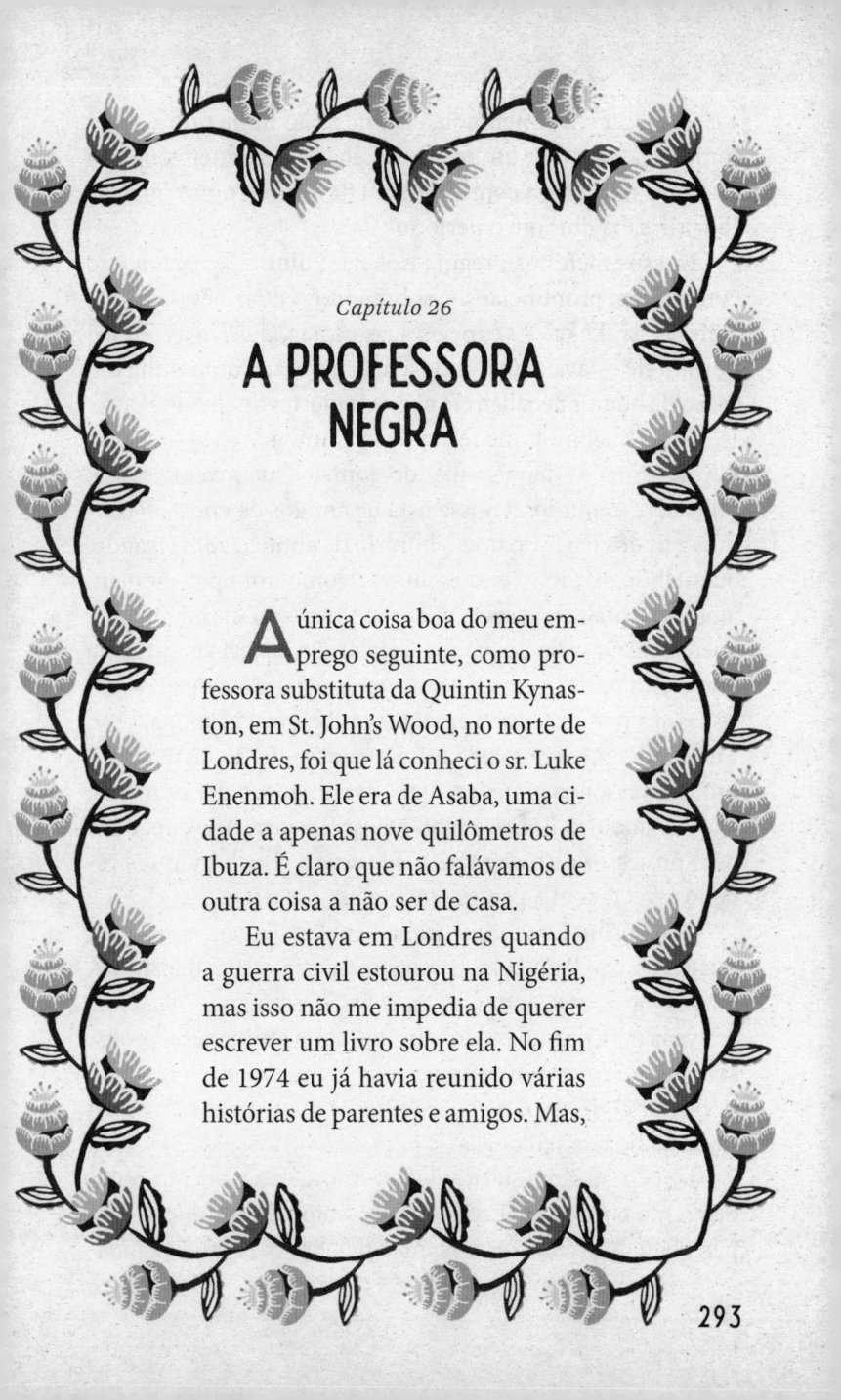

A PROFESSORA NEGRA

A única coisa boa do meu emprego seguinte, como professora substituta da Quintin Kynaston, em St. John's Wood, no norte de Londres, foi que lá conheci o sr. Luke Enenmoh. Ele era de Asaba, uma cidade a apenas nove quilômetros de Ibuza. É claro que não falávamos de outra coisa a não ser de casa.

Eu estava em Londres quando a guerra civil estourou na Nigéria, mas isso não me impedia de querer escrever um livro sobre ela. No fim de 1974 eu já havia reunido várias histórias de parentes e amigos. Mas, até conhecer o sr. Enenmoh, eu ainda não tinha tido a oportunidade de escutar um relato detalhado de alguém que não só estava na Nigéria como também havia vivido na região de Ibuza-Asaba durante o período.

Nossos meninos preguiçosos na Quintin Kynaston não conseguiam pronunciar seu sobrenome, então eles o chamavam de "sr. Luke" — e, pelas suas costas, de "Kojak Preto", porque ele estava começando a ficar careca. Como tinha um senso de humor peculiar, ele não se importava nem um pouco.

O sr. Enenmoh me fez apreciar minha breve estadia na QK. E semanas depois, quando conheci sua jovem esposa, pude acrescentá-los à nossa lista de amigos da época. Passamos a maior parte do nosso horário de almoço conversando, ou melhor, ele falava e eu escutava. Como um típico homem igbo ocidental, ele gostava que as mulheres na sua companhia apenas escutassem enquanto ele falava, com sua voz africana grave. Era professor há bastante tempo e dizia a quem se arriscasse a perguntar que era um mestre à moda antiga. O sr. Enenmoh ensinava matemática, um assunto do qual muitos professores ainda preferem fugir. Era um mago dos números.

Havia outro homem igbo na escola, o sr. Anakwe, também professor de matemática. Ele estava concluindo seu estágio e ficou com a gente somente um semestre.

Foi a primeira vez que trabalhei com alguém de origem asiática, a sra. Patel. Ela, como eu, era professora substituta, mas havia sido treinada para a profissão, enquanto eu não. Eu estava lá para dar aulas não porque queria exercer essa profissão, mas porque, com a exceção de lugares como o Dashiki, trabalhar como professora significava que eu podia ficar em casa aos fins de semana.

Uma professora substituta deveria, na realidade, transitar de escola em escola. Entretanto, a Autoridade Educacional percebeu que podia ter uma mão de obra barata de qualidade se contratasse profissionais formados como professores substitutos, mas os alocasse em uma única escola, fazendo as pessoas trabalharem como se fossem membros efetivos da equipe, só que sem os benefícios trabalhistas. Não recebíamos durante as férias ou durante greves inesperadas, mas nossa hora-aula era ligeiramente superior ao que se pagava a um professor comum. E, depois de um semestre como substituto, você podia se inscrever para uma vaga permanente no quadro de professores.

Era aí que o professor substituto corria o risco de se perder em uma dança muito perigosa. O diretor da escola literalmente tinha a vida desse professor na palma da mão. Você sempre era enviado para as piores turmas; não tinha horários livres e mesmo assim cobravam que você preparasse aulas, escrevesse relatórios, corrigisse provas, fizesse todas as coisas que os outros professores faziam nos seus horários livres; muitas vezes, você precisava fazer hora extra, mesmo depois de cumprir sua cota de aulas do dia. Então, para quem queria uma posição fixa, a primeira coisa a se fazer depois de se vincular a uma única escola era se livrar do rótulo de "professor substituto". A sra. Patel desejava muito realizar essa transição de carreira.

No início ela sentava conosco, os negros, e conversávamos sobre trabalho, histórias de vida e família. Eu fiquei muito próxima dela e pensei que podia considerá-la uma amiga. Mas de repente ela parou de sentar com a gente e sequer respondia o meu "bom dia". Eu ficava olhando fixamente para ela, sem saber o que tínhamos feito. Alguns dias depois ela se aproximou de mim e do sr. Enenmoh e disse que queria se tornar uma professora efetiva e por isso preferia ser vista junto dos professores brancos. Ela tinha certeza de que os professores brancos se irritavam ao nos verem sentados juntos e conversando, mesmo que todos nós falássemos em inglês.

Isso virou motivo de piada entre a gente durante o semestre — e pessoalmente eu a admirava pela sua sinceridade. Me diverti ainda mais ao perceber que ela chamava a atenção do diretor de estudos sociais, o assunto que eu lecionava, sempre que eu cometia algum deslize, como sair correndo para fazer compras depois de terminar as aulas do dia e não ter mais nenhuma turma para monitorar. A maioria das mulheres fazia isso, embora nossa obrigação fosse permanecer na sala dos professores até a escola estar oficialmente fechada. Eu parei de ir embora mais cedo assim que descobri que minha amiga, a sra. Patel, queria muito ser uma professora efetiva de ciências sociais. A ironia é que, no fim das contas, ela foi enrolada. Ela realmente acreditava que conseguiria a vaga, pobre sra. Patel — eu a vi no último dia do semestre, sentada no cantinho da sala dos professores, com uma aparência de puro desamparo. Ela não conseguiu o emprego e a Autoridade Educacional não a convocou de volta. Os alunos diziam que não conseguiam entender o inglês dela. Essa foi uma experiência que eu nunca esqueci.

Aceitei esse trabalho de professora com certa relutância e nem teria aceitado se meus editores tivessem publicado *Cidadã de segunda classe* quando haviam prometido. Atrasei meu início na escola até o último dia de outubro de 1974. Se a Allison & Busby já tivesse publicado o livro, eu faria o dinheiro render até ter um contrato por *Preço de noiva* — aqui de novo era eu vivendo no mundo dos sonhos. Quando o contrato de um livro é assinado, a maioria das editoras paga metade do adiantamento na assinatura e a outra metade na publicação. Mas o que eles chamam de "na assinatura" pode demorar meses e meses.

A Quintin Kynaston era minha última opção e, depois de algumas semanas de trabalho, eu já sabia que nunca me tornaria uma professora efetiva e não ficaria lá nem se me quisessem. Para o semestre seguinte, eles exigiam que a gente participasse de uma seleção para professores efetivos. Eu me inscrevi sem muito entusiasmo e, quando a Autoridade Educacional me chamou para ser professora efetiva em outra escola, sequer respondi o convite — porque eu não entendia o método de ensino daquela escola nem o motivo para os professores serem obrigados a adular os adolescentes. Eu estava *começando* a entender a lógica que permitia aos alunos passarem cinco anos na escola e saírem de lá não sabendo nem mesmo o básico.

A Quintin Kynaston era uma escola pública muito, muito grande. Minha primeira surpresa foi descobrir que os professores eram os responsáveis por fornecer lápis, canetas e papéis e ainda tirar as cópias dos livros utilizados em sala de aula. Boa parte dos meninos chegava na escola com suas roupas esportivas dentro de bolsas da Adidas e mais nada. Alguns dos mais desagradáveis nem se davam ao trabalho de levar uma bolsa, então, se você os via na rua, eles pareciam jovens assalariados retornando para casa depois de um dia de trabalho.

A escola me lembrava o Seventies, cujo principal objetivo era manter os meninos longe das ruas. Cada aula durava cerca de uma hora e vinte minutos. Você passava boa parte da noite anterior preparando o que ia dizer em sala de aula, mas, quando chegava lá, os primeiros vinte minutos eram desperdiçados na tentativa de acalmar os alunos — e eles te xingavam e te chamavam de todos os nomes possíveis. Me lembro especialmente do fato de que os meninos negros nascidos aqui na Inglaterra gostavam de imitar os sons do Tarzan sempre que eu me aproximava. Eles davam risada da minha africanidade, porque achavam que o Caribe era melhor do que a África e que os caribenhos não tinham relação nenhuma com os africanos. Esse foi o motivo que me levou, muito tempo depois, a apoiar o grupo fundado por Dorothy Kuya em Paddington, para encorajar as crianças negras, como as judias, a entenderem e aprenderem sobre sua história.

Meu primeiro conflito com a escola aconteceu quando mandei um menino para fora da sala por mau comportamento. Ele tinha dezesseis anos. Depois de ficar em pé na sua cadeira, ele decidiu que ia até a janela para dar uma espiada no movimento. Quando se cansou, sabendo que eu estava me esforçando para ignorá-lo, ele se virou e começou a jogar bolinhas de papel em todo mundo, inclusive em mim. O resto da turma, sem vontade nenhuma de fazer qualquer tarefa, logo embarcou na diversão que o colega estava criando. Então pedi que ele saísse da sala.

Percebi na mesma hora a expressão de horror que tomou conta dos outros meninos. De repente todos eles ficaram quietos, como se estivessem se preparando para a explosão de uma bomba. Imaginei, naquele momento, que o menino em questão ficaria bastante constrangido, do mesmo jeito que me senti quando a srta. Humble me mandou sair da sala ao me ouvir dizer que queria ser escritora. Eu ainda operava sob a ilusão de que uma escola era uma escola, independente de ser a Escola Metodista para Meninas em Lagos ou a Quintin Kynaston em St. John's Wood, em Londres. Eu me esqueci de que, na Escola Metodista para Meninas, nós pagávamos mensalidades e passávamos por exames rígidos antes de sermos aceitas — o que nos provocava um sentimento de orgulho por termos sido aprovadas. Eu me esqueci que na QK a Autoridade Educacional nos pagava um adicional salarial por saber muito bem com que tipo de crianças estávamos lidando.

O menino saiu da sala, depois de arremessar todos os papéis da sua mesa em cima da gente, e esbarrou em tudo que viu pela frente, como se não enxergasse nada. Logo um tumulto tomou conta da sala, porque, pelos cinco minutos seguintes, o menino bateu nas janelas, fez caretas do corredor e seguiu para as outras salas, quebrando tudo que encontrou pelo caminho.

O diretor não ficou nada feliz. Imaginei que ele fosse me chamar no seu escritório para dizer que um menino como aquele não era o tipo de aluno que nós podíamos mandar para fora da sala. Ele não me chamou, mas deve ter relatado o incidente para o chefe do meu departamento, pois ele, mais tarde, comentou em tom casual que alguns dos professores tinham vindo de escolas onde mandar alguém para fora da sala era considerado uma humilhação. Entendi naquela hora que eu ainda não tinha experiência suficiente para dar aulas em uma escola daquele porte.

Depois desse dia, passei a ser uma professora obediente, mas não dedicada. A maioria dos professores era realmente dedicada. Estávamos todos em uma situação impossível e alguns dos docentes de fato se esforçavam ao máximo. Eu, no entanto, não podia fazer nada: era uma professora substituta, com pouco poder e pouco respeito, e ser negra tampouco me ajudava, então apenas me contentei em observar.

Dos cento e poucos alunos que entraram no colégio naquele ano, pouquíssimos conseguiram passar nas provas para entrar na universidade. Os professores ficaram tão orgulhosos desses poucos que, por várias semanas, os nomes deles permaneceram no quadro de avisos da sala dos professores. E pensar que, a alguns pontos de ônibus de distância, ficava a escola St. Marylebone, onde mesmo o aluno mais ordinário conseguia alcançar resultados excelentes nas provas de certificado. O governo trabalhista fechou a St. Marylebone porque o diretor — que, pelo que eu soube, tinha lecionado por anos numa das colônias britânicas — se recusou a torná-la pública. Fechar aquela escola foi uma tristeza: para boa parte dos alunos de lá, o tema central das conversas era "qual universidade você vai tentar?". Eu me lembro de telefonar em pânico para a St. Marylebone por achar que meu filho tinha sido reprovado nos exames finais e não conseguiria entrar na universidade que ele tinha escolhido. A voz do vice-diretor me tranquilizou:

— Ik não vai ter problema nenhum. Se acontecer alguma coisa, nos avise. Ele ganhou o primeiro prêmio em física no passado, entre todas as escolas de Londres, você sabe bem disso! Os resultados ainda não saíram, então não se preocupe.

Ele estava certo. Ik entrou na universidade.

Não por ser particularmente inteligente. Ele se saía bem em física porque estava sendo ensinado pelo professor que tinha elaborado o livro didático! Eram somente quinze alunos por turma. Em lugares como a Quintin Kynaston, a maior parte do tempo dos professores era ocupada por questões básicas de disciplina. Escolas primárias como St. Mary Magdalene, onde todos meus filhos estudaram, e escolas secundárias como a St. Marylebone, por sua vez, deixavam muito claro que, com a atenção adequada, poucas crianças são realmente ineducáveis. Eu vivia uma vida da classe trabalhadora, mas, como sabia que minha família provavelmente iria morar e trabalhar aqui na Inglaterra, fui obrigada a recorrer a toda e qualquer benesse que a sociedade oferecia para me ajudar a criar meus filhos. Eles podem não ser acadêmicos de renome, mas toda mãe gosta de saber que deu o melhor de si para suas crianças. Escolas como a Quintin Kynaston deveriam ter mais professores, mais bibliotecas e mais recursos, para que os alunos possam sair da escola com um pouco mais de esperança.

Enfiar os jovens em escolas públicas enormes ou jogá-los em lugares como o Seventies é o mesmo que condenar uma criança antes mesmo dela nascer. Uma pessoa sem educação tem pouquíssimas chances de ser feliz. Ela não consegue gostar de ler, não consegue entender uma música complexa, não sabe o que fazer consigo mesma quando se encontra desempregada. Quantas vezes não escutei meus amigos dizerem querer largar o emprego chato porque querem escrever, acompanhar o que está rolando nos teatros, viajar e estar com a família.

A pessoa sem educação não tem escolha. Quando ela perde o emprego chato, ela sente como se tivesse perdido a vida. É uma grande injustiça.

Capítulo 27
O ANO DAS MULHERES

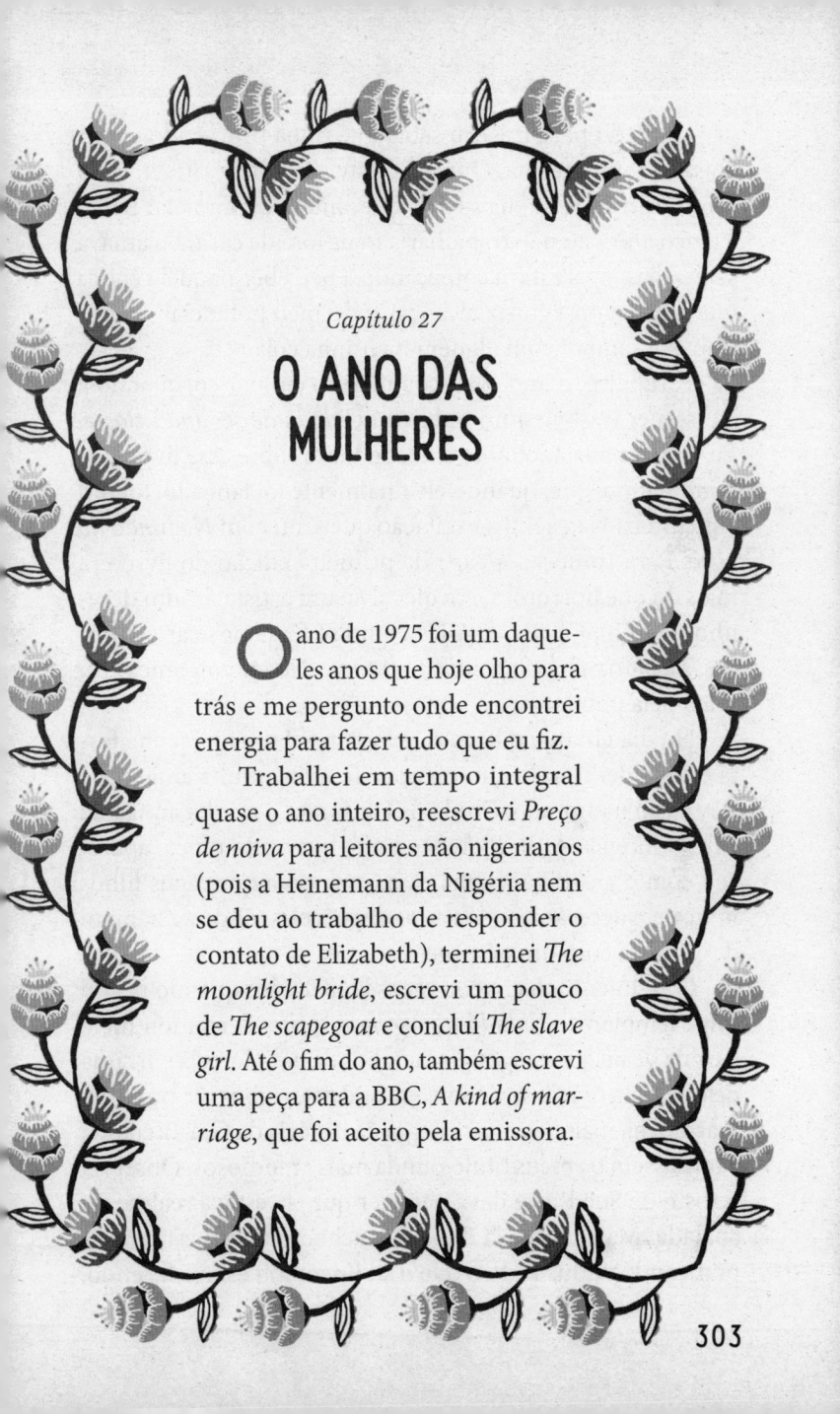

O ano de 1975 foi um daqueles anos que hoje olho para trás e me pergunto onde encontrei energia para fazer tudo que eu fiz.

Trabalhei em tempo integral quase o ano inteiro, reescrevi *Preço de noiva* para leitores não nigerianos (pois a Heinemann da Nigéria nem se deu ao trabalho de responder o contato de Elizabeth), terminei *The moonlight bride*, escrevi um pouco de *The scapegoat* e concluí *The slave girl*. Até o fim do ano, também escrevi uma peça para a BBC, *A kind of marriage*, que foi aceito pela emissora.

Olhando para trás, eu sabia que tinha prometido várias coisas a mim mesma. Que o Rothay, na Albany Street, seria minha última moradia social. Que, antes de completar trinta e cinco anos, eu não trabalharia mais fora de casa. Eu amava as pessoas, mas estava começando a perceber naquela época que nunca conseguiria alcançar todo meu potencial se continuasse sempre com alguém na minha cola.

Para mim, o ano começou mesmo em março, quando a Allison & Busby enfim publicou *Cidadã de segunda classe*. Eu já tinha ansiado tanto e falado tanto sobre esse livro, por tanto tempo, que, quando ele finalmente foi lançado, foi um anticlímax. Não senti a excitação que senti com *No fundo do poço*. Para começar, a capa da primeira edição do livro era mais do que horrorosa, era ofensiva: um artista fez um desenho de mim, Christy e Alice como se fôssemos caricaturas do *The black and white minstrels show*. No entanto, me senti grata pela publicação.

No dia em que o livro saiu, organizei uma pequena festa e convidei o sr. Enenmoh e sua família, minha amiga Sue Kay e seu namorado, Chidi, os Olufunwa e minha amiga da BBC, Florence Akst. Florence tinha quebrado o pé e apareceu com o gesso na minha casa, uma cena que meus filhos nunca esqueceram — dez anos depois eles ainda a chamam de "a moça com um pé e meio".

O sr. Enenmoh chocou meus convidados quando pegou um exemplar de *Cidadã de segunda classe*, derramou meia garrafa de uísque e jogou pedacinhos de noz-de-cola em cima dele e numa oração ordenou que os deuses igbos me transformassem na maior escritora negra da história da Grã-Bretanha e tornassem os meus títulos ainda mais grandiosos. Observei o rosto de Sue Kay e dava para ver que ela estava realmente abalada. Mais tarde ela disse que achou que nós estávamos praticando vudu. Tudo o que o sr. Enenmoh estava fazendo, na condição de homem mais velho entre os convidados, era representar meu pai — e, sabendo que eu pretendia seguir carreira na escrita, ele estava agradecendo aos nossos antepassados por me revelarem minha vocação e pedindo a eles para que eu fizesse um uso responsável dos meus talentos.

Foi uma noite agradável. Dançamos ao som de discos africanos e ingleses e as crianças adoraram receber a atenção de todos os presentes. Eu também me diverti. Meses depois, ouvi um dos professores do Instituto de Educação, onde eu ainda me aventurava na pós-graduação, falando sobre a grande festa que eu tinha dado. Sue tinha dito: *Foi melhor do que muito casamento por aí*. Tenho certeza de que ela se referia aos casamentos ocidentais, não aos nigerianos. Mas, de algum modo, *Cidadã de segunda classe* me deu a confiança necessária para convidar todos esses amigos íntimos para meu apartamento semanas antes de Londres e de todas as pessoas começarem a me dizer que eu havia escrito um ótimo livro.

Londres disse isso. A imprensa disse isso. Todo mundo começou a me ligar para pedir entrevistas. Um professor sacudiu o The Guardian na minha frente e disse *Olha o tamanho dessa resenha*, e outro disse *O livro foi resenhado no Sunday Times de ontem*. Eu costumava ler o Times, mas estava tão ocupada sentindo pena de mim mesma por causa do atraso do livro que sequer pensei que alguém se daria o trabalho de ir além daquela capa horrorosa. Quando todo mundo começou a falar do livro na sala dos professores, mal pude esperar para chegar em casa e desenterrar meu exemplar do jornal para poder ler a tal resenha.

Em casa, meus filhos tinham jogado nosso Sunday Times no lixo. Liguei para Chidi, que trouxe o seu, e saímos correndo e compramos uma cópia do Guardian e lemos a resenha de Carol Dix. Depois de todo mundo ir embora, peguei um exemplar de *Cidadã de segunda classe* e o li novamente. Eu já tinha me esquecido de metade das coisas que eu havia escrito — e de certa forma, quando estava escrevendo, nunca imaginei que algum editor fosse querer publicar uma bobagem tão pessoal. Quando a mulher da Allison & Busby me disse que iria editar o texto, pensei que ela fosse cortar uns trechos. Ela não cortou nada. Ela corrigiu os erros ortográficos e gramaticais, mas deixou o livro do jeito que eu havia escrito.

Minha primeira reação foi sentir raiva de mim mesma. Por que eu tinha deixado meus sentimentos escorrerem para a página de maneira tão transparente? Por que eles não me disseram que não iam editar o material, e por que eu mesma não li o texto de novo? O manuscrito tinha passado tanto tempo largado pelos cantos que eu não aguentava mais nem olhar para ele. Então me consolei pensando que, assim como acontece com a maioria dos erros, eu simplesmente teria que conviver com ele. Eu havia colocado mais de mim no livro do que eu pretendia, mas, como Cyprian Ekwensi me disse, em 1981, na Nigéria: *é isso a criatividade*.

Não tive muito tempo para sentir pena de mim mesma. Eu estava de novo ficando famosa. Sandra Harris, da Thames Television, ia conversar comigo a respeito do livro — minha primeira entrevista televisionada. Eu achava que íamos todos morrer de tanta euforia.

Meus filhos contaram da entrevista ao sr. Harper, da St. Mary Magdalene, e a escola inteira, professores e alunos, assistiram. Eu corri da Quintin Kynaston para casa, porque não podia usar a tevê da escola. Alguns dos meus alunos não voltaram para as aulas depois do almoço, pois a "senhorita" estaria na televisão. Nossa, foi uma loucura! Um desavisado ia acabar pensando que eu tinha escrito uma obra-prima. Como a opinião pública é imprevisível! Um livro que você nem dá muita bola e as pessoas acabam gostando dele. Os escritores precisam apenas escrever, e não se preocupar com o que as pessoas vão pensar, porque a opinião pública é um cavalo difícil demais de domar.

Cidadã de segunda classe foi resenhado por inúmeros jornais. Todo mundo tinha alguma coisa a falar sobre ele. O Times Literary Supplement me encomendou um artigo sobre a educação dos jovens em Londres quando o pessoal de lá soube que, além de escrever, eu também pesquisava. O diretor da Quintin Kynaston não me pareceu gostar muito da ideia, porque ele não sabia o que eu poderia falar. De todo modo escrevi um artigo chamado *Bomba-relógio*, extraindo material das minhas experiências no Seventies, no Dashiki e na Quintin Kynaston. Esse texto acabou prevendo o que anos depois aconteceu tanto em Brixton quanto em Toxteth — o fato de que, quando as pessoas não são educadas o suficiente para entrar no mercado de trabalho, surge uma bomba-relógio prestes a explodir nas ruas. Eu sabia que, escrevendo da maneira que escrevi, estava assinando meu pedido de demissão do sistema ortodoxo de educação, mas de qualquer forma eu estava determinada a não retornar à sala de aula depois das férias de verão.

Depois de aparecer na televisão, as pessoas me fizeram olhar para mim mesma sob uma nova perspectiva. Eu pelo jeito podia ser engraçada, mesmo que esse humor fosse apenas uma tentativa desesperada de esconder uma timidez crônica. E pelo jeito eu conseguia conversar, mesmo que o que eu estivesse dizendo não fizesse lá muito sentido. Só Deus sabe por que outras mulheres — casadas, solteiras e viúvas — estavam interessadas em saber sobre a vida tediosa que levei ao cuidar sozinha de cinco crianças. Bom, nem tão sozinha assim, porque, em 1975, recebi do meu marido o primeiro pagamento da pensão em três anos. Seis libras. Fiquei sabendo que ele tinha ido até Clerkenwell e jurado que os filhos eram dele, que eu era sua esposa e que ele estava cansado de estudar. Sylvester conseguiu um emprego que pagava muito, muito pouco. O tipo de posição que eu o havia ajudado a conseguir em 1972 agora estava fora do seu alcance. Oportunidades perdidas! Pessoalmente, acho que ele deve ter lido *Cidadã de segunda classe* e sentido alguma espécie de culpa. As pessoas têm alguma consciência no fim das contas.

Eu, no entanto, tinha parado de pensar nele. Minha vida estava tão agitada que às vezes eu me assustava com o ritmo dela. Eu acordava por volta das quatro e meia da manhã e escrevia até às sete e meia, quando arrumava todo mundo para a escola. Eu precisava chegar na Quintin Kynaston às oito e meia e ficava lá até as quatro da tarde. No caminho de volta, parava para fazer umas compras em St. John's Wood. Encontrava a casa geralmente em silêncio, porque, com Chiedu na Highbury e Ik na St. Marylebone, as tardes eram dedicadas aos deveres de casa. Essas duas escolas mantinham seus alunos realmente ocupados à tarde. E os mais novos precisavam seguir o exemplo dos mais velhos. Proibi televisão durante a semana e as crianças iam à biblioteca, a encontros de escoteiras ou a aulas de dança e de sapateado. Acho que consegui tempo para fazer tudo o que eu fiz justamente por ter preenchido os horários das crianças com atividades. Tínhamos sorte no Rothay. Tudo ficava a cinco minutos de caminhada. A escola ficava a algumas ruas de distância. As aulas de sapateado aconteciam na Associação dos Locatários, bem ao lado do nosso prédio, e as escoteiras usavam o prédio escolar da Igreja de Cristo para os encontros. Eu não precisava levar ninguém a lugar nenhum. Todos os dias, eles sabiam muito bem para onde deveriam ir. A sra. Slattery, a bibliotecária das crianças na Robert Street, teve seu nome repetido tantas vezes na minha casa que eu às vezes a confundia com alguma das professoras. Tudo o que ela dizia era citado e os livros que ela recomendava eram lidos. Na frente da biblioteca, ficava a cooperativa onde Christy pegava nosso pão diário. Nós a chamávamos de mulher-pãozinho, mas, como todo dia ela queria pegar um livro novo para ler, não se importava com a tarefa. Eu também havia comprado minha própria máquina de lavar roupas, então Chiedu podia se concentrar nos seus estudos. Ela costumava cuidar da lavanderia. Os meninos limpavam a casa nos fins de semana e lavavam os pratos depois do jantar de domingo. Eu precisava lidar com várias coisas, mas fiz com que a família toda ajudasse. Todos esses combinados ficaram mais complicados quando eles ficaram mais velhos, mas, em 1975, na época em que eles mais precisavam de mim, tudo funcionou direitinho.

Os leitores devem mesmo ter gostado de *Cidadã de segunda classe*, porque, no fim de abril, a Allison & Busby o enviou para um editor norte-americano, e claro que isso significou a entrada de mais um pouco de dinheiro, a ser compartilhado entre eles e a minha agente. Para mim, foi um grande passo e o maior pagamento que eu já tinha recebido de uma só vez pela minha escrita: minha parte, quando finalmente a recebi, em maio, foi de trezentos e vinte e duas libras e noventa e oito centavos. O salário que eu recebia da Autoridade Educacional como professora em tempo integral era de duzentos e vinte e três libras. O aluguel custava noventa libras por mês. Claro que nessa época eu já não tinha mais direito a almoços de graça e à maioria dos benefícios sociais, porque minhas declarações fiscais eram mais altas do que as das pessoas realmente pobres. Eu me sentia muito rica, pois a Allison & Busby não só tinha me pagado as cento e vinte e cinco libras da publicação de *Cidadã de segunda classe* como também tinha assinado e pagado o adiantamento inicial de *Preço de noiva*, também de cento e vinte e cinco libras.

Tirando a porcentagem da Curtis Brown, recebi a maior parte desse dinheiro. Eu estava começando a visualizar o momento em que ia ter conseguido economizar o suficiente para dar a entrada de quatro mil libras que eu precisava para a casa que queria comprar no fim do ano.

Encontrei meus editores para comer e para podermos planejar em detalhes a palestra que eu ia dar na terça-feira, 22 de abril de 1975. Pela primeira vez, fui pressionada a abandonar minha agência, a Curtis Brown. Eu entendia o argumento de Margaret Busby, mas eu precisava de Elizabeth Stevens para pressionar Clive Allison a realizar os pagamentos devidos. Talvez, se eu não estivesse pensando em comprar uma casa, teria largado minha agente.

Allison e Busby não eram de jeito nenhum os editores ideais. Clive nunca pagava os direitos autorais no prazo correto, mas eu não me sentia intimidada por ele. Em relação a Margaret, em algum momento comecei a vê-la como a irmã que eu não tive. O relacionamento que todos nós mantínhamos naquela época era engraçado. Parecia um furacão. Sempre brigávamos por causa do dinheiro, mas no fim achávamos uma maneira de nos acertarmos.

Não posso dizer o mesmo sobre minha agente. Talvez porque ela era tipicamente britânica e se comportava como tal. Você podia gritar com Clive pelo telefone ou no seu escritório, mas isso não queria dizer que iria ganhar a disputa. Mas, quando eu visitava minha agente em Craven Hill, eu sempre era obrigada a esperar numa recepção de aparência americanizada, como se estivesse esperando uma consulta no dentista ou uma entrevista de emprego. Para completar, Allison e Busby foram as pessoas que descobriram meu editor norte-americano, que hoje é um grande amigo da família, e mais tarde eu mesma descobri a Oxford University Press, a BBC e a Granada Television. Por que então ter uma agente?

Depois que concordava com o valor do adiantamento por telefone, eu ligava para Elizabeth para assinar o contrato, e claro que, ao intermediar essa negociação, a empresa cobrava sua taxa de dez por cento e recolhia os impostos devidos pelo autor. Nos filmes que narram a vida dos escritores, você vê o agente fazendo visitas e os dois planejando juntos a estratégia a se seguir, mas, na vida real, Elizabeth só me visitou uma única vez, para conhecer minha primeira casa, em Crouch End. Lembro que ela era tão educada, sentada o tempo inteiro na mesma poltrona e bebendo sua xícara de chá, que acabou me deixando com a sensação de que eu havia convidado minha diretora para o chá da tarde. Quando Margaret e a sra. Lyn Allison me visitaram, nós três percorremos todos os cômodos da casa e passamos um bom tempo analisando o preço de cada coisa.

A palestra que dei no Centro Africano, a primeira fala formal sobre o meu livro, foi um sucesso. Foi anunciada em vários jornais, inclusive no Contact, um jornal para professores, o que fez com que até meus colegas da Quintin Kynaston ficassem sabendo do evento. Allison e Busby levaram algumas cópias de *Cidadã de segunda classe*, e acho que o livro deve ter vendido bem, pois notei um sorriso discreto no rosto de Margaret.

O ano de 1975 foi o Ano Internacional da Mulher. Até então, eu nunca tinha ouvido a palavra "feminismo". Eu escrevia meus livros a partir das minhas próprias experiências e da observação e do estudo das vidas ao meu redor. Não sabia que escrever do jeito que eu escrevia me colocava numa categoria especial. Comecei a entender isso em 28 de junho de 1975, quando a Liga Internacional das Mulheres me convidou para dar uma palestra. Meu pagamento foi um almoço de graça.

Eu não sabia que poderia ser paga pelo evento; estava feliz só de ter sido convidada. Lembro que costurei uma blusa especial com o tecido que comprei no balcão de sobras da

John Lewis e que fiz um cachecol com o mesmo material. Amarrei uma lapa na cintura ao invés de usar uma saia. Me senti tão chique!

Quando vi as pessoas que iriam participar do painel, lady isso e princesa aquilo, meu estômago começou a doer. Eu sabia que, para me destacar diante daquelas mulheres, teria que chocá-las. E foi o que eu fiz. Todas elas chegaram com discursos lindamente datilografados, preparados com antecedência e distribuídos para cada uma de nós — eu não sabia que era assim que a banda tocava; meus discursos ficavam todos na minha mente e dez anos depois eles continuam por lá. Às vezes eu me dava ao trabalho de escrever o que ia dizer, mas acabava perdendo o papel na correria para pegar o avião ou o trem. Mesmo quando conseguia preparar tudo antes, achava que ler um discurso era uma chatice sem tamanho. Portanto, hoje em dia faço questão de conhecer meu assunto de trás para frente, porque aí posso abordá-lo pelo ângulo que eu quiser. Agradeço a Deus pelas experiências que tive nesse início da minha carreira.

Antes da minha vez de falar, a conversa girava entre a emancipação das mulheres, o controle de natalidade no Terceiro Mundo e o sofrimento das mulheres nesses países mais pobres. Não sei por que detestei tanto ver as pessoas falando sobre nós daquela maneira. Ainda detesto, e por causa disso me vejo discordando de toda e qualquer sugestão dada pelas mulheres brancas, mesmo reconhecendo que algumas delas podem ser realmente úteis. Acho que, assim como os meninos negros na escola onde eu ensinava, você cansa de se ver apenas como um problema.

Então me levantei e deixei todas aquelas mulheres em choque, dizendo a elas para cuidarem da própria vida e para nos deixarem, as mulheres do Terceiro Mundo, em paz. Dava para escutar um alfinete caindo no chão. Pensei que eu seria expulsa do recinto, mas não fui. Como se não bastasse, a dra. Harriet Sibisi, uma mulher que passei a conhecer melhor muito tempo depois, uma sul-africana negra que na época era professora de Oxford e uma eminente antropóloga, também se levantou e disse que o objetivo dos negros da África do Sul era crescer e multiplicar, porque não tínhamos como saber quantos deles seriam capazes de sobreviver à tirania branca. Mulheres e homens negros presentes e algumas mulheres brancas inteligentes apoiaram e aplaudiram meu discurso!

Ah, a inocência! Eu disse àquelas mulheres tudo o que eu sentia e elas me aplaudiram pela minha sinceridade e garantiram que medidas seriam tomadas no sentido de estreitar os laços entre mulheres negras e brancas. Do meu modo cego e estúpido, acabei acertando a verdade. Elas não estavam de brincadeira, estavam falando sério. Uma voz perguntou onde era possível adquirir o meu último livro. Eu só tinha um exemplar em mãos, que foi logo comprado, mas avisei que depois da pausa para o almoço traria mais uns cem.

No intervalo telefonei para meus filhos e Chiedu, Ik e Jake levaram os livros que eu havia comprado com desconto na editora uma semana antes. Eu sabia que conseguia vender meus livros, porque os trezentos exemplares em capa dura que peguei da Barrie & Jenkins quando eles queriam destruir as sobras de *No fundo do poço* foram vendidos em menos de seis meses. Eu vendi para amigos e parentes. Ainda existem cópias de *No fundo do poço* e de *Cidadã de segunda classe* nas estantes de muitas pessoas que nasceram em Ibuza e moram em Londres.

As crianças ficaram me esperando. Precisei chamar um táxi e carregar todos os livros até o salão. Perdi o almoço que era meu pagamento, mas autografei os livros e vendi todos os exemplares, tanto que uma holandesa que queria comprar oitenta e seis cópias de uma só vez precisou ser encaminhada à Allison & Busby.

Acho que essa palestra realmente me colocou no mapa como autora internacional. Não percebi, na hora, que mais de três quartos das pessoas presentes eram estrangeiras. Ainda não sei como foi que Lucy Kaye, a secretária da Liga Internacional das Mulheres, me descobriu. A maioria das associadas era tão rica que você ficava enjoada só de olhar para suas roupas, para o número de Rolls Royces com motoristas à espera do lado de fora, para o modo como elas falavam, através de sussurros... Nossa, elas eram diferentes.

E mesmo assim elas me convidaram para falar. Eu me arrependi? Não, nem um pouco. Continuo sem me arrepender, porque aquela era a base em que ainda se sustentam muitas das minhas crenças. Hoje em dia já não sou mais tão direta e conheci mulheres muito, muito decentes, brancas, negras e rosas, mas, em 1975 e 1976, eu ainda me sentia muito amargurada. Sou feliz por ter escrito *Cidadã de segunda classe* e pelo pequeno sucesso que o livro me trouxe. Porque o livro foi terapêutico — tanto escrevê-lo quanto falar sobre ele.

Tive mais de cem libras de lucro naquele dia e paguei a Allison & Busby na semana seguinte. Eu me sentia culpada de ganhar tanto dinheiro, por isso, em vez de pedir que eles deduzissem o custo dos livros dos royalties do ano seguinte, eu paguei em dinheiro. Agora que publico meus próprios livros, entendo por que Clive sempre se lembra daquele episódio. Ele me disse que, algumas semanas depois, a mulher da Holanda que conheci na conferência fez de fato uma grande encomenda. O livro foi um grande sucesso não apenas para mim, mas também para eles. De certa maneira, graças a essa publicação e ao seu sucesso, parei de ficar sem jeito sempre que alguém se referia a mim como uma escritora.

Capítulo 28
FÉRIAS COM COMIDA CASEIRA

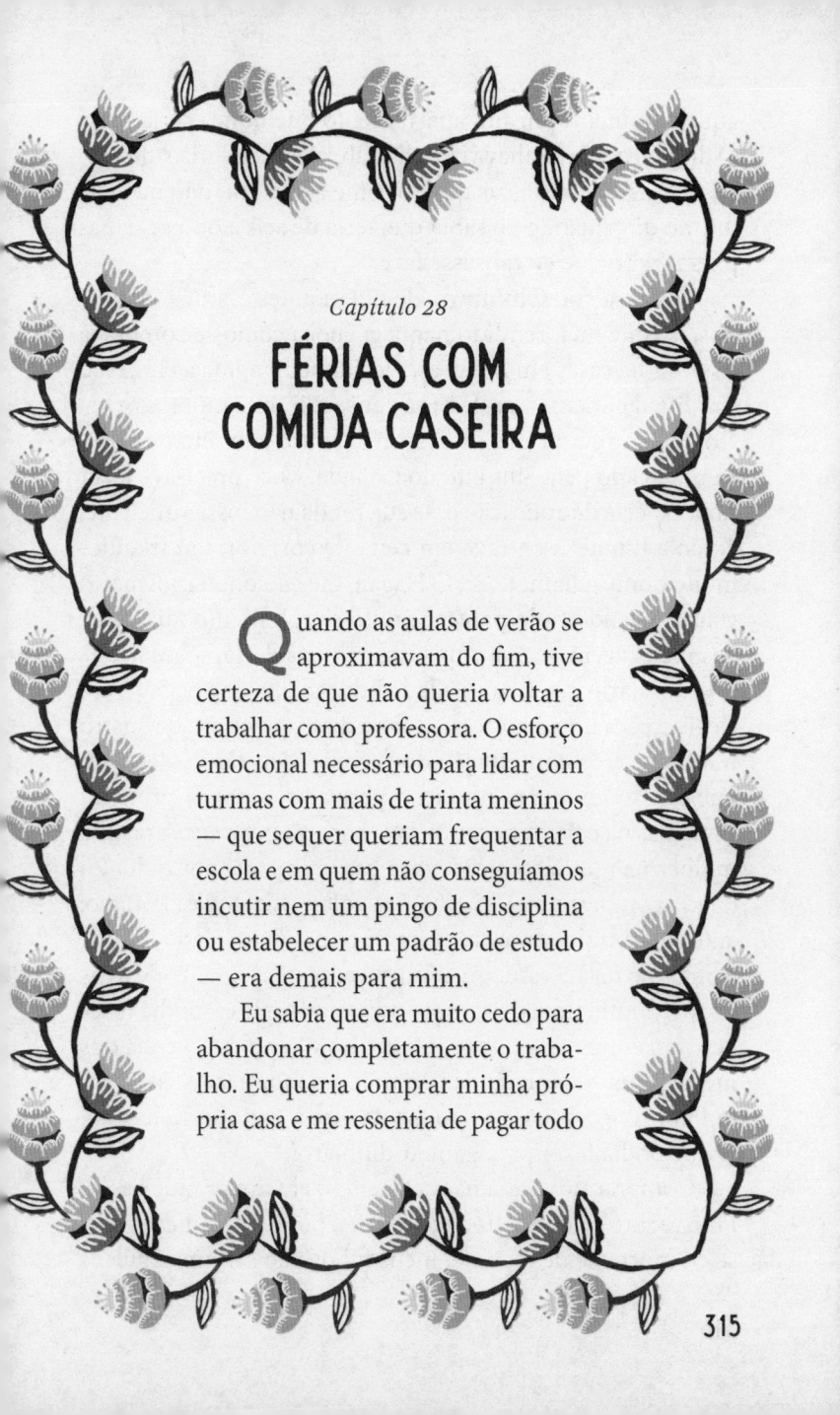

Quando as aulas de verão se aproximavam do fim, tive certeza de que não queria voltar a trabalhar como professora. O esforço emocional necessário para lidar com turmas com mais de trinta meninos — que sequer queriam frequentar a escola e em quem não conseguíamos incutir nem um pingo de disciplina ou estabelecer um padrão de estudo — era demais para mim.

Eu sabia que era muito cedo para abandonar completamente o trabalho. Eu queria comprar minha própria casa e me ressentia de pagar todo aquele dinheiro por um apartamento que nunca seria meu. O dinheiro que ganhava com literatura nunca seria suficiente, mas não deixei essas questões me abalarem, não naquele último dia, quando eu sabia que teria de seis a oito semanas para fazer o que eu quisesse fazer.

O sr. e a sra. Olufunwa, de quem antes éramos inquilinos, já tinham aprendido naquela época como se comprava e se vendia casas em Londres. Decidi pedir ajuda a eles. Não era difícil para uma professora conseguir uma hipoteca e, na Contact, a revista dos professores, vi um anúncio de seguro publicado pela Sun Life do Canadá. Você precisava fazer uma espécie de aplicação e, se sua renda não fosse suficiente, então a hipoteca entrava em cena. O corretor, um irlandês muito bonito chamado sr. O'Hagan, me telefonou e foi muito gentil, fazendo tudo parecer muito simples. Eu podia pedir aos meus agentes uma cópia das minhas declarações fiscais e, pelo salário que a Autoridade Educacional me pagava, era elegível para uma hipoteca — além disso, precisava de quatro mil libras e da contratação do seguro. Mais tarde, descobri que esse era um caminho caro para se comprar a primeira casa, mas na época era como dava para fazer. Se você era uma mulher na minha posição, você pagava a mais por tudo. Eu queria comprar uma casa e não ia voltar a dar aulas. Por isso, antes do fim do semestre, garanti que a Autoridade Educacional me fornecesse um comprovante de renda. E a Curtis Brown emitiu uma declaração afirmando que eu podia receber algo entre oitocentas e mil libras por ano pela venda dos meus livros. Mas eu ainda não tinha economizado as quatro mil libras necessárias e não ia retornar à Quintin Kynaston. O que podia fazer para ganhar dinheiro?

Comprar uma casa naquele tempo era um grande passo. Fiz o seguro e fiquei feliz de tê-lo feito, porque significava que, se eu morresse de repente, meus filhos não seriam expulsos da nossa casa. Isso me deu paz de espírito. Eu tinha conhecido dois irmãos nigerianos cujos pais morreram de repente num acidente de carro e eles foram despejados da casa da família algumas semanas depois do funeral simplesmente porque seus pais não haviam subscrito uma proteção hipotecária. Esses pobres meninos foram enviados ao Dashiki para continuarem os estudos; o mais velho dizia que ia ser artista. Duvido que eles tenham conseguido, porque o mais jovem foi um dos enviados ao reformatório quando o projeto acabou.

Sempre me lembro desse incidente. E imaginar minha família sendo forçada a ir para lugares como aqueles me fazia suar de repente. Portanto, embora eu soubesse que estava pagando uma conta bastante alta, a apólice do sr. O'Hagan me deixava tranquila. E eu também sabia que, por fazer os pagamentos com regularidade, ele não ia perguntar se eu já tinha economizado o suficiente ou se eu continuava a dar aulas. De fato, ele não perguntou. Apesar de sentir um frio na barriga várias e várias vezes, eu sabia que estava em dia com as minhas obrigações, o que fazia eu me sentir bem.

Tudo isso ainda estava no futuro. No verão de 1975, eu pedi ao sr. Olufunwa para procurar uma casa para mim e para meus filhos. A história entre os Olufunwa e a minha família é realmente interessante. Eles eram os proprietários que tinham nos perseguido e que no fim nos botaram para fora de casa, logo depois que chegamos à Inglaterra. Meu marido nunca os perdoou, mas eu sim, porque o sr. Olufunwa veio à nossa casa várias vezes para pedir desculpas e porque soube que eles enfim tinham começado a ter filhos. Não acho que a sra. Olufunwa algum dia se perdoou, no entanto.

No início da década de 1970, eu ainda não havia circulado direito por áreas do norte de Londres, como Enfield, Crouch End ou Muswell Hill. Eu costumava passar de ônibus pela rua principal de Muswell Hill quando trabalhava na biblioteca de

North Finchley, mas nunca conheci muito bem a região. Só conhecia os elegantes prédios cinzas nos arredores de Kentish Town e da Albany Street. Mas, no dia em que levei Chiedu e Alice para visitar a nova casa dos Olufunwa em Enfield, fui fisgada. A casa deles parecia de bonecas, com carpetes vermelhos por todos os lados. Tinha um banheiro dos sonhos, completamente azul, e um jardim de verdade, bem diferente dos jardins das moradias sociais. Eles tiveram sorte. Foram obrigados a deixar a casa onde moravam em Kentish Town, mas, por serem casados, o Conselho de Camden concedeu-lhes uma hipoteca de cem por cento. Uma mãe solteira, independente do número de filhos, e mesmo que estivesse em um ótimo emprego, não conseguia uma hipoteca assim. E se essa mulher ainda por cima fosse negra, essa ideia permaneceria para sempre sendo somente uma ideia. Visitei a casa no início da década, mas nunca tive coragem de dizer que também queria uma casa como aquela. Assim como a assistente social que me atendia na época, eles teriam me perguntado: *Mas onde você vai arranjar o dinheiro?* Fiquei observando enquanto minha pequena Alice se divertia no jardim privativo, a primeira vez que ela brincava num lugar como aquele, e por um instante senti que meus filhos estavam sendo privados das boas coisas do mundo. Mas não me preocupei muito com isso, porque aquele foi o verão em que os outros três, Ik, Jake e Christy, foram para Norwich e passaram duas semanas com a sra. Walls.

Três anos depois tomei coragem e disse aos Olufunwa que eu estava procurando uma casa, e eles acreditaram em mim. Mas isso só aconteceu depois dos meus filhos insistirem muito que nós precisávamos ter umas férias de verdade. Quando eles falaram "de verdade", eu sabia o que eles queriam dizer.

Minhas experiências de férias na condição de família monoparental poderiam preencher páginas de um livro.

Mas uma que se manteve firme na minha memória foi um período que passamos em Deal, em 1973. Alguém nos falou que esse lugar, escondido no meio de Deal, era bonito e especialmente acessível para mulheres com filhos. Claro que ouvimos a ladainha de sempre sobre o mar, a areia branca e a vida noturna. Eu já tinha publicado *No fundo do poço* na época e podia pagar por umas férias de verdade, mas, como essa viagem era barata, subsidiada pelo conselho municipal e destinada a pais que, de outra maneira, não tinham os meios de financiar uma viagem de férias, eu disse *Beleza, vamos lá.* Nós fomos. E foi um inferno!

Nos colocaram num quarto que tinha ficado vago naquela manhã e a sensação era de que a família que havia se hospedado lá tinha usado os cobertores como latrina! Jake foi o primeiro a perceber. Ele pulou no beliche e gritou:

— Mãe, mãe... Xixi!

Eu não conseguia nem olhar, era terrível demais. Chiedu, conhecendo a mãe que tinha, suspeitou que eu exigiria que fôssemos levados de volta para casa. Ela correu e chamou os estudantes que trabalhavam lá e eles entraram no quarto e levaram as roupas de cama embora. Esses estudantes nos deram uns cobertores que, segundo eles, estavam limpos, mas eles fediam tanto que nós nunca os usamos. Por sorte, tínhamos levado outros lençóis — e eu também tinha levado meu tecido africano, sempre muito útil, e à noite enrolei meus exaustos filhos nele.

Mais tarde descobrimos o porquê dos hóspedes anteriores terem se aliviado ali mesmo, nos cobertores. O banheiro estava inutilizável. Você levantava a tampa do vaso e dava de cara com todos os excrementos já depositados nele. Então você acrescentava a sua própria produção e baixava a tampa de volta. Não havia sistema hidráulico. As crianças acharam que era uma situação curiosa, mas divertida. Eu pensei que mandar mulheres com filhos para um lugar como aquele não só era cruel como também desumano. Não me surpreendi nem um pouco quando quatro ou cinco mulheres começaram a gritar, no meio da noite, e precisaram ser levadas de volta para Londres. Eu também queria voltar, mas meus filhos nunca tinham visto um espaço tão amplo, onde eles podiam fazer tudo o que quisessem. Todos os dias, o pessoal nos levava para a praia de Deal. Em pouco tempo aprendi a me segurar e a usar o banheiro à beira-mar, que era limpo. Tínhamos bastante luz do sol e as areias brancas se estendiam por quilômetros, margeando as águas. A cidade estava superlotada, mas sempre saíamos da nossa "fortaleza" às oito da manhã, com sanduíches embalados para a viagem, e voltávamos por volta de seis e meia da tarde. Só entrávamos naquele lugar tenebroso para dormir e eu tinha certeza de que minha família estava se divertindo. Meus cartões do banco haviam viajado comigo e eu pagava almoços decentes para as crianças quando enjoávamos dos sanduíches; comíamos torrada pela manhã, com chá ou café, sanduíches à tarde e pão com uma sopa simples à noite. Mas foi uma experiência degradante e nunca me perdoei por ter exposto minha família a tal situação.

Eu pensava que ia escrever a respeito dessas férias e cheguei a dizer isso a uma assistente social. Não sei se teria conseguido, porque isso foi no ano em que precisei repetir as provas de sociologia, e uma viagem ruim era o último dos meus problemas na época. Mas depois das descrições incisivas de *No fundo do poço*, bastava eu dizer *estou pensando em escrever a respeito* para as pessoas me levarem a sério. Em resumo, o conselho devolveu meu dinheiro, junto com um pedido de desculpa. Pelo que eu soube, fecharam o lugar. Foi uma viagem que me afastou para sempre das férias subsidiadas pelo governo inglês.

Em 1975, Chiedu volta e meia me dizia que suas amigas não paravam de falar das férias maravilhosas que tinham tido.

A gente pode ir para a França, minha filha sugeriu. Pensei: "não, viajar para outro país deve ser caro demais". Escolhemos ir para o condado de Devon, o que saiu mais caro do que ir para a França. Mas eram férias de verdade, porque pagamos por tudo, ou por quase tudo. O trem foi minha parte favorita. Eu me divertia quando viajava de trem pela British Rail. Não tem nada melhor do que viajar de trem até os lugares onde vou dar palestras. Algumas universidades são generosas a ponto de me comprarem passagens de primeira classe. Em 1975, o fato de que estávamos viajando de trem, e não de ônibus, como tinha acontecido dois anos antes, na viagem para Deal, era um verdadeiro paraíso.

Dessa vez, por causa do dinheiro extra vindo da escrita, viajamos com rádios, óculos de sol e roupas muito, muito estilosas compradas na Marks & Spencer e na John Lewis. Em Devon, ficamos em Brixham. Não tínhamos quilômetros e quilômetros de praias cobertas de areia branca, porque o lugar era cheio de pedrinhas, mas era mais silencioso e cheirava a peixe e a camarão, o que me agradava por me fazer lembrar de Lagos. Passamos um dia inteiro dentro de uma sauna, e a vida noturna também era boa para crianças. Uma noite nos deparamos com uma competição de dança e Christy e Jake ganharam, simplesmente escolhendo um dos números que a professora de sapateado tinha ensinado a eles. Como a maioria das outras crianças era amadora e as minhas eram profissionais (eles já se apresentavam em pequenos shows locais), e como Jake era um dançarino nato, não me surpreendi com a vitória. Chiedu ficou em terceiro lugar cantando um spiritual negro, *Ó Senhor Gracioso, veja o que o homem branco faz*. Os prêmios foram produtos grátis da Pontins durante toda nossa estadia por lá. Foi divertido. Eu não saía muito, no entanto, porque todas as refeições eram por nossa conta. Comprávamos a comida num minimercado que tinha tudo (mas custava um pouco mais), e alguém precisava ficar responsável pela cozinha — o que, claro, caiu no meu colo. Fora uma vez que saí para velejar, e uma vez que fui à praia, passei o tempo inteiro na cozinha. Nunca fiquei tão feliz de voltar para casa.

Fiquei calada enquanto meus filhos não paravam de falar e contavam aos seus amigos e vizinhos sobre as férias maravilhosas que tinham tido. Na manhã seguinte, eu estava tomada pela raiva, mas não sabia com quem poderia desabafar. Era o mesmo sentimento de quando marchei até o New Statesman e perguntei ao sr. Crossman sobre meus artigos. Andei de volta para o apartamento, peguei uma nota de dez libras e sentei no segundo andar de um ônibus que parava na frente da nossa casa. Quando o ônibus chegou em Trafalgar Square, desci e comecei a conversar com alguns norte-americanos e uns japoneses. Eles me perguntaram quando é que eu tinha chegado na Inglaterra e eu disse a eles que havia chegado de Lagos no dia anterior. Um deles comentou que meu inglês não era ruim para uma pessoa que tinha acabado de chegar da Nigéria. Contei a eles que estudei num colégio chamado Escola Metodista para Meninas. Uma das norte-americanas me disse que conhecia um pastor metodista que era metade nigeriano e que tinha vindo da Georgia. Ela perguntou se eu o conhecia. Eu disse que não. Ela ficou desapontada, mas não deixamos aquilo acabar com o nosso dia.

Caminhei com eles pela The Mall, assisti a troca da guarda e vi a famosa residência do primeiro-ministro pela primeira vez na vida, embora eu já morasse em Londres há doze anos. Também fui com eles a um restaurante em Piccadilly, pedi e comi uma ótima salada preparada por outra pessoa, além de um cheesecake e três copos da minha bebida preferida, refrigerante de limão. Saí e comprei um quepe da polícia, ajeitei esse quepe no alto da cabeça e comprei uma bandeira do Reino Unido, que eu agitava na frente de qualquer coisa que passasse na minha frente, assim como meus amigos turistas estavam fazendo. Cheguei até a tirar foto embaixo do Big Ben por quinze centavos. Foi maravilhoso.

Voltei para casa às sete da noite. Meus filhos já tinham chamado a polícia. Não acho que aqueles policiais conseguiram entender que, apesar de eu amar minha família com muita, muita intensidade, eu precisava de um tempo de liberdade, ou teria me afogado. Fazer coisas assim, que para eles parecia impulsiva, me mantinha flutuando, mantinha minha cabeça fora d'água. Hoje, na década de 1980, eu às vezes passo duas noites sozinha nos melhores hotéis da Califórnia, só batendo os pés na beira da piscina e observando os outros hóspedes, enquanto meus editores e as universidades-anfitriãs acham que já voltei para a Inglaterra e estou junto da minha família. Outro refúgio que descobri há bem pouco tempo é o Holiday Inn de Lagos: aprendi que preciso, a caminho de Ibuza, passar um tempo em Lagos, descansando por alguns dias, me recuperando da minha família em Londres antes de enfrentar os ímpetos da minha família em Ibuza.

Não acho que teria me permitido esses momentos de descanso se não estivesse de fato precisando deles. Minha sensação era de que, se eu não fizesse aquilo por mim, ninguém pensaria ou sequer sonharia que eu estava precisando de uma pausa. Quando é que meus filhos iriam imaginar que a mãe deles adoraria botar um quepe de polícia na cabeça e sacudir a bandeira do Reino Unido na frente do Big Ben? Quando eles iam pensar que eu queria me deliciar com um cheesecake, quando eu sabia que ganhava peso até com o ar que eu respirava?

Aqueles policiais, que Deus os tenha, pensaram que eu tinha ido para a casa de algum namorado. Eles me interrogaram com tanta veemência que Chiedu, que tinha tido a ideia de ligar para a polícia, perdeu o controle e começou a chorar.

Eu prometi que seria uma boa mãe e eles comentaram como os meus filhos eram inteligentes e sensíveis. Concordei com eles. Chiedu chorou o tempo inteiro. Ela me disse que tinha se arrependido de ter chamado a polícia; achou que eu tinha me perdido e ficou assustada.

Eu disse a ela para não se preocupar, que eu sabia o que estava fazendo, mas como eu podia contar a ela a verdade? Parecia estúpido demais até para eu repetir aquilo em voz alta. Anos depois eles ficaram sabendo da minha escapada, e acho que se sentiram culpados. Fiquei feliz de, lá atrás, não ter contado nada para eles, porque vê-los se sentirem culpados teria estragado meu dia.

Hoje sempre penso naquele dia ensolarado como um dos melhores que vivi em Londres. Foi glorioso!

Capítulo 29
UM GOSTINHO DO SUCESSO

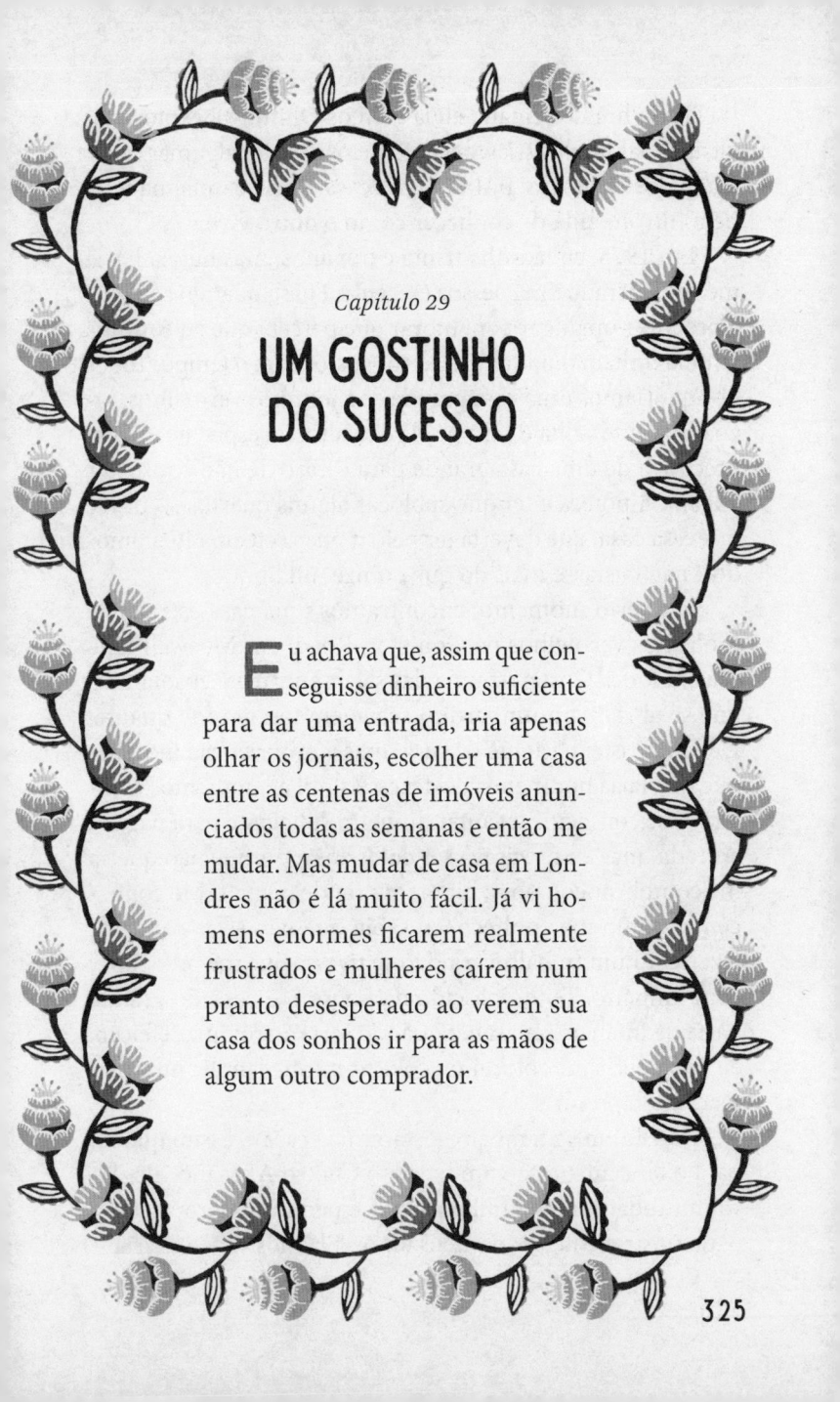

Eu achava que, assim que conseguisse dinheiro suficiente para dar uma entrada, iria apenas olhar os jornais, escolher uma casa entre as centenas de imóveis anunciados todas as semanas e então me mudar. Mas mudar de casa em Londres não é lá muito fácil. Já vi homens enormes ficarem realmente frustrados e mulheres caírem num pranto desesperado ao verem sua casa dos sonhos ir para as mãos de algum outro comprador.

Todo fim de semana eu ia com os Olufunwa explorar as vitrines das imobiliárias, pegar folhetos e visitar algumas casas. Além dos catálogos, bisbilhotar a casa alheia é uma maneira bem intrometida de conhecer como o outro vive.

Em 1975, eu já tinha trinta e um anos, mas nunca havia me considerado uma pessoa exigente. Foi só quando comecei a procurar um lugar para morar que percebi que eu e minha família tínhamos adquirido certos gostos com o tempo. Todos nós queríamos uma casa grande de tijolinhos vermelhos, razoavelmente velha e com pé-direito alto. Eu especificamente precisava de uma casa grande para o caso de não conseguir pagar a hipoteca e ter que sublocar alguns quartos — desde que essa casa, que deveria ter pelo menos sete ou oito cômodos, não custasse mais do que quinze mil libras.

Em certo momento, encontramos uma casa estreita de tijolinhos vermelhos na Coniston Road, em Muswell Hill. Ela era ideal. Gostei de uma das salas, enorme e ensolarada, que se abria para um jardim selvagem tão grande quanto. De fato, gostei bastante da casa, mas a proprietária me disse que não faria por menos de dezesseis mil e quinhentos. Tentei ver se conseguia levantar dinheiro suficiente para pagar a entrada, mas eu precisava ser cuidadosa, porque não queria me complicar com uma hipoteca grande demais. Me conhecendo como me conheço, eu sabia que não seria capaz de fazer nenhum trabalho criativo se tivesse que me preocupar com dinheiro. Tendo nascido na pobreza e passado grande parte da infância sem saber quando seria a próxima refeição, eu não queria me colocar ou colocar minha família numa situação tão precária.

Os Olufunwa também gostaram da casa e, assim que saí para o lançamento de um livro no Centro Africano, eles levaram toda minha família para lá e pediram à proprietária para mostrar o lugar aos meus filhos. Ela mostrou, e as crianças se apaixonaram pela casa. Porém, por mais que eu não gostasse de tomar decisões dolorosas, me vi obrigada a dizer não. Meus amigos tinham boas intenções, mas eu já tinha aprendido que, quando as coisas começam a ficar difíceis, do ponto de vista financeiro, poucos amigos conseguem oferecer ajuda. Os Olufunwa podiam se mudar para uma casa própria, eu pensei, com os dois trabalhando para pagar a hipoteca. Mas no meu caso, para pagar pela minha casa, seria somente a minha Chi e eu roendo as unhas no escuro. Não, não podíamos comprar aquela casa. Eu me lembro de Ik dizer, com voz chorosa:

— Ah, mamãe, é uma área tão chique, o filho da dona tem um barco e um carro esportivo.

Acho que meus amigos se assustaram um pouco depois disso, mas continuei rezando a Deus para que Ele reservasse uma casa para mim e para minha família naquela área do norte de Londres que estivesse dentro do meu orçamento.

Fomos visitar uma casa enorme no Cecil Park, em Crouch End. Era um imóvel realmente grande, com uns dez cômodos amplos, dispostos em três andares. Eu me lembro muito bem dessa casa, porque era a única cujo dono era um homem negro. Ele era de Trindade e Tobago. Por sermos negros, ele foi bastante sincero comigo e soltou uma risada nervosa ao contar as experiências desagradáveis que teve antes de conseguir a casa. Era um imóvel muito bonito e bem cuidado. Fiz esse comentário e ele sorriu de maneira maliciosa, piscando um dos olhos. O conselho deu a ele um subsídio depois que os vizinhos fizeram várias reclamações sobre como a aparência da casa estava derrubando o preço das outras casas da rua. Ele pedia esse subsídio há anos e usou o dinheiro para melhorar o imóvel, acrescentando dois banheiros e duas cozinhas. Cinco anos depois do subsídio, ele ganhou o direito de vender a casa e estava voltando para Trindade. Fiquei me perguntando por que ele iria voltar para casa, já que era um sujeito alto, escuro, muito benquisto. Não era nem um pouco velho e pensei que ele ainda poderia trabalhar na Inglaterra por pelo menos mais uns quinze anos. Mas, bom, eu não o conhecia muito bem.

Ele tinha permissão para alugar o imóvel, por isso a casa tinha sido convertida em três apartamentos diferentes. Um locatário inglês se revelou um ladrão, um outro, árabe, era um traficante de drogas, e o terceiro, um irlandês, um calhorda que tentou roubar a casa dele. Depois apareceu uma jovem negra que, apesar de estar alugando um quarto, não apareceu na casa por três meses até aparecer de repente e acusá-lo de roubar seus objetos pessoais. Ela o processou, alegando que mantinha no quarto pertences cujos valores ultrapassavam milhares de libras. Ela se esforçou tanto com essa acusação que ninguém nem lembrou de falar sobre o aluguel que a mulher devia. O proprietário manteve o quarto fechado por dois meses, esperando por ela. Ele ganhou o caso, mas o processo custou bastante dinheiro e ele precisava se ausentar do trabalho sempre que ia visitar o advogado e participar das audiências. Quando tudo isso acabou, ele trancou metade da casa e só permitiu que parentes dele morassem lá. Agora estava vendendo o imóvel.

Esse homem era apaixonado por pássaros. Fiquei impressionada com um papagaio que ele chamava de Enoch Powell e que ensinou a dizer *Meu nome é Enoch Powell e eu vou morrer devagarinho e depois queimar devagarinho no inferno*. O homem então explicou:

— Esse sujeito, Enoch Powell, ele vai queimar no inferno. A voz do povo é a voz dos deuses. E não é só a voz do povo, é também a voz dos pássaros.

Ele nos serviu um pouco de chá, rum e biscoitos. Demos bastante risada, mas, por algum motivo, fiquei nervosa. Eu não queria uma casa com tantos pássaros. Eu sabia que o homem ia levar todos eles embora, mas, de uma hora para outra, fiquei desconfortável. Queria ir embora. Até porque eu não podia me dar ao luxo de comprar e manter uma mansão como aquela — era grande demais, e quem é que iria me dar a energia emocional necessária para lidar com tantos locatários complicados?

Os corretores em seguida nos mostraram uma casa na Nelson Road. Era do tamanho certo e estava totalmente decorada, então eu não precisaria mexer em nada nos primeiros anos. *Enfim*, eu disse, suspirando. Corremos até a imobiliária e fizemos um primeiro depósito de quinhentas libras, para que eles retirassem o anúncio do quadro de avisos. Procurei então a sociedade de construção solidária e o sr. O'Hagan para resgatar as três mil libras que eu havia juntado até aquele momento. Estaríamos prontos para nos mudar para a casa nova antes do Natal. Ficamos radiantes! Chiedu saiu da escola e foi dar uma olhada na casa, mas não a encontrou. Fiquei feliz com isso, porque não queria ver de novo a frustração que vi no rosto dos meus filhos quando perdemos a casa da Coniston Road. Mas mesmo assim eles saíram contando da casa para todo mundo!

As pessoas, de alguma maneira, começaram a me respeitar. Gerações e gerações de trabalhadores tinham crescido ao redor de Mornington Crescent e do Cumberland Market. Tudo que a nova geração queria era receber uma moradia social nova para mobiliar do jeito que quisessem e um carro novinho e brilhante na garagem. Comprar uma casa pagando hipoteca e se mudar da região não eram iniciativas que a maioria dos meus vizinhos estava disposta a adotar, mesmo que muitos deles fossem motoristas de táxis ricos — então uma mudança assim seria muito mais fácil para eles do que para pessoas como eu. Esse é um dos motivos que explica o fato de escolas como a St. Mary Magdalene terem educado de três a quatro gerações de indivíduos na região. O sr. Harper, o diretor, já estava lá quando os pais e as mães de hoje em dia ainda eram crianças.

Algumas das mulheres locais conversaram comigo pela primeira vez — considerando que morávamos no bairro há seis anos, não achei tão ruim. Elas queriam saber quanto precisei economizar antes de conseguir uma hipoteca. Quando contei que era preciso juntar pelo menos três mil libras, algumas exclamaram que elas tinham mais do que isso guardado no banco postal. Não duvidei da resposta, porque alguns dos meus vizinhos tinham carros de luxo e apartamentos ricamente decorados, que as esposas se esforçavam para manter impecáveis. E eles saíam de férias todos os anos.

O que mais me surpreendeu, no entanto, foi quando um vizinho ganhou quarenta mil libras na loteria esportiva. Pensei: "Deus do céu, com esse dinheiro todos os meus problemas estariam resolvidos". Eu poderia comprar minha casa dos sonhos na Coniston Road. A família inteira do meu vizinho viajou para passar férias na Disneylândia da Califórnia e o filho deles ganhou uma bicicleta chopper novinha em folha. Quando eles voltaram de viagem, pensamos que iam se mudar para Hampstead. Mas dez anos depois a família continua no mesmo lugar.

Muitos dos meus vizinhos, assim como meus parentes de Ibuza, se sentiam mais seguros morando próximos da família e dos amigos. Eles tinham criado raízes na região e sequer sonhavam em se afastar das suas vovós e dos conhecidos para se mudar para um novo endereço, por mais que essa mudança desse a eles uma maior independência. Muitos temiam os custos de manutenção de uma casa, o tipo de gasto que às vezes pode abalar seriamente uma pessoa.

Eu não tinha nenhuma raiz no Rothay e não fiz nenhum amigo por lá, como havia acontecido no Residencial Pussy

Cat. A St. Mary Magdalene — a escola que um dia considerei ser uma extensão da nossa família — estava prestes a fechar por ser pequena demais. A sorte, no entanto, estava do nosso lado, porque Christy já estava na Escola de Camden para Meninas e isso significava que Alice seria admitida automaticamente — as escolas gostam de ter irmãs matriculadas na mesma instituição. Ou seja, nada me prendia ao Rothay.

Meu coração pulava uma batida toda vez que chegava a conta do advogado e depois a conta do vistoriador. Foi uma feliz coincidência quando George Braziller, meu editor nos Estados Unidos, contou que toda sua equipe em Nova Iorque tinha gostado de *Preço de noiva* e que eles iam publicar esse livro também. Eu precisava de cada centavo que pudesse conseguir para facilitar a mudança, então foi uma notícia muito bem-vinda.

No dia 22 de agosto de 1975, recebi a edição norte-americana de *Cidadã de segunda classe*. Era muito mais bonita do que a primeira edição inglesa e isso foi, para mim, como tomar uma vacina. Sei que muitos editores acham que a capa do livro não é uma coisa assim tão importante. Alguns escritores também não se importam. Mas, para mim, meus livros são como meus filhos e antes dos meus filhos nascerem eu já tinha planejado a cor da manta e com que roupa seriam levados para casa. Mesmo quando tive Jake, em 1962, e era uma dona de casa pobre e dependente, fiz questão de que o macacão que ele usou ao sair do hospital fosse novo. Fiquei triste de ter que cobri-lo com o xale de Ik, um xale que me foi dado de presente pelo embaixador dos Estados Unidos na Nigéria. Alguém consegue imaginar o choque de uma mãe ao ver seu filho recém-nascido vestido com roupas bizarras? Os norte-americanos pareciam ter me compensado. Graças a Deus, a primeira edição inglesa de *Cidadã de segunda classe* esgotou rápido e Margaret redesenhou a capa. Continuava baseada na capa anterior, mas ela conseguiu retirar pelo menos os lábios vermelhos carnudos que o artista original achou que eu deveria ter para enfatizar minha africanidade.

No dia seguinte, George Braziller nos convidou para jantar. Durante a refeição, ele me perguntou o que eu ia escrever em seguida. Ele deu a entender que a era da África na literatura já havia passado e que as pessoas agora estavam falando muito mais da Austrália. Fiquei mal-humorada de uma hora para outra. Tentei melhorar meu ânimo, pelo menos por Margaret e Clive, que também estavam lá, mas não consegui. Margaret logo ficou inquieta, tentando desesperadamente manter o fluxo da conversa. Sempre que as pessoas dizem algo de ruim sobre lugares que eu amo, me saio com alguma declaração chocante. Meu jeito de mandar as pessoas calarem a boca é chocá-las. Então, para responder a pergunta de Braziller e fazê-lo parar de repetir essa ladainha de que a África, em termos literários, não estava mais na moda, eu disse a ele que ia escrever uma saga. Que meus livros sobre a África formariam uma saga. Que eu voltaria no tempo e escreveria um romance baseado na África que minha mãe conheceu, e que esse romance se conectaria a outro, cujo título eu ainda não sabia qual era. Na cronologia, esse romance viria antes de *Preço de noiva* e de *Cidadã de segunda classe*, e no fim uma autobiografia amarraria toda a saga e atualizaria todos os livros. A cada cinco anos, eu lançaria uma novidade. Fiz essa declaração num momento de raiva, mas quando não estou com raiva percebo que estou fazendo exatamente o que eu disse que ia fazer. Talvez Freud estivesse certo, nada se compara com um ato falho. Em Ibuza as pessoas seriam um pouco mais diretas: *Todos nós falamos a verdade quando estamos bêbados!*

A África sempre vai ser um assunto relevante. Hoje, em 1985, com Botha confuso, na África do Sul, avançando e retrocedendo, com a fome na Etiópia e Bob Geldof organizando o maior festival pop que o mundo já viu, na esperança de arrecadar milhões para as crianças famintas, e com a Nigéria, o país negro mais rico de todos, prestes a viver um novo golpe, a África continua sendo um assunto quentíssimo.

De todo modo, quando cheguei em casa naquele dia percebi que havia me comprometido a escrever um novo romance. Eu não ia deixar Braziller me encontrar no ano seguinte e perguntar *Você ainda está escrevendo sua saga?*, e eu ter que responder *Ainda estou pensando a respeito*. Eu ia começar imediatamente. Por isso no dia 16 de agosto preparei toda a estrutura do livro que hoje é *The slave girl*. Pela primeira vez na vida, eu ia escrever um livro que me exigiria pesquisa. A ideia era cobrir o período de 1920 a 1944, e ele iria se passar no sul da Nigéria, para discutir a história da condição feminina e sua relação com os acontecimentos do resto do mundo. O livro começa com o inimigo da Inglaterra lançando gás nervoso sobre a África, porque naquele tempo a Nigéria pertencia à Inglaterra, e termina com os britânicos vencendo a Segunda Guerra Mundial, mais ou menos na época em que pessoas como eu estavam nascendo.

Eu normalmente começo a escrever de imediato, assim que tenho uma vaga ideia do que será, mas não deu para fazer isso com *The slave girl*. Naquela época eu ainda não conhecia Onitsha, onde minha mãe tinha passado sua primeira infância, assim como não conhecia muitos dos lugares descritos no livro. Eu me lembrava de muito do que ela me contava, desde quando me entendi por gente, então juntei tudo e voltei à sociologia e reaprendi o conceito de escravidão. Existem muitas formas de escravidão. O corpo pode ser escravizado, mas a maior escravidão é a que muitos países negros da África sofrem hoje em dia: a escravidão das ideias. No final do livro Ojebeta Ogbanje está feliz de casar na igreja, feliz de que seu dote foi pago, mas nós, os leitores, sabemos que sua adesão ao Cristianismo e a maneira como ele foi pregado a ela são sua maior escravidão.

Acabou sendo um livro curto, mas me dediquei muito a ele e não foi fácil escrevê-lo, porque eu não tinha uma história pronta na minha cabeça. Depois de elaborar a sequência de capítulos e perceber o esforço que seria exigido para aquele trabalho, deixei o livro de lado, em 1975, pois já tinha muito com o que me preocupar. Primeiro as provas de *Preço de noiva* chegaram, e Margaret e Elizabeth sempre queriam que eu as revisasse, o que até hoje não gosto de fazer. Assim que as palavras são espremidas para fora da minha cabeça, eu realmente não gosto de ser obrigada a lê-las de novo. Mas eu precisava. Então afastei *The slave girl* da minha mente, ou as ideias iam começar a se misturar umas com as outras.

Alguns incidentes agradáveis também aconteceram naquele período. De repente Innes Lloyd, da BBC, ligou me pedindo para escrever uma peça para a televisão. Eu disse que sim, com certeza. Eu tinha lido, estudado e interpretado Gwendolen em *A importância de ser prudente*, além de já ter lido muitos dos trabalhos de Shakespeare. Era tudo o que eu sabia sobre a escrita de peças. Na época eu também já tinha lido a biografia sobre o início da vida de Jackie Kennedy, e aprendi com ela a nunca dizer "não" para uma tarefa que você deseja e sabe que pode realizar muito bem, se alguém te der a oportunidade. Se ela tivesse dito, na entrevista para trabalhar como fotógrafa, que não sabia tirar fotos, não teria conseguido o emprego e não teria conhecido o senador que, mais tarde, se tornou seu marido. Eu não estava procurando por um senador, mas precisava do dinheiro para a mudança e queria tentar outras formas de escrita, para que meu futuro não dependesse somente de direitos autorais.

Apenas algumas semanas depois que assinei o contrato com a BBC para escrever *A kind of marriage*, Lyn e Margaret apareceram para dizer que a Granada Television queria que eu escrevesse um episódio da série *Crown court*. Eu não conseguia acreditar no que estava escutando. Os olhos de Margaret pareciam discos voadores. Ela estava realmente feliz e acho que também orgulhosa. Ela não parava de dizer:

— Buchi, você conseguiu. Muitas pessoas querem entrar na televisão porque é lá que o dinheiro está, não nos livros.

Só entendi o que ela estava me falando anos mais tarde, mas sempre estive condenada a ganhar meu dinheiro através dos canais mais complicados. Não gosto de pensar no trabalho para a televisão como uma carreira, embora não fosse me importar de transformar um ou dois dos meus livros em roteiro ou filmar uns documentários de vez em quando. Eu amo pessoas, mas não consigo trabalhar tão perto delas por muito tempo num projeto que demanda um grande investimento de energia emocional. Você escreve isolada e, quanto mais longo o isolamento, mais profundo o texto vai ser. Não sei lidar com a pressão e a artificialidade do trabalho na televisão. As pessoas da tevê e do cinema fazem parte de outro mundo, um mundo que num dia pode te encher de esperança de que algo grande vai acontecer, mas destruir essa esperança no outro com pouca ou nenhuma explicação. Como espero e rezo para viver muito, prefiro evitar essas pessoas o máximo possível. Mas 1975 foi meu ano da sorte e tanto a Granada quanto a BBC cumpriram suas promessas.

Elizabeth, que já tinha trabalhado com muitos escritores, me disse logo de cara que aquilo podia nunca acontecer de novo. Até agora, ela está certa. Desde então, nunca mais tive tantos contratos assinados num mesmo ano. Margaret também me disse, de uma maneira gentil, que havia mais dinheiro na televisão, e ela também estava certa. O pagamento que a Granada me prometeu por escrever apenas um episódio de *Crown court* era maior do que tudo que eu havia recebido pelos meus dois livros. No entanto, eu não queria que aquela fosse minha vida. Era muito inseguro, quase como apostar em jogos de azar.

Elaborar os termos do contrato levou um bom tempo. Foi no meio dessa incerteza que Lucy Kaye, a secretária da Liga Internacional das Mulheres, me telefonou para perguntar se eu queria um emprego. O Conselho de Camden para Relações Comunitárias estava se expandindo. Elas precisavam de três novos funcionários, dois para o setor administrativo e um para liderar o novo Grupo de Mães e Bebês que estava sendo implementado. Respondi que sim, queria o emprego, porque, embora eu soubesse que, em algum momento, iria precisar parar de trabalhar fora de casa, também sabia que isso precisaria acontecer aos poucos. Nem tinha tentado me candidatar outra vez ao posto de professora e continuava determinada a concluir minha pós-graduação.

Na entrevista, conheci Jocelyn Barrow. Quando entrei na sala, ela estava ocupada escrevendo, e, vendo que era negra como eu, me sentei bem quieta, com as mãos apoiadas sobre as pernas, e esperei. Foi uma entrevista curta, em que ficamos conversando um pouco, e ela até prometeu me ajudar a conseguir algum auxílio financeiro para terminar minha pesquisa, que ela achou interessante. Já estava claro, naquele momento, que as mensalidades da universidade iriam subir para o nível em que elas se encontram hoje e que eu não seria mais capaz de custear meus estudos sozinha, como tinha feito até então.

Algumas semanas depois, comecei o trabalho. Fui escalada para ser a líder do Grupo de Mães e Bebês. Eu precisava de um trabalho como aquele: podia levar meus textos para ler e Christy e Alice vinham ficar comigo durante as férias escolares.

Para o Conselho de Camden, no entanto, aquilo era uma outra coisa. Escreveram sobre nós no Camden Journal. Escreveram sobre nós no Ham & High. Acho que o motivo para isso era o fato de que os três novos funcionários, duas mulheres e um homem, vinham de grupos minoritários. O homem era de Bangladesh; a outra mulher, do Sri Lanka; e eu, da Nigéria. Não me importei de ser descrita daquela forma, embora tenha suspeitado de que aquilo não era mais do que um simples ato de tokenismo. Mas pelo menos tínhamos sido contratados. O salário era um pouquinho maior do que eu recebia como professora e o trabalho não era tão exigente. Assim que fui apresentada a Patricia Lacey, começamos a procurar um lugar para darmos início ao projeto.

De repente, em outubro, o proprietário da casa na Nelson Road disse que não queria mais vender o imóvel, depois que eu já havia tirado as medidas para as cortinas e os carpetes. O sr. Olufunwa e eu imploramos para ele, mas o homem ficou ríspido e ameaçou nos expulsar de lá à força. Esse incidente me deixou profundamente triste, não por me preocupar com o dinheiro, e sim porque, naquele momento, eu já tinha entendido que podia demorar um bom tempo até achar a casa certa. Para completar, se tudo corresse bem com o pessoal da televisão, eu passaria um tempo ocupada demais para procurar por outra.

Mas as coisas costumam acontecer de maneira inesperada. Enquanto nós voltávamos, o sr. Olufunwa disse que também estava desapontado, pois ele sabia que eu tinha dinheiro mais do que suficiente para dar de entrada, e que ele torcia para que minha família e a dele comprassem certa casa em Crouch End como um investimento. A imobiliária tinha segurado a casa para ele pelos últimos três meses.

— Mas como você vai pagar por ela? — eu perguntei, pouco interessada.

Pela resposta que ele me deu, entendi que o sr. Olufunwa queria me pedir para investir nela qualquer dinheiro que sobrasse depois de eu pagar pela minha própria casa. Não era uma má ideia.

— Me mostre essa casa, por favor — eu disse.

Ele mostrou. A casa não só era adequada como, por precisar de uma pequena reforma, era duas mil e quinhentas libras mais barata do que a da Coniston Road e tinha os mesmos atrativos dela — até algumas coisas a mais. A única diferença era que uma ficava em Crouch End, e a outra, em Muswell Hill.

— Quer dizer então que você já sabia desse lugar enquanto eu rodava Londres inteira atrás de uma casa exatamente assim?

— Eu pensei que poderíamos comprar a casa juntos e transformar num negócio, ou que eu mesmo talvez pudesse comprar o imóvel sozinho.

Não havia como seus planos se tornarem realidade, a não ser que ele ganhasse na loteria. E nem eu iria comprar uma casa junto com outra família. Pelo que eu tinha escutado e visto eu tampouco iria querer lidar com locatários. Então ele concordou que o melhor mesmo era dizer a Dennel, o corretor da imobiliária, que ele não iria mais poder comprar a casa. Seu depósito de cinquenta libras foi devolvido. O sr. Olufunwa ainda se ofereceu para me levar em casa, mas recusei.

Assim que seu carro dobrou a esquina, dei meia-volta e fui atrás de Dennel. O velho ficou surpreso de me ver de novo.

— Eu quero aquela casa — eu disse.

Com relutância, ele aceitou um depósito de quinhentas libras. Ele se recusou a receber cinquenta libras de uma mãe solteira e aceitei sua condição. Eu estava acostumada ao fato de que mães solteiras pagavam mais por qualquer coisa que elas quisessem, porque a sociedade acha que somos um risco muito maior do que nossos equivalentes masculinos. Na segunda-feira seguinte, telefonei para o sr. Olufunwa e contei a ele o que tinha feito.

Tendo dado carta branca ao meu advogado, parei de pensar a respeito e ignorei todos os gentis vizinhos que queriam saber por que motivo não tínhamos nos mudado antes do Natal, como meus filhos tinham dito a eles. Muitos estavam começando a pensar que era tudo um blefe. "Como ela vai conseguir com aquela quantidade de filhos?".

Duas semanas antes do Natal, chegaram o contrato e o primeiro pagamento pelo roteiro de *Crown court*, que chamei de *Juju landlord*. Eu me senti muita rica, mas eles queriam a primeira versão até a primeira semana no ano novo.

O Natal daquele ano foi maravilhoso, do ponto de vista financeiro. Compensei as crianças por tudo que elas tinham perdido, ou que eu achava que elas tinham perdido, durante os anos em que tivemos pouco dinheiro. Acho que gastei seiscentas libras comprando presentes para elas. Ainda bem que eu ia investir meu salário em uma casa, ou teria gasto tudo com minha família.

Fui obrigada a fazer todas as compras de Natal num único dia. Não foi tão divertido quanto quando costumávamos fazer várias viagens até as lojas. Comprei toda a comida na Marks & Spencer da Oxford Street e a maior parte dos presentes na John Lewis. Voltei de táxi apressada e fui direto datilografar *Juju landlord*. Trabalhei naquele roteiro até mesmo no dia de Natal. Numa sequência típica de três episódios de *Crown court*, o roteiro tem palavras suficientes para preencher dois livros. Mas mesmo assim, no dia 1º de janeiro de 1976, entreguei um roteiro completo no escritório da Granada, na Golden Square. Passei por cima dos meus agentes. Nem eles eram rápidos o suficiente para a Granada!

Demos boas-vindas ao ano-novo repletos de esperança. De certa maneira, eu conseguia ver que meus dias de muita, muita pobreza estavam chegando ao fim. Eu ia sentir falta deles. Sabia que, quanto mais bem-sucedida eu me tornava, mais estava me afastando de Chidi, mas não podia fazer nada em relação a isso. Eu queria ter sucesso e rezava a Deus para me ajudar ainda mais com as crianças. Mas uma coisa era certa: mesmo quando éramos muito pobres, elas nunca precisaram se preocupar de onde viria a próxima refeição. Elas sempre tiveram mais do que o suficiente para comer e sabiam disso.

As crianças foram dormir, brindei o ano-novo com Chidi e ficamos bêbados com uma garrafa de champanhe. Comecei a me perguntar sobre meu passado e sobre ele. Por mais quantos anos iríamos brindar o ano-novo juntos?

Capítulo 30
PROGRAMAS DE TEVÊ

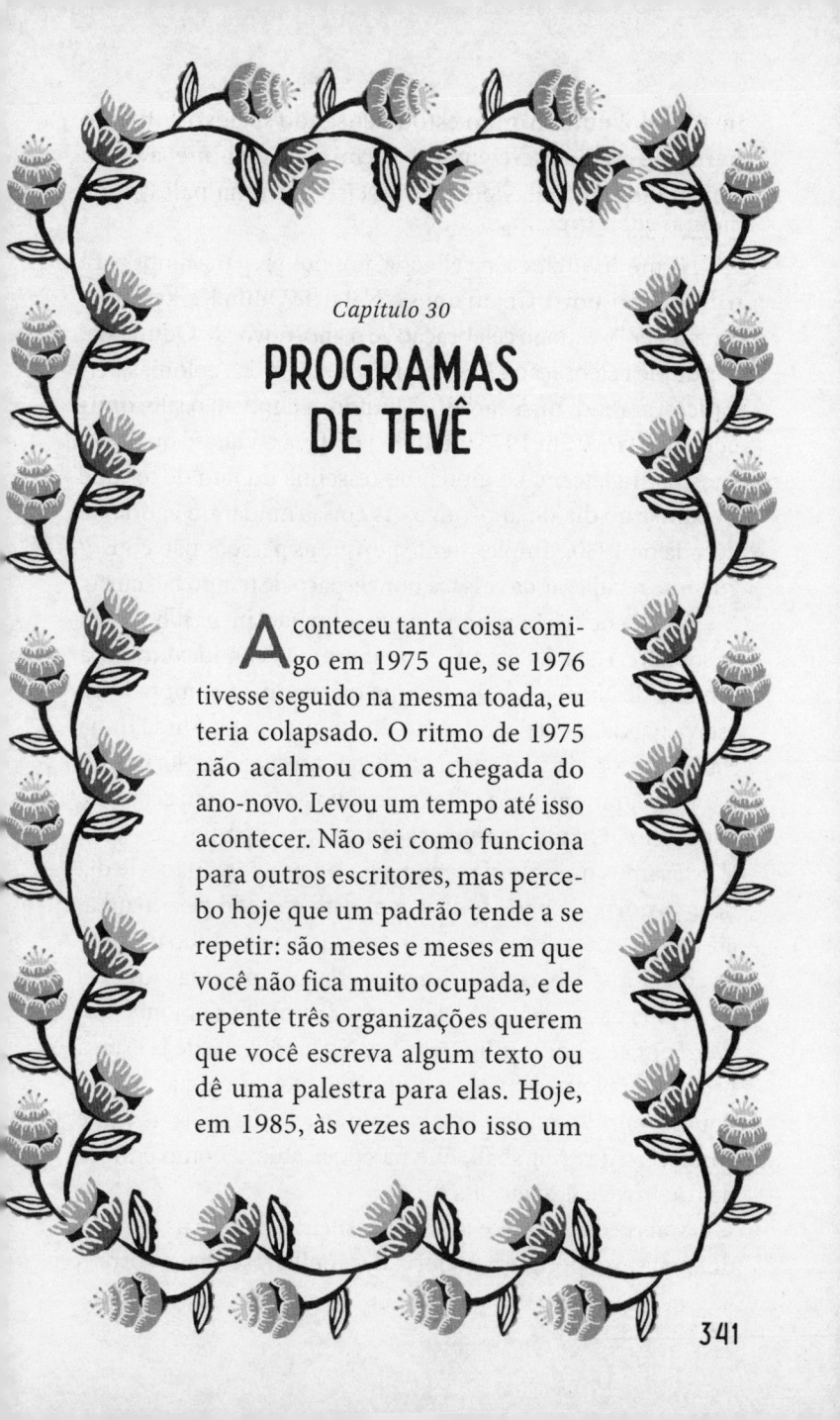

Aconteceu tanta coisa comigo em 1975 que, se 1976 tivesse seguido na mesma toada, eu teria colapsado. O ritmo de 1975 não acalmou com a chegada do ano-novo. Levou um tempo até isso acontecer. Não sei como funciona para outros escritores, mas percebo hoje que um padrão tende a se repetir: são meses e meses em que você não fica muito ocupada, e de repente três organizações querem que você escreva algum texto ou dê uma palestra para elas. Hoje, em 1985, às vezes acho isso um incômodo: num minuto estou pensando se devo voltar ao livro que estava escrevendo e no minuto seguinte já estou arrumando as malas porque preciso dar uma palestra na UCLA, na Califórnia.

Na minha infância na Nigéria, nós nos preparávamos para o dia de ano-novo. Chamamos o Natal de Odun Kerkere, que quer dizer "pequena celebração", e o ano-novo, de Odun Nla, a "grande celebração". Era igual na maioria das colônias britânicas, aprendi mais tarde, incluindo aí também o subcontinente indiano. Em 1976, quando já estava há quase quatorze anos na Inglaterra, eu ainda me ressentia do fato de ter que trabalhar no dia do ano-novo. As coisas mudaram agora, na década de 1980, simplesmente porque as pessoas não conseguem se recuperar da ressaca num espaço de tempo tão curto.

Em vez de celebrar o ano-novo, alimentei meus filhos com as sobras do Natal. Sempre tínhamos muita comida durante a semana de Natal e o bolo enorme que eu tinha comprado só estava parcialmente comido no dia de ano-novo. Ainda tinha sobrado uns pedaços de peru e tudo que precisei fazer foi usá-los para preparar um arroz jollof nigeriano e servir com cebolas e cogumelos. Quando enfim acabamos com o pudim de Natal, já estávamos na segunda semana de janeiro. Mas, naquele dia de ano-novo, preparei toda a comida logo cedo pela manhã, abri uns pacotes de torta de carne moída e deixei tudo na mesa da cozinha — sabia que assim não seria incomodada tão cedo.

Voltei para a máquina de escrever e trabalhei em *Juju landlord* por seis horas ininterruptas. No final da tarde já estava pronta para levar aqueles volumosos roteiros para a Golden Square, em Piccadilly. Tive sorte naquele dia, porque pude conhecer Alex Marshall, que na época atuava como editora de roteiros da *Crown court*.

Mais cedo, eu disse que não respeitava muito as pessoas do meu sexo, porque a maioria das mulheres achava correto delegar as decisões aos seus colegas homens. Ainda não sei quem sugeriu meu nome para escrever *Juju landlord*, pois eu não era tão conhecida como sou hoje, mas não me surpreenderia se descobrisse que foi Alex.

Assim que a conheci, compartilhei com ela como estava triste por não ter conseguido passar o Natal em paz por causa do contrato da Granada, como minha família estava em casa, sozinha, comendo tortas de carne moída enquanto celebrava o ano-novo, e como eu estava cansada. Eu provavelmente estava muito insegura sobre a qualidade do trabalho que havia feito para ter me permitido mergulhar naquela diatribe.

Ela olhou para mim e disse que lamentava muito que a Granada tivesse arruinado meu Natal, mas *você escreveu palavras demais!* Alex então perguntou se eu já tinha escrito um roteiro e eu disse que não. Ela deu risada, depois nós duas demos risada e, no meio da risada, ela me disse:

— Não vamos deixar eles saberem de nada. Não vou contar nada se você conseguir manter sua boca fechada.

Mantive minha boca fechada e, nos dias que se seguiram, trabalhamos no meu roteiro e o reduzimos em um terço antes de declarar que o texto era "o definitivo".

Na quinta seguinte, saí da Golden Square e fui para casa me sentindo tonta, querendo deitar um pouco antes de ter que encarar o jantar. O telefone tocou, era a BBC, o prazo para eu entregar *A kind of marriage* se encerrava em 25 de janeiro. E não só isso, eu ainda precisava indicar a maior parte do elenco, porque eu tinha dito para eles logo no início que preferia ter atores e atrizes negros com um sotaque nigeriano — e, quando eles perguntaram se eu conhecia algum, eu disse que sim, vários.

Eu só conhecia Taiwo Ajayi! Havia a conhecido em 1972, quando fui à BBC World Service para falar sobre as mulheres nigerianas em Londres. Sopiato Likimani, que na época estudava no Guy's Hospital para ser dentista, era a apresentadora. Ela trabalhava na televisão para complementar sua pequena renda. Taiwo era então a presidente da Organização Nigeriana das Mulheres. Eu me lembro bem como Sopiato e eu ficamos boquiabertas diante de Taiwo: ela tinha olhos muito, muito grandes e muito comunicativos, seu cabelo estava trançado à moda africana muito antes disso virar moda e ela se expressava bastante com suas mãos longas e finas. Taiwo não falou muito comigo, porque eu não parava de olhar para ela. Embaixo de um chapéu de feltro, ela usava um lenço de seda, deixando seu cabelo trançado à mostra. Eu já tinha visto estrelas de cinema dos primórdios da sétima arte cobrindo a cabeça daquele jeito, mas era a primeira vez que via uma mulher negra fazer aquilo. E como ficou ótimo nela! Seu único defeito era ter um inglês ainda mais terrível do que o meu. Ela falava sem prestar atenção à gramática. Seu sotaque era de Lagos, como o meu, mas ela já tinha aprendido algo que, mesmo em 1986, ainda preciso aprender e que continua a incomodar meus editores estrangeiros: falar mais devagar. Quando me empolgo com um assunto, nunca termino uma frase antes de pular para a próxima. Mas acho que compenso isso com uma voz alta, resultado de muitos anos gritando com crianças teimosas.

Taiwo e eu saímos da Bush House juntas. Eu trotava atrás dela, enquanto Taiwo andava como uma estrela, e eu vestia calças, enquanto ela flanava com uma saia preta esvoaçante e uma blusa de seda. Ela me perguntou, de maneira bem condescendente, se eu havia escrito *No fundo do poço*, e queria saber quem tinha me ajudado! Então dei um passo atrás: suspeitei de imediato que todos aqueles trejeitos eram apenas afetação, parte do seu jogo. Ela ria de um jeito engraçado. E todo o medo que eu sentia dela se desfez.

— Ninguém me ajudou, só Deus — eu respondi.

Ela então me disse que estava escrevendo um romance e que também estudava sociologia na Universidade de Keele. Eu nunca tinha ouvido falar naquela universidade, mas acreditei nela. Taiwo depois me contou o quanto seus projetos no teatro e na televisão a ocupavam. Fiquei atenta às suas produções e acho que uma vez a vi numa peça sul-africana que foi exibida na BBC2. Mas gostei de tê-la conhecido.

Em 1976, quando a BBC me pediu para sugerir ou apresentar meu próprio elenco, ela era a única pessoa em quem eu conseguia pensar. Mas eu preferia que ela atuasse em *Crown court*, no papel de Adah Obi. Eu não estava preocupada somente com o fato de ter dois roteiros para escrever, mas também onde iria encontrar os atores certos para os papéis. Não queria uma pessoa branca pintando o rosto de preto. Eu conhecia Nina Baden Semper, mas seu sotaque elegante das Índias Ocidentais não servia para os meus diálogos. Por isso, a primeira pessoa que escalei foi meu filho Jake! Pensei que eles não iam contratá-lo, mas Jake passou pelo teste e foi considerado bastante apto para interpretar o papel de Osita, o neto de Arinze.

Mary Ridge e Anne Head eram experientes dentro da BBC. Perguntei a elas se conseguiriam mudar os dias de gravação para que eles não coincidissem com as gravações na Granada Television, mas elas não tinham muito o que fazer — e a maioria das pessoas que eu conhecia no campo da atuação iria preferir trabalhar para a Granada, porque lá pagavam melhor.

Então Mary Ridge me perguntou se eu conhecia uma mulher chamada Jumoke Debayo. Eu disse a ela que só conhecia de nome. Sua família foi uma das primeiras famílias milionárias da Nigéria, pelo que eu sabia. Bisi Debayo e eu estudávamos na mesma escola, assim como outra integrante da família chamada Lanre. Como é que uma pessoa vinda de uma família tão "nobre" poderia aceitar atuar num roteiro escrito pela filha de um funcionário ferroviário? Eu não disse nada a Mary Ridge. Ela disse que ia selecionar todos os artistas disponíveis e eu então podia escolher os que mais me agradassem, mas segundo ela Jumoke Debayo e Willie Jonah, um ator nascido em Serra Leoa, pareciam ser as melhores opções. O único problema era que Willie estava ocupado com uma peça de Shakespeare em cartaz em algum teatro fora de Londres. Nós talvez pudéssemos pegá-lo emprestado.

O que eu não sabia na época era que Jumoke Debayo e Taiwo Ajayi eram inimigas mortais. Ambas tinham escolhido a mesma profissão, eram iorubás nascidas em Lagos e vinham de famílias ricas. E eu, uma igbo (ainda que falante de iorubá de Lagos) e filha de um operário, estava no meio desse furacão! Isso me exigiu uma diplomacia imensa, mas consegui manter as duas afastadas. Uma coisa que elas não sabiam é que eram muito parecidas, tanto nas suas atitudes quanto nas suas expectativas. Elas sempre me contavam sobre as terras e os empregados mantidos pelos seus pais. Taiwo me disse que os seus eram donos da Tinubu Square, um ponto bastante central de Lagos, e que sua família tinha muitas casas espalhadas pela ilha. Jumoke disse que seus pais eram donos de parte da Kakawa Street, o que eu sabia ser verdade, e que quando criança ela ia para a escola num Rolls Royce com motorista particular. Isso também devia ser verdade. Ela morava em St. John's Wood, num apartamento herdado do pai. Por isso Taiwo também comprou um apartamento em St. John's Wood. Nossa, como me divertiam, essas duas mulheres. Jumoke me disse que seu filho estudava em Eton, mas um dia, quando me levava para casa depois do ensaio em White City, passamos na frente da St. Marylebone e eu exclamei:

— Olha, Jumoke, meu filho Ik estuda ali.

E ela me respondeu, sem pestanejar:

— Meu filho também.

Foi quando a ficha caiu. Eu já tinha visto Jumoke na época de Natal. Meu filho Ik participava do coral e, perto do Natal, St. Marylebone organizava concertos belíssimos para pais e convidados. Nos eventos, não demorei a perceber que, além do meu filho, havia somente um outro menino negro na turma. Em certo Natal, a escola pediu para que cada menino se apresentasse e dissesse "Feliz Natal" na sua língua materna. Fiquei impressionada quando esse menino disse Eku Oduno, porque meu filho não sabia falar nada de nigeriano (embora conseguisse se virar um pouco no alemão e no francês). Senti inveja dos pais daquela criança e queria conhecê-los. Não precisei procurar muito, pois logo escutei uma mulher nigeriana responder ao filho com uma risada alta. Era Jumoke, mas não falei com ela naquele momento. Agora tudo se encaixava!

Ainda não entendo por que de repente fiquei irritada. Então meu filho e o filho dela frequentavam a mesma escola, na mesma turma, o tempo inteiro. Eu me lembro de falar sobre isso com Mary Ridge e ela me responder que era uma característica da profissão, que a maioria dos atores e das atrizes se comportava daquela maneira. Em seguida ela me disse que alguns profissionais iam aos testes e deixavam notas e cartas, por acaso "esquecidas", para mostrar aos produtores que eram desejados em outros lugares. Será que os atores e as atrizes têm mesmo um complexo de inferioridade tão grande? Todos nós sofremos um pouco com isso, mas o caso deles parece mais intenso do que o que acomete as pessoas comuns. Talvez compreendê-los tão bem foi o que possibilitou na época que construíssemos algumas boas relações de amizade.

Eu me sentia bastante orgulhosa, principalmente no dia em que peguei o trem para Manchester saindo de Euston e dei de cara com o elenco de *Juju landlord*. Fui ovacionada como se fosse alguém grande. Taiwo imediatamente insistiu que queria me pagar o café da manhã. Fiquei sem saber se deveria aceitar ou não, porque não queria que ela gastasse seu dinheiro suado comigo. Eu também estava com medo de ter que pagar; nunca tinha comido num trem inglês antes, devia custar uma fortuna — e eu precisava de dinheiro para a mudança. Por isso dividimos uma torrada que ela já havia comprado e Taiwo me pagou uma xícara de café preto. O copo de plástico tinha uma tampinha e me senti muito grata, pois ela deve ter pago um pouco a mais por isso. Uma coisa me deixou feliz de verdade: o fato de eu me encontrar numa posição capaz de proporcionar alegrias a tantos artistas negros. Dá para entender por que eu me sentia assim, depois do fracasso em ajudar os jovens do Seventies, da Quintin Kynaston e do Dashiki. O único rosto sisudo que vi naquela manhã foi o do sr. Baptiste, um ator caribenho, agora uma liderança no Comitê de Carnaval das Índias Ocidentais. Ele disse que o argumento que eu tinha utilizado no processo que fazia parte da peça não era forte o suficiente, que um advogado inteligente conseguiria a liberdade do sr. Dawodu. Não entendi por que isso o incomodava tanto, porque na vida real meu senhorio perdeu o processo. Alguns dias depois, num júri na Granada Television, composto por homens e mulheres aleatórios, o sr. Dawodu também perdeu o processo. Apesar da sua sisudez e da sua infelicidade, o sr. Baptiste estava feliz pela experiência de atuar como um advogado.

Como não era possível juntar um elenco todo nigeriano, selecionamos artistas do Caribe, dos Estados Unidos e do sul e do leste da África. Taiwo Ajayi ficou com o papel de Adah Obi e Loui Mahoney com o do sr. Dawodu. Foi divertido estar naquele trem.

Uma atmosfera dinâmica de negócios tomou conta de todos assim que chegamos na Piccadilly, em Manchester. Notei logo de cara a competitividade presente nos estúdios da Granada. O resultado disso era que poucas pessoas encontravam tempo para serem simpáticas com as outras. Eu podia sentir a pressa, a tensão de roer as unhas entre os produtores e os artistas. Esse humor parecia tomar conta de todo mundo enquanto avançávamos com os ensaios, primeiro numa sala bastante gelada, depois no "tribunal". O produtor não me queria por perto e acho que ele suspirou de alívio quando dei a entender que não ia passar a noite em Manchester. Eu tinha deixado minha família sozinha e estava ansiosa para o trabalho com o pessoal da BBC, cujo início estava marcado para o dia seguinte nos estúdios de White City.

Um jornalista foi escalado para escrever um artigo sobre o episódio de *Crown court* na TV Times. Ele me chocou bastante ao perguntar qual parte do roteiro havia sido escrito pela minha amiga Taiwo Ajayi. Não tinha como responder a uma pergunta como essa com calma. Eu estava começando a aprender como permitir aos atores um pouco de afetação, mas aquilo já era demais. Então fiz questão de deixar claro para ele que eu tinha escrito a peça a partir do meu livro *No fundo do poço* e Alex Marshall tinha editado o texto.

Cansei daquilo tudo e quis ir embora o mais rápido possível. Perdi a vontade de ver meu trabalho ganhando forma. Nunca gostei muito de cenas de tribunal de qualquer forma. Eram sempre um amontoado de discursos. Eu queria correr para a BBC e ver como é que Mary Ridge iria transformar minhas descrições da aldeia em cenários com cabras, galinhas, noz-de-cola e os barulhos do povo de Ibuza. Eu queria sair dali. Eles nos deram um formulário para preencher com nossos gastos e foi aí que descobri que podia ter comido um café da manhã completo às custas da Granada Television.

Eu sabia que era muito ignorante em relação às pessoas. Sabia que meu mundo era bem limitado e muito protegido. Fora a experiência com meus filhos e um pouco de conhecimento sobre sociologia, eu não sabia de muita coisa. Você precisa andar por aí e conhecer pessoas diferentes, com diferentes estilos de vida, para adquirir confiança. Se eu tivesse deixado alguém escrever por mim, como aquele jornalista tinha sugerido, eu nunca iria me perdoar, para não falar na falta de segurança que eu teria para sorrir. Eu sempre falaria disso com culpa. Ali eu entendi que um dos meus problemas era eu nunca ter sido ensinada a me perdoar quando cometia alguma gafe social. Eu achava que as pessoas iriam se lembrar daquilo para sempre. Descobrir que algumas pessoas deliberadamente agiam daquela forma e a consideravam uma postura inteligente me obrigou a aprender a entendê-las.

A parte boa dos estúdios de Manchester foi que pude ver em carne e osso a maioria do elenco de *Coronation Street*. Fiquei um pouco desapontada ao ver que eles eram baixos na vida real. O homem que interpreta Ken Barlow sempre parece tão alto na tevê que eu imaginava que ele fosse um gigante. Mas ele é baixo. E a mulher robusta que interpreta Betty Turpin parece mais bonita do que na televisão; acho que a fazem usar aquelas roupas desleixadas de propósito. E Jean Alexander (Hilda Ogden) tinha uma voz diferente. A voz de Hilda é forçada. Eu a escutei se despedindo dos homens da recepção e a olhei espantada. Seu cabelo estava bem arrumado, sem bobes e sem lenço. Ela estava vestindo um casaco que parecia caro, bem cortado e justo, enquanto Betty Turpin estava com um grande casaco de pele marrom. Elas davam risada e brincavam uma com a outra. Assim, naquela tarde, num momento em que eu estava me sentindo péssima, agradeci à Granada por me permitir conhecer as estrelas da minha série inglesa favorita. *Dallas* e *Dynasty* podem ficar indo e voltando, mas enquanto *Coronation Street* seguir firme e forte sempre voltarei à Inglaterra, independente de onde eu esteja. No início fiquei tentada a me aproximar de Hilda e dizer *Olá, você é minha atriz favorita*, mas percebi como iria soar boba.

Corri até a estação para pegar meu trem de volta para Londres. Desta vez fiz um lanche no trem, pois havia recebido duas libras da Granada para gastar com comida. Tomei um café com uma barra de chocolate e comprei outra barra, maior, para levar para a minha família. Quando cheguei a Euston, percebi que ainda tinha algum dinheiro sobrando, então comprei um pão e seis ovos. Como os preços subiram desde aquela época!

Começamos a trabalhar em *A kind of marriage*, meu texto para a BBC, naquela mesma semana. Jake, que tinha o papel de Osita, foi mimado por todo mundo. Ele estava radiante, caminhava cheio de marra e disse para todos os seus amigos que ia ser ator! Os ensaios logo começaram. Ir para os estúdios da BBC era uma alegria. Os produtores e editores eram um pouquinho mais velhos, mas o ritmo das coisas era mais saudável.

Todos nós nos divertimos fazendo *A kind of marriage*. Até minha agente de teatro, Sheila Lemon, participou. Você podia sentir que a competição ali era menor. Mary Ridge não parava de me perguntar o que eu achava disso e daquilo. Na Granada, o produtor parecia não gostar de mim e fechava a cara toda vez que eu me aproximava. Mas, na BBC, a maioria dos funcionários — como Anne Head, Mary Ridge, Alan Seymour e Innes Lloyd — já havia viajado bastante e conhecido muitos africanos e eles não achavam que uma mulher africana escrever a peça na qual estavam trabalhando era uma coisa presunçosa.

Só tivemos um pequeno contratempo, a escolha da música. Mary Ridge havia comprado os direitos de uma música sul-africana que, ela pensou, serviria como trilha sonora. Afinal, não era música africana? Demorou um bocado até eu e Jumoke conseguirmos explicar a ela que a música da África do Sul era a música da África do Sul, que o povo de Ibuza tinha a própria música e que as duas eram bem diferentes. Mary não conseguia enxergar essa diferença. Ela não entendia que o que estava fazendo era como escolher uma música de Berlim para uma história passada em Leicester e depois dizer que as pessoas são todas iguais simplesmente por serem europeias.

Ela era uma boa pessoa, Mary Ridge, e logo percebeu a importância que tinha para nós que a música nigeriana fosse tocada. Tivemos, inclusive, uma pequena ajuda de Willie Jonah, que lembrou a todo mundo que a África é um continente, e não uma aldeia. Chegamos num meio-termo. Apenas o trecho inicial da música, sem letra, foi utilizado. Mas esse começo ganhou os sons dos nossos instrumentos musicais, agogô e ishaka e akpele.

Os produtores de cinema já perceberam que, quando eles me procuram querendo transformar um dos meus livros em filme, eu nem sempre me empolgo muito com a possibilidade. Acho que o motivo foram esses pequenos contratempos pelo caminho. Por exemplo, Jumoke é uma atriz nigeriana, mas nunca conseguiu falar "Osita" corretamente. Ela pronunciava de tal maneira que soava igual à palavra para "canalha", e muitos homens igbos que assistiram caíram na gargalhada. Bom, de qualquer modo, os homens igbos nunca gostaram muito da peça. Eu me pergunto se foi por isso que nenhuma produtora nigeriana comprou os direitos de exibição. Eles compraram *Juju landlord* e a exibiram várias vezes no período em que estive em Calabar, entre 1980 e 1981. Muitos de nós, que escrevem livros sobre o chamado "Terceiro Mundo", rezam para que um dia possamos encontrar produtores de cinema, brancos ou negros, com carta branca para traduzir de maneira fiel o que tínhamos em mente ao botar as palavras no papel. Esse produtor provavelmente não será inglês, talvez seja dos Estados Unidos, mas um dia vai aparecer.

Eu estava muito ocupada. Por exemplo, num dia qualquer do meu diário, 21 de janeiro de 1976, é possível ler: "Corri para trabalhar no Grupo de Mães e Bebês, com medo de perder minha aula de hoje à tarde, mas, por sorte, Angela cancelou seu horário no dentista. Então fui ao banco para depositar trezentos e quarenta libras e cinquenta centavos de pagamento de royalties. Saí do Grupo de Mães e Bebês a uma e vinte da tarde e cheguei bem a tempo da aula sobre historicismo. Essa teoria em particular pode ser útil para minha tese de doutorado, se eu algum dia tiver tempo e dinheiro para continuar. Hoje é o primeiro voo do Concorde. Que orgulho eu sinto de ver a Inglaterra e a França alcançarem esse feito".

Ao ler meu diário hoje, em 1985, fico surpresa ao perceber como lá atrás, em 1976, já me sentia orgulhosa das conquistas britânicas, e fico feliz de ter mantido essa característica boba e egocêntrica que é querer escrever sobre cada pequeno acontecimento do meu dia a dia. Eu pensava que naquela época ainda era antibritânica, mas meu diário prova como eu estava errada. Eu já me sentia um pouco mais britânica do que quando cheguei, em 1962.

Os estúdios da BBC em White City não só eram mais tranquilos como o ritmo de trabalho também era um pouco mais lento do que na Granada. Levamos quase duas semanas para produzir um material de quarenta e oito minutos, enquanto a Granada levou uma semana para produzir uma cena de tribunal de uma hora e quarenta e cinco minutos. Talvez seja por isso que eles se apressassem tanto. De todo modo, no dia 13 de fevereiro, todos os ensaios e gravações já tinham terminado. Ainda penso naquele último dia com certa nostalgia. Todo mundo estava dando risada. O saguão da BBC em White City me parecia particularmente festivo e chique naquele final de tarde. Comemos e bebemos coquetéis e conheci os outros roteiristas da série. Não achei que *A kind of marriage* foi tão difícil de escrever quando *Juju landlord*, porque, como eu disse, não gosto de cenas de tribunal, ainda mais uma tão longa como as que acontecem em *Crown court*.

Antes da série ir ao ar, em maio, todos nós, que tínhamos escrito as "peças da comunidade britânica", fomos fotografados para a Radio Times. Não me lembro dos nomes dos outros, mas nunca vou me esquecer de Salvon e de Dilip Hiro.

Capítulo 31

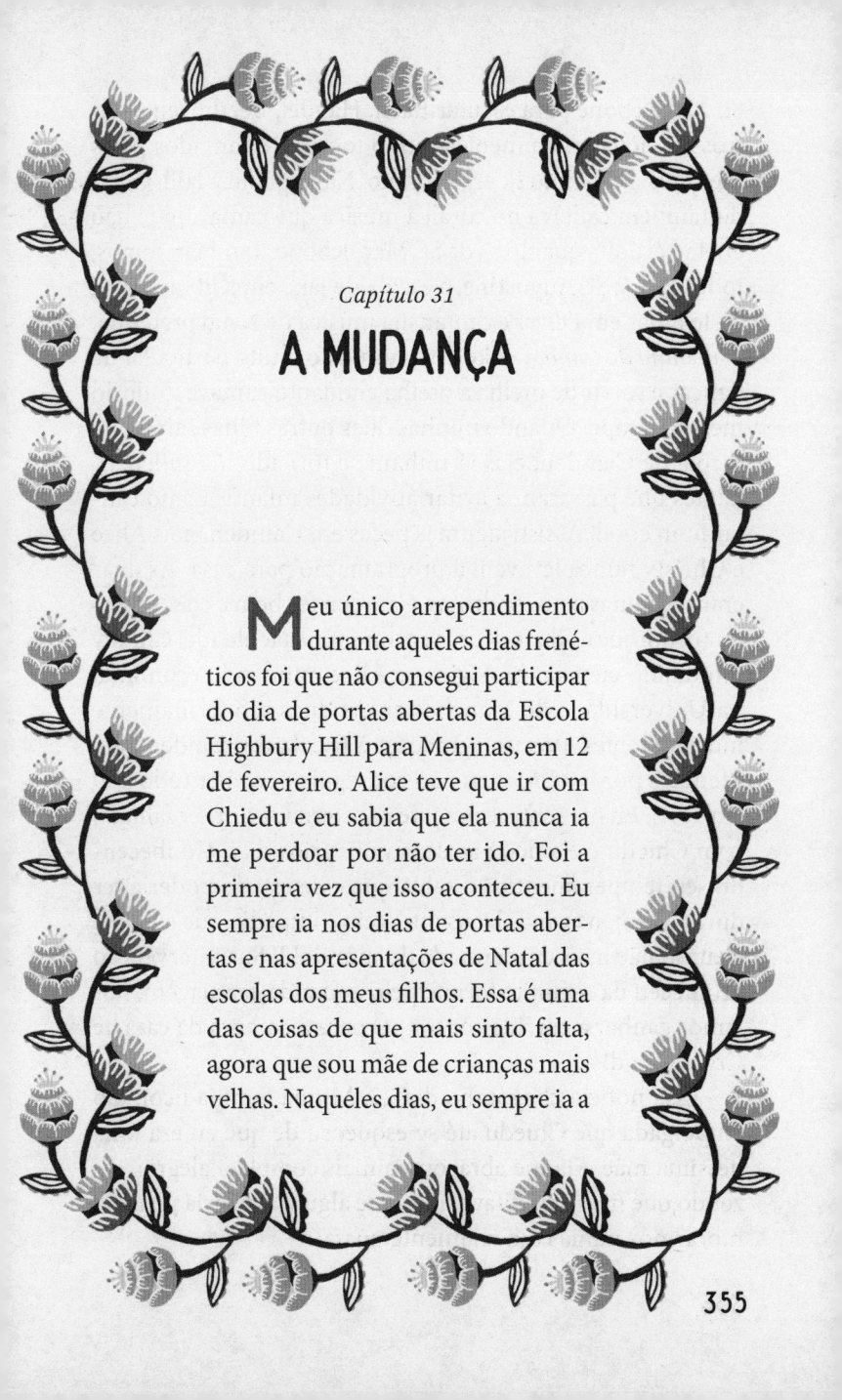

A MUDANÇA

Meu único arrependimento durante aqueles dias frenéticos foi que não consegui participar do dia de portas abertas da Escola Highbury Hill para Meninas, em 12 de fevereiro. Alice teve que ir com Chiedu e eu sabia que ela nunca ia me perdoar por não ter ido. Foi a primeira vez que isso aconteceu. Eu sempre ia nos dias de portas abertas e nas apresentações de Natal das escolas dos meus filhos. Essa é uma das coisas de que mais sinto falta, agora que sou mãe de crianças mais velhas. Naqueles dias, eu sempre ia a

St. Marylebone para escutar Bach, Handel, Beethoven e outros músicos proeminentes sendo tocados e cantados pelos meninos. Meu filho Ik era soprano. Na Highbury Hill, Chiedu também cantava no coral; a música que cantavam lá não era tão erudita quanto as da St. Marylebone. Também fomos, todos nós, à St. Augustine, a escola de Jake em Kilburn, para vê-lo atuar em *Oliver* e cantar sua música de Natal preferida, *O menino do tambor*. Jake tinha um jeito muito particular de dançar e sorrir de orelha a orelha enquanto cantava, tudo ao mesmo tempo. Quando minhas duas outras filhas saíram da escola de Camden, elas já tinham se tornado tão independentes que passaram a evitar atividades infantis como cantar num coral. Assisti algumas peças em Camden, mas Alice e Christy nunca levavam a programação para casa. As duas eram meninas bem londrinas. Camden fez bem a elas, no entanto, porque as duas depois entraram na faculdade, Christy estudando ciências biológicas e Alice estudando economia na Universidade de Manchester. As duas são ferinamente independentes. Preciso agradecer à Escola de Camden para Meninas por isso! Mas eu não conseguia perceber tudo isso em 1976. Eu me senti realmente consternada por ter falhado com Chiedu e ela ficou abatida por vários dias. Conhecendo seu temperamento, eu sabia que esse estado poderia ter durado semanas, mas Deus interveio e impediu que eu fosse eleita a mãe mais desnaturada do mundo! E Sua intervenção aconteceu da seguinte forma: pelo andar da carruagem, nós íamos ganhar a corrida contratual para a compra da casa de Crouch End!

Essa notícia chegou no dia 23. Minha família ficou tão empolgada que Chiedu até se esqueceu de que eu era uma péssima mãe. Ela me abraçou na mais completa alegria, dizendo que nem acreditava mais que algum dia seria possível morarmos numa casa realmente nossa:

— E só de pensar que agora vou poder decorar uma casa e ainda o quintal e a porta da frente!

Eu só dei risada, porque ela estava começando a soar como a sra. Mary Wilson, que preferia ter sua própria casa do que morar na residência oficial dos primeiros-ministros.

Meus filhos queriam que nos mudássemos naquele mesmo dia. Eu disse a eles que era impossível, porque era segunda-feira e eu ainda precisava da escritura para ter certeza de que a casa era realmente nossa. Ao ouvirem falar em escritura, todos eles ficaram quietos. Chiedu perguntou como eu sabia que o vendedor não ia mudar de ideia. Respondi que ele não ia mudar, uma vez que já tinha aceitado nosso dinheiro, que o resto da transação envolvia apenas o meu advogado e o advogado dele, e que tudo era questão de dias, um período no qual eu precisaria contratar os serviços de água, gás e eletricidade para a nova casa. Eles exclamaram que podiam viver sem água, gás e eletricidade, e Ik saiu contando como tinha vivido sem nada daquilo durante os dias que passou na propriedade rural pertencente à sua escola. Fiquei sem saber o que fazer.

Estávamos nessa histeria quando o sr. Olufunwa apareceu para dizer que o corretor imobiliário tinha telefonado a ele para contar a boa notícia e que ele tinha ido direto para a imobiliária e pego as chaves para nós. Então pedi que nos levasse lá. Dever de casa, reuniões de orientação, tudo foi esquecido no momento que entramos no carro velho do sr. Olufunwa. Ali dentro eu não sabia quem estava mais entusiasmado, se ele ou as crianças. Volta e meia, eu o lembrava de dirigir com cuidado, mas Jake garantiu que ele já dirigia devagar o suficiente, *mais devagar do que nossa mãe*. Foi uma fala curiosa, porque meus filhos sempre diziam que eu era a motorista mais lenta do mundo.

Bom, chegamos inteiros, e até hoje me pergunto o que os vizinhos pensaram da gente, dois adultos e cinco crianças muitíssimo animadas. Eu me lembro de ter mandado os meninos pentearem os cabelos; eles me ignoraram, e depois decidiram que estava frio demais para sair com a cabeça descoberta. Então eles procuraram e acharam meu gorro de lã. Ik o colocou na cabeça e Jake resolveu se contentar com o cobertor de chaleira colorido que eu tinha tricotado quando nós estávamos "no fundo do poço".

Era uma grande gritaria e Christy não parava de cantar, mas Alice se destacou no seu casaco marrom, farejando o ar como se fosse um cachorro altivo. Ela não parecia muito impressionada e de repente disse:

— Mãe, tudo o que você precisa é de um relógio e um bispo, e essa casa vai virar uma igreja.

Ah, Alice, a coitada tinha vivido toda sua vida em moradias sociais, com seus blocos cinzentos no lugar das paredes e um espaço comunitário tomado por famílias e crianças disfuncionais. Ela nunca havia entrado numa verdadeira casa eduardiana de tijolos, com vitrais e um telhado cônico. As janelas, a porta, os tijolos vermelhos, tudo na casa deve tê-la feito se lembrar da igreja St. Mary Magdalene, que frequentávamos no Rothay. Demos risada do seu comentário, mas percebi que, logo depois, ela se agarrou ao meu casaco.

— Essa casa não é sólida, mãe, ela vai desabar, tenho certeza. Eu gosto muito mais do apartamento do Rothay, é melhor lá no Regent's Park. Essa casa é fraca, os quartos são pequenos e eles são escuros, mãe! Os apartamentos da prefeitura são muito melhores.

Eu a deixei se abraçar em mim enquanto os outros corriam para cima e para baixo nas escadas, gritando de felicidade. Jake afirmou que não ia voltar para o Rothay, que ia ficar e cuidar da casa, para o caso de algum ladrão tentar invadir o lugar. A casa estava vazia desde outubro! Mas Jake não queria saber disso. Houve uma pequena discussão sobre quem ficava com cada quarto e o sr. Olufunwa disse que deveríamos ir encontrar o resto da sua família. Eles também tinham acabado de se mudar, para a Redston Road, em Muswell Hill, não muito longe dali.

A casa deles era um pouquinho maior do que a nossa, com um jardim maior e um acabamento melhor. Quem morava lá antes era um fanático do "faça você mesmo" que construiu uma suíte na sala da frente. Ele tinha transformado a casa em dois imóveis separados e os Olufunwa iam morar em um e sublocar o outro. Era uma boa ideia, mas bastava olhar para minha família e eu sabia que, embora tivéssemos o mesmo número de quartos, nunca poderia investir numa empreitada como aquela. Minha família era muito barulhenta e meus filhos estavam acostumados a terem seus próprios quartos — uma experiência que não tive durante a infância e que por todos esses anos sempre tentei proporcionar a eles.

Devo ter conseguido, porque uma vez, de férias com Alice por três semanas na Califórnia, ela disse que a única coisa horrível que os californianos faziam era que, apesar de terem todo o dinheiro do mundo, eles sempre enfiavam duas crianças no mesmo quarto.

— Eu nunca vou fazer isso com meus filhos quando eu for mãe.

E pensar que eu, sua mãe, passei a maior parte da infância dentro de quartos compartilhados com um casal, várias crianças e meu irmão, e que seu pai tinha vivido num único cômodo com seus pais e nove irmãos e irmãs! E nenhum desses quartos em Lagos era tão grande quanto a cozinha que temos hoje.

Concordei com ela. Mas sugeri, da maneira mais cuidadosa possível, que, depois da sua carreira universitária e antes de pensar em casamento, ela deveria viajar um pouco mais e conhecer a cultura de outros povos. Tenho certeza de que ela vai aprender.

Foi quando visitamos os Olufunwa naquela tarde de fevereiro que descobri que a sra. Olufunwa preferia a nossa casa à que eles haviam comprado, porque a nossa era três mil libras mais barata. Fiquei com a impressão de que ela não estava muito feliz com o fato de eu ter conseguido a casa. Ela não era muito diferente da maioria das minhas amigas casadas, que achavam que mulheres solteiras não deveriam ser capazes de pagar por coisas como aquelas; elas deveriam ser a "consolação" das mulheres que se seguravam e sobreviviam aos seus casamentos. Não importa quão morto ou superficial seja esse casamento, muitas mulheres acreditam que compras tangíveis, como a compra de uma casa, deveriam ser suas recompensas por suportarem o matrimônio. Mulheres como eu, que, não por escolha própria, são deixadas sozinhas para criar seus filhos, nunca deveriam pensar em comprar uma casa. Esse foi um dos motivos que fez eu me afastar de mulheres nigerianas casadas.

A sra. Olufunwa abafou minha felicidade naquela tarde. Eu gostei bastante da casa deles, mas não podia pagar por ela. Guardei isso para mim, demonstrando apenas admiração, assim como uma pessoa admira um produto na vitrine de uma loja, sabendo muito bem que nunca vai poder comprá-lo. Eles tinham um jardim enorme que dava para o Alexandra Palace, e a saleta de café da manhã era toda envidraçada, com vista para um jardim muito bem-cuidado. Era adorável. Ela não enxergava isso. Nossa casa era mais barata, com o mesmo número de quartos, mas o jardim era quase do tamanho de um lenço de bolso e nos fundos desse jardim ficava uma escola primária! Eles dizem que a grama é sempre mais verde na casa do vizinho...

Voltamos para casa bem tarde. O resto da semana foi de ligações para a companhia de gás, para a companhia elétrica e para o pessoal do telefone e tentando arranjar um caminhão de mudança. Um parente meu, de Ibuza, Ofili, prometeu nos emprestar seu carro para fazermos o transporte dos nossos pertences. Na sexta, eu não só estava telefonando e esperando por ele como também me vi à espera da escritura, que ia chegar pelo correio.

Então Angela, a garota que trabalhava comigo no Grupo de Mães e Bebês, teve uma ideia. Ela conhecia alguns estudantes que tinham uma van e que ela suspeitava que poderiam nos ajudar com a mudança. Ela não tinha muita certeza, mas ia pedir para eles me ligarem. Não coloquei muita esperança no que ela me disse e fui à Woolworths da Oxford Street comprar pregos e dobradiças. Os estudantes escolheram bem essa hora para me ligar. Meus filhos disseram a eles para virem o quanto antes, porque nós já estávamos prontos para a mudança. E eles vieram!

Fiquei parada como se estivesse colada no chão, em frente ao pub ao lado do Rothay, observando a cena. Fiquei maravilhada ao ver Jake e Ik e dois jovens carregando minha estante de livros até a van. Chiedu estava feliz com os travesseiros em mãos e colapsei de tanto rir quando vi Alice levando meus vestidos um a um e os jogando em cima de todas as outras coisas. Eu não tinha tido tempo de colocá-los em uma mala.

Tudo o que Chiedu me disse, à guisa de explicação, foi:
— Olha, mãe, aquelas pessoas provavelmente vão mudar de ideia. E eu disse pra todo mundo que nós estamos nos mudando pra Crouch End. Não vamos dar a eles a oportunidade de mudarem de ideia, não dessa vez. Lembra daquele homem horroroso da Nelson Road? Ele mudou de ideia no último minuto, não mudou?

Não consegui pará-los, talvez porque eu também não quisesse. Se eles estavam loucos de impaciência, eu também estava. Ser dona da minha própria casa era uma conquista que meus pais não haviam conseguido alcançar em Lagos.

Em Ibuza tínhamos um terreno da família no qual erguemos umas casas de palha, algumas das quais levaram apenas alguns dias para serem construídas. Como meu pai não viveu muito, ele não chegou a construir uma casa com teto de zinco. E agora eu estava mudando para uma casa que seria minha.

Pensar que poderia levar até vinte anos para a casa ser realmente minha fazia meu estômago revirar, e minhas pernas bambeavam quando eu calculava quanto iria pagar no fim das contas pela hipoteca de dez mil libras. Mas sem a hipoteca eu nunca poderia comprar uma casa. Eu estava me mudando para Haringey, um desses distritos caros de Londres. Tudo isso passou pela minha cabeça enquanto eu assistia Alice se virar para carregar nosso ursinho de pelúcia, Stella, que eles tinham comprado para mim no Natal.

Sim, eles estavam certos, o proprietário da casa podia mudar de ideia; eu, portanto, não tinha outra escolha a não ser entrar no espírito do jogo.

Então, no final da tarde do dia 27 de fevereiro de 1976, um fim de tarde muito frio e úmido, nós nos mudamos do Rothay para Briston Grove. A casa ainda não tinha luz, nem água, nem gás, mas havia uma felicidade infinita.

Brindamos com uma garrafa de champanhe. Eu tinha comprado essa garrafa meses antes e sua rolha saiu devagar, com um estouro típico das festas de fim de ano, o que me fez lamentar não termos guardado os biscoitos que sobraram do Natal. De todo modo tomamos a bebida em xícaras de chá no escuro e Alice esqueceu que tinha apenas nove anos e eu também esqueci. Quando lembrei, já era tarde demais; ela engoliu tudo e declarou que aquele negócio era bom e borbulhante.

Fomos dormir sem desfazer as malas e sem trocar de roupa. Foi uma loucura, mas foi incrível.

Capítulo 32

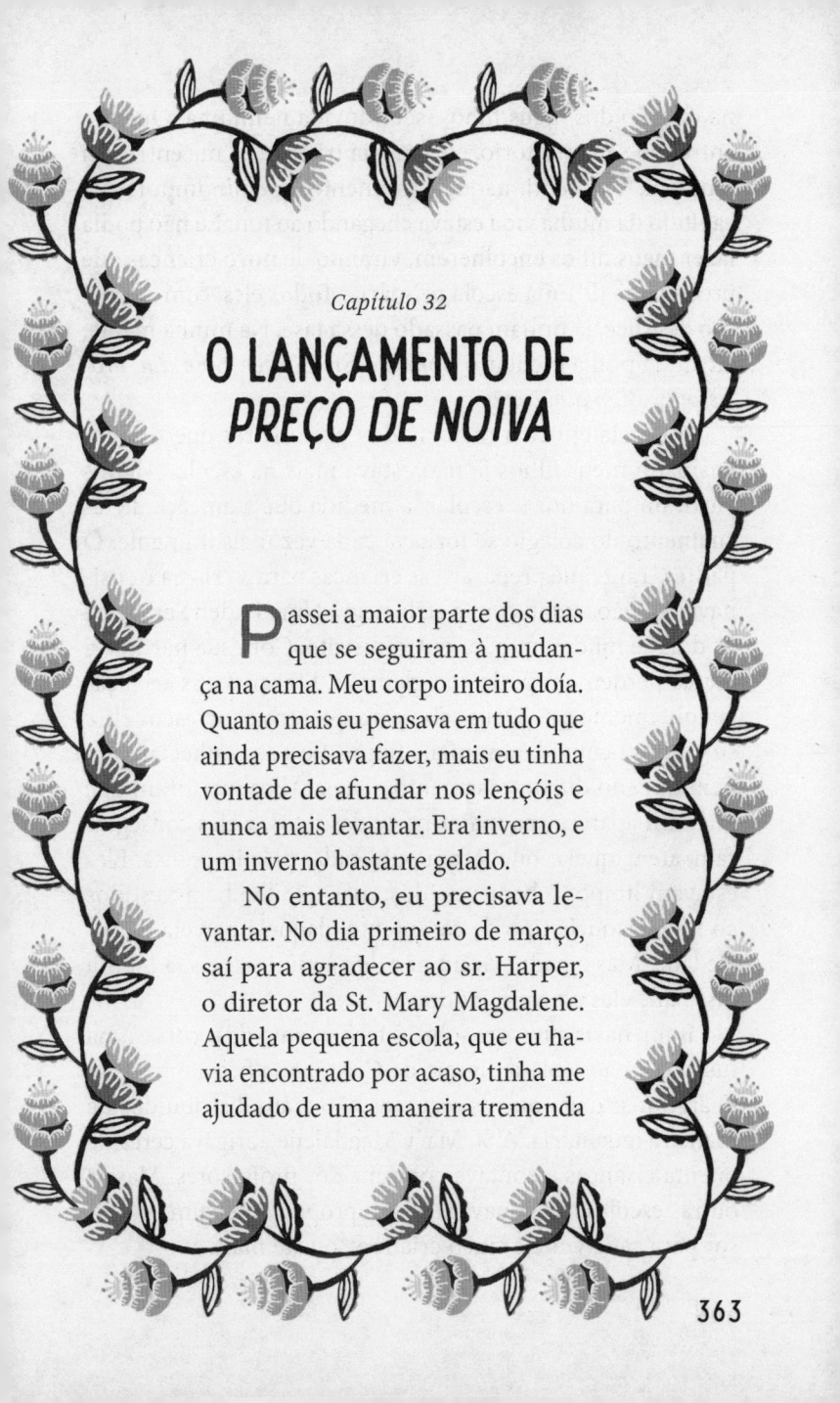

O LANÇAMENTO DE *PREÇO DE NOIVA*

Passei a maior parte dos dias que se seguiram à mudança na cama. Meu corpo inteiro doía. Quanto mais eu pensava em tudo que ainda precisava fazer, mais eu tinha vontade de afundar nos lençóis e nunca mais levantar. Era inverno, e um inverno bastante gelado.

No entanto, eu precisava levantar. No dia primeiro de março, saí para agradecer ao sr. Harper, o diretor da St. Mary Magdalene. Aquela pequena escola, que eu havia encontrado por acaso, tinha me ajudado de uma maneira tremenda na criação dos meus filhos, sem dúvida nenhuma. Quando entrei no seu escritório, ele parecia triste, e eu me entristeci também. Vi e senti, naquele momento, que um importante capítulo da minha vida estava chegando ao fim. Eu não podia fazer meus filhos encolherem, virando de novo crianças que precisavam de uma escola primária. Todos eles, com a exceção de Alice, já tinham passado dessa fase. Na minha mente, eu ainda podia escutar o *Bom dia, sr. Harper. Bom dia, professores. Bom dia, amigos.*

Naquela época a maioria dos professores que tinham ensinado meus filhos já não estava mais na escola. Alguns partiram para novas escolas, à medida que a ameaça de fechamento do colégio se tornava cada vez mais iminente. O padre Grant, que preparava as crianças para a crisma e ensinava religião, casou com a atriz negra Nina Baden Semper, e os dois se mudaram para outro distrito. Com sua partida, a escola perdeu um pouco do glamour. Ele amava as crianças genuinamente e só Deus sabe para quantos churrascos ele e sua esposa convidaram meus filhos. Eles se conheciam tão bem que, no dia do casamento, Jake e Alice insistiram que queriam aparecer na maior parte das fotos, e eles conseguiram, até naquelas que foram publicadas pela imprensa. Eles estavam limpos e bem-vestidos, mas não tão bem-vestidos ao nível daquele tipo de casamento, daquela parcela da sociedade. Mas o padre Grant não deu a mínima. E sua esposa disse que eles estavam "adoráveis".

Bom, havia rumores sobre o fechamento da escola e uma fusão com a escola da Igreja de Cristo, que ficava próxima. O argumento era que os recursos não eram distribuídos de maneira igualitária. A St. Mary Magdalene abrigava cerca de oitenta crianças e contava com uns dez professores. Mas as outras escolas funcionavam com a proporção de um professor para cada vinte e cinco crianças, ou até mais.

Fiquei feliz de ter conhecido a escola nos seus tempos áureos. Sorri ao notar que o médico-bruxo que fiz numa aula de cerâmica e dei de presente ao sr. Harper continuava lá. Eu lembro de ter dito a ele para nunca se afastar daquele médico-bruxo e que ele sempre seria seu guia, como uma espécie de Chi. Acho que ele acreditou em mim, porque o médico--bruxo estava brilhando, o que mostrava que alguém o polia e cuidava muito bem dele. Foi o melhor médico-bruxo que eu já fiz. Ainda guardo alguns deles. O sr. Harper de repente me pareceu uma pessoa solitária, mas esse é o destino de todos aqueles que se envolvem com a educação de crianças. Elas crescem e abandonam os ninhos. O sr. Harper depois foi para a escola primária St. Augustine, em Kilburn, mas nunca mais foi a mesma figura lendária que ele foi na St. Mary Magdalene, na Munster Square. A nova escola era grande demais. Ele havia dedicado mais de trinta anos da sua vida para a "St. Mary Mags".

Eu me despedi dele e caminhei devagar de volta para meu antigo apartamento. Alguns jovens já haviam se mudado para lá e estavam aconchegados nos beliches que tínhamos deixado para trás. Um par de sapatos caros que Chiedu me obrigou a comprar para ela e que no fim decidiu não gostar, depois de usar somente uma vez, tinha sido engraxado e disposto com cuidado no seu devido lugar. Não pude não rir daquela cena.

Quando nos mudamos para lá, em 1969, éramos apenas uns negros com audácia suficiente para exigir e receber um dos melhores apartamentos que Camden tinha construído até então. Ele era completamente novo. Nossos vizinhos nunca nos perdoaram por essa ousadia. Eles arremessavam tomates nas nossas portas e pichavam todo tipo ofensa nas nossas paredes. Quando enfim fomos embora, muitas dessas pessoas sorriam para mim no elevador, e muitos até se diziam nossos amigos. Agora que não morávamos mais lá, muitos daqueles jovens, que haviam xingado meus filhos e jogado tomate nas nossas portas, se viam gratos pelos nossos despojos. Não pude levar muitas das nossas coisas, porque a casa em Briston Grove havia sido excessivamente mobiliada pelo seu antigo proprietário judeu. Precisei deixar os beliches, o limpa-carpetes e até minha máquina de lavar Hoovermatic. Eu estava cansada demais para ainda ter que lidar com isso. Mas sem perder tempo arrumei um jeito de levar embora meu fogão a gás. Era melhor do que o fogão que havia em Crouch End.

Atravessei o corredor para me despedir da senhora com o cachorro. Nós nunca soubemos o nome dela e ela nunca soube o nosso. Sempre a chamávamos de "a senhora com o cachorro", porque ela tinha brigado bastante para poder manter seu cachorro em casa. Essa mulher tinha um jeito muito particular de subitamente explodir em lágrimas e expressar suas dores. Eu sabia por que ela chorava: ela era uma mulher solitária. Então eu costumava visitá-la e ela me dava de presente algumas ervas de cheiro doce. Ela me disse que vinha de uma família cigana e que costumava trabalhar no circo. Tinha mais de setenta anos, com seios fartos e cabelos vermelhos, e, embora fosse rechonchuda, sempre andava com a postura ereta. Quando me viu na televisão ela me disse para eu tomar todos os cuidados para ser tratada com toda a lisura pelo sindicato, mesmo sabendo que eu não era nem atriz, nem artista de circo.

Também me despedi do casal de judeus idosos, o sr. e a sra. Browning. Eles me acolheram desde o início, e a sra. Browning me fornecia todos os produtos da Avon que ela sabia que nós, mulheres nigerianas, adorávamos.

Para mim, o lugar já começava a parecer estranho e parte do passado e passei a entender a descrição desapaixonada que Daphne du Maurier fez daquela região em uma das suas autobiografias. Ela também havia morado perto do Regent's

Park quando criança. De certa forma parecia que lugares como aquele pertenciam somente aos jovens e às pessoas sem raízes. Você sente que, sim, é um lugar para se morar, mas não para se viver. A parte de Crouch End onde tínhamos comprado a casa era arborizada e tranquila. Assim que você descia da Crouch Hill e entrava na Dickenson Road, tudo o que se escutava era uma espécie de silêncio, uma calmaria envolvente. Eu morava lá há menos de uma semana e já começava a me perguntar: "Como nós conseguimos morar tanto tempo num lugar tão grande e barulhento quanto a Albany Street?".

Alice começou na escola nova naquele dia. Era uma daquelas escolas primárias enormes. Eu soube logo de cara que ela ia ter dificuldades. Era a primeira vez que ela frequentava uma escola que não conhecia seus irmãos e irmãs. E eu não conseguia me enxergar muito engajada ao dia a dia escolar, porque só a dimensão do colégio já era desconcertante o suficiente. Eu sabia que Alice era naturalmente inteligente. No entanto, ali ela seria somente mais uma menina negra que sua professora branca seria obrigada a ensinar. A professora era distante e de certa forma lânguida. Fiquei um pouco preocupada ao deixá-la para se virar sozinha, mas, no caminho de volta para casa, me consolei com o pensamento de que ela só precisaria passar um ano naquela escola, uma vez que eu já tinha colocado seu nome na lista de espera da Escola de Camden para Meninas, onde Christy já estava causando uma ótima impressão. Alice não ia ficar tão irremediavelmente deprimida em apenas um ano.

Quando os pais fazem um escândalo a respeito do ambiente escolar, às vezes as pessoas sem filhos acham que eles estão fazendo tempestade num copo d'água. Eles, no entanto, têm motivos para tal. Alice ficou cada vez mais arisca na nova escola e começou a se divertir nos contando as pegadinhas que ela e suas novas amigas gostavam de pregar nas professoras. Ela ficou bastante amiga de Julie, outra menina negra, vinda de uma família caribenha que morava na mesma rua. Por ambas serem negras e estarem na mesma turma, a professora obviamente as colocou juntas, e às vezes não conseguia identificar quem estava fazendo o quê. Os pais de Julie, um casal muito quieto, cujo filho adorava tocar seus discos para a rua inteira escutar sempre que eles saíam de casa, aceitavam tudo o que a professora dizia. Eles preferiam mandar seus filhos para uma escola na esquina de casa, porque era mais perto. Eu percebia que Julie também era inteligente, mas acho que a professora delas enxergou sua negritude antes de enxergar sua inteligência. Nunca fui próxima o suficiente da mãe de Julie a ponto de conversar com ela sobre sua filha, e eles logo receberam uma moradia social, se mudaram e eu nunca mais os vi. Mas antes de se mudarem Julie deu a Alice um gato chamado Tampinha, que foi base para o livro *Tampinha, o gato*, que eu e Alice escrevemos quando ela tinha onze anos e estava no seu primeiro ano em Camden.

Na sua nova escola Alice começou a falar uma mistura deliciosa de inglês do leste de Londres e patoá crioulo. Era incrível de se escutar. Ela começava todas suas frases com "Porra, cara...". Não sei por que ela falava isso, mas, na virada do ano, quando a matriculamos em Camden, todos nós respiramos aliviados. Depois, comecei a ficar ansiosa por vê-la levar aquela algazarra toda para os corredores de Camden. Eu e a escola e todo o resto da família precisamos de quatro anos para consertar o que o outro colégio tinha feito em apenas um. Mas os problemas, graças a Deus, foram resolvidos. Ela tirou boas notas e conseguiu uma vaga na universidade para estudar o que desejava, economia.

Se eu tivesse criado meus filhos em Tottenham, Brixton ou Toxteth, tenho certeza de que eles estariam entre aqueles jovens disparadores de bombas que víamos nos protestos.

Mas, se as escolas são menores, com, por exemplo, um professor para cada quinze alunos, em média, os professores vão se aproximar dos seus alunos, e os pais e as próprias crianças vão, no futuro, sob uma aura nostálgica, olhar para trás e pensar que aquele foi o melhor momento das suas vidas. A professora de Alice na última escola se recusava a posar para fotos ao lado dos seus alunos. Ela não gostava de dar aula para eles, e eu, tendo sido uma professora em condições semelhantes, consigo entendê-la.

Eu achava que todas as grandes escolas públicas eram iguais e como a St. Augustine's, onde Jake estudava, era uma delas, pensei que ele deveria trocar de colégio. Nosso novo distrito arranjou uma vaga para ele numa escola em Tottenham. Jake precisava ir sozinho para lá, porque já tinha treze anos na época e eu estava trabalhando, mas conversei com o diretor pelo telefone. Eu queria que Jake avaliasse se gostava ou não da escola antes da sua entrevista final. Ele ficou sentado no banquinho do corredor, esperando para ver qual era a cara da sua nova professora. Logo depois ele se levantou e voltou para casa. Cheguei do trabalho e o encontrei profundamente infeliz.

— Não quero estudar lá, mãe — ele me disse. — Naquela escola você pode bater nos professores... E um cara grande chegou perto de mim e perguntou se eu era novo. Ele disse que a melhor maneira de sobreviver ali era nunca ceder às m... dos professores. E que nós, as p... dos pretos, precisávamos nos unir. Mãe, eu não quero ter que me unir com ninguém, só quero ir pra escola e conseguir meus certificados. Mãe, esse menino parecia durão e era enorme e ele não usava nenhum uniforme escolar.

Jake não trocou de escola. Em consequência disso o distrito se recusou a pagar as passagens de ônibus dos meus filhos, alegando que havia escolas igualmente qualificadas em

Haringey. Eles nem quiseram saber do meu argumento de que era bastante desaconselhável arrancar do seu lugar um jovem que já tinha cursado metade do programa escolar e estava acostumado com certos professores e certo ambiente. Uma mulher da Secretaria de Educação ficou tão irritada por eu matricular minhas filhas mais novas em Camden, e não em Hornsey, que ela me disse que não ia avaliar nenhuma das minhas solicitações até eu tirar Christy de Camden e prometer que não ia matricular Alice lá. *As escolas locais são tão boas quanto*, ela dizia. Eu concordei com ela, mas respondi que minhas filhas iriam estudar em Camden, e elas estudaram.

Uma velha conhecida, a sra. Ademosun, ao saber que eu era a líder do Grupo de Mães e Bebês em Kentish Town e que eu tinha acabado de me mudar, apareceu para me ajudar a organizar a casa. Jogamos algumas coisas fora e nos sentamos para assistir o primeiro episódio de *Juju landlord*. Ficamos maravilhadas e, para mim, foi uma sensação incrível poder ver uma ideia simples ganhar forma e se tornar quase real na tela. Eu me sentia responsável por aquilo, tanto que logo me vi apavorada. O fato do meu senhorio iorubá ter tentado me assustar até sair da sua casa simplesmente para exercer seu poder sobre uma conterrânea com cinco filhos pequenos — com a mais nova tendo somente seis dias de idade — tinha me movido a ponto de eu incluir essa história no meu primeiro livro, *No fundo do poço*, e agora aquele pequeno capítulo da minha vida também estava sendo dramatizado. Era uma representação vigorosa e percebi o quanto a televisão podia ser útil à literatura no futuro.

Apesar do segundo e do terceiro episódios terem sido exibidos nos dias seguintes, e apesar da TV Times ter escrito um artigo a respeito, o programa mal foi mencionado em outros lugares. Isso me surpreendeu de um jeito que quase doeu. Todo aquele trabalho, toda aquela correria que tivemos no Natal, para não termos nem mesmo uma reles resenha. Foi horrível.

Hoje, depois de ter conhecido muitos roteiristas que dizem que só se verão como escritores depois de escrever um livro, entendo o que eles querem dizer. Um livro sempre está lá, é resenhado e se fala sobre ele, mas programas como *Crown court*, que são exibidos no meio da tarde, quase nunca são notados. A série foi reprisada alguns meses depois, mas não me deu o mesmo sentimento criativo que sinto depois de publicar um livro.

Em maio, *A kind of marriage*, da BBC, se saiu um pouquinho melhor. O The Stage afirmou que eu era uma dramaturga promissora ou algo assim. E a peça foi listada no The Sunday Times como uma das melhores da semana. A audiência também foi muito maior, porque foi exibido à noite. Mas a BBC resolveu não fazer reprises; eles achavam que iam, mas a direção mudou, e a ideia se perdeu como um diamante que desaparece no meio de um redemoinho. Essa situação fez com que eu cristalizasse em mim uma ambivalência em relação a escrever para a televisão. Decidi dedicar a maior parte da minha energia literária para a escrita dos meus romances documentais. Meu domínio pode até ser o império das coisas, mas lá eu sou rainha e não preciso lidar com pessoas que se autointitulam gladiadores intelectuais. Quase nunca enxergamos o mundo da mesma forma.

Em parte por causa disso, voltei a *The slave girl*. O esqueleto já tinha sido esquematizado em 1975, antes de me mudar para Briston Grove, mas com as peças e a mudança não pude dedicar muito tempo a ele. Com esse livro iniciei um novo tipo de escrita, apoiada num esquema detalhado e onde se escreve muito à mão antes de se passar para a máquina de escrever, ao contrário de *No fundo do poço* e *Cidadã de segunda classe*, que escorreram de mim direto para a página datilografada. Depois de tamanha efusão, eu sempre me recusava a editar ou reescrever qualquer coisa, porque sabia que iria encontrar muitos erros nas páginas. Eu sempre deixava essa tarefa para outra pessoa. Mas com *The slave girl* foi diferente. Por isso, demorei muito mais para escrever, pois deixava o texto decantar por mais ou menos uma semana e só então voltava para ele.

Era para ser o primeiro livro na ordem cronológica do meu estudo sobre as mulheres negras da minha parte do mundo. Não consegui escrever sobre minhas avós, no entanto, porque minha mãe mal tinha conhecido sua própria mãe. Ela morreu quando minha mãe ainda era bebê; na verdade, quando a encontraram morta, minha mãe ainda estava atracada ao seu peito, mamando. Meu pai também não falava muito sobre sua mãe. O pouco que eu sabia sobre Agbogo, agora minha Chi, foi contado por minha tia, Nwakwaluzo Ogbueyin. Segundo os relatos, ela caminhava como um pato (do mesmo jeito que eu caminho quando estou cansada) e, apesar de toda a fome no mundo, era sempre meio rechonchuda (não tenho lá muita esperança de ser a próxima Twiggy!). Falavam também que ela adorava provocar os homens e que precisou ser segurada na sua noite de núpcias para que seu marido pudesse transar com ela. Era uma mulher ferinamente independente. Acho que sou igual a ela nesse ponto, não tenho certeza em relação aos outros. Ela reencarnou em mim. No entanto, eu não sabia o suficiente da sua história para preencher um livro inteiro, e por isso precisei começar minha trama com o nascimento da minha mãe, durante o período da "felenza" (o gás nervoso alemão). Os europeus da época disseram ao nosso povo que o que os estava matando era somente a influenza, e o ouvido típico dos igbos transformou a palavra "influenza" em "felenza".

Enquanto isso, perto do fim de março, a edição norte-americana de *Preço de noiva* foi lançada, antes mesmo da edição da Allison & Busby, muito embora eles tivessem recebido o manuscrito antes e terem sido os responsáveis por vender os direitos para os Estados Unidos. Deveria ter sido o contrário. Eu, porém, precisei me conformar com os atrasos de A. e de B. porque na época não tinha conversado com nenhuma outra editora britânica. Deleguei essa tarefa a Elizabeth Stevens, na Curtis Brown. Ela me disse que, como nenhum editor a tinha procurado, não havia nada que ela pudesse fazer — e agora eles tinham mais um escritor sendo publicado pela Allison & Busby, então colocariam um pouco mais de pressão na editora, mas tomando cuidado para não deixá-los irritados. O que era muito bom, muito leal, mas como eu ia pagar minhas contas?

De todo modo eu tinha parado de me importar com Allison e Busby. Segui escrevendo e descarregava meu desencanto em Elizabeth. Cinco meses depois de George Braziller ter lançado *Preço de noiva*, a Allison & Busby marcou o lançamento da edição britânica no Centro Africano. Fui escalada para fazer uma leitura e dar uma palestra. Deixei as crianças prontas. De repente minha filha mais velha, Chiedu, disse que não ia — sem nos explicar o porquê. Quando insisti, ela se retirou e foi raspar todo seu cabelo, dizendo ainda que ia pintar um lado de vermelho e o outro de branco! Ela ia ficar assustadora. Revoltada, eu disse que todos iam ficar em casa então. Os outros imploraram e imploraram e Ik me lembrou que ele teve que sair mais cedo da escola para poder ir ao lançamento, mas eu disse que não, eles não iam.

Pensei sobre toda aquela confusão no trem. Por que eu sempre desejava a aprovação da minha filha (que tinha então apenas dezesseis anos)? Logo comecei a perceber que, como ela nasceu quando eu tinha mais ou menos a sua idade, e por ela ter crescido tão rápido e nós duas juntas cuidarmos dos mais novos, ela me parecia mais uma colega de apartamento e uma irmã mais nova do que uma filha. Eu sempre esperava que ela entendesse o que eu estava fazendo e, portanto, negava a ela a oportunidade de ser estúpida e autocentrada como a maioria dos adolescentes.

Eu era pior do que minha mãe. Eu disse à minha mãe que nunca mais nos falaríamos por ela ter casado com o meu tio, como costuma acontecer na nossa região. Meu tio era um mero cortador de grama enquanto meu pai estava no exército — ainda que provavelmente ele fosse somente um carregador de armas africano que acompanhava um oficial inglês. Não parei por aí. De todos os pretendentes que eu podia escolher, casei com aquele que ela mais desaprovava. Senti que, agora, a vida estava desfrutando da sua vingança. Lágrimas se acumularam nos meus olhos e começaram a escorrer pelo meu rosto. Como eu queria poder retirar todas as palavras horríveis que eu tinha dito. Só que aí lembrei: eu tinha somente quatorze anos!

Naquele momento, desejei que o trem andasse na contramão, para eu poder levar Ik, Jake, Christy e Alice para o Centro Africano, mas era tarde demais. Bom, eu ia escrever outro livro, um dia, e eles todos estariam lá.

Desta vez o Centro Africano parecia diferente. O lugar estava lotado. Todos os meus "novos amigos", atores e atrizes, marcaram presença. A Allison & Busby também estava muito bem-representada, acho que todos os funcionários da editora resolveram aparecer. Até Elizabeth, minha agente! Fiquei boquiaberta quando a vi. Era como se a própria rainha tivesse aparecido para me ver lançar *Preço de noiva*. Acho que naquela época eu estava começando a ficar conhecida. Allison e Busby podiam ter problemas de caixa, mas eram muito bons na publicidade. Não sei como eles conseguiam, porque Clive é uma pessoa bastante reservada, assim como Margaret, mas, de algum jeito, eles sempre levavam muitas pessoas aos lançamentos dos seus autores.

Naquela noite, percebi que Clive estava mais ríspido do que o habitual. Ele parecia bastante preocupado e em certo momento pensei que era por eu ter lido o final do livro em vez do começo. Ao ler o final, estraguei a história para aquelas pessoas que tinham acabado de comprar um exemplar. Eu não estava pensando direito, ainda estava preocupada com minha filha problemática. Me lembro de ter dito algo como:

— Os homens esperam que as mulheres sejam mães, donas de casa, enfermeiras, cozinheiras e, como se tudo isso não fosse o bastante, eles esperam que a gente faça acrobacias na cama...

Foi a risada desconfortável do público que me fez perceber o que eu tinha dito. Eu queria morrer. Por que não escrevi um discurso e li, como uma mulher delicada faria? Mas ser delicada não é fácil para mim. Eu sou eu, Buchi Emecheta.

Fui atrás de Elizabeth antes dos aplausos morrerem. Eu estava muito lisonjeada por vê-la por lá, embora ela fosse minha agente e fosse paga com o dinheiro que pessoas como eu proporcionavam à empresa. Nunca entendi muito bem o motivo de eu querer tanto agradá-la: era por ela ser branca e eu ter um complexo de inferioridade? Se ela fosse uma mulher negra, eu teria mandado ela para aquele lugar muito antes. Mas minha filha não tinha acabado de me reduzir às lágrimas? Aquela era eu. Por dentro, um oceano; por fora, um continente.

— Mandei *The slave girl* para George Braziller — ela disse.

Fiquei um pouco chocada. Apesar de eu ter terminado o livro em abril, Elizabeth ainda não tinha dito nada sobre ele, e Clive também não. A única pessoa que havia se dado ao trabalho de comentar qualquer coisa tinha sido Margaret. Ela disse que o enredo não era tão forte quanto o de *Preço de noiva*. Era verdade, mas o que faltava nesse aspecto eu compensava com uma escrita mais cuidadosa, ou pelo menos era nisso que eu acreditava. Pelo jeito que Clive sempre dizia *Sim, na próxima semana, sim, amanhã*, eu sabia que ia levar pelo menos um ano para ele se decidir. Em desespero, Elizabeth enviou o livro para George Braziller — ele, afinal, não tinha publicado *Preço de noiva* antes?

Abri caminho até o grupo da Allison & Busby, e Clive disparou na mesma hora:

— Elizabeth não tinha o direito de mandar *The slave girl* para Braziller justamente agora.

Senti vontade de dizer *Ah, então você leu?*, mas alguém me cutucou e me entregou um buquê de flores e um pacote grande cheio de chocolates muito bem embrulhados. As flores eram enormes e muito lindas. Fiquei encantada. Todo mundo ao meu redor disse *Ah!* Pensei que era um presente dos meus editores, ou dos meus agentes, ou dos meus novos amigos, os atores e as atrizes. Mas, depois dos "ah" iniciais, dei uma olhada no cartão que vinha com os presentes: "Boa sorte, mamãe, estamos orgulhosos de você. Chiedu, Ik, Jake, Christy e eu, Alice".

Minha vontade era mandar todo mundo embora e correr para casa para ver meus filhos e dividir com eles aquela caixa de chocolate enorme que eles haviam comprado com o dinheiro que tinham ganho entregando jornais pelo bairro. Corri os olhos pela multidão, procurando uma rota de fuga, quando avistei Chidi e seu amigo, o sr. Chima, conversando de uma maneira esquisita na frente da porta. Então eu entendi. Chidi havia me dito que não poderia ir ao lançamento porque tinha um compromisso marcado. As crianças deviam ter implorado a ele para levar as flores e os chocolates depois que os proibi de vir. Ele desviou o olhar bem rápido e fiquei feliz de não tê-lo visto antes da minha fala. Minhas palavras teriam me sufocado. Uma frase que repeti várias vezes em *Preço de noiva* me veio à mente: que, no dia da família, eram os amigos que iam aparecer. Para mim, todas aquelas pessoas eram minhas amigas, mas minha família estava em casa, em Briston Grove.

O editor da revista África e sua esposa me perguntaram se eu gostaria de ir até a casa deles para comer alguma coisa. Eu estava prestes a hesitar quando Jumoke Debayo disse que me levava lá. De novo eu só queria fugir e ir para casa. No entanto, a equipe do Centro Africano queria que jantássemos ali embaixo, no Calabash. Eu ainda estava olhando ao redor, sem saber o que fazer, quando Lyn Allison, a esposa de Clive (embora na época já estivessem separados), se aproximou com aquele seu jeitinho casual e disse:

— Buchi, você tem uma grande fã, que adorou *Preço de noiva*, e ela ficaria muito feliz se você pudesse ir bater um papo com ela.

Minha vontade era dizer a Lyn que ela devia estar louca. Estava ficando tarde e ela podia muito bem ver a quantidade de pessoas que queria me levar para jantar. Mas imediatamente ela me disse que essa fã estava morrendo de câncer. Bom, aí era outra história. Quem era ela?

— É a mãe de Clive.

Era de fato o dia da família.

Então, sem me preocupar em autografar mais livros ou pedir desculpas por não querer tomar vinho ou cidra nem jantar no Calabash, Lyn e eu fomos a esse apartamento em Covent Garden. Pensei que íamos visitá-la no hospital, mas quase caí para trás quando Lyn disse:

— Ah, não, ela está ficando com o filho.

E que filho era esse? Clive Allison. Meu respeito por aquele homem, que me irritava toda vez que eu o encontrava, subiu um milhão de degraus.

Eu queria abraçar Lyn por ter me proporcionado fazer essa visita, mas ela não entenderia.

Entramos no apartamento, que era todo pintado de branco e tinha um fogão curioso ao lado da lareira, e fiquei esperando. Lyn foi até o quarto e pude escutar uma risada gentil. Ela saiu do quarto também dando risada. A mulher não podia estar morrendo, eu pensei, se ela ainda conseguia dar risada e fazer as outras pessoas gargalharem junto com ela.

Entrei no quarto com o coração na boca e vi essa mulher linda deitada na cama. Seu rosto não tinha nenhuma marca e ela parecia muito calma. Em menos de um segundo, ela me acalmou. Ela disse que seria a anfitriã do meu próximo lançamento e todas nós caímos na risada. Contei a ela, com todos os detalhes possíveis, como tinha sido a noite (eu sempre falo sem parar quando estou nervosa e não sei muito bem o que fazer). Contei tudo o que eu tinha dito e o que as outras pessoas tinham dito para mim. Lyn, com sua voz seca, direta e muito sensata, não parava de me interromper e me lembrar do que eu havia esquecido. De repente percebi que não queria ir embora. Se a morte era aquilo, eu queria morrer daquela maneira, no apartamento do meu filho, falando como se não houvesse amanhã e como se não existisse a dor. Relutante, me levantei e dei nela um beijo de despedida. Saí daquele quarto sorrindo, da mesma forma que Lyn tinha saído uma hora antes.

Foi só quando cheguei na sala e vi o rosto de Clive que percebi o quanto sua mãe estava doente. Ele me perguntou se ela perdeu o fio da meada em algum momento e eu disse que não, que não tinha notado nada de errado — talvez por eu mesma ser uma pessoa um pouco desorientada. Eu queria gritar com ele e com Margaret, que parecia mais solene do que o habitual. Eu queria dizer: *Vocês deviam levar essas suas caras tristes para outro lugar, aquela mulher não está morrendo*. Minha mente falou tudo isso, mas nenhum som saiu pela minha boca. Passei por eles e fui pegar o trem de volta para casa.

Mandei um cartão para a mãe de Clive no dia seguinte, acho que um cartão desejando melhoras. Eu me recusava a aceitar. Alguns dias mais tarde, ela foi internada no hospital, e me disseram que, entre seus pertences, ela levou uma cópia de *Preço de noiva* e o meu cartão. A sra. Allison morreu logo depois, mas, por algum motivo, não me senti tão triste.

Esse episódio me abriu um pouco os olhos. Espero que Clive Allison me perdoe por escrever sobre essa cena, mas é que isso me ajudou a escrever meu livro mais vendido até hoje, *As alegrias da maternidade*. Aquele incidente me mostrou que a morte pode ser bela e pacífica. Que alguns filhos cuidam das suas mães. Na nossa parte do mundo, quando uma mãe está doente daquela forma, as pessoas vão atrás da sua filha e, não a encontrando, vão atrás da sua nora. Sempre que eu via Clive Allison depois do que tinha acontecido, me lembrava de como ele havia transformado seu apartamento num quarto de hospital para sua mãe à beira da morte, mesmo que naquela época ele já não estivesse mais casado. Eu falo sobre essa história com os meus filhos todos os dias, para eles nunca esquecerem!

Fui convidada para o funeral. Eu nunca tinha ido a um funeral na Inglaterra, assim como eu nunca tinha visto alguém prestes a morrer antes. Eu fui, excessivamente vestida de preto. Fiquei surpresa ao ver Margaret e Lyn usando calça jeans, mas não me importei. Meu coração chorou, ainda mais quando entramos no quarto onde, há apenas algumas semanas, eu tinha conversado com a sra. Allison. Não bebo muito — apenas em público, para me exibir um pouco. Fiquei bêbada com duas taças de vinho e, como ninguém falava sobre a mulher que tinha acabado de morrer, como fazemos na Nigéria, comecei a falar sobre o novo contrato que a BBC havia me prometido!

Curiosamente, os convidados embarcaram nessa conversa. No caminho para casa, pensei: "Que sociedade doente. Eles têm medo de falar sobre a morte, mesmo quando é a morte de uma mulher simpática que morreu em paz. Eles têm medo de falar a respeito porque eles têm medo de pensar que pode acontecer com eles também. Vai acontecer com todos nós".

Sou muito grata a Lyn por ter me convidado para um dos dias mais literários da minha vida.

Capítulo 33
AS ALEGRIAS DA MATERNIDADE

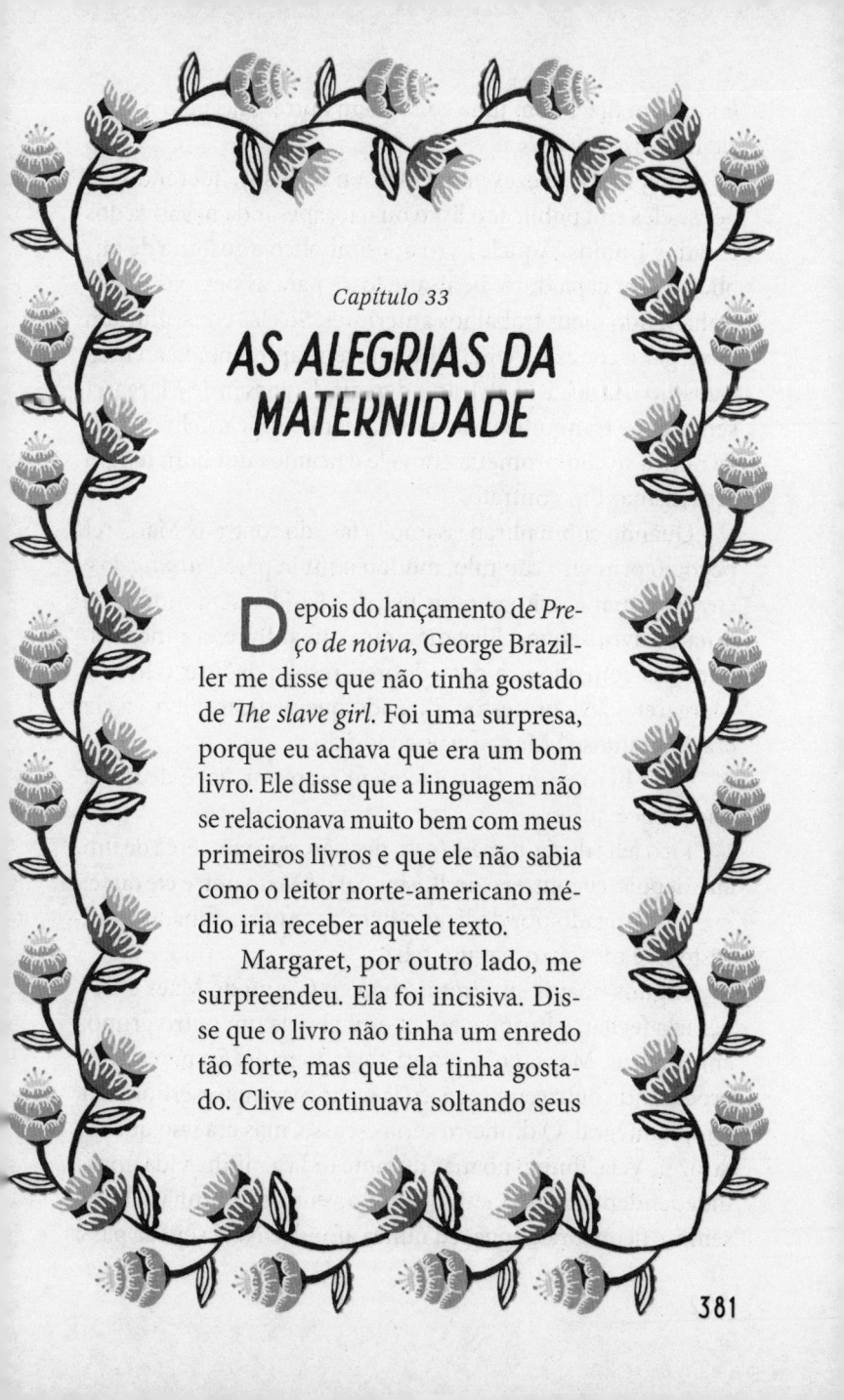

Depois do lançamento de *Preço de noiva*, George Braziller me disse que não tinha gostado de *The slave girl*. Foi uma surpresa, porque eu achava que era um bom livro. Ele disse que a linguagem não se relacionava muito bem com meus primeiros livros e que ele não sabia como o leitor norte-americano médio iria receber aquele texto.

Margaret, por outro lado, me surpreendeu. Ela foi incisiva. Disse que o livro não tinha um enredo tão forte, mas que ela tinha gostado. Clive continuava soltando seus *hmm*, sem dizer nem uma coisa, nem outra. Mas pelo menos ele não disse *eu avisei*.

Liguei várias vezes para a Allison & Busby, querendo saber se eles iam publicar o livro ou não, apesar da negativa dos Estados Unidos. Aquele livro era simbólico e gostaria de publicá-lo em capa dura, nem que fosse para as pessoas que já tinham lido meus trabalhos anteriores. Só elas conseguiriam enxergar a conexão. Uma leitora recém-apresentada ao meu trabalho iria achá-lo africano demais. E, apesar de Margaret sempre me tranquilizar de que eles iam publicar o livro, Clive nunca se comprometia com ele e ficamos um bom tempo sem assinar um contrato.

Quando enfim ultrapassamos a fase do contrato, Margaret pegou o primeiro capítulo, mudou o título para *Introdução* e enviou o manuscrito para os Estados Unidos sem modificar uma palavra sequer. Eles disseram que o livro era incrível. Surpresa com a lógica dos editores, resolvi dedicar o livro a Margaret. Clive protestou, dizendo que dedicar o livro a ela era "incestuoso". Margaret apenas disse:

— O livro é seu, foi você quem escreveu, você dedica a quem você quiser.

Fico feliz de ter tomado essa decisão, porque, cerca de um ano depois, encontrei o dr. Busby, pai de Margaret, e ele disse:

— Obrigado por dedicar o livro para nossa filha. Foi um gesto que me deixou muito feliz.

Alguns boatos surgiram de que o Grupo de Mães e Bebês iria fechar, e insinuavam que eu abriria um outro grupo, em Kilburn. Mas eu não estava abrindo nada. Eu não estava procurando outro emprego, eu ia me tornar uma escritora em tempo integral. O dinheiro seria escasso, mas era isso que eu ia fazer. Veja, flutuei no mar durante toda a minha vida, mas, independente da tempestade ou do vendaval, minha cabeça sempre ficou fora d'água, eu nunca afundei. Nessa época passei a suspeitar que a demora de Allison e Busby em relação aos meus manuscritos era porque eles não podiam se dar ao luxo de publicar o mesmo autor com tanta frequência. Margaret sempre sugeria que eu tirasse um tempo para descansar. Como é que eu ia parar para descansar quando pessoas como Barbara Cartland, muito mais velha do que minha mãe, produziam vinte romances por ano?

Eu não sabia como começar a procurar outra editora. Elizabeth não estava disposta a me ajudar nessa empreitada, eu sabia disso. Ela ia dizer que meus livros não vendiam assim tão bem e que eu deveria esperar algum editor telefonar para seu escritório. Ela ficou esperando por anos.

Então de repente meu telefone tocou. Era Margaret. Alguém da Oxford University Press queria conversar comigo; ela podia dar meu número de telefone a essa pessoa? Eu disse que sim. Era o sr. Kahm. Será que eu conseguiria escrever dois livros infantis para serem enviados às escolas da África Ocidental? Eles me dariam todo o tempo do mundo para escrever. O adiantamento era de mil libras por livro. Meu coração batia assustadoramente rápido quando aceitei a proposta. Todos os meus gastos no ano, incluindo os impostos, ficavam em torno de duas mil libras, então, se tudo corresse bem, a OUP tinha me garantido mais um ano, 1977. E saber que eu não precisaria me preocupar em como pagar a hipoteca por um ano inteiro me deu uma nova liberdade mental. Eu esperava ansiosamente o dia em que o pessoal de Camden me avisaria do término do meu contrato com eles.

Para completar, Braziller disse que *The slave girl* era um livro muito bonito. Depois de toda a agonia que passei com esse livro, ele me trouxe vários prêmios, incluindo o prestigioso Jock Campbell Award, cuja premiação era de mil libras. No entanto, quando o livro alcançou esse patamar de sucesso, todos os envolvidos já haviam esquecido a agonia da escritora.

Contei a Allison e a Busby sobre eu estar escrevendo algo para a OUP e eles não fizeram nenhuma objeção. Talvez tenha sido minha imaginação, mas acho que eles ficaram aliviados. Esse se tornou meu padrão de escrita por muitos anos: eu entregava os livros mais importantes à Allison & Busby e os menores para outras editoras. Parei de resolver tudo através de agentes. Comecei a eu mesma negociar os direitos autorais e descobri que as editoras estavam, sim, dispostas a pagar adiantamentos maiores. Demorei muitos anos até me livrar completamente de agentes. Acho que eu precisava deles no começo, mas, depois que você se acostuma a interagir com os editores, você consegue adiantamentos apenas contando a eles quais são suas ideias para o próximo livro.

Talvez exista algo de verdadeiro no ditado: "Não existe paz para os ímpios". Ali estava eu, enfim realizando meu sonho — quando de repente a universidade anunciou que iria triplicar o preço das mensalidades.

Com a hipoteca e as novas mensalidades das escolas das crianças, nada baratas, comecei a me apavorar de novo. O que aconteceria se um dedo meu quebrasse e eu não pudesse datilografar a história para a OUP? O que aconteceria se a Allison & Busby falisse? Sendo uma editora pequena, eles provavelmente teriam que pagar as gráficas antes de pagarem os autores. Bom, na pior das hipóteses, eu abandonaria a esperança de me tornar uma doutora em sociologia. Então a sinopse da minha dissertação de mestrado, que era a porta de entrada para o doutorado, tinha sido aprovada, e eu sabia que, para o doutorado, ainda precisaria trabalhar mais alguns anos.

Contei sobre tudo isso a Chidi e ele pareceu ter ficado feliz, dizendo numa voz suave que seria legal saber que um dia eu seria a dra. Emecheta. Ele disse que era uma notícia ótima. Algumas semanas depois ele veio nos ver e anunciou que estava saindo do seu emprego e indo embora para os Estados Unidos, onde ia fazer um doutorado em economia mineral! Ele não tinha conseguido uma bolsa para fazer seu doutorado na Inglaterra e sua viagem já estava marcada para a próxima primavera.

O orgulho me impediu de discutir com ele. Parecia que ele conseguia suportar minha popularidade, minha escrita, mas um homem igbo continua achando que projetos sérios como um doutorado devem ser uma exclusividade do sexo masculino. Sua partida, em parte, era culpa minha — quantas vezes ele me pediu em casamento e eu disse que não? Eu não podia admitir a Chidi que precisei de muito tempo para perdoar minha mãe por ter casado de novo e nos deixado sofrendo na casa de parentes. Se não tivéssemos apenas sete e cinco anos, eu não seria tão amargurada em relação a isso, mas sempre me lembro dos ouvidos do meu irmão escorrendo por causa dos tapas que ele recebia dos nossos tios e primos, além das suas camisas cáqui esfarrapadas. Se nossa mãe tivesse ficado conosco, continuaríamos sendo muito pobres, mas nossa infância não teria sido tão terrível. Eu não queria que meus filhos passassem por uma experiência parecida. E claro, no nosso povo, casamento significa mais filhos, e eu não queria mais nenhum.

O Natal de 1976 não foi tão farto quanto o de 1975. Eu precisava ser cuidadosa, porque em breve ia parar de trabalhar, e o fato de Chidi estar se mudando me causava uma grande irritação. Eu tentava expulsar essa questão da minha cabeça, mas ela sempre voltava. Ele é um daqueles indivíduos discretos que estão sempre lá, mas nunca se revelam. Ele me escutava e eu fazia o mesmo quando ele enveredava por todos aqueles detalhes estatísticos pesados envolvendo petróleo e minerais. Ele é cheio de ideias. E é naturalmente sovina com dinheiro, mas eu o incentivei a ser assim. Não quero que homem algum me dê dinheiro se eu mesma posso trabalhar e conseguir esse dinheiro. Eu podia receber dinheiro de Sylvester, meu marido, porque estava criando nossos filhos. Só que Sylvester não estava preparado para nos sustentar. E eu me recusava a pedir um centavo a qualquer outro homem para pagar as despesas dos meus filhos. O que existia entre eu e Chidi era uma amizade muito, muito longa, de mais de vinte anos, que começou quando eu era uma jovenzinha da Escola Metodista para Meninas e foi retomada quando o encontrei por acaso em Camden Town, na saída do tribunal de Clerkenwell.

Chiedu escolheu bem essa época para começar a criar problemas. Ela agora queria ir para uma escola particular, porque achava que se sairia muito melhor do que se continuasse estudando em Highbury. Os professores e todas as pessoas preocupadas com sua educação sabiam que ciência era um assunto completamente incompreensível para ela. Assim como suas irmãs, ela era muito inteligente, mas, ao contrário das outras, e muito parecida comigo, Chiedu achava as matérias de ciências extremamente complicadas. Eu disse a ela para fazer o seu melhor e que ela podia iniciar uma carreira médica fazendo um curso de enfermagem antes. Eu não podia pagar as três ou quatro mil libras necessárias para os dois últimos anos que ainda restavam. Eu não podia pagar nem as duas mil libras que precisava para poder completar meu doutorado.

Volta e meia, ela me pedia para mudar de ideia. Eu disse a ela que mudaria, se tivesse dinheiro para isso. Então, na véspera do Natal, ela ficou irritada com a minha resposta e arremessou uma garrafa de leite na janela da sala. O vento gelado tomou conta da casa. Como eu detestava todo tipo de violência, simplesmente caí no choro e, entre lágrimas, gritei que ela deveria ir embora e pedir dinheiro para o pai dela

— mas eu não queria que ela fosse; queria que ela pedisse desculpa e concordasse em pelo menos tentar continuar na Highbury Hill. Afinal, aquela ainda era uma escola de ponta e ela tinha entrado depois de passar nas provas de admissão.

Minha filha não pediu desculpas. Ela disse que eu não era a boa mãe que eu achava que era e depois subiu as escadas, arrumou suas coisas e saiu, batendo a porta tão forte que a casa inteira tremeu.

Meu estômago se revirou e fiquei enjoada. Ik viu que eu estava nervosa e gritou:

— Ela fez de novo, ela estragou nosso Natal!

— Não, ela não estragou, dessa vez não vou deixar ela estragar o seu Natal. Ela estragou nosso passeio para o zoológico, impediu vocês de irem ao lançamento de *Preço de noiva*, mas este Natal ela não vai estragar.

Eu disse isso quase que para me tranquilizar. Para me dar confiança, porque ali eu vi tudo o que passei a vida inteira construindo desabar como um castelo de cartas. Meus filhos estavam assistindo e ouvindo aquilo tudo boquiabertos, sem acreditar no que estavam vendo. Aquele tipo de violência nunca tinha acontecido na nossa família antes. Só Chiedu e Ik se lembravam da violência do pai, mas eles eram novos demais para lembrarem com detalhes. Nós discutíamos e gritávamos, mas nunca éramos violentos. Percebi então que Christy em particular estava bastante assustada. Ela perguntou o que é que tinha dado na cabeça da irmã. Eu respondi que Chiedu estava apenas crescendo.

Christy ficou satisfeita com minha resposta, mesmo eu não entendendo muito bem. Mas Ik não caiu na minha conversa. Apesar de ser um menino, ele se parece comigo em tudo. É muito perceptivo, assim como introspectivo. Ele percebeu meu blefe e disse:

— Eu nunca vou perdoar ela.

Depois saiu para arranjar alguém que consertasse o vidro quebrado.

Abandonei o que estava fazendo e subi as escadas, para o quarto onde eu costumava trabalhar. Encarei a máquina de escrever. Aquela era minha sina: dar tudo o que eu tinha para meus filhos e vê-los cuspirem na minha cara, gritando que eu era uma péssima mãe antes de saírem correndo na direção de um pai que nunca tinha comprado para eles sequer uma mísera calça.

Então o telefone tocou. Era meu marido, com uma voz debochada.

— Eu falei que era pra você dar essas crianças pra adoção, não falei? Eu disse que você era nova e imatura demais pra cuidar de tantos filhos. Você nunca conseguiu nem cuidar de você mesma, agora olha a confusão que você fez com aquela criança linda. Onde na Nigéria você escuta falar de uma menina confrontando a própria mãe?

Desliguei o telefone na mesma hora, porque estava tentada a responder que eu mesma tinha confrontado minha mãe e que aqui em Londres isso acontecia o tempo inteiro. Mas ele nunca tinha visto nada parecido antes. Chiedu deve ter tentado chocá-lo, falando mal de mim — algo que não se fazia na nossa cultura.

Continuei encarando a máquina de escrever. Eu queria pensar, queria reavaliar minha vida, fazer um balanço. Eu só conseguia fazer aquilo na máquina de escrever. Esmaguei as teclas durante todo o Natal, todo o mês de janeiro de 1977 e, no fim daquele mês, quase seis semanas depois de Chiedu ter saído de casa, concluí o manuscrito de *As alegrias da maternidade*.

No dia seguinte tentei pegar o telefone que ficava ao lado da cama e não consegui. Um dos meus lados estava completamente paralisado, inclusive meus lábios. Quanto mais eu tentava me mexer, mais o outro lado parecia arder em chamas. A dor era terrível. Ik gritou e chamou o médico. O coitado ficou morrendo de medo. Jake, por sua vez, não parava de me perguntar:

— Mãe, você quer chá? Você quer café?

Eles me impediram de ler até o jornal. Disseram que era fadiga mental, que eu estava fazendo coisas demais. As pessoas falavam comigo. Minha família falava comigo. Chidi ficou com a garganta seca de tanto falar. Acho que só comecei a escutar de verdade quando percebi que toda minha raiva estava no papel; do contrário, eu não teria me recuperado tão rápido. Eles me trouxeram comprimidos e cápsulas e joguei tudo fora, mas prestei atenção ao que o dr. Maxwell me prescreveu: uma massagem suave aplicada por uma das minhas filhas e descanso — e também lembrar que minha filha só estava crescendo. Eu disse a ele que tinha despejado toda minha raiva no papel e ele respondeu que aquilo era bom também.

Em *As alegrias da maternidade*, criei uma mulher, Nnu Ego, que dedica toda sua energia, todo seu dinheiro, tudo o que ela tem para a criação dos filhos. Ela corta madeira para vender, negocia no mercado paralelo, faz o que tem que fazer para conseguir dinheiro, exceto vender o próprio corpo. Ela vive tão ocupada que nunca encontra tempo para fazer amizade com outras mulheres.

As crianças crescem e vão embora. Elas ainda amam a mãe, mas precisam cuidar da própria vida — tanto que, quando ela fica doente, eles não conseguem nem mesmo visitá-la. Cansada demais, ela morre ao deus-dará, sem nenhum dos seus oito filhos presentes para segurar sua mão.

No livro, digo que a "alegria da maternidade" é ter um funeral bonito. Os filhos de Nnu Ego não dão à mãe a morte digna que Clive Allison deu à sua, e sim uma morte horrível. É só depois da sua morte que eles pegam dinheiro emprestado no banco para organizar uma grande celebração. E demora anos até os filhos conseguirem pagar o empréstimo que pegaram para fazer aquele funeral caro, que dura dias. Mesmo raivosa, me lembrei da morte da mãe de Clive, que para mim foi a ideal, e pude imaginar, a partir do que minha filha tinha feito, a pior morte que poderia me acontecer.

De certa maneira, esse livro, assim como *Cidadã de segunda classe*, me fez aceitar meu destino. O pior que podia acontecer comigo era morrer à beira da estrada com todo mundo dizendo: *E pensar que ela dedicou toda sua vida aos filhos*.

Dediquei o livro para minha filha Chiedu. Semanas depois que concluí o manuscrito, ela voltou para casa. Tinha brigado com o pai. Chiedu se sentiu culpada ao me ver doente. Eles pensavam que eu era indestrutível e, depois daquele incidente, começaram a ficar com medo mesmo quando tudo o que eu tinha era uma dor de dente.

— Você está doente, mãe, não consigo acreditar nisso! Você está sempre lá — ela se lamuriou.

Quando terminou de ler *As alegrias da maternidade*, Chiedu ameaçou queimar o manuscrito se eu mantivesse aquela dedicatória. Tirei a dedicatória e fiz uma nova, para todas as mães. Então ela me implorou para não publicar o livro, o que eu me recusei a fazer, e ela caiu na risada quando descobriu que eu imediatamente tinha feito quatro cópias do texto e escondido em diferentes lugares até conseguir entregar uma delas para um editor.

— Não vou queimar seu livro — ela disse, em tom de brincadeira.

— Vai que essa coisa de queimar livros é uma questão hereditária — eu disse.

Eu não ia correr riscos, não depois da experiência que tive com seu pai e *Preço de noiva*.

— Mas nós te amamos, mãe, você precisa sempre se lembrar disso. Você nunca vai morrer igual a Nnu Ego, não enquanto eu estiver viva — ela disse, sem saber que tinha apenas mais alguns anos de vida. Então ela me fez uma pergunta curiosa: — Por que você casou com aquele homem, mãe?

— Que homem?

— Aquele que você chama de nosso pai.

— Ele é seu pai e você não deve falar dele assim. Você ainda é metade nigeriana, está lembrada? Não é toda inglesa, não.

— Você não respondeu minha pergunta, mãe. Não quero brigar de novo. Por que você casou com ele?

— Isso — eu respondi, me sentando na cama — é uma questão entre eu, seu pai e os nossos Chis. Não tem nada a ver com você, mocinha.

Nós duas sorrimos, olhando uma nos olhos da outra, enquanto eu observava os dentes brancos que ela tinha herdado da minha mãe iluminarem seu rosto belo, redondo e jovem.

E, em silêncio, ela continuou esfregando no meu ombro paralisado o óleo que minha prima Theresa tinha mandado da Nigéria.

EPÍLOGO

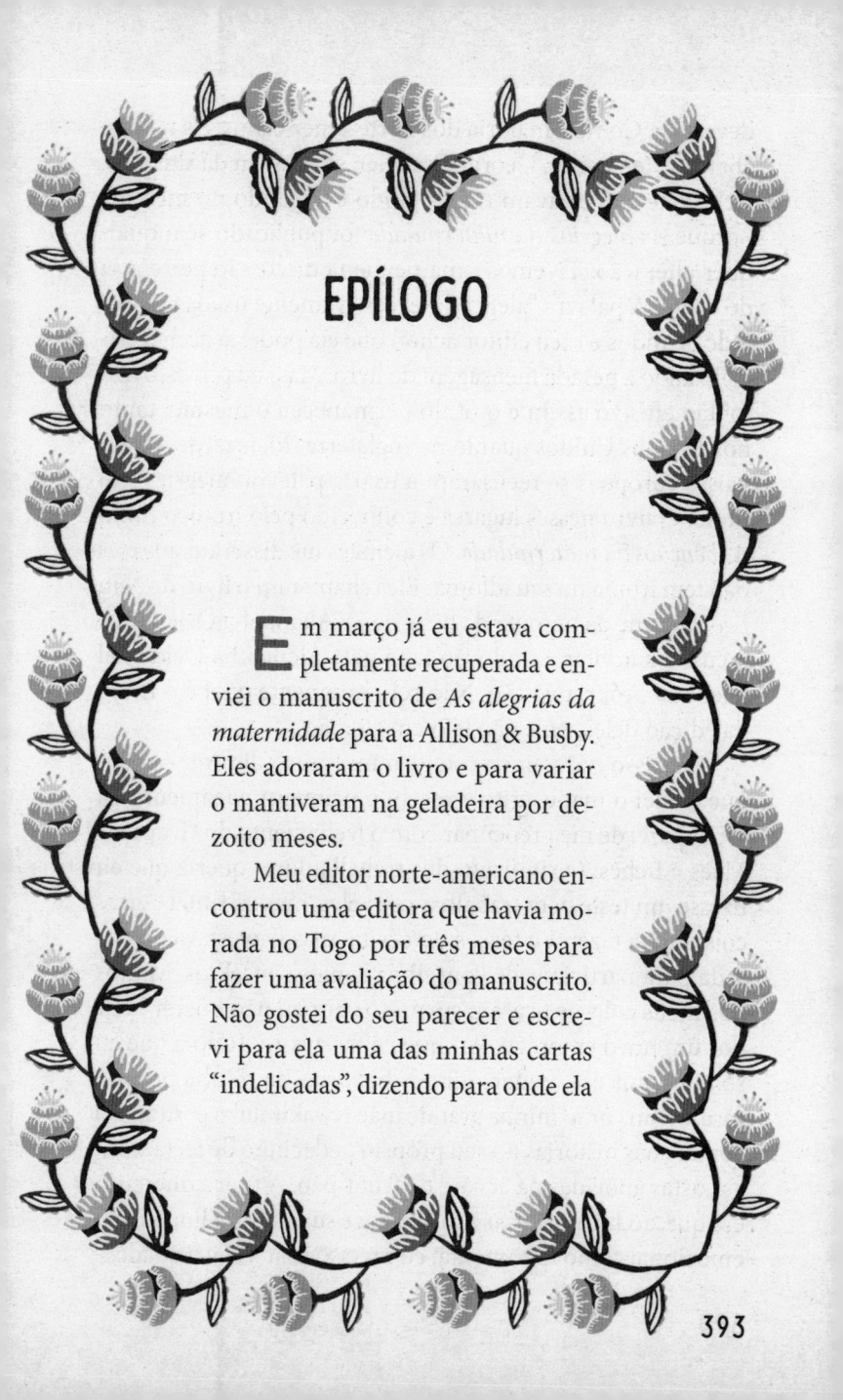

Em março já eu estava completamente recuperada e enviei o manuscrito de *As alegrias da maternidade* para a Allison & Busby. Eles adoraram o livro e para variar o mantiveram na geladeira por dezoito meses.

Meu editor norte-americano encontrou uma editora que havia morada no Togo por três meses para fazer uma avaliação do manuscrito. Não gostei do seu parecer e escrevi para ela uma das minhas cartas "indelicadas", dizendo para onde ela deveria ir. Como a maioria dos norte-americanos, ela nem se abalou. Meu editor, George Braziller, apenas riu da situação. Acho que eles estavam me testando e pegando no meu pé, porque *As alegrias da maternidade* foi publicado sem qualquer alteração. Tivemos uma pequena discussão por causa do título. A palavra "alegria" é excessivamente usada nos Estados Unidos e meu editor achou que ela poderia acabar trivializando a pesada mensagem do livro. Mas seu protesto não foi tão efusivo assim e o título permaneceu o mesmo, tanto nos Estados Unidos quanto na Inglaterra. Mais tarde, vários países europeus se recusaram a usar a palavra "alegrias" no título. O livro nesses lugares é conhecido pelo irônico título *As bênçãos da maternidade*. Os alemães me disseram que eles não têm ironia no seu idioma. Eles chamaram o livro de *Nnu Ego*, o nome da heroína da história. A Alemanha Oriental se recusou a aceitar a tradução feita pela Alemanha Ocidental e fez sua própria versão. Não sei exatamente qual é o título da edição deles, pois não leio em alemão.

Mas isso tudo ainda estava num futuro distante. Assim que enviei o manuscrito e recebi o primeiro pagamento da OUP, parei de me preocupar com o fechamento do Grupo de Mães e Bebês. O sindicato dos trabalhadores queria que eu fizesse um teste para trabalhar com eles, mas eu tinha outras coisas para fazer. Eu teria sido aceita, mas não estava preparada para participar de conselhos e mais conselhos. Muitos dos meus colegas ficaram surpresos por eu não querer lutar por um novo emprego. Por que eu faria isso? Tudo o que eu sempre quis era contar minhas histórias da minha própria casa, assim como minha grande mãe Nwakwaluzo costumava contar suas histórias no seu próprio pedacinho de terra, com as costas apoiadas na árvore de fruta-pão. A única diferença era que, ao invés de usar a luz da lua e sua própria linguagem emocional como ferramenta, eu preciso usar a eletricidade, a máquina de escrever e um idioma que pertencia àqueles que, lá atrás, haviam colonizado o país onde eu nasci. Mas fico feliz de ter aprendido a língua o suficiente, a ponto de conseguir trabalhar com ela, porque senão eu só contaria histórias para as mulheres e as crianças de Umuezeokolo, em Ibuza.

Quando Chidi enfim se mudou para os Estados Unidos, em março, não foi tão ruim quanto eu achava que seria. Logo me acostumei com a sua ausência e me concentrei na minha família e no meu trabalho. Minha amizade com Chidi alcançou um novo patamar. Ela se tornou internacional, com ligações constantes, visitas, cartões e cartas. Do ponto de vista emocional, passei a não mais depender dele ou de qualquer outra pessoa. De repente percebi que estava me transformando numa nova pessoa.

Quando era criança, fui ensinada que uma casa feliz era uma casa chefiada por um homem e que todas nós, mulheres, deveríamos cuidar da casa para ele e não para nós mesmas. Uma casa sem ele, "Nnayin, nosso pai", era uma casa incompleta, e todos os que viviam nela deviam andar com esse peso sobre os ombros. Durante meu casamento, Sylvester e eu não conversávamos muito à noite; a gente brigava a maior parte do tempo. No entanto, eu ainda sentia uma culpa incômoda de que havia uma incompletude, só porque no fim do dia não havia nenhum homem com quem eu podia conversar, servir ou ser uma escrava. Agora de repente, com mais tempo livre para fazer o que eu quisesse, esse sentimento começou a desaparecer.

Um mundo de eventos literários — lançamentos de livro, saraus, leituras públicas — se abriu para mim. Bem mais tarde, o mundo do teatro também entrou na minha vida. Não sei quantas vezes fui ver *Rigoletto* e *A dança da morte*, ou quantas vezes assisti *O lago dos cisnes* e vi dançar no palco grandes artistas como Nureyev. Gosto muito mais dessas performances operísticas, porque sempre as interpreto a partir da minha própria formação musical exótica na África.

Passei a ser uma pessoa tão ocupada que comecei a me perguntar como, há apenas alguns anos, eu sentia que, para ser um ser humano completo, eu precisava ser mãe, esposa, trabalhadora e mulher-maravilha. Hoje percebo que o que eu fiz lá atrás foi me condenar a um inferno na Terra. Casamentos são ótimos quando funcionam bem, mas, quando isso não acontece, por que a pessoa deve se condenar? Parei de me sentir culpada por ser eu mesma.

Acho que minha nova relação com o Cristianismo me ajudou a chegar a essa conclusão. Descobri que ser feliz não era um pecado; era uma nova consciência. Adoro construir um lar e minha nova casa em Crouch End precisava de anos de trabalho duro; adoro contar histórias e agora podia fazer isso do meu novo lar — e, ao contrário da minha grande mãe Nwakwaluzo, eu estava sendo paga para isso. Talvez eu não tivesse a família ideal, mas às vezes me pergunto se um homem conseguiria ter feito melhor.

Viver somente da escrita é uma existência precária e o dinheiro é sempre escasso, mas, com organização e planejamento cuidadosos, descobri que, graças a Deus, eu conseguia manter minha cabeça e as cabeças dos meus filhos fora d'água.

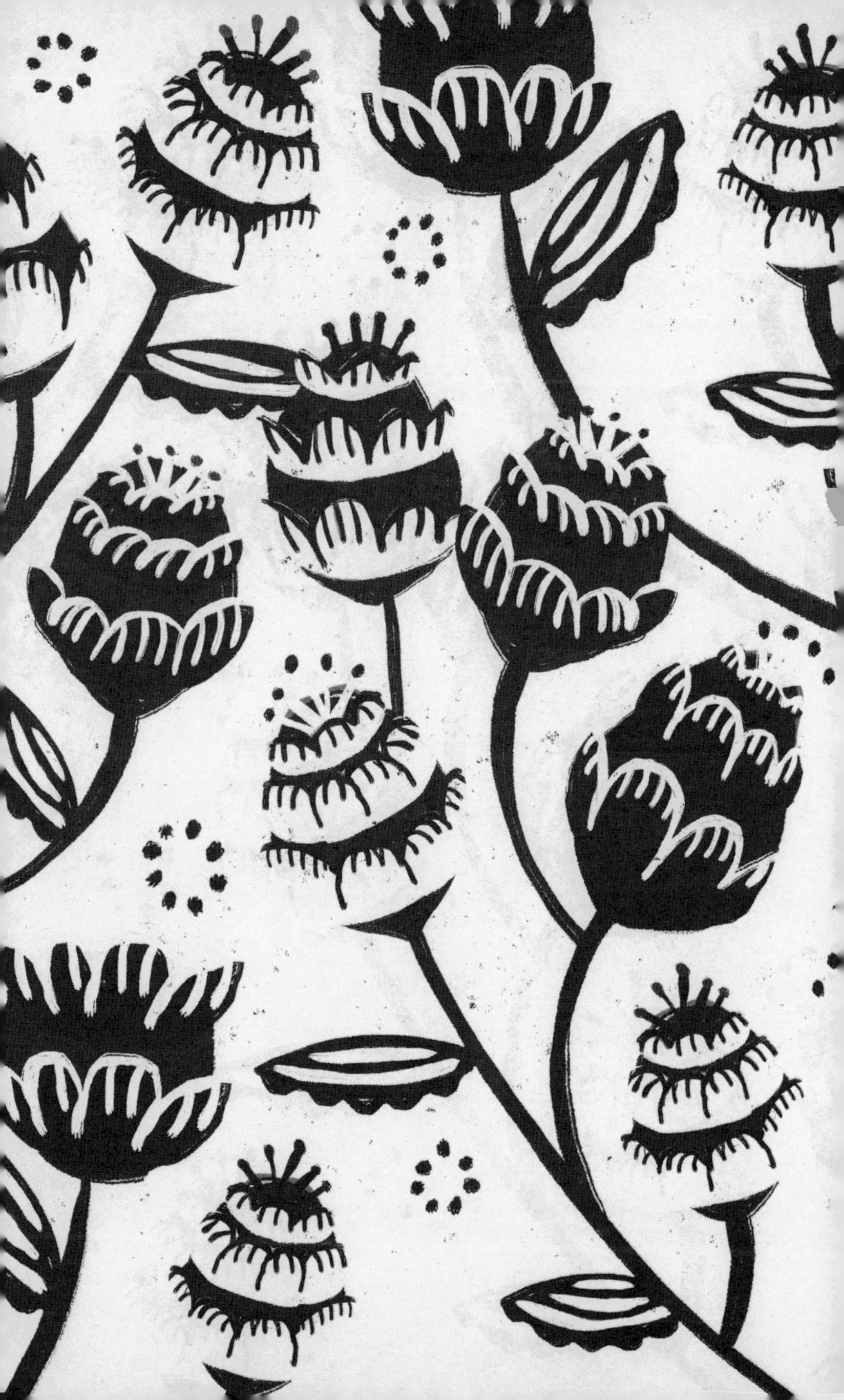

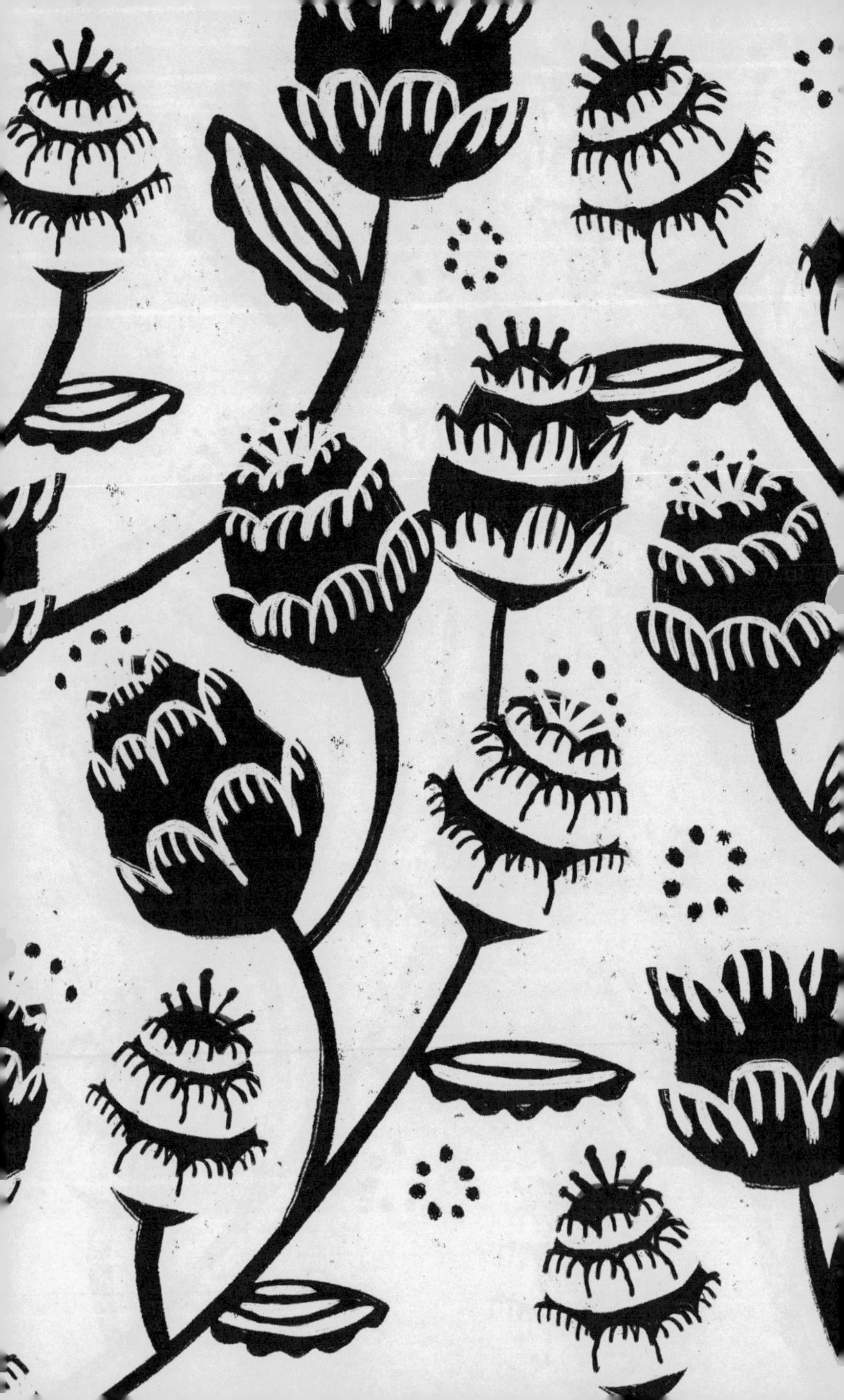

Copyright © 1986 Buchi Emecheta
Título original: *Head above water*

CONSELHO EDITORIAL
Eduardo Krause, Gustavo Faraon, Nicolle
Garcia Ortiz, Rodrigo Rosp e Samla Borges
PREPARAÇÃO
Alice Meira Moraes e Samla Borges
REVISÃO
Evelyn Sartori
CAPA E PROJETO GRÁFICO
Luísa Zardo
FOTO DA AUTORA
Valerie Wilmer

**DADOS INTERNACIONAIS DE
CATALOGAÇÃO NA PUBLICAÇÃO (CIP)**

E53c Emecheta, Buchi.
Cabeça fora d'água / Buchi Emecheta ; trad.
Davi Boaventura. — Porto Alegre : Dublinense, 2024.
400 p. ; 19 cm.

ISBN: 978-65-5553-134-3

1. Literatura Nigeriana. 2. Memórias.
I. Boaventura, Davi. II. Título.

CDD 839.3 • CDU 820(669)-94

Catalogação na fonte:
Eunice Passos Flores Schwaste (CRB 10/2276)

Todos os direitos desta edição
reservados à Editora Dublinense Ltda.
Porto Alegre • RS
contato@dublinense.com.br

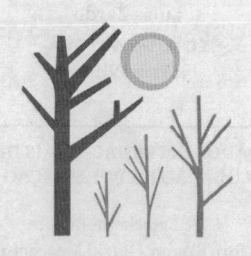

Descubra a sua próxima
leitura na nossa loja online

dublinense .COM.BR

Composto em MINION PRO e impresso na BMF,
em PÓLEN NATURAL 70g/m², no INVERNO de 2024.